LAVORA CON ME

UN ROMANCE IN UFFICIO DA NEMICI AD AMANTI

SYNERGY
LIBRO 1

MICHELLE MCCRAW

1

ALICIA

IL CIELO ERA del colore di una zuppa di piselli. Una zuppa di piselli incavolata.

Avendo vissuto in Texas per tutta la vita, sapevo che il cielo assumeva quel colore e le nuvole ribollivano solo quando stavano covando qualcosa di particolarmente violento.

Valutai la distanza dalla tettoia del parcheggio all'ingresso dell'edificio, oltre il pavimento crepato della strada a quattro corsie. Non se ne parlava di attraversarla di corsa con i miei tacchi da dieci centimetri.

«Stai esagerando» borbottai. «Un paio di ballerine sarebbero andate benissimo. O anche degli stivali.» Ma volevo fare una buona impressione al mio primo incarico per la mia azienda nuova di zecca. Seria. Capace. Impeccabile. Pronta a usare le mie scarpe a punta per spaccare tutto e farmi un nome risollevando quel progetto problematico.

Quello era il mio momento di rivincita. Per il mio vecchio capo, Lowell, che aveva detto che ero troppo «sensibile» per avere la stoffa del manager. Per il Dr. Fletcher, che aveva detto a tutta la nostra classe — mentre io, l'unica donna nella stanza, sedevo lì, troppo sbigottita per obiettare — che le donne non avevano la grinta per avere successo nella tecnologia. Per ogni collega che mi aveva parlato sopra, si era preso il merito del mio lavoro o aveva provato a farmi del mansplaining sulla programmazione. Stavo entrando alla Synergy Analytics, un'azienda Fortune 1000 fondata da due laureati di Stanford che ora valeva oltre sei miliardi di dollari, per usare il mio ingegno e aiutarli ad avere successo.

Non male per una ragazza del posto che aveva frequentato un'università statale. Mi spolverai la spalla con un gesto della mano.

Il telefono suonò. Trenta minuti alla riunione. Tempo in abbondanza per superare la sicurezza, stringere qualche mano e prendere posto a capotavola. Mi raddrizzai. Per la prima volta nella mia vita, ero il capo di me stessa. Ero più che qualificata per questo incarico e potevo anche battere la pioggia sul tempo.

Appena la mia scarpa toccò il marciapiede, sentii il primo plic. Ah! Mancata! Meno male, dato che indossavo una camicetta bianca e tenevo la giacca del completo piegata sopra la borsa a tracolla per non sentire troppo caldo nel clima di inizio settembre di Austin. Una maglietta trasparente alla mia prima riunione non sarebbe stata il massimo. Un altro passo veloce, e controllai che non arrivassero macchine. Via libera, se mi sbrigavo.

Scesi dal marciapiede, e una goccia di pioggia rimbalzò davanti a me. Rimbalzò? Un'altra alla mia destra. Una macchia bianca sfrecciò davanti al mio naso. Non era pioggia: era grandine. Grande come un pisello. Nessun problema. La grandine non mi avrebbe nemmeno bagnato la camicetta.

Attraversando la seconda corsia, diedi un calcio a un chicco di grandine. Quello era più grosso, delle dimensioni di una biglia. Un'anomalia. Meglio fare attenzione, comunque. Se ne avessi pestato uno di quella grandezza, probabilmente sarei caduta in mezzo a Sixth Street. E poi una macchina mi avrebbe investita. Non potevo permettere che Noah perdesse un altro genitore. Inoltre, non avevo ancora stipulato un'assicurazione sulla vita per sostituire la polizza che mi forniva il mio vecchio datore di lavoro.

«Se entro in questo edificio sana e salva» mormorai, «prometto che chiamerò la compagnia di assicurazioni appena torno a casa.»

Stringendo i denti contro i chicchi che mi tempestavano, feci due grandi passi per attraversare l'ultima corsia prima di saltare sul marciapiede, oltre il cumulo di grandine bianca che si era ammassato contro il bordo. Altri due passi mi portarono sotto la tettoia protettiva dell'edificio. Alzai lo sguardo verso le nuvole verdi. «Grazi—»

Un lampo bianco e un dolore mi incendiò la fronte, proprio all'attaccatura dei capelli. «Ahi!» Tenendomi il viso tra le mani, mi rannicchiai ancora di più sotto la tettoia. Così imparavo a essere riconoscente.

«Stai bene?» Una figura alta apparve nella mia visione periferica.

«Sì, sto bene.» Ma quando tolsi la mano, le dita erano sporche di sangue. Cercai un fazzoletto nella borsa.

«Le ferite al cuoio capelluto sanguinano molto. E fanno un male cane. Aspetta, ho qualcosa.» L'uomo posò a terra il borsone e ci frugò dentro. La sua maglietta nera sbiadita con il logo distintivo degli AC/DC gli si sollevò sulla schiena, rivelando una V di muscoli asciutti che scompariva nei jeans. Tra un lavoro alla scrivania e le uscite ai campi di calcio, non avevo visto molti fisici del genere. Non dopo Rick. Scacciai quel ricordo. Non potevo permettere a Rick di rovinare la mia grinta.

L'uomo si voltò, con una maglietta grigio erica in mano. «È pulita, te lo prometto. Ti dispiace se...?»

Non sicura se la mia improvvisa incapacità di parlare fosse dovuta al suo fisico da dio greco o alla perdita di sangue, scossi la testa. Delicatamente, mi scostò la mano che teneva il fazzoletto insanguinato e mi premette la maglietta sul viso. La maglietta odorava di sapone fresco e di qualcos'altro. Cuoio. Come un negozio di stivali. O l'interno di un'auto di lusso. Inspirai, desiderando di potermi avvolgere in quel profumo.

Quando si avvicinò, diede un calcio a un chicco di grandine. «Che roba è questa? Non è neve.»

«È grandine.» La maglietta mi copriva un occhio, ma lo squadrai con l'altro. Era alto, buoni sette o dieci centimetri più di me, anche con i tacchi. Ah. Non era solo il suo bucato. Indossava degli stivali da cowboy eleganti; da qui, l'odore di cuoio. Struzzo. Costosi. Jeans sbiaditi e consumati che mettevano in risalto fianchi stretti, e la maglietta che avevo già notato che tirava nei punti giusti. Capelli scuri, una via di mezzo tra il castano e il nero. Anche gli occhi scuri. Acuti. Valutatori. Ma anche gentili. Le mie guance si infuocarono sotto quello sguardo.

«Grandine? Che intendi?» Parlava in modo netto, come le persone in TV, non come chiunque avessi mai incontrato nella vita reale.

«No. Grandine. G-R-A-N-D-I-N-E. Non sei di queste parti, vero?»

Lui sorrise, il lato destro più sollevato del sinistro. «No. Sto ancora cercando di abituarmi ad alcuni di questi accenti texani.»

«Sei solo in visita, o vivi qui adesso?»

Quella bocca voluttuosa si tese un po'. «Un po' entrambe le cose. Sono ad Austin da tre mesi, ma spero di poter tornare a casa presto.»

«Speri?» Gli feci un sorriso disinvolto. «Chiaramente, non hai vissuto appieno l'esperienza di Austin. La maggior parte della gente non vuole più andarsene.» Tranne me. Dopo aver vissuto qui tutta la vita, la mia città natale aveva iniziato a sembrarmi un po' come una maglietta preferita che mi era diventata stretta. Morbida e confortevole, ma un po' troppo attillata.

La tensione scomparve e la sua guancia destra si sollevò di nuovo. Quel sorriso avrebbe dovuto essere illegale. «Forse non ho avuto la guida turistica giusta.» Il suo sguardo cominciò a scendere e i suoi occhi si spalancarono quando raggiunsero il mio petto. Li riportò di scatto sul mio viso. «Hai, ehm, hai del sangue sulla camicetta.»

«Oh, merda.» Misi la mia mano sopra la sua sulla maglietta. La sua mano era calda e asciutta. Pelle liscia, come se anche lui lavorasse dietro una scrivania. La sfilò da sotto la mia perché potessi valutare il danno. Dannazione, due gocce rosse proprio sopra la tetta sinistra. Tenendo una mano sulla ferita, cercai di aprire la giacca con l'altra.

«Ti aiuto?»

Annuii e lui scosse la mia giacca. Mentre me la teneva aperta dietro la schiena, infilai un braccio, cambiai mano sul taglio e poi infilai l'altra manica. Quando mi accostò i lembi, ci ritrovammo vicini, come se stessimo ballando. Quel suo profumo celestiale mi avvolse e la grandine, la mia riunione, tutto svanì intorno a me.

Mi sembrava familiare. Avevo già visto quelle labbra piene, piegate da un lato. La barba corta e scura, folta sul mento e un po' rada sulle guance. Il sorriso genuino sembrava diverso, ma avevo già visto quegli occhi segnati da piccole rughe agli angoli. Come lo conoscevo?

«Ci siamo già—»

Lui parlò nello stesso momento. «Lavori qui in zona? Non mi pare di averti mai vista prima.»

«È il mio primo giorno. Ho una riunione importante stamatti-na.» Chiaramente non ero così memorabile, se non pensava di avermi mai vista prima. Dove l'avevo incontrato?

«Lì dentro?» Inclinò il mento verso l'edificio della Synergy alle mie spalle.

«Sì, sono una consulente. Ho una mia attività.» Anche se stavo sanguinando lì sul marciapiede, sentii il petto gonfiarsi.

«Consulente.» Fece un passo indietro, portando via con sé quel profumo glorioso. I chicchi di grandine ticchettavano fuori dalla tettoia. «Lascia che ti dia un cerotto. Ne ho uno nella borsa.»

«No. Grazie, comunque.» Non potevo entrare a una riunione con Cooper Fallon con un cerotto in faccia.

«Preferiresti avere il sangue che ti cola sulla fronte durante la tua grande riunione? Quel pezzo di ghiaccio ti ha colpita per bene.» Frugò nella sua borsa e tirò fuori un piccolo kit di pronto soccorso in plastica.

«Sei un boy scout?» Io tenevo un kit di pronto soccorso in

macchina per Noah, ma non conoscevo molti uomini che ne avessero uno.

Ridacchiò. «Mi hanno cacciato quando avevo nove anni. Marlee. La mia assistente. Si prende cura di me.»

Un'assistente? Il mio soccorritore in jeans e maglietta non sembrava una persona con quel tipo di potere. Ma ora che ci pensavo, la sua voce aveva un leggero tono imperioso, come se fosse abituato a dare ordini. E a essere obbedito.

Aprì il kit con un clic e tirò fuori un cerotto. Mentre ne apriva l'involucro, intravidi un lampo di rosso.

«Che cos'è?»

«Oh. Saetta McQueen. Sai, di Cars? Ha un contorto senso dell'umorismo.»

Certo che conoscevo Cars. Era stato il film preferito di Noah da quando aveva tre anni. «Non mi metterai Saetta McQueen in faccia.»

«Mostrami quel sorriso. Quello che mi hai fatto quando parlavi della tua attività. Quello che mostrerai a loro in quella riunione.»

Non potei farne a meno. Sorrisi, un sorriso grande e ampio, ogni volta che pensavo alla Weber Technology Consulting.

«Ecco. Nessuno guarderà il vecchio Saetta McQueen quando sfodererai quel sorriso stupendo.» Mi tolse la maglietta dal viso, sfiorandomi le dita. Non era la perdita di sangue a farle formicolare.

«Grazie...» Sollevai le sopracciglia.

«Gli amici mi chiamano Jay.»

«Io sono Alicia.»

«Alicia.» Fece rotolare il mio nome in bocca. Poi, con una leggera pressione delle sue dita calde, mi applicò il cerotto sulla testa. «Adesso siamo uguali, vedi?» Mi mostrò il braccio e, infatti, sul gomito aveva un cerotto di Saetta McQueen.

«Non ti ha colpito anche a te la grandine?» Ero stata troppo concentrata sulla mia ferita, sui miei problemi, e non avevo prestato attenzione. Il braccio di Jay era gonfio di muscoli asciutti e una vena gli avvolgeva l'avambraccio. Avevo visto anche quella solo in TV.

«No.» Se lo strofinò. «Mi sono avvicinato troppo a un albero mentre correvo.» Si avvicinò di nuovo. «Posso?»

Annuii, con la gola troppo secca per parlare. Mi sistemò la giacca in modo che i lembi si unissero davanti. Poi mi fece scivolare un dito tra i capelli vicino al taglio e li lisciò. Mi scrutò dalla testa ai piedi, e ogni punto che il suo sguardo toccava formicolava.

«Come nuova.» Fece un passo indietro. «Ti senti bene? Non hai troppi capogiri?»

Capogiri? Sì. Sbattei le palpebre. L'avevo detto ad alta voce? «Sto bene.»

«Bene.» Aprì la bocca e poi la richiuse. Stava per chiedermi di uscire? Doveva sentire quello che sentivo io. Quella cosa che aveva detto riguardo al mio sorriso era decisamente un complimento. Un legame invisibile impediva a entrambi di muoverci verso la porta o verso il marciapiede.

Le parole di mia sorella di anni prima mi risuonarono in testa. La vita è breve. Non aspettare per ciò che vuoi. Chiedilo, e poi prenditelo. Non era vissuta abbastanza a lungo per seguire il suo stesso consiglio. Ma io avevo preso a cuore le sue parole e sapevo cosa volevo: più tempo con le dita gentili e gli occhi profondi di questo ragazzo. «Ehi, Jay, adesso ho quella riunione, ma forse ti andrebbe di prendere un caffè qualche volta?»

Lanciò un'altra occhiata alla porta dietro di me. «Mi dispiace, io... non posso.»

Il mio stomaco si contrasse, pesante, e le guance mi si infuocarono. «Oh, okay.» Aveva una ragazza? Marlee era più della sua assistente? O forse ero sotto shock e avevo allucinato i segni della sua attrazione. Mi stava bene, per essermi esposta così. Per aver seguito il consiglio di Melissa.

Dovevo andarmene da lì. Rimettermi in sesto e concentrarmi sulla riunione. Mi tirai più su la borsa sulla spalla. «Devo andare. Grazie per l'aiuto.»

Quando gli porsi la maglietta, il tessuto grigio era sporco di sangue. Che schifo. La ritrassi prima che potesse toccarla. «La laverò stasera e te la riporterò domani. La lascio qui nella hall domattina?»

«Certo.» Si chinò di nuovo, mostrando quella stuzzicante porzione di schiena, e raccolse un chicco di grandine grande come una pallina da golf. Tirò fuori un calzino dal borsone e ci avvolse il pezzo di ghiaccio prima di rimetterlo nella borsa. Non potei fare a meno di sorridere nonostante l'imbarazzo. Se era anche solo un po' come Noah, Jay l'avrebbe messo nel primo congelatore disponibile per esaminarlo più tardi. La curiosità scientifica mi scioglieva sempre il cuore da nerd.

Anche se il cuore di questo scienziato-barra-soccorritore non provava lo stesso per me. Le mie guance avvamparono di nuovo.

Lui aprì la porta e me la tenne.

La attraversai, attenta a non sfiorarlo. Il calore si era diffuso lungo il collo fino al petto. Vidi un cartello per i bagni sulla destra e mi ci diressi senza guardarlo. «Grazie ancora.»

«Quando vuoi, Alicia.»

Pochi minuti dopo, mi appuntai un badge da visitatore al bavero, indossando mentalmente di nuovo la mia armatura. Torniamo in carreggiata. A spaccare tutto. Niente più distrazioni, non importa quanto sexy.

Un altro uomo alto attraversò i sensori di sicurezza, porgendomi la mano. «Lei dev'essere la signorina Weber. Sono Cooper Fallon.»

Trattenni il respiro. Mascella squadrata, capelli biondo sabbia, occhi del colore dei fiordalisi. Avevo visto sue foto — il CEO della Synergy Analytics era finito sulla copertina di Forbes almeno due volte, in più l'avevo cercato su Google, ovviamente — ma le foto non mi avevano preparata a quasi due metri di pelle abbronzata e fisico asciutto, accentuato da una camicia blu impeccabile, pantaloni sartoriali e una giacca sportiva senza una piega. Passai la mano sulla mia gonna nera aderente, stropicciata dal viaggio in macchina.

Scuotendomi mentalmente, gli strinsi la mano. «Piacere di conoscerla, signor Fallon.»

Non mi chiese di chiamarlo Cooper.

«Le scale vanno bene?» mi domandò. «La riunione è al secondo piano.»

«Certo.» Un po' di cardio poteva calmarmi i nervi. Facendo un respiro profondo, lo seguii attraverso i sensori di sicurezza fino a un'ampia scala a vista. Salendo, mi guardai intorno. Ampi pavimenti in listoni di legno, condotti a vista nel soffitto, schizzi vivaci di rosso, arancione e blu sulle pareti che mi ricordavano la Hill Country in primavera. «Da quanto tempo possedete l'edificio?»

«Non da molto. L'abbiamo comprato da un'azienda che ha deciso di passare al lavoro da remoto. Vivremo nello spazio per un po' prima di decidere di apportare modifiche.»

«Ma la Synergy non è passata al lavoro da remoto?» Mi sarei quasi data una manata in fronte. Ovviamente, Alicia. Sono qui.

Mi aspettò in cima alle scale. «No, adottiamo un approccio collaborativo allo sviluppo del software. Jamila dice che è quello che preferisce anche lei, giusto?»

Sorrisi al pensiero della mia mentore. Potevo quasi sentirla accanto a me, che diceva: Ce la puoi fare. «Assolutamente» dissi. «I team possono fare molto di più quando lavorano insieme, quando non devono fare affidamento su e-mail o persino sulla messaggistica istantanea per le comunicazioni.»

«Sono lieto che la pensi così. Sono sicuro che si integrerà perfettamente con il team.»

Aprì una porta di vetro smerigliato che dava su una sala conferenze. Dentro, la maggior parte delle sedie era occupata. Una rapida occhiata mi disse che i partecipanti alla riunione erano tutti uomini; nessuna sorpresa. E a capotavola...

«Jay?» Mi portai una mano alla fronte. Era uno degli sviluppatori con cui avrei lavorato?

«Alicia!» Jay si alzò, il suo sorriso si trasformò rapidamente in un cipiglio mentre guardava da me a Cooper. «Che sta succedendo, Coop?»

Forse quel chicco di grandine aveva fatto più danni di quanto pensassi. O forse ero stata troppo infatuata da un paio di occhi scuri e penetranti. Ma vedendo i due uomini insieme, i pezzi del puzzle si incastrarono al loro posto. Cooper Fallon e 'gli-amici-mi-chiamano-Jay' Jackson Jones, co-fondatori della Synergy Analytics. La mente commerciale e il braccio della programmazione che avevano avviato l'azienda nella loro stanza del dormitorio a Stanford e l'avevano trasformata in un'azienda Fortune 1000 in meno di dodici anni.

Perché diavolo Jackson Jones aveva bisogno di me per un progetto di programmazione?

Accanto a me, Fallon si raddrizzò. «La signorina Weber è qui per aiutare a dare una direzione e a far avanzare il progetto.»

Al telefono, mi aveva detto che ero lì per salvare un progetto in difficoltà. Uhm.

Lo sguardo di Jackson si fece di ghiaccio. «In qualità di capo progetto, è mio compito dare una direzione.»

Accanto a Jackson, un giovane programmatore si afflosciò sulla sedia come se stesse cercando di sciogliersi nella rete di poliestere. Avrei voluto fare lo stesso. Quei due avrebbero dovuto essere migliori amici, e ora stavano litigando. Per causa mia. Anzi, perché Cooper Fallon non aveva detto al suo socio in affari che stava assumendo una consulente. Me. E chi diavolo era al comando qui? Guardai il posto a capotavola, quello che avevo pianificato di occupare. Quello dove ora presiedeva Jackson Jones.

Qualcosa che non era colpa mia era improvvisamente diventato un mio problema. Non c'era altro da fare che tirar fuori gli attributi e risolverlo. Raddrizzai la schiena. Si va in scena.

«Signor Fallon, le andrebbe di ragguagliare il signor Jones mentre io faccio conoscenza con il team?» dissi, con quello che speravo fosse il sorriso che Jay — Jackson — aveva ammirato e non un ringhio a denti scoperti.

«Ottima idea, signorina Weber.» Fallon inclinò la testa verso il corridoio. Jackson fece il giro del tavolo e seguì il suo co-fondatore fuori dalla porta.

Un secondo prima che la porta si chiudesse, il tono basso di Jackson fluttuò all'interno. «Questa è una stronzata, Coop—»

Parlai abbastanza forte da coprirlo. «Mentre il signor Jones e il signor Fallon parlano di strategia, noi faremo conoscenza. Sono Alicia Weber della Weber Technology Consulting e sono qui per aiutare a rimettere in carreggiata questo progetto di sviluppo in modo da poter consegnare nei tempi previsti. Non vedo l'ora di conoscervi tutti.»

«Vuoi iniziare tu con le presentazioni?» Facendo un cenno al ragazzo che era seduto accanto a Jackson, feci il giro per arrivare a capotavola. Spostai una tazza di caffè della Synergy e mi sedetti al posto di comando, abbassandolo subdolamente in modo che i miei piedi toccassero il pavimento.

Mentre i ragazzi si presentavano a turno, la discussione dall'altra parte della porta alla fine si placò e, prima che avessimo finito, Jackson e Fallon rientrarono di soppiatto. Fallon prese la sedia vuota di fronte al tavolo, con un'espressione serena mentre ascoltava il team fornire aggiornamenti sui loro compiti. Jackson si appoggiò al muro, a braccia conserte, il colore ancora acceso sugli zigomi alti. Non disse un'altra parola, ma sembrava irradiare calore, e i programmatori più vicini a lui si agitavano sulle sedie. Ma per me, almeno, era impossibile non notare il dolore nei suoi occhi. Che diavolo stava succedendo tra quei due? Avevano più bisogno di un terapista di coppia che di una consulente.

«Ora che tutti si sono presentati» disse Cooper alzandosi, «vorrei riesaminare i vincoli del progetto. Con l'arrivo di Alicia nel team, sono fiducioso che sarete in grado di completare lo sviluppo entro il 15 novembre come originariamente previsto.»

Due mesi. Avevo due mesi per dare una svolta al progetto e consegnare codice pronto per la distribuzione. Potevo farcela. Sapevo di potercela fare. A meno che...

«Alicia?» domandò Cooper.

Cosa mi aveva chiesto? Qualcosa sulla data, pensai. «Assolutamente, signor Fallon. Lo faremo.»

Jackson sbuffò.

Stretto gli occhi verso di lui. Non mi avrebbe sabotata, vero? Non sarebbe stata la prima volta che qualcuno ci provava. Le avevo viste tutte: rallentamenti deliberati, bug introdotti «accidentalmente», persino darsi malati in un momento critico di un progetto. Tutto perché una donna minacciava i loro fragili ego. Avevano fatto quadrato e si erano allargati intorno al tavolo fino a non lasciarmi spazio.

Non potevo permettere che accadesse qui. Se avessimo avuto successo, la raccomandazione di Cooper Fallon mi avrebbe aperto le porte ad Austin, nella Silicon Valley, ovunque volessi lavorare. Avrei avuto carta bianca. Se avessi fallito, però, quella sarebbe stata la fine della Weber Technology Consulting. Sarei tornata nel cubicolo di qualcun altro a sfornare codice, qualcosa da cui cercavo di fuggire da cinque anni.

Così, quando Cooper Fallon mi strinse la mano e disse: «Ci vediamo domani mattina alle otto?», risposi: «Assolutamente. Non vedo l'ora di iniziare.»

È sempre bene iniziare un nuovo lavoro mentendo spudoratamente, giusto?

Come se potesse vedere il pensiero colpevole scorrermi sulla fronte come un'insegna luminosa, Cooper mi guardò con gli occhi stretti. «A domani, allora.» Si voltò per parlare con Jackson, che mi fissava con un'espressione indecifrabile. Era svanita la tenerezza che aveva mostrato quando mi aveva premuto quel ridicolo cerotto sulla fronte.

Lo fissai a mia volta. Non importava quanto fosse stato gentile. O quanto fosse un programmatore famoso. Non avrei permesso in nessun modo a Jackson Jones di rovinarmi questa opportunità decisiva.

2

ALICIA

NELL'ISTANTE IN CUI mi fermai al campo di calcio degli U11, capii che qualcosa non andava.

Non era un sesto senso da mamma come quello che aveva la mia migliore amica, Tiannah. Immaginavo fosse qualcosa che ti entrava nel sangue in sala parto, come l'ossitocina. Io ero la prova che non lo si poteva ottenere semplicemente tenendo la mano a tua sorella mentre partoriva.

No, lo capii perché i bambini non stavano correndo in giro. Erano seduti sull'erba mentre Tiannah teneva Noah in grembo, asciugandogli le lacrime e baciandogli la fronte. Dietro di lei, suo marito, l'allenatore, camminava avanti e indietro con il telefono all'orecchio. Ignorai il telefono che vibrava per saltare giù dall'auto e attraversare barcollando sui tacchi il parcheggio sterrato. Giurai che li avrei bruciati. Mi avevano rallentata due volte in un giorno.

«Noah!» caddi in ginocchio accanto a lui sull'erba. «Cosa è successo?»

Tiannah si allungò e mi prese la mano, e la sua materna rassicurazione si riversò in me. «È inciampato. È caduto male. Dice che gli fa male il braccio.»

La pelle lungo l'avambraccio si era già arrossata. Forse non avevo il sesto senso da mamma, ma Noah si era rotto abbastanza ossa da farmi sapere quale fosse il passo successivo.

«Ehi, campione,» dissi a voce bassa. «Pensi di riuscire ad alzarti?»

Si asciugò il viso con la manica. «Sì.»

«Andremo dalla dottoressa Ruiz. Ti sistemerà lei.» Lo sorressi sotto il braccio sano e Tiannah lo afferrò da dietro mentre si alzava sulle gambe malferme.

Mentre gli altri bambini applaudivano, Tamika corse verso di noi, con le treccine che volavano. «Noah, stai bene?»

«Sì.»

Lei lo abbracciò, ignorando il braccio che gli pendeva goffamente di lato. «Guarisci presto, ok? Ci vediamo domani a scuola.»

Lui annuì e si districò dal suo abbraccio. Poverino, doveva fargli davvero male. Normalmente, avrebbe parlato con la sua migliore amica finché non li avessimo trascinati via a forza.

«Alicia!» La voce familiare mi fece stringere lo stomaco. Si avvicinarono dei passi di corsa e Rick apparve lì, col respiro a malapena affannato per aver attraversato di corsa due campi da calcio. «Cosa è successo?»

Alzai lo sguardo verso il suo viso mascolino. Un tempo pensavo fosse bello; ora gli angoli acuti dei suoi zigomi apparivano duri. Niente a che vedere con le morbide rughette attorno agli occhi color cioccolato di Jackson Jones. Sbattei le palpebre per scacciare il ricordo. «Noah è caduto, lo sto portando dal medico.»

Sollevò delicatamente il braccio che Noah teneva stretto e lo esaminò. «Fa tanto male, eh?»

«Sì, coach... cioè, Rick.» La bocca di Noah si contrasse in una smorfia.

Rick gli scompigliò i capelli. «Forse non sono il tuo allenatore questa stagione, ma puoi ancora chiamarmi così.»

Feci una smorfia. Avevo fatto carte false per assicurarmi che

Noah non finisse nella squadra di Rick questa stagione. Avevo sperato di non vederlo mai più dopo la nostra rottura a inizio estate, ma avrei dovuto saperlo, considerando quanto tempo passavamo tutti al centro sportivo.

«Sembra che potrebbe essere rotto. Lo porterei dal medico.»

Sbattei le palpebre con forza per evitare di roteare gli occhi. Non gli avevo appena detto che stavamo andando proprio lì?

«Posso venire con voi. Parlare col medico. Palmer sta da sua madre stasera.»

«No.» L'avevo detto più forte di quanto intendessi. «Cioè, stiamo bene. Me la cavo.» Visto che Rick não lasciava andare il braccio di Noah, aggiunsi: «Vorrei portarlo lì prima che chiudano.»

«Certo.» Scompigliò di nuovo i capelli di Noah. «In bocca al lupo, Noah. Spero di rivederti presto in campo.»

«Grazie, coach.» Gli occhi di Noah erano stretti per il dolore, ma brillavano ancora guardando Rick. Merda. Sapevo che era stata una pessima idea uscire con un uomo che era sia il suo allenatore che il padre di uno dei suoi amici. Probabilmente Noah sperava che tornassimo insieme. Ma non l'avrei fatto. Nemmeno per lui.

«Sei sicura di não aver bisogno di me?» chiese Rick a voce bassa, solo per me. I suoi occhi verdi brillarono.

«Grazie, Rick. Stiamo bene.»

«Ma…»

La voce di Tiannah lo interruppe. «Ha detto che sta bene. E poi, vado io con lei.»

La guardai stupita. «Ma che ne dici di…»

«Orlando si occupa dei bambini.» A voce più bassa, aggiunse: «Un po' di aiuto ti farebbe comodo. Ma non da parte sua.» Si mise la borsa in spalla.

La bocca di Rick si contrasse ma, dopo un istante, annuì e si allontanò. Non lo guardai nemmeno. Be', ok, forse lasciai vagare brevemente gli occhi sul suo fondoschiena. Quei pantaloncini da calcio mi fecero ricordare perché avevo ceduto quando mi aveva chiesto di uscire. Se solo fosse stato in grado di mantenere ciò che quei glutei muscolosi promettevano.

Tiannah mormorò quello che stavo pensando. «Un gran bel culo sprecato.»

Mi morsi la lingua per non rispondere, memore delle tante piccole orecchie intorno a noi.

«Andiamo, Noah.» Gli aprii la portiera dell'auto e lui si infilò con cautela sul sedile posteriore.

Tiannah mise la mano sulla portiera del passeggero anteriore della mia auto.

Un'ondata di senso di colpa mi travolse. «Davvero, Tee, ce la faccio. Não è la nostra prima volta al pronto soccorso. Hai già abbastanza da fare con un bambino piccolo, uno dell'asilo e uno di quinta elementare da lavare, sfamare e mettere a letto.»

Aprì la portiera. «Ma não devi fare tutto da sola. E poi, voglio sapere tutto del tuo primo giorno da consulente.»

Sorrisi nonostante la morsa allo stomaco. Avevamo lavorato insieme finché lei non si era licenziata, due anni prima, per fare la mamma a tempo pieno. Io lo stavo già pianificando allora, e lei era coinvolta emotivamente nella Weber Technology Consulting quasi quanto me. «Ok, allora. Salta su.»

Noah stava ancora armeggiando con la cintura di sicurezza, così gliela allacciai io. Mi fece un sorriso incerto e chiusi la portiera. Mi misi al posto di guida della mia Honda, salutai l'allenatore con la mano e uscii lentamente dal parcheggio, facendo attenzione ai palloni e ai genitori distratti.

Incrociai lo sguardo di Noah nello specchietto retrovisore. «Dimmi cosa è successo, campione.»

Diede dei calci con gli scarpini contro il sedile. «L'allenamento era finito e il coach ci ha fatto fare un giro di campo. Stavo vincendo e, quando ho alzato lo sguardo, sono inciampato. Sono caduto sul braccio e mi ha fatto tanto male. Signora Tiannah, crede che abbia vinto lo stesso, anche se sono caduto?»

«Certo che hai vinto. Hanno visto tutti che saresti arrivato primo.»

Nello specchietto, lo vidi appoggiarsi allo schienale e sorridere. Lo spirito competitivo era di casa nella famiglia Weber.

Il pronto soccorso não era lontano e il percorso era familiare. Ma questa volta, con la presenza calmante di Tiannah in macchina, não ero in preda al panico per l'infortunio di Noah né mi stavo colpevolizzando per i miei fallimenti come genitore che avrebbero potuto causarlo. Così entrai nella sala d'attesa con un sorriso, tenendo la mano sana di Noah. Mi bloccai quando vidi il volto sconosciuto dietro il bancone.

«Dov'è Ruby?» Mi avvicinai al bancone.

«Stasera não c'è. Qual è il motivo della sua visita?» Fissava lo schermo, le dita pronte sulla tastiera.

«Mio nipote...» merda, avrei dovuto spiegarle tutta la storia «...si è fatto male al braccio giocando a calcio. Ha dieci anni. La dottoressa Ruiz c'è stasera?»

«Sì.» Digitò qualcosa e poi mi porse una cartelletta. «Deve compilare questo e abbiamo bisogno di una lettera di consenso da parte dei suoi genitori.»

«Sono la sua tutrice legale. I suoi genitori sono...» lanciai un'occhiata a Noah sulla sedia di plastica accanto a Tiannah «...non più con noi. Sono sicura che siamo nel vostro sistema con la documentazione appropriata.»

Il suo sorriso era dolciastro. «Compili i moduli. Non dimentichi i dati dell'assicurazione.»

Il cuore mi sprofondò nello stomaco. L'assicurazione. Quanto mi sarebbe costata questa visita? Almeno não eravamo andati al pronto soccorso dell'ospedale. Per ora.

Le presi la cartelletta e mi trascinai dove sedevano Tiannah e Noah. Mi lasciai cadere sulla sedia accanto a Noah e compilai il modulo, tirando fuori la mia nuova tessera sanitaria e trascrivendo attentamente i numeri.

Tiannah mi diede una gomitata. «Che c'è?»

«Niente, solo... in questo momento mi manca la mia vecchia assicurazione. Sai com'era buona. Ho scelto il piano più economico mentre sto ancora avviando la mia azienda. Avrei dovuto sapere che não era una buona idea avviare un'attività durante la stagione di calcio. Questo ticket mi costerà caro.»

«Avere un'attività in proprio ne vale la pena. Supererai anche questa.»

Dopo l'incontro con Cooper e Jackson, não ne ero così sicura.

Dovetti discutere con la nuova receptionist riguardo all'autorizzazione dei genitori finché não trovò la nostra documentazione nel sistema. Finalmente vittoriose, ci portarono dalla dottoressa Ruiz, che palpò il braccio di Noah e ci disse che doveva portarlo a fare una radiografia.

Quando la porta si chiuse dietro di loro, Tiannah mi abbracciò. «Andrà tutto bene, tesoro.»

«Lo so.» La strinsi a mia volta. «È un ragazzo forte.»

Si appoggiò al muro della sala visite. «Anche tu sei forte, sai. Com'è andato il tuo primo giorno?»

Sbuffai. «Terribile.» Sollevai i capelli per mostrarle il cerotto di Saetta McQueen e le raccontai brevemente dei fondatori disfunzionali della Synergy Analytics e del difficile compito che mi avevano affidato.

Scosse la testa. «Jamila cosa ha detto?»

«Quando? Intendi due settimane fa, quando mi ha parlato di questo ingaggio?»

«Non l'hai chiamata dopo?»

«Oggi? No. Oggi ho fatto la persona adulta. Posso gestire la cosa.»

Tiannah roteò gli occhi. «Pensi sempre di dover fare tutto da sola. Jamila conosce questi tizi. Sono andati tutti al college insieme. Può darti qualche dritta. Suggerimenti. Leve. Scommetto che ha qualche scheletro nell'armadio su quel Jackson Jones. Qualcosa che puoi usare per avere un vantaggio su di lui.»

Pensare a Jackson Jones e alle gambe – al modo in cui quei jeans consumati gli fasciavano le cosce – mi fece avvampare le guance. Come al solito, a Tiannah não sfuggì nulla.

«Sono fighi come nelle foto?»

«Trauma cranico.» Indicai il taglio. «Não sono affidabile per dare giudizi del genere.»

Arricciando le labbra, inarcò le sopracciglia. «Ok, sì, assolutamente fighi. Tutti e due. Ma Cooper è un iceberg.» Rabbrividii, ricordando il gelo dei suoi occhi. Jackson era l'opposto: il calore in quegli occhi scuri mentre mi tamponava il sangue dal viso era stato come un fuoco scoppiettante in una frizzante giornata d'autunno, ma erano divampati in un incendio quando aveva scoperto che ero lì per prendere il controllo del suo progetto. Pericoloso. La fiamma si era spenta dopo aver parlato con Cooper in corridoio. Non riuscivo ancora a decifrare la loro dinamica.

«Oh, e ho dimenticato di dire che ho provato a chiedere a Jackson Jones di uscire, prima di sapere chi fosse, quindi c'è anche questo.» Feci una smorfia.

«Amica.» Schioccò la lingua. «Non devo essere io a dirti di stare alla larga da tutta quella situazione.»

«No. Solo svantaggi per me in quella situazione. Meno male che mi ha detto di no.» Lo stomaco mi si attorcigliò per l'imbarazzo. «E ora che mi sono unita al suo progetto, Jackson è amichevole come un cespuglio di rovi. Comunque, è totalmente irrilevante. Sono lì per fare un lavoro. Entro, faccio il mio lavoro ed esco.»

«Ma?»

«Immagino di aver pensato che sarebbe stato diverso da consulente. Mi assumono per essere intelligente. Arrivo, salvo il progetto, me ne vado. Niente fragili ego maschili. Niente picnic aziendali. Niente aperitivi. Niente valutazioni delle prestazioni. Facile. Transazionale.»

«Tesoro.» Mi strinse la mano. «Niente è facile per le donne in un mondo di uomini. Combatterai la buona battaglia contro il patriarcato ogni santo giorno. So che farai del tuo meglio. E renderai Jamila orgogliosa.»

Sentii anche quello che não disse. Che se avessi fatto un casino alla Synergy, ciò si sarebbe riflesso negativamente su Jamila. Feci un respiro profondo. «Fai il lavoro, vattene. Non sollevare polveroni. Ho capito.» Avevo camminato in punta di piedi nel campo minato degli ego maschili per tutta la mia carriera. E questa volta, venivo pagata il doppio di quanto guadagnassi come dipendente.

Lottando contro Jackson Jones, me li sarei guadagnati fino all'ultimo centesimo. E quando la dottoressa Ruiz entrò e mi disse che Noah si era fratturato l'ulna, e la sua assistente ci disse quanto sarebbe costato il trattamento con la mia assicurazione da quattro soldi, capii che ne avrei avuto bisogno, eccome.

3

JACKSON

«NON TROVERAI CIBO come questo a San Francisco». Mi scostai per valutare l'espressione di Cooper.

Il suo labbro si arricciò così impercettibilmente che chi non lo conosceva da una dozzina d'anni avrebbe potuto non notarlo. Il suo sguardo vagò dalla maglietta con la scritta "Keep Austin Weird" della persona davanti a noi, alla ragazza che prendeva le ordinazioni, sudata e con il grembiule sporco di salsa, fino alla cucina affollatissima, dove un uomo ancora più sudato girava una carré di costolette. «No, non credo proprio».

Da quando Alicia era entrata di prepotenza nella riunione quella mattina—la riunione che pensavo fosse mia, la prova che Cooper si fidava di nuovo di me—tutta sicurezza e grazia nonostante la ridicola benda che le avevo premuto sulla fronte, mi sentivo come se fossi ricoperto di formiche. Formiche di fuoco, che avevo scoperto essere una realtà—una realtà dolorosa che ti mordeva il culo—quando avevo provato a riposare sull'erba al parco dopo una delle mie corse. E questo mi rendeva, come dicevano qui in Texas, scontroso.

Così avevo portato Cooper all'affumicatoio, con il suo servizio sgarbato, i tavoli appiccicosi e i condimenti self-service, che sapevo avrebbe odiato. Ma non ero uno sprovveduto. Il cibo, la cosa migliore che avessi mangiato nei tre mesi passati ad Austin, ne valeva la pena.

Il telefono mi vibrò in tasca e lo tirai fuori. Un promemoria per chiamare Sam. Marlee era una santa a impostare i promemoria settimanali. Ignoravo quelli che aveva impostato per chiamare mia madre e gli altri miei fratelli, ma non saltavo mai quello per Sam.

«Scusa, è una cosa di cui devo occuparmi. Mi ordini le costolette, l'insalata di patate e l'okra?». Ridacchiai all'espressione inorridita di Cooper e uscii. Trovai un po' d'ombra sotto un albero, mi infilai gli auricolari e feci una videochiamata a Sam.

Rispose dopo qualche squillo. Le pareti grigio istituzionale che la circondavano rendevano la sua pelle pallida verdastra.

«Perché non puoi mandare messaggi come una persona normale?»

«I fratelli maggiori preferiti non devono mandare messaggi per primi. E poi, mi piace cogliere la gente alla sprovvista. Dove sei, comunque?»

«Sulle scale della facoltà. Stavo lavorando quando hai chiamato».

«Ai compiti? Hai bisogno di aiuto?»

«No, Jackson». Alzò gli occhi al cielo. «Sto lavorando al mio progetto di ricerca».

«È programmazione, giusto? Posso aiutarti. Come facevo quando vivevo a casa».

«Quando vivevo a casa, non mi occupavo di ottimizzazione convessa. E neanche tu».

«Ottimizzazione che?»

Fece un sorrisetto. «Già, non lo insegnavano dieci anni fa agli studenti universitari, neanche a Stanford. Ammettilo, ora che sono alla specialistica, sono io il guru della programmazione».

«Certo. Sei sempre stata un talento naturale. Ma sei sicura di stare bene?». Non aveva quelle occhiaie l'ultima volta che ci eravamo parlati.

«Sto bene. Anche se il progetto della mia tesi non sta andando come speravo. È davvero difficile, sai?»

«Io ho a malapena preso la triennale. Quello che stai facendo è difficile, ma puoi farcela. Sei la più intelligente di tutti noi».

Sbuffò, ma capii che stava nascondendo un sorriso. «Dillo a Madre».

«Lo farò, la prossima volta che le parlerò». Il che non sarebbe successo prima del Giorno del Ringraziamento, se avessi potuto evitarlo.

Il suo mezzo sorriso svanì. «Vorrei poter venire in Texas».

Balzai in piedi e mi misi a girare intorno all'albero. «Perché? Che c'è che non va? Quel coglione di Stephen non ti sta di nuovo importunando, vero? Perché prendo un aereo e torno lì e—»

«No, no. Intendo solo dire che Madre sa essere pesante. Mi servirebbe un po' di distanza. Un giorno...»

La mia sorellina mi somigliava molto, ma non aveva sviluppato il mio atteggiamento di menefreghismo nei confronti di nostra madre. «Non lasciarti intimidire da lei. E forse un po' di distanza è tutto ciò di cui hai bisogno anche per il tuo progetto. Sai che i nostri cervelli non funzionano come quelli degli altri. Fatti un giro in macchina. O una corsa. Passa un po' di tempo fuori».

Un angolo della sua bocca si sollevò. «Sei sempre stato un asso a fuggire dalle situazioni difficili».

«Ehi, non sto dicendo che sia la strategia di adattamento più sana, ma forse hai bisogno di una pausa. Cazzo, ti pago io il volo per venire qui, Samwise. Potremmo andare in un honky-tonk bar. Bere tequila fino a vomitare». Avere una faccia amica ad Austin sarebbe stato un sollievo dopo mesi passati con gente che camminava sulle uova intorno al fondatore dell'azienda. Almeno al quartier generale mi consideravano un fallito, niente di cui aver paura. Weston, e persino Cooper, se ne erano assicurati.

«È carino da parte tua offrirmelo, ma passo. Troppo da fare

qui. Forse però porterò Bilbo Baggins a fare una lunga passeggiata».

«Okay». Non lasciai che la delusione trasparisse sul mio viso. «Ma se hai bisogno di qualcosa, chiamami».

«Ricevuto. Quando torni a casa?»

«Forse per il Ringraziamento. Sicuramente a Natale». Cooper aveva detto che dovevamo finire lo sviluppo per metà novembre. Speravo che quello avrebbe posto fine al mio esilio. Così avrei potuto controllare di persona mia sorella.

«Bene. Mi manchi. Ti voglio bene, Jackson».

«Anch'io ti voglio bene, Samwise».

Sospirai profondamente. L'avrei chiamata la settimana successiva per controllare come stava. Per assicurarmi che dormisse. Avrei voluto poterla aiutare con la programmazione. Programmavamo insieme stupidi giochini, pieni di magia e combattimenti con la spada. Mi ero divertito un mondo a insegnare alla mia sorellina a programmare. Ma aveva ragione lei; mi aveva superato di gran lunga in quanto a competenza. La programmazione era una delle cose in cui ero più bravo, ma ora persino Cooper aveva perso fiducia nelle mie capacità.

Mi trascinai verso il tavolo da picnic in legno dove si era sistemato Cooper. La maggior parte del calore del giorno era scesa con il sole, ma faceva ancora un caldo torrido per due ragazzi cresciuti nelle fresche estati della California del Nord. La mia maglietta degli AC/DC mi si appiccicava alla schiena. Cooper si era rimboccato le maniche.

«È tutto il giorno che voglio chiedertelo». Cooper abbassò lo sguardo sui miei piedi. «Che cazzo sono quelli?»

«I miei stivali?». Mi lasciai cadere sulla panca e sollevai un piede per ammirare la tomaia in pelle di struzzo. Così mi aveva detto di chiamarla la ragazza carina al negozio di stivali, la parte che andava dalla punta alla caviglia, dove iniziava il gambale. Avevamo scherzato molto sul gambale. Ma avevo comprato gli stivali e me ne ero andato, rifiutando di chiederle il numero. Per quanto ne sapevo, si sarebbe presentata il giorno dopo come nostra nuova receptionist. Il che mi ricordò di come avevo quasi fatto un casino con Alicia.

«Non voglio parlare di quei cazzo di stivali. Voglio parlare del fatto che hai assunto una consulente senza dirmelo». Una a cui avevo quasi chiesto di uscire prima di scoprire che lavorava nel nostro edificio. Ripassai mentalmente i nostri primi minuti insieme. La setosità dei suoi capelli lisci e biondi quando glieli avevo scostati dalla fronte. La sua pelle liscia, rovinata da quel pezzo di ghiaccio assurdamente tagliente. Il suo completo nero formale, che le fasciava tutti i punti giusti, abbinato a quei tacchi vertiginosi da dominatrice. Una fantasia da maestrina birichina in pericolo che premeva tutti i miei tasti giusti. Ma non avevo intenzione di ripetere l'errore che avevo fatto con Callie.

«Vuoi parlarne adesso?». I suoi occhi azzurri scintillarono di schegge di ghiaccio. «Bene. Il modo in cui ti sei comportato questo pomeriggio è stato imperdonabile. Sì, siamo soci. E amici. Ma non ti permetterò di minare la mia autorità o le mie decisioni. Alicia inclusa».

«Solo un cazzo di stronzo sgancia una bomba del genere al suo migliore amico davanti al suo team». Era ancora il mio team?

Ebbe la decenza di sembrare imbarazzato. «Scusa, Jay, so che non è stato l'ideale. Avrei dovuto gestire la cosa meglio. Non sapevo come dirtelo senza—»

«Che ne dici di: 'Ora sei riuscito a fare un casino anche con l'unica cosa in cui eri bravo, quindi faremo venire un tizio a caso preso dalla strada per sistemarla al posto tuo. Chiunque potrebbe farlo meglio di te, Jay'».

«Non è una tizia a caso», ringhiò Cooper. «È pienamente qualificata e certificata, e ha una splendida raccomandazione da parte di Jamila. Ti fidi di Mila, no?»

Non mi fidavo di lei se stava per raccomandare qualcuno che era chiaramente la mia kryptonite per lavorare con me. Che Cooper avesse raccontato a Jamila quello che era successo a maggio, e ora lei stava cercando di punirmi? Ma perché l'avrebbe fatto? Eravamo amici. Non come lei e Cooper, con la loro storia tira e molla. La settimana prima era venuta a trovarmi qui, in esilio. Mi aveva portato a mangiare tacos e non aveva detto una parola su Callie. O su Alicia Weber.

Era una coincidenza che avesse raccomandato Alicia, intelligente, competente, e forse anche una brava programmatrice, che avrebbe reso l'andare in ufficio una tortura quotidiana? Qualcuno —l'universo, forse?— mi aveva incastrato per farmi fallire.

No. Ero stato io. Me l'ero fatto da solo, facendo un casino. Se non mi fossi ubriacato quella notte, non sarei ad Austin. Non avrei mai incontrato Alicia Weber né sarei stato sostituito da lei.

Il nostro numero gracidò dall'altoparlante, interrompendo la canzone di Randy Travis.

Mi alzai. «Torno subito».

Un minuto dopo, sbattei un vassoio di alluminio con petto di pollo carbonizzato, fagioli pinto e cavolo riccio davanti a Cooper. L'espressione sul suo viso era impagabile, e l'orrore si intensificò quando posai il mio vassoio con costolette ricoperte di salsa, okra fritto e cremosa insalata di patate.

Ma non disse una parola. Prese una forchetta e un coltello dal barattolo sul tavolo, li pulì circa cento volte con un tovagliolo di carta dal rotolo accanto, e poi iniziò a tagliare il suo pollo con un delicato movimento a sega degno di mia madre in un ristorante a tre stelle Michelin.

Staccai una costoletta dal carré e affondai i denti nella carne tenera. Deliziosa. Mi godevo la repulsione di Cooper mentre mi leccavo la salsa dalle labbra e dalla punta delle dita? Ehm, sì.

Mangiammo per qualche minuto in silenzio. A parte i cinque minuti in cui non sapevo che Alicia lavorasse nel mio edificio, erano stati la parte migliore della mia giornata.

Finché non posò coltello e forchetta. «Da quando sei venuto qui—»

«Non indorare la pillola, Coop. Da quando mi hai esiliato qui». Lanciavo un osso spolpato nel mucchio nell'angolo del mio vassoio.

Mi lanciò un'occhiataccia del tipo "sai-bene-cosa-hai-fatto".

«Pensavo che allontanandoti dalla… situazione, ti avrebbe aiutato a concentrarti sul lavoro. Eppure non ho visto alcun progresso».

Un calore mi montò nel petto, e non era per la salsa barbecue piccante. «Sto dando il buon esempio. Sto tenendo la testa bassa e programmando come mi hai detto tu. Anche gli altri ragazzi lo stanno facendo. Stiamo facendo progressi».

Sollevò con la forchetta un boccone di cavolo riccio floscio e lo guardò di sguincio. Avevo omesso di fargli notare che qui, "greens" non significava cavolo crudo. «Non avevo prove di questo. O fiducia che avreste finito in tempo».

«Non ti fidi di me, Coop?». La nostra amicizia di oltre una dozzina di anni doveva pur valere qualcosa.

«Io—» Rimise i cavoli nel piatto e li spostò in giro. «Voglio fidarmi. Ma…»

Non dovette finire. Il mio più recente casino era stato piuttosto epico.

Posò la forchetta. «Gurusoft ha già annunciato il suo prodotto. Il nostro più grande cliente mi ha detto la settimana scorsa che se non avremo il nostro pronto entro la fine dell'anno, passeranno a loro. Non possiamo permettere che succeda. Non in questo clima di affari».

«Quando avevi intenzione di dirmelo?». Afferrai un tovagliolo di carta e mi strofinai le dita.

«La settimana scorsa. Vorrei che tu leggessi le tue email».

Cooper mi mandava un sacco di email. Di solito erano piene di numeri e cazzate di cui non mi importava. «Cazzo».

«È questo il nostro problema, proprio qui, Jackson». La sua mano si strinse a pugno sul legno appiccicoso del tavolo. «Non prendi niente sul serio. E il nostro business è una cosa fottutamente seria».

Alzai gli occhi al cielo verso l'ombrellone a strisce rosse e bianche. Aveva usato il mio nome, non Jay come mi chiamava da quando eravamo diventati migliori amici al primo anno a Stanford, come se fossi un collega qualunque. Il nostro business non era sempre stato serio. Un tempo era divertente. Ai tempi in cui eravamo solo un paio di nerd nella nostra stanza del dormitorio, che sognavano di cambiare il mondo.

«Senti», disse più dolcemente. «So che quello che è successo a tuo padre ti ha dato una certa visione della vita—»

«Un cazzo di infarto a quarantun'anni. Sono solo nove anni più di noi!»

Cooper guardò le persone al tavolo accanto che si erano girate a fissarci. Mi tese i palmi delle mani in un gesto di "calma". «Nessuno sta dicendo che devi essere un maniaco del lavoro come lo era lui. Ho bisogno di più comunicazione. È per questo che ho fatto venire Alicia».

Feci un gesto con le mani sopra la testa. «Ti scrivo quasi ogni giorno!»

«Non riguardo al nostro business». Strinse gli occhi sul mio gomito. «Perché porti un cerotto di Saetta McQueen?»

Mi ero dimenticato che fosse lì. «Storia divertente. Marlee—»

«Anche Alicia ne aveva uno». I suoi occhi erano due fessure. «Voi due—»

«No!». Pensava che scopassi con chiunque vedessi? E quando ne avrei avuto il tempo? «È rimasta coinvolta nella grandinata, si è tagliata la testa. Gliene ho dato uno. Sono stato gentile. Questo prima di sapere che voi due mi stavate fottendo. Avrei dovuto lasciarla sanguinare dappertutto». Sarebbe stata lei a essere giudicata poco professionale invece di me. Anche se neanche uno stronzo come me avrebbe potuto lasciarla lì a sanguinare. Nemmeno se avessi saputo perché era lì.

Con un'ultima stretta dei suoi occhi gelidi, Cooper si appoggiò allo schienale. «Se sento anche solo il minimo accenno—»

Sbuffai. «Non succederà. Ho imparato la lezione. Prometto. Ora, visto che mi stai sostituendo qui, posso tornare a casa?». Avrei potuto vedere Sam, assicurarmi che non si stesse ammazzando di lavoro.

«Non ti sto sostituendo. Sei il miglior fottuto programmatore che abbia mai conosciuto. Ora che c'è Alicia, puoi concentrarti sul codice e lasciare che lei si occupi di tutto il resto».

«Tutto il resto?»

Il suo sguardo si spostò di lato. «Gestire il backlog, i rapporti, fare da mentore al team, sai, tutto questo».

«Ma lo faccio io. Sono io il team lead». Beh, okay, ne ero responsabile. Forse non l'avevo fatto bene come avrei dovuto. Ero rimasto così traumatizzato dalla faccenda di Callie che avevo avuto paura di creare qualsiasi legame personale nell'ufficio di Austin. Avevo pensato che se ci fossimo tutti limitati a fare il lavoro, alla fine si sarebbe risolto tutto da sé.

Si asciugò le mani. «Ora è lei la team lead».

Mi afflosciai sulla panca. Stava succedendo di nuovo. Avevo fatto un casino, e un altro pezzo dell'azienda mi veniva tolto. Ma non avrei mai lasciato che Cooper vedesse quanto mi faceva male, e non avrei iniziato adesso.

«Tieni, prova questo». Tesi un pezzo di okra.

«Sai che non mangio cibi fritti».

«È una verdura. Provala». Gli porsi il tondino croccante. «Fidati di me». Non l'avevo mai mangiata prima di venire in Texas, e la differenza di consistenza tra l'esterno croccante e l'interno viscido mi affascinava.

Mi guardò di sguincio ma prese il pezzo di okra dalla mia mano. Lo fissò per un secondo e poi se lo mise in bocca. Dopo il primo crunch, la sua bocca si afflosciò, ma masticò e ingoiò da campione. Bevve un sorso d'acqua prima di balbettare: «È rivoltante».

Presi un altro pezzo e lo sgranocchiai. «Forse è un gusto acquisito?»

«Concentrati, Jay. Dobbiamo parlarne». Si pulì la bocca con un tovagliolo di carta pulito. «Ho piena fiducia nelle tue capacità di programmazione, ma le vendite di questo prodotto determineranno il successo o il fallimento del nostro primo trimestre. Ricorda quante persone dipendono da noi. Il team vendite. Il marketing. L'assistenza clienti. Se abbiamo prodotti da vendere, da commercializzare, da supportare, loro hanno un lavoro. Se non li abbiamo...». Allargò le mani, con i palmi rivolti verso l'alto.

«Non starai parlando di licenziamenti». Il mio amico poteva essere uno stronzo freddo, ma non pensavo che fosse passato al lato oscuro. Con quel fottuto di Weston, il nostro CEO.

Cooper serrò la mascella. «Forse non te ne sei accorto, ma quest'anno non hai ricevuto uno stipendio. Neanch'io. La recessione è stata dura per i nostri clienti. Meno persone che comprano auto significa meno soldi per i sistemi telematici, per il software di ottimizzazione della produzione. Meno persone che lavorano significa che le aziende non possono permettersi costosi sistemi di analisi aziendale. Loro sono in difficoltà, e ora anche noi. Non voglio licenziare persone, ma se questo prodotto viene ritardato, potremmo doverne mettere alcuni in cassa integrazione finché non sarà pronto».

I volti dei membri del mio team mi balenarono in mente. Lo sviluppatore senior, Amit. Il nuovo arrivato, Tyler. Persino Ivan, la guardia di sicurezza. Marlee, la mia assistente a San Francisco. Ora che ero qui non aveva molto da fare, ma mi ero rifiutato di metterla in cassa integrazione. Viveva con suo padre, che non poteva lavorare, ed entrambi dipendevano dal suo stipendio.

«Niente cassa integrazione». Allentai la presa su coltello e forchetta e li posai sul vassoio di alluminio. Mi avevano lasciato delle linee rosse sui palmi. «Ci penso io, Coop. Non li deluderò».

«Lo so, Jay. Ma ora è Alicia a comandare».

«Coop, dammi un'altra possibilità. Io—». Non ero pronto a supplicare, ma avrei fatto qualsiasi cosa per fargli credere di nuovo in me. Per non deluderlo. «Dimmi cosa devo fare per dimostrarti il mio valore».

Mi fissò, quegli inquietanti occhi blu ghiaccio che mi scavavano nell'anima. Mi aveva sempre visto per quello che ero, non importava dietro quale cortina fumogena mi nascondessi. «Bene. Tre cose». Alzò tre dita e le elencò. «Produrre buon codice in tempo. Guadagnarsi il rispetto del team. Lavorare insieme per raggiungere i vostri obiettivi».

Buon codice, potevo farlo. Rispettare le scadenze non era sempre garantito, ma ci avrei provato. Il rispetto del team? Facile.

La mia reputazione era leggendaria. Il nuovo ragazzo, Tyler, praticamente mi venerava.

Ma lavorare insieme? Non era il mio forte. Avevo imparato molto tempo fa a non fidarmi di nessuno tranne che di Cooper. Era l'unico che non mi aveva mai preso in giro per la mia mancanza di concentrazione, per la mia impulsività, per il mio disprezzo per l'autorità che mi metteva nei guai. Meglio tenere la testa bassa, scrivere il mio codice e fare affidamento sul fatto che gli altri ragazzi facessero lo stesso. Ma forse se avessi passato un po' più di tempo a interagire con il team, a lui sarebbe bastato. Inoltre, i loro posti di lavoro —i posti di lavoro di tutti— erano in gioco. Per quello valeva la pena di esporsi al ridicolo.

«Bene, lo farò. Vedrai. Ci penso io».

«Ho piena fiducia in te e nel team. Con l'aiuto di Alicia». Spingendo via il suo vassoio di pollo mangiato a metà, disse: «Ora, ho visto una macchina per il gelato soft?»

Cooper monitorava il suo consumo di zuccheri con la stessa intensità con cui seguiva il suo portafoglio di investimenti. Non avrebbe toccato un dessert self-service a base di latticini congelati e aromatizzati artificialmente alla vaniglia neanche con un bastone lungo tre metri. Quindi quello era il suo segnale che la conversazione era finita, e la sua parola era legge. Era così da Stanford. Lui prendeva le decisioni, così io non avrei fatto casini.

Allungai la mano sul tavolo e gli afferrai il polso. «Sto cercando di cambiare, Coop. Non ti deluderò. Non deluderò nessuno».

Quando annuì, lo lasciai andare. Entrambi sapevamo che, dopo la programmazione, deludere le persone era la cosa che mi riusciva meglio.

Non questa volta. Avrei dimostrato a Cooper che potevo fare questa cosa senza fare casini.

4

ALICIA

AVEVO APPENA SOLLEVATO la tazza fumante di Earl Grey alle labbra — dopo una notte insonne passata a rimuginare sui ticket sanitari, avevo bisogno di una dose di caffeina — quando Jackson Jones entrò con passo disinvolto nella cucina comune, con quelle sue gambe lunghe e la sua grazia atletica. Fui contenta di non aver ancora bevuto; non mi ero ancora abituata al colpo di vedere quelle labbra morbide e rosee incastonate in quella barba scura, e il tè sarebbe finito sulla mia camicetta.

Le sue labbra non erano piegate in un sorriso, non come quando l'avevo incontrato il giorno prima, prima che sapesse che l'avrei sostituito come team lead. Erano serrate in una linea dura. Stringendo un frullato verde in un bicchiere di plastica trasparente con la cannuccia ancora protetta dall'involucro, si avvicinò fino a mettersi così vicino a me che dovetti allungare il collo per guardarlo negli occhi. L'aveva fatto per intimidirmi? Se era così, non avrebbe funzionato.

«Buongiorno, Jackson.» Posai la tazza e incrociai le braccia.

«Buongiorno» bofonchiò lui.

Lo stomaco mi si attorcigliò. Non mi sentivo così dalle scuole medie, quando avevo raccolto ogni briciolo di coraggio che ero riuscita a trovare per chiedere alla mia cotta, Ian Cameron, di andare al ballo di Sadie Hawkins, e lui mi aveva respinta su due piedi davanti a tutta la classe di matematica, dicendo che non usciva con le secchione.

A quanto pareva, Jackson Jones aderiva alla stessa filosofia.

Controllando che fossimo ancora soli in cucina, sporsi il mento in fuori. «Non si preoccupi. Non ho intenzione di chiederLe di nuovo di uscire. Se avessi saputo chi era quando ci siamo incontrati, non l'avrei fatto fin dall'inizio.»

Rimasi lì, a braccia conserte, aspettando che si scusasse per non avermi detto allora che era il co-fondatore di Synergy. O che dicesse qualcosa.

Fece un cenno con il mento verso il bancone dietro di me. «Le dispiace se...?»

Chiusi gli occhi, desiderando di potermi rendere invisibile. Mi scostai dalla macchina del caffè. «Faccia pure.»

Le mie guance formicolavano di calore. Bene. Ero contenta che mi avesse respinta. Ed ero contenta che ora si comportasse da stronzo. Avrei ricordato questo momento invece di fissare quelle labbra così baciabili. No! Non erano baciabili. Erano solo labbra, leggermente imbronciate agli angoli. Usate per parlare. E per aggrottare la fronte. Non mi sarei avvicinata a loro per nessuna ragione.

Lisciai le pieghe della gonna. «Ci vediamo per la riunione. Otto e trenta in punto.»

«Le facevamo sempre alle nove. Un po' più umano, non crede?»

Gli rivolsi un sorriso affettato. «Ma molto meno produttivo.» Mi voltai verso la porta.

«Alicia.»

Mi bloccai. La gente mi chiamava così tutto il giorno. Perché mi scioglievo come neve al sole solo quando lo diceva lui?

«Ha dimenticato il... il suo tè?» Me lo porse, arricciando il naso.

«Grazie.» Afferrai la tazza e uscii a grandi passi.

L'intero piano era un open space, e una fila di alberi in vaso separava il nostro spazio di collaborazione dal resto dell'ufficio. Ampie finestre fornivano luce naturale. Tre lunghe scrivanie da due persone, dotate di grandi monitor, erano disposte a formare un quadrato con un lato aperto.

Quattro delle postazioni erano occupate. Misi alla prova la mia memoria con i loro nomi: Amit e Gary, i due sviluppatori senior; Kevin, quello simpatico; e Tyler, lo sviluppatore junior. Erano rivolti verso il centro del rettangolo aperto, che ospitava un gruppo di pouf colorati e morbidi. Ma non avremmo avuto tempo di poltrire lì sopra. Molto più utile era la parete a lavagna bianca a strisce con le corsie di lavoro. Le mie dita fremettero al pensiero di un blocchetto di post-it.

«Buongiorno a tutti.» Posai le mie borse sul tavolo centrale vuoto. Dopo aver messo il telefono in modalità vibrazione, lo gettai nella borsa e la misi nel cassetto. Tirai fuori il mio portatile aziendale Synergy e lo collegai alla stazione di aggancio. Tyler, alla mia sinistra, sbirciò da un lato del mio grande monitor.

«Tutto qui?» disse. «Niente cianfrusaglie? Niente foto?» Indicò la sua postazione, dove una collezione di statuette di Star Wars circondava la base del suo monitor.

«No.» Avevo imparato molto tempo fa a non mettere foto di Noah sulla mia scrivania. Le donne con famiglia venivano scavalcate. Solo le donne che nascondevano la loro vita fuori dal lavoro facevano carriera nel settore tecnologico.

«Quindi niente figli?» Tyler bevve un sorso da una lattina di Mountain Dew.

Feci una smorfia. «Faccio già abbastanza da babysitter al lavoro.»

Tyler rise. E con lui anche Kevin, che sedeva dall'altra parte.

Jackson, che era appena sbucato dall'angolo, no. Si irrigidì, il suo viso una maschera. Poi ci girò intorno per raggiungere il posto dall'altro lato rispetto a me. Non si sedette, e le sue nocche sbiancarono intorno alla tazza.

Merda, pensava forse che mi riferissi a lui, che avesse bisogno di una babysitter? Era solo una battuta, ma ora avrei voluto non averla fatta.

Jackson si schiarì la gola. «Non dovremmo iniziare la riunione, capo? Otto e trenta. In punto.»

La nuca mi bruciava come se fossi in piedi sull'asfalto a mezzogiorno. Ma non gli avrei mai permesso di vedere che mi aveva scalfita. «Assolutamente.»

Mi alzai e girai intorno alle scrivanie fino alla lavagna, dove i ragazzi mi raggiunsero. Bene; ero contenta che quella fosse una pratica che non dovevo introdurre io.

Cooper emerse dalla vicina tromba delle scale, stringendo un frullato verde. Non mi sfuggì il modo in cui scrutò il nostro gruppo riunito intorno alla lavagna. Contenta che avessimo iniziato in orario, gli feci un cenno. Lui ricambiò il cenno e sollevò il suo frullato verso Jackson, all'altro capo della fila. Sembrava che avessero fatto pace. Buon per loro.

Distolsi la mia attenzione dal ragazzo che mi aveva assunta per concentrarmi sulla mia squadra. «Prima di iniziare, vorrei dire un paio di parole. Per prima cosa, sono davvero entusiasta di lavorare con tutti voi. So che faremo grandi cose insieme.»

Avvicinandomi alla bacheca dei compiti e alla sua collezione di post-it colorati, li guidai attraverso una revisione del lavoro arretrato. Prima di lanciarci in una discussione su chi avrebbe fatto cosa, dissi: «So che avete familiarità con la programmazione in coppia. Vorrei provare questa metodologia, almeno in questo primo sprint. So che non è il modo più efficiente di programmare, ma alla fine ci farà risparmiare tempo perché il codice sarà di qualità superiore. D'accordo? Ora...»

«No.»

Tutti gli occhi si girarono verso Jackson, che aveva parlato.

«No?» Inarcai le sopracciglia.

«Programmo meglio da solo. Non mi interessa se tutti gli altri si mettono in coppia» scrollò le spalle, con le mani in tasca, «ma non fa per me.»

Feci un respiro profondo attraverso il naso. Stava opponendo resistenza per via del commento sulla babysitter? «Jackson, vorrei che tutti provassero questo metodo. Se non funziona, possiamo provare qualcos'altro per il prossimo sprint. Inoltre, siamo un numero pari di persone nel team. Funzionerà bene.»

Esitò, nemmeno per un secondo intero, ma fu abbastanza a lungo da permettermi di riprendere le redini. «Allora, chi si occupa di questo primo compito?»

Alla fine, gli altri programmatori si accoppiarono obbedientemente. Solo Jackson si rifiutò ostinatamente di unirsi a chiunque altro. Le parole non volevano uscirmi, ma le forzai a suonare allegre. «Immagino che questo significhi che Lei è con me, Jackson. Bene, ragazzi, iniziamo.»

Gli altri ragazzi si sistemarono in coppie, ma Jackson e io, già alla stessa scrivania, tornammo ai nostri posti.

Aprii la cerniera della borsa del portatile e tirai fuori la sua camicia grigia, piegata.

«Ho tolto la macchia di sangue» borbottai, facendogliela scivolare sul tavolo.

«Grazie.» Le sue dita sfiorarono le mie per meno di un secondo, ma la pelle d'oca mi salì comunque sul braccio. La sfregai via. Niente di tutto questo.

«Ehi, Alicia?» Il viso di Tyler apparve sopra i nostri schermi.

Mi aveva vista passare la camicia a Jackson? Provai a sorridergli, ma gli angoli della mia bocca non volevano sollevarsi. «Che c'è?»

Jackson si girò verso il suo monitor e iniziò a battere sulla tastiera. Il ticchettio dei tasti risuonò come un tuono crepitante.

Tyler fece una domanda su uno dei suoi compiti. Risposi, scrutando i suoi occhi castano-verdi in cerca di un qualsiasi accenno di sospetto. Il suo sguardo si spostò su Jackson. Era adulazione da fan, o pensava che ci fosse qualcosa di inappropriato tra di noi? Come donna in una squadra di uomini, ero già stata sospettata di relazioni segrete, di favoritismi. Lo congedai con un tocco di aceto in più di quanto la domanda meritasse.

Dopo che lui tornò alla sua scrivania, mi collegai alla rete di Synergy. Accanto a me, Jackson continuava a ticchettare sulla tastiera, ma la sua postura rigida irradiava tensione. Desiderai più non aver mai detto quello che avevo detto a Tyler. Dovevamo lavorare insieme, dannazione. E dovevo comportarmi da leader, non da membro dell'equipaggio.

A bassa voce, dissi: «Mi dispiace. Per quel commento che ho fatto. Era un tentativo di battuta.»

«Una battuta.» Il gelo nella voce di Jackson mi fece rabbrividire. «Forse farebbe meglio a lasciarle a me. Sono sempre stato il buffone della classe.»

Il suo tono era leggero, ma il dolore in quegli occhi senza fondo mi attorcigliò lo stomaco. «Mi riferivo a me e al mio lavoro, non a Lei.»

Il silenzio si allungò tra di noi. Alla fine, disse: «Cerchiamo di concentrarci sul lavoro.» Si girò verso la sua tastiera.

Lavoro. Aveva ragione. Eravamo lì per lavorare. Non per fare amicizia. Mi ero scusata, e questo era tutto ciò che potevo fare.

«Preferisce 'guidare' Lei, o lo faccio io?»

«Mh?» I colpi provenienti dalla sua tastiera erano così forti che forse non mi aveva sentita. Ascoltare quel rumore tutto il giorno mi avrebbe fatto venire voglia di cavarmi un occhio con una delle action figure di Tyler.

«Siamo in coppia. Che ne dice se io inserisco il codice — 'guido' — e Lei fa da navigatore, cioè guarda e commenta?»

Le sue dita si fermarono, e puntò su di me i suoi occhi marrone scuro. Non erano più morbidi come cioccolato fuso come il giorno prima, ma duri come mogano levigato. A bassa voce, disse: «So cos'è la programmazione in coppia. Ma lavoro meglio da solo. Non sono un grande uomo di squadra, quindi penso che andremo più veloci se Lei fa il suo lavoro e io il mio.»

La gola mi si strinse. «Tutti possono trarre beneficio dal lavoro in coppia. Possiamo imparare l'uno dall'altro. Aiutarci a vicenda.»

Mi rivolse un sorriso tirato che rese i suoi occhi ancora più duri. «Dubito che Lei abbia bisogno di aiuto da uno come me.»

Incoraggiante. «Suppongo che questo significhi che 'guiderò' io.» Mi collegai all'interfaccia di programmazione e iniziai a digitare. Dopo un minuto, fece rotolare la sua sedia di un paio di centimetri più vicino, incombendo nella mia visione periferica. I peli sulle braccia mi si rizzarono di nuovo. Aveva un profumo. Celestiale.

Cuoio costoso. Qualcosa di boschivo, come il pino. Rick profumava come il reparto fragranze del supermercato. Ma questo non sembrava provenire da una bottiglia. Sembrava che avesse potuto cavalcare un cavallo attraverso una foresta quello stesso giorno. Non l'aveva fatto, vero? Lanciai un'occhiata furtiva alle sue mani. Pallide sul dorso, tranne per un semicerchio proprio sotto il polso, e dita abbronzate. Niente a che vedere con i guanti da equitazione, e prive di calli, quindi probabilmente no.

Scossi la testa. Non importava quanto fosse buono il suo profumo. Eravamo colleghi. E nemmeno amichevoli. Nemmeno dopo le mie scuse.

Pochi minuti dopo, mi interruppe. «Credo che abbiamo già del codice per quel metodo. Dovrebbe richiamarlo.»

«Oh.» Cercai nel repository delle utility e lo trovai. «Grazie.»

«E forse se Lei...»

«Se io?»

Suggerì un modo diverso di organizzare il codice. Non ortodosso, ma efficiente. A malincuore, lo digitai.

«Compilerà molto più velocemente in quel modo.»

Scrollai le spalle. «Forse ha ragione.» Aveva decisamente ragione. Maledetto lui e la sua intelligenza nella programmazione. Avrei mai raggiunto il suo livello?

Incrociò le braccia. Indossava una maglietta dei Black Sabbath che metteva in mostra i bicipiti e gli avambracci definiti e mi fece dimenticare tutto del suo cervello. Che sensazione proverei se facessi scorrere un dito sulla sua pelle? Giù, su quei polsi forti e — deglutii — su quelle dita potenti? Strinsi le mani a pugno. Non l'avrei scoperto.

Programmare. Ero qui per programmare. Rivolsi il viso allo schermo e iniziai a digitare.

Per gran parte della mattinata, lavorammo in silenzio, interrotto solo dai suoi suggerimenti per migliorare. E sebbene avesse detto di lavorare meglio da solo, si comportava più come un allenatore che come un critico, dando suggerimenti brillanti su come rendere il codice più efficiente, più elegante. Mi sentivo una matricola spaesata accanto a lui, e mi chiesi di nuovo perché fossi lì. Jackson avrebbe potuto programmare il modulo su cui stavamo lavorando con una mano legata dietro la schiena e mentre dormiva.

Un pranzo da sola in una gastronomia vicina fu una gradita tregua dall'energia fisica e dal profumo inebriante di Jackson. Avevo sperato in qualche minuto di pace in più al mio ritorno, ma sfortuna volle che non fosse così. Era già lì, le sue dita ticchettavano sulla tastiera. La mia tastiera. Programmazione in coppia? La peggior idea di sempre.

Ma ero stata io a impegnarmi a farlo per almeno le prossime due settimane, quindi infilai la borsa nel cassetto della scrivania e feci rotolare la sedia abbastanza lontano da lui da potermi sedere.

«Credo che possiamo finire questo modulo oggi» disse. «Non Le dispiace lavorare dopo le cinque, vero?»

«In realtà, devo andare via per le quattro. Ogni martedì e giovedì.»

Le sue dita si fermarono, e mi guardò per la prima volta dalla riunione di quella mattina. «Ha un altro ingaggio? Non La paghiamo abbastanza?»

Mi stavano pagando un sacco, più del doppio della mia tariffa oraria al mio precedente lavoro, e a malapena mi trattenni dal sbuffare. «Questo è il mio unico lavoro. Mi sono licenziata dal mio precedente datore di lavoro il mese scorso, quando avevo messo da parte abbastanza, quando avevo pianificato abbastanza per mettermi in proprio.»

«Quindi questo è il Suo primo ingaggio da solista?»

Merda. Trattenni una smorfia. Avevo rivelato una debolezza.

«Sì. Ma ho pianificato questa mossa per tre anni. È sempre stato il mio sogno essere il capo di me stessa. Lei dovrebbe sapere come ci si sente.»

Un lampo di qualcosa — dolore? — gli strinse gli occhi. «Immagino che la raccomandazione di Synergy conterà molto per la Sua attività.»

C'era del sabotaggio in agguato dietro quegli occhi di selce? Indipendentemente da ciò, non potevo mentire. Nemmeno a qualcuno che mi ignorava tanto quanto Jackson Jones. «Sì.»

«E nonostante ciò, lascia il lavoro in anticipo due giorni a settimana?»

«Quando e perché lascio il lavoro non sono affari Suoi, finché porto a termine il lavoro. Avrà ciò per cui ha pagato mentre sono qui.»

Grugnì. Almeno non fece un altro commento denigratorio.

«Le dispiace se guido io?» Indicai la tastiera.

Lui alzò entrambe le mani. «Faccia pure.»

Lavorammo per una mezz'ora circa come avevamo fatto prima di pranzo, io che scrivevo e lui che mi consigliava in un modo che mi faceva sentire goffa. Dopo un po', chiese: «Dove ha imparato a programmare, comunque?»

«Alle superiori, e dopo, alla UT.»

«È originaria del Texas?»

«Di Austin. Sono cresciuta a poche miglia da qui.» Non avevo intenzione di rivelare che vivevo nella stessa casa in cui ero cresciuta. Con mia madre.

«Non ha mai lasciato lo stato?»

«Non ho detto questo.» Le mie dita si fermarono sulla tastiera. «Ma no.»

«Niente Disney World? Nessuna gita scolastica a Washington? Weekend di diploma a Parigi?»

«Niente di tutto ciò. Eravamo più una famiglia da campeggio.»

«Il campeggio non è male.» Scrollò le spalle. «Un'estate, Cooper e io abbiamo girato l'Europa in bicicletta.»

Europa. Era stato il mio sogno per tutte le superiori e l'università. Ma con i soldi che scarseggiavano, l'avevo rimandato. E quando avevo finito di pagare i prestiti universitari, avevo Noah e i suoi risparmi per il college da accumulare. Niente Europa per me. Anche se, se la Weber Technology Consulting fosse decollata, forse avremmo finalmente potuto fare quel viaggio che avevo sempre sognato.

«E lavora ad Austin da quando si è laureata?» Allungò le sue lunghe gambe sotto la scrivania, e i suoi stivali scricchiolarono.

«Molte aziende di software hanno sede qui. Ho lavorato per diverse prima di licenziarmi e avviare la mia attività.» Mi dava ancora la pelle d'oca poterlo dire. La mia attività.

«Che ne dice se guido io per un po'?»

«Cosa?» Tutte quelle chiacchiere erano una distrazione per cullarmi in un falso senso di sicurezza?

«Sarà più veloce se digito io.»

«No, ci penso io.» Se l'avessi lasciato guidare, mi avrebbe lasciata nella polvere. E per i due mesi successivi, gli sarei corsa dietro, cercando di riprendere il controllo. Non avrei permesso che Jackson Jones e le sue dita rumorose e veloci mi strappassero via questo progetto.

5

JACKSON

FUI CONTENTO di vedere Alicia Weber andarsene. Non solo perché quei sandali rossi con il cinturino e la gonna a tubino nera facevano miracoli al suo sedere. Voleva dire che potevo godermi un minuto di pace senza le punte smaltate di rosa di quelle lunghe dita che volavano sulla tastiera, senza i ciuffi sottili di capelli sfuggiti allo chignon sulla nuca che mi stuzzicavano, tentandomi di toccarli. Senza il fruscio della sua camicetta di seta rubino che mi dava sui nervi.

Senza quell'espressione giudicante sulle labbra rosee, che mostrava come mi trovasse inadeguato, proprio come tutti gli altri.

Una babysitter.

Cooper le aveva detto che ne avevo bisogno? Che doveva sorvegliarmi per assicurarsi che non mandassi a puttane il progetto? Che, se lasciato a me stesso, avrei distrutto l'azienda che avevo costruito, come un bambino di due anni con una torre di cubi?

Il mio migliore amico le aveva detto che non si fidava di me?

Non c'era bisogno che glielo dicesse. La sua presenza alla Synergy lo comunicava, forte e chiaro.

Le mani sospese sulla tastiera, fissai il codice che avevamo scritto quel giorno. Era piuttosto brava. Non esperta come me, ma chi lo era? Io programmavo da quando sapevo leggere. Da quando papà mi aveva regalato quel vecchio computer fisso e un libro sul linguaggio di programmazione Linux. Eppure, insieme avevamo prodotto più codice in un giorno — uno corto — di quanto ne avessi scritto io in tutta la settimana precedente. C'era qualcosa nel lavorare gomito a gomito con qualcun altro, quel sottile senso di competizione, che impediva alla mia mente di divagare. Perché non ci avevo pensato prima?

Oh, giusto. Non va d'accordo con gli altri. Quel messaggio lo ricevevo da prima che sapessi leggere.

«Ah, Jackson?». Era il nuovo ragazzo, incombente sulla mia scrivania. Quello con gli occhiali. Tyler. Doveva ancora disimparare alcune delle stronzate che gli avevano insegnato all'università, ma aveva del potenziale. Una parte del suo codice non mi era dispiaciuta.

«Sì?».

«Alicia è ancora qui? Avevo una domanda».

«No, è andata via. Deve uscire prima il martedì e il giovedì». E che cavolo significava? Come consulente, poteva stabilire i propri orari, but ero sicuro che Cooper le avesse dato lo stesso messaggio che aveva dato a me — questo progetto non può fallire — allora perché non riorganizzare il suo programma di manicure o serate tra ragazze o volontariato con cuccioli sfortunati o riunioni del club dei futuri dittatori? Dove cazzo andava?

«Oh, okay», disse Tyler. «Potresti—».

Mi alzai. «Tornerà domani. Potrai chiederglielo allora. Vado a prendere un caffè». Infilai il portatile sotto il braccio e mi diressi a passo svelto verso le scale. L'avrei capito. E se non ci fossi riuscito, conoscevo qualcuno che poteva far luce sull'enigma Alicia.

Nella piccola caffetteria locale a pochi isolati di distanza — non allo Starbucks dall'altra parte della strada dove chiunque avrebbe pensato di cercarmi — mi accomodai a un tavolo d'angolo dipinto con fiori vivaci.

Aprii il portatile e mi lasciai cadere sulla sedia. Alicia Weber University of Texas Austin, digitai nella casella di ricerca.

Trovai il suo secondo nome, Diane. L'elenco del rettore per ogni semestre che aveva frequentato. Le borse di studio che aveva vinto. I premi di programmazione. La sua pagina su un social network professionale che elencava i suoi precedenti datori di lavoro e progetti. Non c'era da stupirsi che Cooper pensasse che fosse migliore di me. Era una stella splendente.

Presi il telefono.

«Jackson! Che succede?».

Dio, quanto mi mancava Marlee. Era l'unico volto amico su cui potevo contare al lavoro. Che mi accettava per quello che ero, con tutti i miei casini. «Ricordami di nuovo perché non sei qui con me».

«Sai che non posso lasciare papà».

Lo sapevo. Eppure, ero un fottuto egoista. «Come sta?».

«Sta bene. L'altro giorno ha tenuto un discorso al Club dei Giovani Astronomi. È andato piuttosto bene».

Anche al telefono, colsi la leggera esitazione nella sua voce. «Cos'è successo?».

«Niente. Ha solo confuso Betelgeuse con Antares. E uno dei ragazzini ha dovuto correggerlo».

«Oh. Ma è un errore facile, no? Non sono entrambe... rosse?».

«Santo cielo. Mi hai ascoltata».

«Ti ascolto всегда, Marlee».

«Questa è una bugia bella e buona, ma te la concedo per oggi visto che mi hai effettivamente chiamato. Perché mi hai chiamato, Jackson?».

«Solo per sentire la tua voce?».

Fece un suono simile al cicalino di una partita di basket. «Riprova, capo».

«E va bene. Cosa sai di questa nuova consulente che abbiamo assunto? Alicia Weber».

«Intendi quella che Cooper ha assunto per salvarti il culo?».

Feci una smorfia. «L'ha detto lui?».

«Non c'è stato bisogno. Cooper si stava strappando i capelli per quel progetto. Ho provato a dargli aggiornamenti sullo stato, ma quando non mi chiami per settimane è un po' difficile».

«Cazzo, mi dispiace. Avrei dovuto—».

«Va tutto bene. Ormai è fatta. Alicia è lì adesso. Com'è?».

«Fastidiosa. Prepotente. Brillante».

«Qual era l'ultima parola? Hai borbottato, ma mi è sembrato di sentire 'brillante'».

«Sì, ho detto così, okay? È in gamba. Mi sento un po'... superfluo».

«No, Jackson. Tu sei importante. Cooper ha bisogno di te lì. L'azienda ha bisogno di te. Non sparire, okay?».

«Sparire? Non ci penso nemmeno».

«Sai cosa intendo. Non arrenderti e nasconderti, okay? Non scappare ad Amsterdam o Monaco o Rio o in quella cazzo di Antartide. Tu sei importante. Tu hai valore. La gente conta su di te. Dillo».

Peccato non aver avuto una Marlee ai tempi della scuola, quando ero il ragazzino più lento della classe, incapace di concentrarmi su quello che diceva l'insegnante o su quello che dovevo leggere. Gli altri ragazzi mi chiamavano stupido. Il modo migliore che avevo trovato per farvi fronte era stato riderci sopra. Fingere che non m'importasse. Poi scappare e nascondere le lacrime. Una volta finita la scuola, il mondo era pieno di modi per dimostrare che non me ne fregava un cazzo — alcol, rave, feste sugli yacht, bungee jumping — per nascondere quanto invece m'importava.

Mormorai: «Sono importante. Ho valore. La gente conta su di me».

«Bravo. Mi manchi, sai. Il lavoro non è altrettanto divertente quando non ci sei».

«Anche il mio lavoro non è altrettanto divertente senza di te».

«Aw. Ma ricorda quello che ho detto: niente nascondigli. Fatti degli amici. Esci e divertiti. Scommetto che ad Austin si mangia da dio».

«Sì, non è male».

«Ti stai ricordando di mangiare, vero?».

Cazzo, sembrava mia madre. Non mia madre, ma la madre di qualcuno, che si preoccupava di qualcosa di più dell'aspetto perfetto della sua famiglia. Senza una madre sua, Marlee aveva assunto il ruolo di cura a casa per suo padre. E da quando era entrata in Synergy qualche anno prima, aveva fatto lo stesso con me, anche se era più giovane.

Doveva aver interpretato il mio silenzio come una mancanza di cibo recente. «Ti imposterò un promemoria sul calendario per i pasti. Ti serve altro, capo?».

«Sì. Se hai un minuto, potresti dare un'occhiata a Sam? Non credo che stia dormendo».

«Ci penso io. Passerò dall'università domani».

«Grazie. Ti richiamo presto, okay?».

«Sì, come no. Abbi cura di te, Jackson».

«Anche tu. Saluta tuo padre da parte mia».

Mi alzai, mi stiracchiai e andai al bancone, dove ordinai un panino. Mentre aspettavo, feci un'altra telefonata.

«Ehi, Jay». La voce roca e familiare di Jamila mi arrivò attraverso gli auricolari wireless.

«Perché cazzo hai quell'aria così soddisfatta?».

«Forse ho fatto una scommessa con un nostro certo amico su quanto tempo ci avresti messo a chiamarmi».

«Cooper aveva più fiducia in me di te?».

«I miei soldi erano sulla nostra ragazza Alicia».

«Quindi l'hai mandata tu per essere la mia kryptonite». Che gioco stava facendo Jamila? Cooper aveva detto che c'erano in ballo dei posti di lavoro.

«No, tesoro. Non farti venire un groviglio ai cavi. L'ho mandata perché penso che voi two lavorerete bene insieme. È in gamba, giusto? Una programmatrice stellare?».

«Non è brava come me. O te. Meglio di Cooper, però».

La voce di Jamila si addolcì. «Non deve essere brava come te. Tutto ciò che deve fare è tirare fuori il tuo meglio. E il meglio del resto della squadra».

Prima di Alicia, quello era stato il mio lavoro. E come aveva sottolineato Marlee, e Cooper prima di lei, l'avevo mandato a puttane.

«Senti, ci sto provando, okay? Avevo solo bisogno di più tempo. Non di una programmatrice modello Stepford che prendesse il Kontrolle del mio team e mi facesse fare brutta figura».

«Da quanto ho capito, Jay, sei a corto di tempo. Alicia è lì per salvare il tuo progetto e farti fare bella figura. Quando capirai che hai molto di più da offrire delle tue competenze di programmazione? Che è ora per te di fare un passo avanti e prendere il comando?».

Il calore che mi ribolliva dentro da quando Alicia ci aveva costretti a fare quella cazzo di programmazione in coppia traboccò. «Quando Cooper mi darà una fottuta possibilità di comandare e smetterà di mettermi delle babysitter a capo!».

Il mio stesso respiro affannoso sibilava attraverso gli auricolari. Jamila non disse nulla, ma lasciò che le mie parole rabbiose — parole ingiuste, in realtà, visto che mi aveva dato tre mesi per mettermi alla prova e io li avevo sprecati — echeggiassero nelle nostre orecchie.

«Jay», disse infine con una voce così dolce che mi coprii gli auricolari con le mani per bloccare gli altri suoni della caffetteria. «Alicia è una professionista, una dannatamente brava, e il suo lavoro è far sì che la squadra lavori insieme per produrre risultati. Incluso te. Non sarà la tua babysitter a meno che tu не comporti come un bambino».

Il Jay serio non aveva funzionato, quindi era ora di tirare fuori il Jay versione stronzo. Cercai di rendere la mia voce leggera, noncurante. «Io, comportarmi da bambino?».

«Te lo dirò una volta sola. Non rovinarle questa occasione. Lei ha bisogno di questo lavoro, di questa testimonianza, per costruire la sua attività. Tornerò lì tra due settimane, e farò un controllo con Alicia. Se scopro che la stai sabotando—».

«Nessuno ha parlato di sabotaggio».

«Se scopro che la stai fottendo, ti spacco il culo. Sai che lo farò».

«Dio, Jamila». Non mi avrebbe spaccato il culo per davvero. Ma quella sua lingua mi avrebbe fatto sanguinare le orecchie per una settimana.

Mi diede un assaggio del suo tono spacca-culo. «Sono stata chiara?».

«Forte e chiaro».

«Penso davvero che sarete fantastici insieme».

Qualche altro giorno produttivo come oggi, e si sarebbero tutti resi conto che non avevano affatto bisogno di me. Cooper avrebbe capito che ero più un problema che altro, e si sarebbe ripetuto quello che era successo durante l'IPO. Ma questa volta sarei rimasto col culo per terra. Completamente, non solo declassato.

Non. Succederà. Mai.

«Ci sei ancora, Jay?».

«Sì, ci sono».

«Ci vediamo tra un paio di settimane».

«'Kay. Ciao».

Lasciai cadere la testa tra le mani per non dover guardare il mio schermo che mostrava una foto di Alicia con il tocco e la toga con la sua medaglia e cordone d'onore.

Cooper mi aveva detto di fare tre cose: produrre buon codice in tempo, guadagnarmi il rispetto della squadra e qualche stronzata sul lavorare insieme. Gliel'avrei fatta vedere. Tutto ciò di cui aveva davvero bisogno era che io producessi buon codice in tempo. L'avrei fatto. E non avevo bisogno dell'aiuto della fottuta Alicia Diane Weber.

6

ALICIA

QUELLA MATTINA, provai coraggiosamente il Cranberry Passion Blitz. La scatola del tè nella sala ristoro sosteneva che fosse pieno di antiossidanti. Forse gli antiossidanti mi avrebbero aiutata a superare una giornata di lavoro fianco a fianco con Jackson Jones.

Sollevai la tazza fumante alle labbra mentre il team si riuniva intorno a me per la nostra riunione stand-up del mattino. «Chi vuole iniziare?»

«Inizio io.» Jackson mi passò accanto per andare alla lavagna, il profumo di cuoio che spazzava via l'odore nauseabondamente fruttato del mio tè. Ma oggi non indossava gli stivali. Aveva invece un paio di Converse consumate color grigio antracite, o forse un tempo nere. Spostò il post-it con il nome del modulo a cui avevamo lavorato ieri dalla colonna "In progress" a "Ready for Test". «Questo modulo è stato completato ieri.»

Mandai giù a fatica il tè bollente. «No, non abbiamo finito. Dobbiamo ancora…»

«Correzione: io l'ho finito ieri dopo che te ne sei andata. Il lavoro non dovrebbe fermarsi quando tu non ci sei.» Incrociò le braccia sul petto.

Non era solo la mia lingua a bruciare. Un calore si irradiò dal cuoio capelluto al petto. Consapevole della totale attenzione del resto del team, mantenni la voce ferma. «Non è così che dovrebbe funzionare la programmazione in coppia. Avresti potuto controllare il codice…»

«L'ho fatto.»

«…o aiutare una delle altre coppie. Ricorda…» guardai gli altri ragazzi, «siamo tutti nella stessa squadra.»

«Completare il codice in anticipo significa che possiamo inserire del lavoro extra in questo sprint e finire più velocemente.» Prese un altro post-it dalla colonna "Backlog" e lo spostò in "In progress". Senza consultare me, la sua partner e team lead.

Un nuovo bruciore partì dallo stomaco e mi risalì il petto. L'attaccatura dei capelli mi pizzicava per il sudore e il taglio semiguarito bruciava. Parole rabbiose mi si bloccarono in gola, ma le ricacciai giù. Fai il tuo lavoro, e vattene. Non agitare le acque. Era quello che avevo promesso a Tiannah. Non potevo deludere Jamila. E non potevo deludere nemmeno me stessa. E una scenata con il co-fondatore dell'azienda di fronte al nostro team era una situazione in cui avrei solo avuto da perdere.

Posai la tazza sulla scrivania più vicina e mi diressi alla lavagna, distogliendo l'attenzione dei ragazzi dal volto sorridente di Jackson. «Okay, allora, sentiamo le altre coppie.»

Gli altri ragazzi riferirono i loro progressi del giorno precedente e i loro obiettivi per la giornata. Tyler e il suo partner avevano riscontrato un problema e, dopo la riunione, mi avvicinai con una sedia alla loro scrivania per aiutarli a risolverlo.

Non era un problema difficile; più che altro, avevano bisogno di un paio di occhi nuovi. Ma dopo che ebbi indicato dove stavano sbagliando e mentre loro correggevano, la mia mente vagò verso Jackson Jones.

Aveva finito il codice — il nostro codice — senza di me. Ero stata davvero un tale ostacolo per lui mentre lavoravamo insieme? Certo, il suo cervello andava a una velocità pazzesca e le mie dita riuscivano a malapena a tenergli dietro. Ma avevo contribuito anch'io con alcune idee. E non le aveva bocciate tutte con un ringhio.

Era stato così diverso sotto la tettoia, quel primo giorno. Quando aveva nascosto quel chicco di grandine nella sua borsa per conservarlo, come un bambino emozionato. Quando mi aveva delicatamente tamponato il taglio sulla fronte e premuto quella ridicola benda contro la mia pelle. Quando mi aveva guardata negli occhi come se gli importasse se stessi bene o no.

Non più. Se avessi mollato e me ne fossi andata, avrebbe dato una festa per celebrare.

«Ehi, Alicia, vuoi venire a pranzo?» Tyler era già in piedi, dandosi delle pacche sulle tasche.

«Oh, non so. Non ho ancora controllato gli altri team.» Lanciai un'occhiata a Jackson, che aveva le cuffie e ticchettava sulla tastiera.

«Offriamo noi,» disse Amit. «È il minimo che possiamo fare, visto che ci hai aiutato. Andiamo a mangiare dei tacos.»

«Siamo nella stessa squadra, ricordi? Non mi devi niente.» Tuttavia, mi alzai. Il mio stomaco brontolò. Tacos.

Amit dovette prendere i suoi tacos da asporto per poter tornare in ufficio in tempo per una riunione degli sviluppatori senior. Io e Tyler ci sedemmo su una panchina all'ombra per mangiare il nostro pranzo.

Dopo aver divorato i suoi tacos, Tyler si pulì la bocca e appallottolò il tovagliolo e l'involucro. «Alicia, posso farti una domanda?»

Posai il mio taco. «Certo.»

«Qual è il problema con… come posso…» Compattò ulteriormente la palla di carta. «Senti, lo dico e basta, okay?»

Annuii. «Questo è uno spazio sicuro. Manterrò il segreto.»

«Grazie.» Si spinse gli occhiali su per il naso. «Lavoro per la Synergy da circa sei mesi. Mi hanno reclutato da un'altra azienda.» Gonfiò il petto. «Lavoro in un'azienda fondata da Jackson Jones. Quanto è figo?»

Meno di quanto avesse pensato, se la sua esperienza era simile alla mia.

«E poi, tre mesi fa, Jackson in persona viene qui, e vengo assegnato al suo progetto. Me la sono quasi fatta sotto quando l'ho scoperto.»

Probabilmente mi sarei sentita allo stesso modo quando ero una programmatrice alle prime armi. «Ma non è andata come speravi?»

Si afflosciò. «No. È arrivato, e sembrava tutto incazzato, e ci ha detto cosa fare e poi si è seduto alla sua scrivania con le cuffie. Così abbiamo fatto tutti lo stesso, ma il codice non funzionava. Ma ora che ci sei tu, le cose sembrano già andare meglio. Abbiamo una direzione. E aiuto quando ne abbiamo bisogno.»

«Grazie per avermelo detto.» Un brivido mi percorse la schiena. Stavo facendo la differenza. Avrei voluto mettermi a ballare lì sulla panchina, ma mi trattenni. Tyler sembrava avere altro da dire.

«Vorrei davvero imparare da Jackson, ma non so come avvicinarmi.»

La mia esultanza interiore si gelò. Voleva imparare da Jackson, non da me. Aveva senso: Jackson era un programmatore famoso a livello internazionale, e io ero sconosciuta fuori Austin. Le sue parole punsero il mio orgoglio. Ma, che io sappia, ero una donna adulta e vaccinata.

«Continua a provare a parlargli. Potresti riuscire ad abbattere i suoi muri, prima o poi. Non lo conosco da abbastanza tempo per capirlo davvero, ma ci lavorerò. Se scopro qualcosa, te lo farò sapere.»

«Grazie, Alicia.»

Finii il mio pranzo, e tornammo tranquillamente in ufficio. Mi ero tolta la giacca per il caldo di settembre e, dopo aver mangiato tacos di pollo al chipotle, avevo ancora troppo caldo per rimetterla, anche nell'edificio con l'aria condizionata. La drappeggiai sullo schienale della sedia e mi sedetti accanto a Jackson, che, come al solito, aveva le cuffie.

Almeno si accorse quando mi sedetti, fissando per un secondo le mie braccia nude prima di incrociare il mio sguardo. I suoi occhi castani erano morbidi, indifesi per un istante, come lo erano stati prima che sapesse che i gatti da pelare che ero venuta ad affrontare erano i suoi. Come se potessimo davvero essere una squadra e non punzecchiarci costantemente. Lo stridio metallico di una chitarra sfuggì quando si tolse le cuffie.

Volevo dire qualcosa di amichevole. Qualcosa che mantenesse quella morbidezza nei suoi occhi, che impedisse alla sua mascella di serrarsi. Ma quando aprii la bocca, le parole che uscirono furono: «Pronto a iniziare quel nuovo modulo?» Il modulo che lui aveva scelto senza discuterne con nessuno, me compresa, la team lead. Il sorriso cordiale che avevo intenzione di fare divenne una smorfia.

«L'ho già iniziato. Mentre eri via a fare non so cosa.» I suoi occhi si fecero duri come la pietra, e fece un vago gesto con la mano verso Tyler, verso le scale.

«Okay, allora,» forzai fuori attraverso la mascella serrata. «Possiamo riprendere da dove hai lasciato. Vuoi che guidi di nuovo io?»

«No, ci penso io. Che ne dici di controllare il codice di ieri? O di fare pulizia.»

Fare pulizia? Tanto valeva che mi avesse chiesto di starmene seduta in silenzio a una riunione a prendere appunti mentre gli uomini parlavano. Avrei voluto togliermi gli orecchini e prenderlo a pugni lì nell'open space. Ma non potevo. Le mie stesse parole irritanti mi echeggiavano nel cervello. Non agitare le acque. Siamo nella stessa squadra.

«Certo.» Stavolta non mi presi la briga di sorridere. Se era così che Jackson Jones voleva giocare, l'avremmo fatto a modo suo. Finché producevamo del buon codice in tempo, non importava come ci arrivavamo.

Tuttavia, mentre iniziavo a controllare il codice del giorno precedente, quel bruciore mi rimase nello stomaco. Avevo appena dato a Jackson Jones il via libera per passarmi sopra?

7

JACKSON

«OTTIMO LAVORO, TYLER.» L'ampio sorriso orgoglioso sul volto di Alicia era più adatto alla scoperta della cura per il cancro che allo spostamento di un post-it da «In corso» a «Pronto per il test» il penultimo giorno dello sprint. I suoi occhi erano dolci come il cielo azzurro del Texas di quella mattina, non d'acciaio come quando avevo preso io un altro nuovo modulo dal backlog.

C'era qualcosa tra loro? Mi grattai la barba. Tyler era giovane — ventiquattro anni — e Alicia ne aveva trenta. Anche se ad alcune persone non importava della differenza d'età. Dio, ero andato a letto con... No, non dovevo pensarci adesso. Nessuno qui conosceva il mio vergognoso segreto, e non volevo che il rimorso mi si leggesse in faccia.

«Jackson.» Alicia mise le mani sui fianchi.

Alzai di scatto gli occhi sul suo viso. «Eh?»

«Tutto bene? Stava facendo una smorfia.»

«Oh. Stavo solo pensando a tutto il lavoro che dobbiamo fare prima della sprint review di lunedì.» Una bugia, ma non potevo dirle che stavo fantasticando su come far posare su di me quello sguardo fiero da cielo azzurro, invece che su Tyler.

Come al suo solito, lei annuì, aggrottando le sopracciglia bionde. «Ce n'è molto. Ma so che possiamo farcela.» Passò davanti a Tyler e si chinò in avanti per spostare un post-it dal fondo del backlog. Non mi sfuggì come lo sguardo di Tyler puntò dritto alla stoffa tesa della sua gonna stretta sulla curva del suo sedere.

«Tyler,» dissi, a voce troppo alta, «che ne direbbe di scegliere qualcosa dal backlog su cui lavorare oggi e domani? Scommetto che se io e lei lavoriamo in coppia, possiamo finirlo entro lunedì.»

Gli occhi di Tyler si sgranarono dietro gli occhiali. «Davvero? Cioè, sì, certo.» Prese il posto di Alicia davanti alla lavagna, scrutando i post-it nella colonna «Non iniziato».

Alicia venne a mettersi accanto a me, e la sua vicinanza mi provocò un brivido lungo il braccio. A bassa voce, disse: «È fantastico che si stia impegnando nel lavoro di squadra, ma pensa che sia una buona idea? Non può finire entro lunedì, neanche con il Suo aiuto.»

«Forse ho più fiducia in lui di quanta ne abbia Lei.» Non importava se avesse finito entro lunedì. Avremmo fatto più progressi possibile per poi riprendere il lavoro nello sprint successivo. Ma Cooper aveva detto che dovevo guadagnarmi il rispetto della squadra, e fare da mentore a Tyler era un modo per farlo. No, non era perché non mi piaceva il modo in cui guardava Alicia, con quegli occhi adoranti.

L'ispirazione mi colpì come un fulmine. Cooper aveva anche detto qualche stronzata sul lavoro di squadra. A San Francisco, insisteva sempre sul teambuilding, e avevamo feste trimestrali nel cortile fuori dall'edificio. Potevo fare qualcosa di simile qui per dimostrargli che ci stavo provando. Gli avrei raccontato tutto di come avevo legato con la squadra quando sarebbe venuto lunedì per la sprint review. Presto, mi avrebbe supplicato di tornare a San Francisco.

Aspettai che Alicia terminasse la riunione. Poi, prima che tutti tornassero alle loro scrivanie, dissi: «Ehi, ragazzi. Che ne dite di fare un piccolo happy hour di teambuilding stasera dopo il lavoro? Offro io.»

«Davvero?» Il viso di Tyler si illuminò. Cioè, era letteralmente paonazzo. «Sarebbe una figata.»

«Nessuno si ubriaca,» disse Alicia, scattando una foto alla lavagna delle attività con il suo telefono. «Domani è l'ultimo giorno lavorativo dello sprint. Ho bisogno del massimo impegno da parte di tutti, oggi e domani.»

«Li riporto tutti a casa entro le dieci, promesso,» dissi. «Si unirà a noi, Alicia?»

Metà speravo e metà temevo che lo facesse. Come sarebbe stata Alicia fuori dall'orario di lavoro? Si sarebbe finalmente sciolta un po' e avrebbe tolto i capelli da quello chignon stretto? Sarei riuscito a far addolcire di nuovo quegli occhi azzurri, come prima di sapere che eravamo colleghi?

«No, è giovedì. La prossima volta.» Mi rivolse un sorriso palesemente finto che diceva "non uscirei con voi neanche se il mondo stesse per finire".

Cazzo. Mi ero dimenticato dei suoi giovedì. «Potremmo farlo domani. Una festa di fine sprint?»

«No, ho impegni anche venerdì sera. Divertitevi.» Si voltò. Perfino la sua vita fuori dal lavoro era migliore della mia. Non avevo programmi per un venerdì sera con nessuno, a parte la mia mano destra, da quando avevo lasciato San Francisco.

Ma ora avevo programmi per giovedì sera con la mia squadra, e sarebbe stato fantastico. Me ne sarei assicurato io.

Mezz'ora dopo che Alicia se ne fu andata quel pomeriggio, radunai i ragazzi e li condussi in un bar vicino. L'avevo scoperto all'inizio dell'estate e mi ero innamorato della sua collezione di videogiochi arcade vintage. Ne accarezzai uno mentre passavo. La prossima volta, Ms. Pac-Man. Quella sera era per legare con la mia squadra, non per battere il mio record.

Ci sistemammo in un separé in fondo al locale. Dopo aver ordinato uno di ogni antipasto, mi sporsi in avanti. «Un secchiello di gettoni a chi racconta la storia più assurda.»

Quattro paia di occhi sgranati mi fissarono. Merda. Avevo appena chiesto a un gruppo di programmatori di raccontarmi una storia divertente. Tanto valeva chiederlo a Ms. Pac-Man laggiù. Probabilmente vedeva più azione di loro.

«Okay, comincio io,» esordii, e procedetti a raccontare loro della volta in cui avevo srotolato la bandiera di Stanford sulla facciata della biblioteca di Berkeley.

Novanta minuti dopo, mi appoggiai allo schienale in vinile e misi i miei Converse sul sedile vuoto di fronte a me. «È stato un disastro colossale.»

«Ma no.» Tyler cercò di afferrare la sua birra, la mancò e ci riprovò. «È stata una figata, sul serio.»

«Questa è una cazzata.» Allontanai la mia birra, quasi piena. Qualcuno doveva assicurarsi che Tyler tornasse a casa sano e salvo. Elencai i miei fallimenti sulle dita. «Amit non beve. Chi lo sapeva?»

«Io lo sapevo.» Tyler alzò la mano come se fossimo a lezione.

«E la mia idea di dare gettoni al ragazzo con la storia migliore mi si è completamente ritorta contro.» Kevin, che ci aveva raccontato della volta in cui aveva portato una capretta alla partita di mah jong di sua madre, si era preso i suoi gettoni e si era fiondato alla console di Galaga. Avevo dato una via di fuga alla persona più interessante del tavolo, lasciando noi altri alla nostra conversazione fiacca e imbarazzante. Amit e Gary se n'erano andati dopo un solo drink, e ora avevamo un tavolo pieno di antipasti freddi e mollicci.

«Cosa crede che faccia Alicia il martedì e il giovedì?»

«Eh?» Tyler fece cenno al cameriere per un'altra birra.

«Quando esce prima. Dove va?»

«Non so. Gliel'ho chiesto, e ha detto che preferirebbe non parlarne. Forse è una spia.»

«Pensa che lavori per Gurusoft?» Cazzo, sarebbe il peggio, se stessimo pagando una consulente per vendere i nostri segreti alla concorrenza.

«Ma no. Intendo, tipo, per il governo. Roba da agenti segreti.» Tyler prese la birra dalla cameriera e le fece l'occhiolino.

«Alicia? Non credo proprio.»

«Allora cosa crede che faccia?» Bevve una lunga sorsata dalla sua birra.

«Non lo so.» Ci avevo pensato. Molto. Troppo. «Forse sta prendendo un master. O fa volontariato.»

«O fa la modella. Dio, è così bella.»

Presi un jalapeño popper triste e molliccio e lo esaminai. «Chi, Alicia?» La mia intenzione era che la mia voce suonasse leggera e disinteressata, ma mi uscì come un ringhio.

Tyler sbatté le palpebre, guardandomi. «Certo. Ma io intendevo lei.» Indicò una delle cameriere al bancone. Aveva i capelli di un biondo più scuro di quelli di Alicia, e i suoi occhi erano del colore del miele. Assomigliava un po' a Marlee, anche se non avevo mai visto Marlee in pantaloncini cortissimi.

«Ha un'amica.» Indicò con la birra un'altra cameriera in piedi vicino alla postazione di servizio, questa dai capelli scuri e formosa. «E La sta guardando.»

Controllai; era vero. «Non rimorchio più le donne nei bar.»

«Brutta esperienza?»

«Si potrebbe dire così.»

«Beh, io ci provo.» Si alzò e barcollò per un secondo.

«Ne è sicuro? Forse dovrebbe bere un po' d'acqua prima.»

«No, ce la faccio.» Si diresse barcollando verso il bancone. Dopo aver fatto cenno alla nostra cameriera per il conto, osservai la nostra collezione di fritti rappresi e bicchieri vuoti. Che fallimento totale. Avrei dovuto sapere che era inutile cercare di legare con la squadra. Avevo sempre lavorato meglio da solo.

«Lei è mia, stronzo!» La voce forte al bar attirò la mia attenzione.

Alzai lo sguardo giusto in tempo per vedere un tizio con la stazza di un linebacker — doveva essere alto quasi due metri — dare un pugno in faccia a Tyler.

8

ALICIA

VENERDÌ SERA, e io avevo un appuntamento per la serata cinema.

Presi al volo il primo chicco di popcorn mentre schizzava fuori dal beccuccio della macchina per popcorn ad aria. Quando me lo lanciai in bocca, mi scottò la lingua, secco e insapore. Dovevo trovare qualcosa per insaporirlo.

«Alicia, che stai facendo?»

Mi voltai a guardare alle mie spalle con aria colpevole, come avevo fatto a otto anni quando la mamma mi aveva beccata a caccia di Oreo. Stavolta, non ero in piedi sul bancone, ma ci ero appoggiata contro, con le piastrelle che mi premevano sullo stomaco, intenta a frugare nel portaspezie.

«Non abbiamo del sale aromatizzato? O qualsiasi cosa che contenga sale?»

La mamma strinse le labbra. «La pressione di Esmy era alta all'ultimo controllo, perciò mi sono sbarazzata di tutta quella roba. La gente consuma decisamente troppo sale. Anzi…»

La interruppi prima che potesse lanciarsi in una delle sue diatribe nutrizionali. «E il burro?»

«Abbiamo l'olio d'oliva. Fa bene al cuore.»

«Sui popcorn? Bleah.»

«I popcorn sono deliziosi anche al naturale.»

Arricciai il naso. Non si era preoccupata altrettanto di tutte queste questioni nutrizionali quando era sposata con papà. O forse non aveva mai amato papà abbastanza da preoccuparsi per le sue arterie. Di sicuro non lo aveva amato quanto amava Esmy.

«Serata galante?» domandai mentre Esmy entrava in cucina con molto più mascara del solito, un paio di Wrangler attillatissimi e i suoi stivali da ballo.

«Cena e poi honky-tonk.» Il suo sguardo indugiò sulla mamma, la cui camicia a quadri era sbottonata di un bottone a perla più del solito, rivelando del pizzo sulla scollatura. «Non aspettateci sveglie.»

Staccai la spina della macchina e afferrai la ciotola di popcorn al sapore di cartone. Il giorno dopo avrei fatto una scappata al negozio per fare scorta di cibo spazzatura. Peccato che sarebbe stato troppo tardi per la serata cinema. «Divertitevi, ragazze.»

Esmy si chinò e mi schioccò un bacio volante vicino all'orecchio. «Cariño, c'è una saliera nel mobile dietro le teglie da biscotti» sussurrò.

«Grazie.» Le baciai la guancia liscia e dorata.

«Quand'è l'ultima volta che hai avuto un appuntamento, Alicia?» La mamma mi trafisse con un'occhiata, come se avesse saputo del sale segreto.

Mi misi in bocca un chicco secco. Mi rammentò i baci privi di passione di Rick. «L'estate scorsa, immagino. Dopo la fine della stagione di calcio.»

«Rick è un uomo così gentile. E Noah e Palmer vanno così d'accordo. Pensavo potesse essere quello giusto.»

«Mamma, non sposerò qualcuno solo perché i nostri figli sono amici.»

«Ci sono motivi peggiori per sposarsi.»

Come rimanere incinta. Ma di quello non parlavamo. Prima che Esmy entrasse nella vita della mamma, lei non parlava mai di sentimenti. Motivo per cui era rimasta sposata con papà così a lungo.

Doveva avermi letto nel pensiero. «Non cominciare.»

«Chi ha cominciato? Sto solo qui a mangiare deliziosi popcorn cotti ad aria.» Dio, cosa non avrei dato per una birra. Ma avevo finito le scorte dopo la partita di calcio della sera prima, autocommiserandomi mentre Jackson e la squadra facevano gruppo senza di me. Avevo giurato di dire basta a quegli imbarazzanti picnic aziendali e aperitivi. Non avrebbe dovuto importarmi. E infatti non mi importava. Non molto. «Ora andate, piccioncine. Divertitevi.»

La mamma mi guardò socchiudendo gli occhi. Esmy mi lanciò un altro bacio volante e la spinse fuori dalla porta.

Presi due acque aromatizzate dal frigo e andai in soggiorno, dove Noah era già sistemato sul vecchio e morbido divano componibile. Tigro si accoccolò al suo fianco, facendo le fusa mentre Noah gli grattava tra le orecchie.

«Ti sei ricordata del sale?» chiese Noah. «Esmy lo nasconde dietro le teglie dei biscotti.»

«Vado a prenderlo. E dei tovaglioli.» Aveva una macchia di rossetto rosa di Esmy sulla fronte. «Fai partire il film?»

«Spazio o supereroi?» Scorse le opzioni.

«Supereroi.» Dopo due settimane di lavoro con Jackson Jones, avrei avuto bisogno di un eroe. Lui era più il tipo cattivo e sexy, come Loki in The Avengers, che lavorava segretamente contro di me. Come quando aveva invitato i ragazzi a bere la sera prima, in un giorno in cui sapeva che non sarei potuta andare. Sapevo cosa stava facendo; l'avevo già visto. Stava costruendo una sorta di lealtà tra "maschi" e l'avrebbe riscattata quando avrebbe avuto bisogno di silurarmi.

Anche se, disse una voce troppo razionale nel mio cervello, non dovrebbe creare un legame con la squadra? È la sua squadra, non la tua. Te ne andrai quando il progetto sarà finito.

Entra, prendi lo stipendio, esci. Non uscire dopo il lavoro con il fondatore dell'azienda, pericolosamente attraente. Avrei dovuto scriverlo sul mio business plan.

Quando tornai con il sale e i tovaglioli, Noah aveva preparato il film, ma anche dopo che ebbi salato i popcorn e gli ebbi pulito il rossetto dalla faccia, non lo fece partire. Aveva la sua espressione da "dobbiamo parlare".

«Che succede?» chiesi. Ti prego, che non si tratti di ragazze. Ti prego, che non si tratti di ragazze.

«Devo proprio andare a scuola?»

«Domani? No, è sabato.» Ma non stava scherzando. Mi lanciò un'occhiata che mi ricordò quella di mia madre, infastidita per il sale.

«Dico sul serio. Non puoi farmi scuola a casa o qualcosa del genere?»

«Oh.» Una dozzina di scenari mi attraversarono la mente, tutti terribili. «No, tesoro. Devo lavorare a tempo pieno per mantenerci e per risparmiare per il tuo college. Anche nonna Diane e nonna Esmy lavorano. La scuola è il posto migliore per te. Perché non vuoi andarci?»

Fece spallucce. «I ragazzi non sono gentili con me.»

Non sono gentili? Ma che diavolo? «E i tuoi amici? Tamika e Palmer non sono gentili con te?»

«Sì, ma gli altri bambini mi prendono in giro.»

La rabbia montò dentro di me, calda e improvvisa. «Perché dovrebbero prenderti in giro?»

Fece di nuovo spallucce e cominciò a sezionare un pezzo di popcorn.

Chi avrei dovuto prendere a pugni? «Fisserò un incontro con il preside. Li faremo smettere.»

«No! Dimentica quello che ho detto. Me la sbrigherò da solo.»

Per la millesima volta, desiderai che Melissa fosse lì. O che avesse nominato qualcuno di migliore, di più saggio, come tutore di Noah. O che ci avesse mai detto chi fosse suo padre, così avrei potuto trascinarlo qui e costringerlo a parlare con suo figlio. Perché non avevo la minima idea di cosa dire a mio nipote.

Tiannah mi diceva sempre di lasciarlo combattere le sue battaglie, così avrebbe imparato a proteggersi da solo quando fosse stato più grande. Forse quella era la strada giusta da percorrere. Di certo, io avevo avuto bisogno di quelle capacità.

«Ci aggiorniamo la prossima settimana, vediamo come vanno le cose. Se non migliora, fisserò quell'incontro. D'accordo?»

Fece di nuovo spallucce. A forza di fare spallucce, a quel ragazzo sarebbe venuta una lesione da sforzo ripetuto.

Forse una storia avrebbe aiutato. Esmy ne raccontava un sacco. «Sai che ti ho detto che non ci sono molte donne nel mio campo?»

«Sì.» Cominciò a sminuzzare un altro chicco.

«A volte le persone, i ragazzi, cercano di prevaricarmi perché sono diversa. O di escludermi.» Come aveva fatto Jackson ieri quando aveva portato i ragazzi a bere. E, esattamente come aveva pianificato, stamattina erano tornati pieni di battute interne e cameratismo. Jackson aveva un labbro spaccato e Tyler, quando finalmente si era trascinato in ufficio alle dieci, aveva un occhio nero. Mi avevano assicurato di non aver litigato tra loro, ma nessuno volle dirmi cosa fosse successo.

E ora Tyler guardava Jackson come se fosse un dio sceso in terra. Avrei dovuto essere orgogliosa di Jackson per aver trovato un modo per legare con la sua squadra. Credo di esserlo, sotto la mia disapprovazione per i suoi metodi. E la mia gelosia. Jackson stava facendo ciò che avrebbe dovuto fare tre mesi prima, quando era arrivato ad Austin. Avrei dovuto incoraggiarlo. Ma tutto ciò che ero riuscita a fare era stato fulminarlo con lo sguardo.

«E tu che fai?» Noah si gettò in bocca i coriandoli di popcorn e finalmente incrociò il mio sguardo.

«Gli dimostro che merito di essere lì, tanto quanto loro. Lavoro più duramente di loro. Non manco mai una scadenza e il mio lavoro è sempre impeccabile.» Mi raddrizzai un po'.

Arricciò il naso. «Sembra una palla, non poter mai fare un errore.»

Tutta la mia fierezza svanì. «In effetti, lo è.»

«E se continuano a essere cattivi con te?»

«Allora devi dirlo a qualcuno.»

«Tipo ai tuoi amici? O alla tua famiglia?»

Se solo fosse così semplice. «Al lavoro, come a scuola, lo dici a qualcuno che è responsabile.» Non avevo intenzione di dirgli che neanche a me aveva funzionato. Nel mio primo lavoro dopo la laurea, un programmatore più anziano mi aveva molestata quasi dal primo giorno. Alla fine lo avevo detto a Melissa, e lei mi aveva assillata finché non ero andata dal mio manager. Lui aveva fermato le battute inappropriate e i contatti che mi facevano accapponare la pelle, ma non aveva fermato le occhiatacce che i miei colleghi maschi mi lanciavano, né il lavoro ingrato che mi veniva assegnato senza alcuna possibilità di riconoscimento o avanzamento. Avevo sopportato finché Melissa non era morta e avevo capito che la vita era troppo precaria per rimanere in un lavoro che odiavo. Mi ero licenziata, mi ero presa tre mesi per rimettere insieme i pezzi e avevo iniziato a lavorare in un'altra azienda.

«Tipo un insegnante?»

«O il preside. Una settimana, e se non migliora, fisso un incontro.» Sarei rimasta loro addosso finché Noah non si fosse sentito di nuovo al sicuro. Nessuno avrebbe fatto a Noah quello che era stato fatto a me.

«Cosa rende così forte quel tizio?» Indicai il supereroe nella schermata di anteprima.

«È, tipo, fortissimo.»

«E cos'altro?»

«Quando viene messo al tappeto, si rialza subito.»

«Esatto. Ed è quello che facciamo anche noi Weber.»

«Già.» Un angolo della sua bocca si sollevò.

«Guardiamolo spaccare un po' di culi ai cattivi.»

Potevo non fare la pipì in piedi, ma ero comunque una brava programmatrice e una leader ancora migliore. Alla nostra revisione di lunedì, avrei dimostrato a Cooper Fallon esattamente questo. E fino a che questo progetto non fosse finito, non importava quante volte Jackson Jones e la sua cultura da maschi alfa avessero provato a buttarmi giù, io mi sarei rialzata.

9

JACKSON

«MI DISPIACE. MI DISPIACE.» Tyler si nascose il viso tra le mani.

Io e Alicia sedevamo fianco a fianco alla nostra scrivania, cercando freneticamente il bug nel codice incasinato di Tyler. Le sue labbra erano serrate e pallide, e una goccia di sudore le scivolava dalla tempia lungo la pelle impeccabile della guancia. Non l'avevo mai vista così scossa, neanche quando era stata colpita da un chicco di grandine pochi minuti prima del suo primo incontro con me e Cooper.

Quando arrivammo in fondo al programma, Alicia ordinò seccamente: «Di nuovo. Dall'inizio.»

Mi strofinai gli occhi. Mi dolevano quasi quanto le dita dei piedi nei miei stivali "vaffanculo-a-Cooper". «No.»

«Cosa vuoi dire, 'no'? Dobbiamo trovare il bug e sistemarlo.»

«Non abbiamo più tempo. Cooper mi ha scritto che sta salendo.»

Gli occhi di Alicia si spalancarono. «È qui? Già?»

«La puntualità è una sua fissa.»

«Merda» borbottò lei. «Merda. Merda. Merda.»

Non era così perfetta adesso, con il sudore che le colava lungo il collo e il rossetto mangiucchiato. Avrei voluto poter fare qualcosa per aiutare — Cooper ci avrebbe fatto una ramanzina coi fiocchi a tutti quanti, inclusa Alicia, che in quel casino non c'entrava nulla — ma l'unica cosa che lo avrebbe fatto incazzare più di quel fiasco del codice era se lo avessimo fatto aspettare.

«Mi dispiace» disse di nuovo Tyler. «Stavo cercando di aiutare. Mi sentivo in colpa per essere arrivato tardi venerdì, e ho deciso di lavorare durante il fine settimana, per aggiungere qualche nuova funzionalità. Non pensavo di fare un casino del genere.»

Era già in ufficio quando ero arrivato quella mattina. Gli occhi iniettati di sangue, il mento coperto di barba incolta e la pelle grigiastra indicavano che era lì almeno dalla notte prima. «Avresti dovuto chiamare qualcuno, amico. Me o Alicia. O Amit. Saremmo venuti ad aiutarti.»

«Pensavo di poterlo sistemare.» Appoggiò la faccia sulla scrivania. Sollevò la testa e la lasciò ricadere con un tonfo. «Avrei dovuto essere in grado di sistemarlo.»

«Siamo una squadra, Tyler.» Le parole di Alicia uscirono soffocate attraverso la mascella serrata. «Lavoriamo insieme, non da soli.»

Con il petto stretto in una morsa, mi alzai. «Andiamo.»

Lentamente, il team raccolse i propri portatili e bloc-notes. Tyler prese la sua borsa a tracolla come se si aspettasse di essere licenziato su due piedi e uscì dall'edificio.

Quando entrai nella sala riunioni, Cooper alzò lo sguardo dal telefono. «Jay!» Sorrise, quello vero che riservava agli amici. Poi colse la mia espressione e il suo sorriso si spense. Inarcò le sopracciglia, e io scossi la testa impercettibilmente.

Serrò la mascella e si alzò, offrendo una stretta di mano a tutti. Tyler, che fu l'ultimo, si pulì la mano sui jeans prima di offrirla a Cooper. Guardò ovunque tranne che negli occhi di Cooper.

«Okay.» Cooper si sedette a capotavola con una vista diretta sullo schermo. «Mostratemi cosa avete.»

Nessuno si mosse per collegare un portatile al cavo del

display. Anzi, nessuno si mosse affatto. Il silenzio aleggiò nella stanza per tre... quattro... cinque secondi.

Mi alzai. Tanto valeva prendermi la colpa. Non era colpa di Alicia. Aveva cercato di impedire a Tyler di prendere quel post-it dal backlog. Ero stato io a incoraggiarlo. Inoltre, Tyler aveva solo seguito l'esempio che avevo dato io quando avevo cercato di fare bella figura con Alicia finendo il nostro modulo da solo. In fondo, ero io quello che aveva fatto un casino. Come al solito. «Cooper, io...»

«Non abbiamo niente da mostrarle, signor Fallon.» Tutti gli occhi si girarono verso Alicia, che si era anche lei alzata dalla sedia. «Sto ancora cercando di stabilire delle norme con il team, e c'è stato un malinteso. Io ho comunicato male. Il codice non è pronto oggi. Dovremmo avere qualcosa di preparato tra un paio di giorni, e posso programmare una dimostrazione a distanza per allora.»

Quella vena pulsò sulla tempia di Cooper. Quella che mi diceva che stava per perdere le staffe. «Sono qui adesso. Oggi. Non poteva dirmelo venerdì?»

Camminai avanti e indietro lungo il muro. Cazzo. Stava per avere una delle sue esplosioni.

Il labbro le tremò. «Mi dispiace. Pensavamo di essere preparati, ma all'ultimo minuto, inaspettatamente, noi... non lo eravamo.»

Appoggiò le mani aperte sul tavolo come faceva per impedirsi di stringerle a pugno. «Sono sicuro che capite quanto io sia deluso. E vi assicurerete tutti che una cosa del genere non accada più.» Passò quello sguardo gelido sul team che lo circondava. Tyler trasalì. «Ma per oggi, questo tempo sarà speso al meglio lavorando sul codice. Tutti al lavoro. Alicia, due parole.»

Mi ficcai le mani in tasca e mi avvicinai di nuovo al tavolo. Non doveva subire da sola il grosso dell'ira di Cooper. Ci aveva difesi, anche se non era stata colpa sua. Era fottutamente nobile. Non avevo mai fatto una cosa nobile in vita mia.

«Cooper, io...» ricominciai.

Ma, senza nemmeno degnarmi di uno sguardo, lui disse: «Jackson, anche tu. Parliamo più tardi.»

Lanciai un'occhiata al viso pallido di Alicia. Sarebbe stata in grado di gestirlo? Certo che sì. Poteva tener testa a Cooper, parola per parola, fredda e calcolatrice. Eppure, il senso di colpa mi rodeva dentro. «Alicia...»

Lei alzò una mano. «Vai pure, Jackson.»

Uscii dalla stanza sgattaiolando, seguendo il team.

Quando Alicia ci raggiunse mezz'ora dopo, sembrava tornata al suo solito aspetto impeccabile. Forse ci era andato piano con lei, dato che lavorava lì solo da due settimane. Posò il portatile e si unì a noi, dove ci eravamo tutti accalcati intorno alla postazione di Tyler. Chinandosi come per vedere meglio lo schermo, mi sussurrò all'orecchio: «Vuole vederti nel suo ufficio.»

Il terrore per le sue parole lottò contro il brivido del suo respiro sulla mia pelle. La pelle d'oca mi venne sulla nuca e mi corse lungo le braccia. Mi lisciai i peli che si erano rizzati. Che cazzo? Il mio corpo aveva reagito come se mi avesse detto che voleva succhiarmi il cazzo, non che mi aspettava un tipo molto diverso di lavata di capo.

Senza dubbio Cooper aveva capito che l'ammissione di colpa di Alicia era una farsa e sapeva che ero stato io a comportarmi come Batman, una specie di vendicatore solitario. Ne fui contento. Alicia non doveva prendersi la colpa per un errore mio.

Annuii ad Alicia, sostenendo il suo sguardo un secondo più del dovuto, cercando di trasmetterle la mia gratitudine per quello che aveva fatto. Aveva avuto ragione lei, e io torto. Era ora di lasciar perdere la nostra stupida rivalità. Era ora che io la lasciassi perdere e le permettessi di fare ciò per cui era venuta: dirigere. Altrimenti, non ce l'avremmo fatta.

Lei si raddrizzò, e io feci rotolare la sedia a un metro da lei prima di alzarmi, sistemarmi discretamente i jeans e dirigermi verso gli uffici direzionali.

Con il telefono in una mano, Cooper mi fece cenno di entrare con l'altra. Sollevò un dito per mostrarmi che aveva quasi finito. Urlò ancora qualche ordine, ringraziò il suo assistente e riattaccò.

«Jackson.»

Uh-oh. Aveva usato il mio nome per intero due volte di seguito. Non era un buon segno.

«La signorina Weber sembrava convinta che io non avessi niente di meglio da fare che trascinare le mie vecchie ossa dalla California al Texas per ascoltare il suo mea culpa. Mi sarei aspettato che tu la dissuadessi da questa idea.»

«Non sei vecchio.» Incrociai le braccia. «Hai la mia stessa età. Trentadue anni.»

«È questo che vuoi dire? Non, 'Mi dispiace averti fatto perdere tempo, Cooper'? Non, 'Abbiamo fatto un casino, e mi assicurerò personalmente di raddrizzare questo progetto'?»

La rabbia mi ribollì dentro, ma all'esterno, feci spallucce. «Se devi dirmi tu cosa dire, perché dovrei anche solo far parte di questa conversazione? Avresti potuto tirare fuori una mia foto sul telefono, urlarle contro e lasciarmi in pace a sistemare quel fottuto codice.»

«Ma è questo il problema, no? Ti comporti ancora come un programmatore solitario e non ti sei integrato nel team.»

«È quello che ha detto Alicia?» Non sembrava il tipo da fare la spia, soprattutto dopo che si era presa pubblicamente la colpa per tutti noi.

«No, ma ti conosco da quasi quindici anni. Posso immaginare cosa sia successo.»

«Abbiamo appena fottutamente iniziato. Non puoi aspettarti che ce la facciamo in due settimane.»

«Sei qui, a lavorare su questo codice, da tre mesi. Quanto altro tempo ti serve per sistemare il team e capire che cazzo state facendo?» La sua voce era salita a un volume che doveva essersi sentito anche fuori dall'ufficio.

L'ondata di rabbia calda sfondò la diga che avevo costruito. Sbattei una mano sulla sua scrivania. «Più fottuto tempo. Ci hai lanciato questa palla curva, una nuova project lead, e ci stiamo adattando. Ci sto provando. Ci stiamo provando tutti. Proverò con più impegno, okay?»

«Okay.» Alzò le mani, con i palmi rivolti verso l'esterno. «Era tutto quello che volevo sentire. Ma la prossima volta, ho bisogno di vedere dei risultati. Buoni. Non possiamo permetterci di cazzeggiare ancora. Mi hai capito?»

«Sì, ho capito.» Il mio respiro rallentò e il calore nel petto si dissipò lentamente.

«Hai programmi per pranzo?» Quello era Cooper. La sua rabbia passava da zero a cento più velocemente della mia Lamborghini Aventador, ma evaporava altrettanto rapidamente.

«Sì. Un qualche stronzo mi sta facendo lavorare durante il pranzo per sistemare il maledetto codice.»

«Non oggi. Oggi il tuo migliore amico vuole portarti fuori. Poi potrai sistemare il maledetto codice.»

«Va bene.» Per la prima volta quel giorno, sorrisi. «Ci vediamo nella hall tra dieci minuti.»

Tornando alla nostra area di lavoro per dire al team che uscivo a pranzo, sentii voci familiari provenire dalla sala riunioni dove poco prima ci avevano fatto il culo.

«Mi dispiace. Mi dispiace da morire. Mi dispiace, mi dispiace così tanto. E ora a Jay stanno facendo una ramanzina, ed è colpa mia. Immagino si sia arrabbiato anche con te.» La voce di Tyler si spezzò.

«Non è colpa tua» disse Alicia con tanta dolcezza che persino io mi sentii meglio. «Come ho detto durante la revisione, è mia. Vi ho lasciato pensare di poter infrangere il nostro processo. Ho preso la via più facile. Non lo farò più. E tu non farai più il cavaliere solitario, vero?»

«No. Promesso.»

Cazzo. Queste erano cose che avrei dovuto dirgli io. Ma ecco Alicia, che si comportava da leader. Non come Cooper con la sua rabbia fulminea o come me con le mie battute, ma con parole gentili che facevano effettivamente sentire meglio Tyler. Era una professionista. Mi tastai le tasche in cerca di un blocco per appunti.

«Sei un bravo programmatore.» Dietro il vetro smerigliato, la figura di Alicia si avvicinò a Tyler. Gli stava toccando la schiena? Avrei voluto vedere cosa stava facendo. Per poter prendere appunti sui suoi metodi di coaching. Non perché desiderassi che massaggiasse la schiena a me e facesse passare tutto. «Hai un grande potenziale. Devi solo lavorare sulla disciplina. Vorrei che facessi di nuovo coppia con Amit nel prossimo sprint. Lui è costante e attento, e può insegnarti molto.»

A differenza mia. Io ero un disastro che non poteva insegnare niente a nessuno. Avevo cercato di cambiare tutto — il progetto, me stesso — e avevo fallito lo stesso. Ficcandosi le mani in tasca, mi trascinai verso il nostro spazio di lavoro, dissi a Kevin che andavo a pranzo e tornai verso le scale, tenendo gli occhi fissi sulle tavole di legno per evitare di guardare nella sala riunioni dove Alicia stava rendendo Tyler un programmatore migliore, senza bisogno di costose certificazioni o spesse guide di programmazione.

«Jay!» Prima che potessi alzare lo sguardo, fui avvolto dal profumo di gelsomino di Jamila e schiacciato dal suo abbraccio. La ricambiai.

«Cosa ci fai qui?» Feci un passo indietro, osservando il suo tailleur color prugna perfettamente stirato e la camicetta di seta rosso ciliegia. I colori splendevano sulla sua pelle scura.

Lei sorrise. «Ti avevo detto che sarei venuta a controllarti.»

«Non sei venuta fin qui dalla California per controllarmi.» Dio, speravo di no. Se così fosse, ero in un guaio più grosso di quanto pensassi.

«Sembra che ce ne fosse bisogno. Quegli stivali? Proprio no, tesoro.» Scosse la testa.

Li guardai. Se solo avessi potuto rinunciarci. Ma Cooper non aveva ancora recepito il messaggio. «Quando sei ad Austin, fai come gli austoniani, no?»

«Austinites, Jay.»

«Come vuoi. Perché sei qui?»

«Domani terrò un discorso alla Texas Women Engineers' Association. Sono partita con Cooper un giorno prima per poter fare un salto da Alicia. E da te. La stai trattando bene?»

«Ehm…»

«Jamila!» Alicia ci raggiunse di corsa, a braccia aperte. Per Jamila. Come sarebbe stato averla guardarmi in quel modo, aprire le braccia verso di me? Il paradiso. Feci una smorfia e mi ficcai le mani in tasca.

Le donne si abbracciarono, poi Jamila fece un passo indietro. «Questo qui si sta comportando bene, allora?»

Le sopracciglia di Alicia schizzarono sulla fronte. «Oh, mi dispiace. Non credo vi siate presentati. Lui è Jackson Jones.»

Jamila scoppiò in una risata fragorosa. «Ti ha inquadrato, Jay.» Agganciando il suo gomito a quello di Alicia, girò sui tacchi dalla suola rossa e si diresse verso le scale. «Ora, raccontami tutto.»

Guardai le loro teste, una bionda, una nera, scomparire giù per le scale. Due donne intelligenti e di successo. A una piacevo — o almeno mi tollerava con affetto — e l'altra mi disprezzava. Soprattutto dopo il mio ruolo nel disastro di oggi. E dopo essere stato strigliato da Cooper.

Mi grattai la barba. Alicia mi conosceva solo da due settimane e sapeva già che disastro fossi. Mi aveva etichettato come un ostacolo da affrontare e correggere. Non un pari o un partner. E aveva ragione: era lei che oggi si era fatta avanti come leader, non io. Potevo imparare molto da lei.

Dovevo tenere la testa bassa, fare quello che mi veniva detto, fare il fottuto lavoro. Comportarmi come un suo compagno di squadra, non un rivale. Forse mi avrebbe odiato lo stesso, ma almeno non avrei fatto altri casini.

10

ALICIA

«TANTO VALE che me ne parli. Lo verrò a sapere da Cooper. O da Jay». Jamila infilzò con precisione una fettina di pollo e una foglia di lattuga ripiegata, si portò il boccone alla bocca e mi fissò insistentemente mentre masticava.

Infilai la forchetta nella mia insalata e spostai un cubetto di barbabietola in un angolo. Che schifo. Avevo lo stomaco troppo chiuso per mangiare, così avevo ordinato lo stesso piatto di Jamila.

Aveva ragione. Non sulla disgustosa insalata di barbabietole, ma sul fatto che, se non ne avessi parlato con lei, avrei sprecato un'opportunità con la mia mentore.

«Abbiamo fatto un casino. Io ho fatto un casino. Stamattina non avevamo niente da mostrare a Cooper. Uno dei programmatori ha introdotto un bug durante il fine settimana che ha bloccato la compilazione. Non solo il suo modulo. Tutto quanto. Ed è colpa mia».

«Come può essere colpa tua?»

Trafissi un pomodoro come se fosse la faccia di Jackson Jones.

«Ho provato a creare una cultura collaborativa. Ho messo tutti in coppia. Ma quando Jackson si è messo a fare il cowboy della programmazione per conto suo e ha iniziato a lavorare da solo, non ho detto niente. Non l'ho richiamato all'ordine. L'ho ignorato. Per cercare di andare d'accordo, sai com'è. E così Ty, l'altro programmatore, ha pensato di poter fare la stessa cosa. Di sorprenderci tutti con nuove funzionalità. Di fare colpo su Jackson e Cooper».

«Tesoro, non puoi prenderti la colpa per questo». Tamburellò con le dita dalle unghie color prugna sulla tovaglia, davanti al mio piatto, per attirare il mio sguardo. «Non è colpa tua».

«Il mio lavoro è dirigere. Stabilire delle norme. Assicurarmi che tutti seguano le regole».

Jamila scosse la testa. «Ragazza mia, dovresti saperlo meglio di così. Nella loro testa, i programmatori sono per metà Bruce Willis in Die Hard e per metà Gandalf. Sono artisti che sanno tutto. Cercare di farli andare nella stessa direzione è come tentare di radunare dei gatti o dei serpenti a sonagli. O dei gatti con la testa di serpente a sonagli».

«Lo so. Eppure ho detto a Cooper Fallon che potevo farcela».

«Puoi farcela. Ci vorrà solo del tempo».

Ricordare l'espressione sul suo viso durante la demo fallita di quella mattina mi provocò un brivido lungo la schiena. E poi le sue parole secche e rabbiose nel suo ufficio mi fecero rabbrividire una seconda volta. «Non so quanto tempo mi resti. Cooper era molto deluso». Un eufemismo. Mi aveva fatto una partaccia, mettendo persino in discussione le mie qualifiche.

E la parte peggiore era che, per un secondo, avevo considerato di lasciare che Jackson si prendesse la colpa. Il mio cuore aveva fatto un balzo quando si era alzato e aveva iniziato a parlare. Ero quasi certa che stesse per dire a Cooper che aveva incoraggiato Tyler nella sua codifica da cowboy. Ma anche se fosse stato così, non volevo che Jackson corresse in mio soccorso. Non potevo volerlo. Potevo contare solo su me stessa. Così gli avevo parlato sopra.

Jamila liquidò le mie parole con un gesto della mano. «Cooper è tutto fumo e niente arrosto».

Sollevai le sopracciglia. «Stai dicendo che è un tenerone sotto quella facciata di ghiaccio?»

Sbuffò. «Non ho detto questo. Farebbe di tutto per i suoi amici, ma tutti gli altri per lui sono o uno strumento o un ostacolo. Sa che farai il tuo lavoro e che risolverai la situazione».

«Mi hai detto non meno di una dozzina di volte che, in quanto donne in un campo dominato dagli uomini, dobbiamo lavorare di più, essere più veloci, mostrare risultati migliori. Sono...», non spaventata, non l'avrei ammesso, «...preoccupata di non avere una seconda possibilità. Non come l'avrà Jackson».

«Nella mente di Cooper, Jay non può sbagliare. Hai ragione sul fatto che lui avrà infinite possibilità e tu no. Ma ce la puoi fare. Ho fiducia in te. Altrimenti, non ti avrei raccomandata».

Jamila credeva ancora in me. E questo significava molto. Era la persona più intelligente che avessi mai incontrato. Era passata da una scuola pubblica sottofinanziata di East Austin alla Stanford University. Non si era curata di nessuna delle offerte di lavoro che le erano state presentate mesi prima della laurea; invece, aveva preso la sua idea per un'app e una piccola eredità e aveva costruito la sua azienda. La faccia di Jamila aveva riempito la copertina di una delle riviste di business nella sala d'attesa durante il controllo di Noah la settimana scorsa.

Se lei pensava che potessi farcela, valeva la pena fare un altro tentativo.

«Grazie, Jamila. Sia per la raccomandazione che per il tuo sostegno. Non ti deluderò».

«Non potresti mai deludermi, nemmeno se ti licenziassi oggi». Addentò una carota. «E so che non deluderai te stessa. O Noah. Come sta quell'adorabile mordicaviglie?»

Noah. Raccontarle del suo braccio rotto mi ricordò la parcella del medico arrivata il giorno prima. Era esattamente l'importo che mi aveva detto l'assistente del dottor Ruiz, ma vedere quella virgola lo rendeva reale. Anche se avessi voluto tirarmi indietro dal progetto, non potevo. Avevo delle fatture da pagare.

Inoltre, che tipo di esempio sarei stata se mi fossi arresa dopo due settimane dal mio primo incarico di consulenza? Se mi fossi arresa, non avrei mai più avuto un'opportunità come questa. Avevo bisogno della referenza di Cooper. Dovevo impegnarmi di più. Come il supereroe del film, dovevo rialzarmi anche dopo che la giornata di oggi mi aveva messa al tappeto.

Dopo pranzo, quando accompagnai Jamila all'ufficio di Cooper, gli rivolsi il mio sorriso più smagliante. «Organizzerò quella demo da remoto, signor Fallon. Vedrà i nostri progressi entro la fine della settimana».

Lui non ricambiò il sorriso né mi chiese di chiamarlo Cooper. «Ci conto», fu tutto ciò che disse.

Mi trascinai di nuovo nel nostro spazio di lavoro. Avremmo trovato quel bug, avremmo lasciato Cooper Fallon a bocca aperta con la nostra demo e mi sarei guadagnata quella dannata referenza.

E non importava che per un secondo avessi pensato che Jackson Jones potesse prendere le mie difese. O che non riuscissi a togliermi il suo profumo dalle narici anche dopo essere uscita dall'ufficio. Lui era una distrazione, una sfida in più, niente di più. Non potevo permettere che intralciasse il mio successo in questo progetto. E dovevo avere successo per Noah. Per Jamila. E per me stessa.

11

JACKSON

ALICIA WEBER NON ERA PERFETTA.

Insomma, nessuno è perfetto. Perfino Cooper aveva quel suo caratteraccio. Ma Alicia entrava in ufficio ogni giorno con fare elegante, impeccabile, neanche un capello fuori posto in quell'infernale chignon, mai in ritardo. Sapeva sempre cosa dire, cosa fare per motivare la squadra. Tyler trovava un motivo per chiederle consiglio quasi ogni giorno.

Tranne che…

Ci aveva costretti a fare di nuovo programmazione in coppia per lo sprint successivo e aveva speso un sacco di belle parole sulla collaborazione, sul lavoro di squadra, sul chiedere aiuto e non andare avanti da soli.

La cosa era durata un giorno e mezzo.

Io e lei ci eravamo messi di nuovo in coppia — proprio come a lezione di ginnastica, nessun altro mi aveva scelto — e lei aveva sopportato la mia supervisione per una giornata intera e fino all'ora di pranzo del giorno dopo. Poi, quando tutti gli altri erano andati verso il furgone ristorante che si era fermato fuori, mi disse di andare pure, che lei avrebbe lavorato ancora un po' da sola.

Poi, quando ero tornato, mi aveva detto, perché non prendevo qualcos'altro dalla lavagna su cui lavorare.

Davanti al resto della squadra, fingeva che stessimo lavorando insieme. Ma non era così. A meno che non si considerasse lavorare insieme stare fianco a fianco, cuffie in testa, su parti diverse del programma.

Andava bene. Se quello che voleva da me era essere lasciata in pace, potevo farlo.

Tranne che…

Avevo trovato un bug nel suo codice.

Quella sera, continuai a lavorare dopo che tutti gli altri erano andati a casa. Non potevo sopportare l'idea di tornare in quell'appartamento solitario, pieno di altri disadattati temporanei e divorziati del centro. Ero in buoni rapporti con i vicini del piano di sopra e avevo conosciuto un compagno di allenamento, Rick, in palestra, ma non avevo nessuno che potessi definire un amico.

Ancora peggio era uscire nella vicina Sixth Street. Lì trovavo un sacco di donne. Ma Austin era una città universitaria e, dopo lo spavento con la stagista della primavera precedente, mi sembravano tutte studentesse. E non ne avrei mai più toccata una, mai più. Anche quelle che ero sicuro fossero più grandi, che avevano un capello bianco o due o qualche ruga d'espressione sulle guance, non mi facevano alcun effetto.

Forse, una volta che si iniziava, la castità creava dipendenza, come il fumo. O — lo ammettevo a notte fonda, con la mano nei pantaloncini — forse non riuscivo a togliermi Alicia dalla testa. Nessun'altra era alla sua altezza. Non da quando il mio cuore avvizzito aveva ripreso a battere nel momento in cui le avevo sfiorato la pelle morbida, nel momento in cui le avevo spostato i capelli da quel ridicolo cerotto di Saetta McQueen.

Così, senza nessuno svago sociale dopo il lavoro, avevo fatto di nuovo tardi. E dopo aver finito il mio codice, avevo controllato quello di Alicia, che, ovviamente, lei aveva caricato nel repository come una brava programmatrice. Dato che avremmo dovuto lavorare insieme, aveva senso che lo controllassi io.

E trovai un bug. Non era uno di quelli che avrebbero bloccato la compilazione, come quella brutta bestia nel codice di Tyler di lunedì, ma avrebbe incasinato le cose abbastanza da doverlo eliminare.

Ma perfino io non ero abbastanza coraggioso da mettere le mani sul codice di Alicia.

Così le mandai un messaggio.

Ho trovato un bug nel tuo codice.

ALICIA WEBER

Scusa, chi sei?»

Sono Jackson Jones.

Come hai avuto il mio numero?

Dal tuo biglietto da visita?

E va bene. Sono il fondatore dell'azienda. Ho un accesso a livello divino al nostro sistema delle risorse umane.

Le bolle di testo apparvero e scomparvero finché non mi stancai di aspettare.

Ad ogni modo, c'è un bug nel tuo codice. Ho pensato che dovessi saperlo.

Hai intenzione di dirmi qual è?

Forse. Ma c'è un prezzo.

Un prezzo?

Non era mia intenzione flirtare con lei. Volevo solo metterla alle strette e poi lasciarla a rimuginare finché non avesse potuto correggerlo la mattina dopo, senza che nessuno tranne me lo sapesse. Ma qualcosa prese il sopravvento sui miei pollici.

Credo che sia il caso di fare uno scambio di informazioni. Io ti dico qual è il bug, tu mi dici dove vai il martedì e il giovedì.

Non credo proprio. Lo troverò domani.

No, aspetta! Che ne dici se ho tre tentativi?

Cosa?

Mi dai tre tentativi, mi dici se ho ragione o torto. Poi ti parlo del bug.

Due tentativi.

Acqua o fuoco?

No.

E va bene. Sei una spia internazionale e il martedì e il giovedì vai al Consolato Messicano per incontrare il tuo amante/bersaglio.

Credo che tu sappia che è un no.

Tentar non nuoce.

Veramente no.

Sei una suora part-time, e il martedì e il giovedì usi la tua cornetta per volare per la città a salvare gattini e orfani.

Cornetta?

Fa parte dell'abito da suora.

Non sembra nemmeno una cosa vera.

È assolutamente vera. Che ne dici di un indizio?

Non capiresti un indizio nemmeno se ti colpisse in piena faccia.

Ahi! Quella donna sapeva come usare gli artigli. Ma anch'io avevo i miei, così inghiottii il rospo e le parlai del bug. Ebbe la cortesia di ringraziarmi — l'avevo accusata di essere imperfetta, non maleducata —, mi scrisse che doveva andare e non rispose più a nessuno dei miei messaggi successivi.

Ne mandai solo due. O forse cinque.

Speravo li cancellasse.

12

ALICIA

MISI LA CHIAVE NEL QUADRO, ma non la girai. Invece, lanciai un'occhiata allo specchietto retrovisore, al viso torvo di Noah.

«Perché non mi hai detto che stavi andando male in lettere?»

Lui alzò le spalle. Il suo gesso verde fosforescente gli ricadde in grembo.

Noah non sarebbe arrivato all'adolescenza se non avesse smesso di rispondermi alzando le spalle.

«Lo sapevi e non me l'hai detto, oppure non lo sapevi?»

«Pensavo che forse non stavo andando così bene.»

«E perché non me l'hai detto?»

Alzò di nuovo le spalle.

«È perché avevi paura che mi arrabbiassi? Perché, dopo essere stata seduta di fronte a una commissione di tuoi insegnanti come in una specie di inquisizione, sono piuttosto arrabbiata.»

«Scusa» mormorò.

«"Scusa" è un buon inizio. Che ne dici di: "Alicia, ti prometto che non ti nasconderò mai più i miei voti".»

Lui fissò il suo grembo e borbottò qualcosa.

«Cos'hai detto?» sbottai.

«Te lo prometto.»

«Okay. Bene. E io ti prometto che, se mi dirai che sei nei guai, non ti urlerò contro. Ti troverò un aiuto. Va bene così?»

Non alzò lo sguardo. «Sì.»

«Okay.» Girai la chiave nel quadro e lasciai che Beyoncé riempisse l'auto.

Cinque minuti dopo, quando entrammo nel vialetto, parlò di nuovo. «Lo dirai a nonna Diane e a nonna Esmy?»

Spensi il motore e mi voltai sul sedile per guardarlo. «Avevo intenzione di farlo. Penso che questa sia una situazione di emergenza, da mobilitazione generale. Credo che ci serva tutto l'aiuto possibile, non credi?»

Alzò le spalle per la settantacinquesima volta circa. «Credo di sì.»

«Non vergognartene. Non c'è niente di male a chiedere aiuto. Capito?»

Fece una smorfia. Era un Weber, senza dubbio.

Spinsi la portiera per aprirla e aspettai che scendesse a fatica dal sedile posteriore con il suo zaino che pesava più di lui. Entrammo dalla porta sul retro, dove mi sfilai i tacchi e misi la borsa e la borsetta nello scomparto che usavo per il mio zaino quando avevo la sua età. Mentre Noah si occupava delle sue scarpe e della sua cartella, attraversai la casa fino alla cucina, dove inspirai a fondo il profumo della cucina di mamma.

«Spaghetti con le polpette?» Mi chinai sulla pentola del sugo che sobbolliva.

«Sono vegane» sussurrò lei. «Non dirlo a nessuno.»

Notai un chicco di mais che galleggiava sulla superficie del sugo di pomodoro. «Penso che se ne accorgeranno. Magari la prossima volta prova quella roba di finta carne.»

Gli spaghetti con le polpette vegane non ingannavano nessuno, ma con abbastanza formaggio e pane all'aglio, furono un successo. La battuta preferita di mamma era che il suo sugo fatto in casa potesse salvare qualsiasi cosa, tranne il suo matrimonio. Quella sera, pensai che potesse avere ragione.

Mamma aspettò che Noah prendesse una seconda fetta di pane all'aglio per chiedere: «Allora, di cosa si trattava la riunione?»

Feci un cenno a Noah, che deglutì e prese un respiro profondo. «Vadomaleinlettere» disse tutto d'un fiato.

Come le polpette senza carne, il trucco non funzionò. «Vai male in lettere?» chiese Esmy, posando il tovagliolo. L'avversione di Noah per la lettura offendeva la sua sensibilità di bibliotecaria scolastica.

Lui annuì. Almeno con lei non alzò le spalle.

«Cosa è successo?» Esmy mi guardò.

Stavolta fui io ad alzare le spalle. «I compiti erano tutti appallottolati in fondo allo zaino. Avrei dovuto firmarli, ma non li ho mai visti. La sua insegnante ha detto che devo trovargli una cartellina speciale per i lavori da rivedere e firmare a casa.»

«Sembra un buon sistema.»

«Abbiamo delle cartelline in più nel cassetto della scrivania.» Mamma indicò con un cenno del capo l'angolo della cucina dove lei, Esmy e io facevamo a turno i conti di casa.

«Penso che dobbiamo considerare di...» presi un respiro profondo, «ridurre le attività extrascolastiche.»

«Attività extrascolastiche?» disse Esmy. «Le hai già ridotte. Ora fa solo...» I suoi occhi si spalancarono.

«Calcio?» Noah posò il suo pezzo di pane all'aglio. «No. Io adoro il calcio.»

«È la sua unica possibilità di uscire, di correre» disse Esmy. «I ragazzi di oggi hanno così poco tempo per giocare.»

Mamma rimase in silenzio.

«La maggior parte dei giorni non posso nemmeno uscire per la ricreazione» brontolò Noah. «La mia maestra mi fa rimanere dentro per finire i compiti.»

«Stai saltando la ricreazione?» La mia voce era troppo acuta, troppo alta. Afferrai l'acqua e la trangugiai.

«Sì.»

Scossi la testa. «Allora penso che...»

«Gli darò ripetizioni io» mi interruppe Esmy. «Dopo la scuola, lavorerò con lui sui compiti.»

«Esmy…» iniziò mamma.

«No, Diane. Voglio farlo. Così potrà continuare a giocare a calcio.»

Mamma si alzò e prese il piatto di Esmy, poi il suo.

«Noah» dissi, «se nonna Esmy fa questo per te, devi prenderla sul serio. Ci daremo qualche settimana e, se non vedremo miglioramenti, parleremo di nuovo del calcio. Capito?»

«Sì. Grazie, nonna Esmy.»

Lei gli diede una pacca sulla mano. «Metti il piatto nella lavastoviglie e poi possiamo iniziare.»

Tirai fuori un contenitore per le polpette vegetariane avanzate e cominciai a metterle dentro. Mamma aprì l'acqua nel lavandino. Persino l'acqua che scorreva sembrava arrabbiata. «Me ne occupo io, mamma. Tu hai cucinato, io lavo.»

Lei lanciò un'occhiata oltre la spalla verso il tavolo della cucina, dove Noah aveva aperto un quaderno degli esercizi. Disse a bassa voce: «Normalmente non mi piace intromettermi nel modo in cui fai da genitore. Dopotutto, sei tu la sua tutrice legale.»

«Ancora non riesci a fartene una ragione. Dopo sei anni.»

«No.»

Mamma ed Esmy ci aiutavano molto, accogliendoci persino entrambe in casa loro. Ma Melissa aveva reso Noah una mia responsabilità, non di mamma. Grazie, sorellina. Posai il contenitore sul bancone, con più forza di quanto intendessi. «Ma cosa, mamma?»

«Sono d'accordo con Esmy. Noah ha bisogno di correre e giocare. Ha solo dieci anni.»

«Mamma, io…» Mi fermai. Cosa stavo per dirle? Che forse se fosse stata seduta lei sulla sedia troppo piccola a quell'inquisizione, avrebbe minacciato anche lei di toglierlo dal calcio? Che ero d'accordo sul fatto che dovesse correre e giocare come gli altri bambini, ma che gli altri bambini non andavano male in lettere e non rischiavano di essere bocciati? Che l'ultima cosa di cui il povero Noah aveva bisogno era un altro motivo per essere oggetto di scherno a scuola?

Alla fine, dissi una cosa che era più onesta di quanto intendessi. «Non so cosa sto facendo.»

Lei mi rivolse un sorriso triste. «Tesoro, non importa cosa dice la gente, nessuna di noi sa cosa sta facendo. Devi prenderla un giorno alla volta e fare del tuo meglio. Io di certo non sapevo cosa stessi facendo, incinta a diciassette anni e sposata con qualcuno che non amavo. Ma Melissa è venuta su bene. E anche tu.»

Non eravamo mai state tipe da abbracci, quindi le diedi una pacca sul braccio mentre andavo al frigorifero.

«Alicia, credo che il tuo telefono stia suonando» disse Esmy.

«Suonando o vibrando?» chiesi.

«Decisamente un trillo. Oh. Sai una cosa? Sembra quella canzone, 'You're So Vain.' Chi la cantava, querida?»

«Carly Simon» gridò mamma in risposta.

«Oh, cavolo» fu l'esclamazione edulcorata che usai passando accanto a Noah.

«Merda» fu ciò che mormorai quando tirai fuori il telefono dalla borsa e confermai che era un messaggio di Jackson. Aveva trovato un altro bug? Sapevo che avremmo dovuto continuare la programmazione in coppia, ma non potevo sopportare un'altra delle sue correzioni condiscendenti. Di solito era gentile, ma doveva sempre avere ragione?

Mi appoggiai all'asciugatrice e lessi il suo messaggio.

JACKSON JONES

Ehi

Cosa

Ero troppo irritata per preoccuparmi della punteggiatura.

Volevo solo sapere come stavi. Di solito non vai
via presto il venerdì.

Quasi mi cadde il telefono. Jackson Jones si preoccupava per me?

> Voglio dire, sei dovuta scappare dal tuo contatto alla Gurusoft per dirgli quanto è fantastico il nostro codice?

> Smettila di fare domande a vanvera. Non hai niente in cambio per le tue terribili supposizioni.

Almeno, speravo non avesse nulla.

> Non hai mica trovato un altro bug, vero?

Trattenni il respiro mentre i puntini apparivano per indicare che stava scrivendo una risposta.

> Non nel codice di oggi. Spero di trovare qualcosa domani.

> Sadico.

> Solo se è quello che ti piace.

Il mio respiro accelerò. Stava flirtando con me? Avevo pensato che potesse averlo fatto l'ultima volta che ci eravamo scritti, ma quando si era mostrato perfettamente professionale al lavoro, avevo scartato il sospetto, pensando di aver letto troppo nei suoi messaggi. Ma quest'ultimo messaggio aveva superato di gran lunga il limite.

E la cosa peggiore era che non mi dispiaceva.

Il mio telefono suonò di nuovo.

> Scusa. Non so cosa sia preso ai miei pollici.

Sbattei le palpebre. Okay, allora.

Non ti preoccupare. Ci vediamo domani.

Come donna nel settore tecnologico — una donna, punto — avevo ricevuto un sacco di inviti a bere, allusioni sessuali e foto di peni non richieste, anche se, per fortuna, mai il membro di un collega. Ma la battuta di Jackson non mi fece sentire come se fossi stata imbrattata, o vergognosa come se gli avessi lasciato pensare che fossi interessata quando non lo ero.

No, sembrava un paio di colleghi che scherzavano, prendendosi un po' in giro. Come i miei messaggi con Tiannah.

Oppure... che il mio collega si stesse preoccupando per me. Come se gli importasse.

E questo era peggio.

Perché quando il progetto fosse finito, io sarei passata al prossimo incarico, e Jackson sarebbe tornato a San Francisco. Non eravamo colleghi. Lui era un cliente, e io una consulente temporanea.

Scherzi — amicizia — preoccuparsi — non avevano posto nella nostra relazione.

Entrare. Uscire. Tornare a concentrarmi sulle mie responsabilità a casa finché Noah non si fosse sistemato. Passare al prossimo incarico.

Non c'era tempo per perdere la concentrazione ora. Cancellai i messaggi.

———

L'IMMAGINE sullo schermo video era così nitida che potevo vedere il rossore salire per la gola di Cooper Fallon e colpirgli gli zigomi affilati. Quella mascella cesellata si contrasse.

La settimana scorsa, Tiannah mi aveva mandato un link a un post su un blog per gente arrapata: "Trenta Nerd Sexy che ti Faranno Andare in Estasi il Cervello". Aveva premurosamente sottolineato che Cooper e Jackson erano rispettivamente i numeri dodici e tredici della lista.

Chiaramente, l'autrice del blog non aveva mai ricevuto una lavata di capo da Cooper Fallon. Due volte. Perché potevo dirle per esperienza che non c'era nulla di eccitante in questo. Le mie ovaie dovevano essersi raggrinzite fino a diventare grandi come piselli perché mi stava facendo sentire troppo stupida per vivere, figuriamoci per riprodurmi. E l'arricciarsi del suo labbro diceva che ero così al di sotto di lui da non essere degna di provare eccitazione in sua videopresenza.

«Questa è la seconda revisione del codice. Com'è possibile che non abbiate nulla da mostrare? Di nuovo?» Cooper appoggiò i gomiti sulla scrivania di legno scuro nel suo ufficio del quartier generale. Dietro di lui c'erano scaffali di libri, intervallati da grandi conchiglie e alcuni premi di vetro. Era molto più sfarzoso dell'ufficio in cui mi aveva sgridata l'ultima volta che era stato qui. Si strofinò le tempie.

Tyler emise un suono disperato, afferrò il cestino e corse fuori, lasciando me e Jackson da soli nella sala conferenze.

«Sfortunatamente…» cominciai a dire.

Jackson mi interruppe. «È stata colpa mia. Stavo cercando di fare quello che mi ha detto Lei…»

«E cosa sarebbe, esattamente? Perché sono dannatamente sicuro di non averti detto di fare di nuovo un casino. Sono abbastanza sicuro che me lo ricorderei.»

Sussultai, e anche Jackson. Ma lui disse: «Mi ha detto di guadagnarmi il rispetto del team. Così ho pensato di fare qualcosa di carino per loro. Stavamo lavorando fino a tardi e ho portato la cena.»

«Ho detto di guadagnarti il loro rispetto, non di comprarlo. Ma in che modo la cena ha portato a un totale fallimento?»

«Ho ordinato del sushi. Nel gruppo abbiamo un vegetariano, ma mangia pesce.»

«Sushi? Ad Austin, in Texas?» Le sopracciglia di Cooper si sollevarono verso l'attaccatura dei capelli. «Alicia, a quante miglia dall'oceano si trova Austin?»

«A poco più di duecento miglia dal Golfo. Sono poco più di tre ore di macchina per Galveston.» Avevamo portato Noah in spiaggia quest'estate e avevamo mangiato gamberetti fino a scoppiare. «Di solito riusciamo a trovare del pesce decente...»

«A tre ore dalla massa d'acqua più vicina. Ordinare sushi in un posto simile Le sembra un'idea intelligente?»

Quello non sembrava affatto un modo rispettoso di parlare a una collega, tanto meno al suo socio in affari e amico. Fissai intensamente la telecamera accanto allo schermo video. «Solo un...»

«Va tutto bene, Alicia.» Jackson mi posò una mano sulla mia, che avevo chiuso a pugno sul bracciolo della sedia. Caldo e fermo, il suo tocco mi calmò come una coperta ponderata. Stavo per alzarmi e affrontare Cooper virtualmente? No. Almeno speravo di no.

«Datti una calmata, Coop.» La voce di Jackson assunse un rombo basso che placò i miei nervi.

«Darmi una calmata?» La voce di Cooper si alzò. «Non ho bisogno di darmi una calmata. Sei tu che devi darti una mossa. Smettila di cazzeggiare lì ad Austin e scrivi del cazzo di codice. Hai dimenticato l'importanza vitale di questo progetto, Jackson? Perché io di certo no.»

Serrai la presa sul bracciolo della sedia. Come poteva Jackson subire questo tipo di abusi con tanta calma?

Jackson premette brevemente la mia mano e poi la sollevò quando alzò le spalle. «Senti, non ci ho pensato, okay? Ho fatto quello che avrei fatto a casa. Non sapevo che il sushi avrebbe fatto star male tutti.»

Lo aveva fatto giovedì scorso, dopo che me n'ero andata per la giornata. Tutti quelli che avevano mangiato il sushi, incluso Jackson, avevano passato il venerdì e il fine settimana a vomitare. Dopo aver letto il patetico messaggio di Jackson, avevo finito il nostro modulo, ma anche se avevo lavorato ore il sabato e la domenica, non ero riuscita a finire il lavoro di tutti. Almeno questa volta avevo mandato un'email a Cooper dicendogli di non venire ad Austin. Metà del team era ancora a casa oggi.

«Sono passate quattro settimane del nostro programma. Ce ne

restano solo sei. Come pensate di finire in tempo se continuate a rimanere indietro?»

Io e Jackson parlammo contemporaneamente. Io dissi: «Daremo un'occhiata alle funzionalità, vedremo cosa possiamo rimuovere e lavoreremo sodo per consegnare il prodotto minimo funzionante in tempo.» Che era la risposta corretta. Quella che Cooper voleva sentire. Jackson, d'altra parte, disse: «Il software è un'arte. Non puoi mettergli una scadenza. Sarà pronto quando sarà pronto.»

Ci guardammo scioccati. Come diavolo avremmo potuto lavorare insieme se avevamo filosofie diametralmente opposte sulla gestione dei progetti software?

Cooper deve aver avuto lo stesso pensiero. «Come avete fatto a non parlarne nemmeno? Che diavolo avete fatto per tutto questo tempo?»

Oltre a evitare attentamente di programmare con Jackson, fare da mentore a Tyler e gestire il resto del team? Preoccuparmi per Noah, controllare ossessivamente il suo zaino ogni sera e mantenere una corrispondenza quotidiana con il suo insegnante di lettere. Ma non avevo intenzione di dirlo. Cooper voleva pensarmi come un automa che si spegneva alla fine della giornata lavorativa, pronta a riaccendersi alle otto del mattino seguente.

Gli occhi di Cooper brillarono. «Jackson, non l'avrai fatto. Non dopo quello che è successo a maggio.»

Fatto cosa? Guardai alternativamente il viso pallido di Jackson accanto a me e il viso rosso di Cooper sullo schermo.

«Ora senti un po', Cooper.»

Finalmente, si sarebbe difeso.

Il colore salì sulle guance di Jackson e i suoi occhi lampeggiarono. «Sei fuori luogo. Quello che è successo a maggio non riguarda la nostra consulente.»

Aveva fatto suonare consulente come una parolaccia. Da dove diavolo veniva tutto questo? Perché ero diventata improvvisamente il bersaglio del disprezzo di entrambi gli uomini?

«Non posso credere che ti saresti portato a letto la nostra

consulente. Cazzo, ora devo trovarti un altro posto dove mandarti.» Si strofinò la tempia. «Il nostro ufficio a Delhi, forse.»

Smisi di respirare. Cooper Fallon mi aveva accusata di andare a letto con il mio cliente?

Jackson si alzò, con il fuoco negli occhi. «Ora senti un po', maledizione. Non vado a letto con Alicia. Siamo colleghi. E basta. Sai che non ti mentirei mai, Coop.»

Gli uomini si fissarono, la rabbia di Jackson che scioglieva lentamente il ghiaccio di Cooper come una fiamma ossidrica. Parole silenziose passarono tra loro, come Melissa e io eravamo solite parlare senza parole, per sapere cosa pensava l'altra. Anche se non l'avevamo mai fatto a duemila miglia di distanza tramite un'apparecchiatura per videoconferenze.

Mi alzai anch'io. «Assolutamente no. Non ci piacciamo nemmeno.»

Quando Jackson mi guardò, i suoi occhi avevano perso il loro lampo.

«Voglio dire, siamo strettamente professionali. Io… non ho bisogno che Lei mi piaccia.» Chiusi gli occhi. Merda, continuavo a scavarmi la fossa da sola. Uno di loro mi avrebbe licenziata, di sicuro, e allora non sarei stata in grado di pagare il premio dell'assicurazione sulla vita che scadeva alla fine del mese.

E la cosa peggiore era che era una bugia. Jackson mi piaceva. O almeno lo rispettavo. Anche se mi faceva impazzire programmare con lui, era brillante. E divertente. Si comportava come se si preoccupasse del team. Aveva pensato di comprar loro la cena, anche se era stato sfortunato con una partita di sushi andato a male. Si era preoccupato per me il giorno in cui ero dovuta andare via prima per la riunione di Noah.

Si comportava da primadonna? Sì. Pensava di saperne più di me sulla programmazione? Assolutamente sì, e, per quanto odiassi ammetterlo, aveva ragione. Mi guardava dall'alto in basso perché ero una donna? Si comportava come se minacciassi il suo ego perché avevo competenze di programmazione e portavo le gonne? No, e questo lo distingueva dalla maggior parte degli uomini con cui avevo lavorato.

Ma che diavolo aveva fatto a maggio? Doveva essere stato proprio prima di venire ad Austin. Doveva essere stato qualcosa di terribile per essere finito in esilio. Gli lanciai un'occhiata, ma lui stava fissando Cooper sullo schermo, la parte superiore degli zigomi macchiata di rosso.

Scossi la testa. Indipendentemente dalle nostre opinioni l'uno sull'altra, dovevamo lavorare insieme per finire questo progetto.

«Senta, signor Fallon...»

«Cooper» ringhiarono all'unisono.

«...abbiamo avuto un paio di contrattempi. Ma so che con il talento del team, possiamo ribaltare la situazione e finire in tempo. Ci dia altre due settimane. Prometto che non La deluderemo.»

Lo sguardo di Cooper si spostò su Jackson, che abbassò il mento di una frazione di pollice.

«Bene. Ma voglio un rapporto giornaliero sui progressi, Alicia. Non provi a nascondere nulla.»

«Non mi sognerei mai di farlo. E io... noi non La deluderemo.»

Fissò a lungo lo sguardo su di me e, sebbene mi bruciassero gli occhi, non sbattei le palpebre finché non tornò a guardare Jackson. «Tu resta» disse. «Alicia, ci vediamo tra due settimane.»

Mentre andavo verso la nostra area di lavoro, mi fermai al frigorifero e presi tutte le lattine di ginger ale che potevo trasportare. Non ci saremmo fermati per niente finché non avessimo avuto qualcosa di eccezionale da mostrare a Cooper.

E per quanto riguarda Jackson Jones, non ci sarebbero più stati messaggi dopo l'orario di lavoro. Non avevo intenzione di lasciare che si avvicinasse a me nemmeno il sentore di una relazione inappropriata. Niente avrebbe impedito alla Weber Technology Consulting di guadagnarsi la testimonianza di Cooper Fallon.

13

JACKSON

ORE dopo la telefonata con Cooper, ero completamente assorto nel lavoro, con i Led Zeppelin che mi sparavano nelle orecchie, quando un colpetto mi atterrò sulla spalla.

Sfilandomi le cuffie, mi voltai e vidi Tyler, con la sua borsa a tracolla. «Io stacco. A meno che tu non abbia bisogno di qualcosa?»

Eravamo gli unici rimasti nell'area e le luci nello spazio accanto al nostro erano spente. «Che ore sono?»

«Le otto e un quarto. Hai perso la cognizione del tempo?»

«Direi di sì.» Avevo quasi finito il modulo che avrei dovuto completare venerdì, prima dell'Incidente del Sushi Andato a Male.

«Posso darti una mano?» Tamburellò con le dita lungo la cucitura dei jeans.

«No, sono a posto.»

«Oh.» Annuendo, si tirò su gli occhiali. «Okay.» Annuii di nuovo, ma non si mosse. «Stai bene?»

«Intendi per...» Mi sfregai la pancia. Gli addominali mi dolevano ancora per tutti i conati avuti durante il fine settimana.

«Beh, sì, e, uhm... per tutto quanto. Cooper.»

Nessuno del team poteva non aver notato che ero rimasto nella sala conferenze come uno studente di prima media in punizione. Probabilmente Alicia aveva detto loro che la riunione non era andata molto bene. Lo stomaco mi si attorcigliò, e stavolta non per il sushi andato a male. Ma al ricordo di ciò che Cooper aveva quasi detto ad Alicia su di me e la stagista. Cazzo, cosa avrebbe pensato di me se l'avesse saputo?

Desiderai di potermi rimangiare tutto. Gli shot extra di tequila che mi erano sembrati una buona idea dopo la lavata di capo di Weston, il CEO, per il mio comportamento fuori dall'ufficio. Certo, avevo saltato un giorno dopo il Gran Premio, e forse c'era stata una foto o due sui tabloid di me a torso nudo con una bella donna—o quattro. Ero stato immortalato da uno spruzzo di champagne. Okay, era la mia bottiglia di champagne.

Dopo che Weston mi aveva conciato per le feste, avevo trovato il bar più vicino all'ufficio e avevo cercato di smorzare la tensione con la tequila. L'unico risultato era stato annebbiarmi la vista, tanto che non avevo visto — o non mi era importato — che la rossa che mi faceva l'occhiolino dall'altra parte del bancone avesse dieci anni meno di me. Un senso di sconsideratezza si era impossessato di me quando lei mi aveva intercettato fuori dal bagno degli uomini e mi aveva sussurrato all'orecchio tutte quelle cose lusinghiere, palpandomi il davanti dei jeans. Avevo pensato che tanto valeva comportarmi da coglione quale Weston pensava che fossi. Se dovevo scontare la pena, perché non commettere il crimine? Pensava che quelle foto di innocenti festeggiamenti fossero così gravi? Forse qualche paparazzo mi avrebbe beccato a scoparmi quella donna fin troppo consenziente contro il muro sul retro del bar. Prova a insabbiare questa, Weston.

Se solo avessi potuto trovarmi accanto al Jackson di tre mesi fa, togliergli di mano quell'ultimo shot di tequila, fargli tracannare un bicchiere d'acqua e dirgli di uscire da quella porta e tornare a casa. Se fossi tornato a casa, avrei potuto riderci su quando, la mattina dopo, mi ero trascinato in riunione con i postumi della sbornia e l'avevo trovata lì, la rossa, che prendeva appunti su un tablet. Avrei potuto congratularmi con me stesso per essermela scampata mentre scherzavamo sui postumi di una sbronza.

Ma per me non c'era stata via di scampo. Mi ero sentito come se avessi la pelle coperta di api quando ero corso nell'ufficio di Cooper e avevo confessato la mia sveltina nel vicolo con Callie. Anche se non l'avevo mai notata prima in ufficio e non avevo idea che fosse la nostra stagista, avrei comunque dovuto evitarla. Mi ero meritato la ramanzina che mi aveva fatto.

Come sempre, Cooper aveva risolto i miei casini. Mi aveva esiliato ad Austin. Aveva lasciato che Callie finisse il suo stage estivo alla Synergy e l'aveva liquidata con un bel bonus e una lettera di raccomandazione.

Ma non l'avrebbe fatto di nuovo. La sua minaccia su Delhi era stata a vuoto. Questa era la mia ultima possibilità. Io lo sapevo. Cooper lo sapeva. E quello stronzo di Weston lo sapeva. Se avessi fatto un casino qui, mi avrebbero chiesto di prendere un congedo. Forse permanente. Cooper non sarebbe stato in grado di proteggermi.

Riportai la mia attenzione su Tyler. «Sì, andrà tutto bene.» Avrei tenuto un basso profilo e mi sarei fatto il culo al lavoro. Niente mi avrebbe distratto. Se non era uno dei tre comandamenti di Cooper — produrre un buon codice in tempo, guadagnarmi il rispetto del team o lavorare insieme — non l'avrei fatto. Non c'era modo che potessi finire nei guai se avessi seguito il sentiero tracciato da Cooper.

«E tu e Alicia? Starà bene anche tra voi?»

«Io e Alicia?» Forse era lì che entrava in gioco la parte del lavorare insieme. Ce ne saremmo stati seduti a quella scrivania, a fissare i nostri schermi, con l'agrumato amaro del suo tè che mi solleticava il naso. Mantenendo la facciata della programmazione in coppia, così i tipi come Tyler non si sarebbero sentiti in colpa a chiedere aiuto con il loro codice.

Ma non avremmo assolutamente superato alcun limite, come Cooper chissà come pensava che avessimo fatto. Se fosse stato necessario, avrei messo una striscia di nastro adesivo — o una fila di filo spinato — in mezzo alla scrivania.

«Io e Alicia stiamo bene. Separatamente, stiamo bene. Come puoi vedere, io sto bene qui, e lei sta bene... da qualche altra parte.» A casa? Non avevo mai pensato a casa di Alicia prima d'ora. Forse dormiva in una cripta come un vampiro.

«Oooh-kay.» Mi fece l'occhiolino. Non avevo ancora decifrato il codice dell'occhiolino texano. All'inizio avevo pensato fosse un gesto civettuolo, ma poi la donna dai capelli bianchi che mi aveva passato allo scanner la bomboletta di deodorante alla cassa del CVS mi aveva fatto l'occhiolino dicendo: «Y'passate una buona giornata». E il tipo calvo e sudato che gestiva il carretto dei tamales mi faceva sempre l'occhiolino dicendo: «Buen provecho», quando mi porgeva il sacchetto. Così non risposi nulla all'occhiolino di Tyler. Forse era come un segno di punteggiatura.

Si sistemò la borsa. «Non fare troppo tardi. Sarà ancora qui domani.»

Gli rivolsi un sorriso tirato. «Grazie. Ci vediamo.»

Quanti altri domani ci rimanevano se non avessimo finito questo progetto in tempo? Cooper aveva detto non molti. Aveva detto che Weston stava di nuovo facendo la voce grossa riguardo allo sfoltire il personale non necessario per rendere l'azienda più snella, più agile. Io pensavo che fossimo già fottutamente agili, ma Cooper e Weston erano quelli dei numeri.

Tyler sarebbe stato uno di quel personale non necessario sulla lista da sfoltire? Sarebbe ricaduto in piedi, certo. Ma Alicia? Senza una buona parola da parte di Cooper, non avrebbe ottenuto molti altri incarichi di alto profilo come questo. E non potevo sopportare di essere la causa del fallimento della sua attività.

Mi rimisi le cuffie e fissai lo schermo. L'avrei finito per lei. E per Tyler. E per Cooper. Non li avrei delusi.

14

ALICIA

IL GRATTARE della matita di Noah sulla carta mi fece venire un tic all'occhio.

Jackson aveva la sua tastiera rumorosa e le sue cuffie da cui trapelava la musica. Anche Tyler e gli altri programmatori scrivevano codice ascoltando musica. Io, invece, avevo bisogno di silenzio. Specialmente quando facevo il debug.

Ma Noah stava diligentemente scarabocchiando una relazione di italiano dall'altra parte del tavolo della cucina, e non avevo alcuna intenzione di dirgli di usare una matita più silenziosa. Mamma ed Esmy erano andate a letto, e noi eravamo uniti nel fare le ore piccole.

Quando avevo provato a compilare ed eseguire il mio codice, aveva generato un errore di runtime. Avevo revisionato il codice, ma non avevo trovato niente. Poi avevo controllato gli altri moduli uno per uno. E il codice di chi stava mandando a puttane il mio? Quello di Jackson. Ero dovuta andar via prima per la partita di calcio, ma avevo giurato a me stessa di trovare e risolvere il bug prima di tornare al lavoro il giorno dopo. Se fossi stata fortunata, non l'avrebbe mai saputo, e avremmo potuto continuare a lavorare in "coppia" con il lusso di non parlarci. Esattamente come voleva lui.

La testa di Noah ciondolò e lui sbatté le palpebre con forza. La sua matita aveva tracciato uno ghirigoro sulla pagina e lui cancellò il segno indesiderato con la gomma.

«Ehi, tesoro, penso sia ora di andare a letto.»

«Ma non ho finito.»

«Puoi continuare domani. Ti scrivo una giustificazione. Puoi far vedere alla tua insegnante che l'hai iniziato.»

Fece una smorfia e riabbassò lo sguardo sul foglio.

«Andrà tutto bene. Te lo prometto. Vai a letto. Domani ti sentirai meglio se dormi.»

«Okay.» Si alzò e si stiracchiò. «Notte, Alicia.»

«Notte, Noah.» Si trascinò a letto, con Tigro alle calcagna.

Concentrai di nuovo i miei occhi annebbiati sullo schermo del portatile. C'era una parte di codice che non mi convinceva…

Il telefono vibrò sulla scrivania. Allungai la mano come un serpente per afferrarlo. Non era Carly Simon e Jackson non mi mandava messaggi dalla ramanzina di Cooper di lunedì; eppure, speravo ancora che in qualche modo fosse lui. Gli avrei parlato del bug e avremmo potuto scherzare come avevamo fatto quando lui aveva trovato quel bug nel mio codice. Sorrisi appena al ricordo delle sue terribili ipotesi su cosa facessi il martedì e il giovedì. Un cornetto.

TIANNAH

Non abbiamo potuto parlare alla partita stasera.
Stai bene?

Ero rimasta in macchina, con un occhio alla partita e l'altro allo schermo del portatile. Non era un modo efficace per guardare una partita di calcio o per fare il debug di un codice, ma era lo stile di vita di una madre lavoratrice.

Scusa, ho dovuto lavorare in macchina. Mi sei mancata.

Hai un minuto per parlare?

Non avevo nemmeno finito di scrivere Sì che il telefono squillò. Feci scorrere il dito per rispondere. «Ehi.»

«Ehi a te. Ti dispiace se mi sfogo un minuto?»

Mi appoggiai allo schienale della rigida sedia da cucina e sorrisi. «Spara.»

Si lanciò in un racconto sulle Malvagie Mamme del Comitato Genitori. Una donna inferiore — io — avrebbe abbandonato il campo di battaglia anni fa. Ma Tiannah non gliel'avrebbe data vinta. Le combatteva su tutto, dall'istituire uno spazio senza frutta a guscio in mensa al diversificare il programma del concerto di Natale. A volte vinceva, a volte perdeva, ma si lamentava sempre — o si vantava — con me.

Dopo che ebbe finito il suo racconto e io le ebbi detto che aveva ragione, ovviamente, fece una pausa. «Stai bene? Diane ha detto che stai avendo una settimana difficile al lavoro.»

Mi mossi sulla sedia. «Tutto bene. È solo che...» Non avevo intenzione di dirglielo, ma le parole mi uscirono di getto. L'errore di Tyler di due settimane prima. Il mio fallimentare lavoro in coppia con Jackson. Il sushi. Le due lavate di capo di Cooper. Tutta l'imbarazzo, la frustrazione, la paura delle ultime quattro settimane che avevo tenuto nascoste a tutti, compresa la mia migliore amica, vomitati come tanto sushi andato a male.

«Questo Jackson Jones sembra un tipo problematico,» disse.

«Non è così male.» Mi morsi il labbro.

Ma Tiannah, la mia migliore amica, colse le parole che non avevo detto. «Non così male?»

«È un ottimo programmatore, e mi ha insegnato tantissimo. Sta cercando di fare pace con il team. Renderlo più coeso. Credo di averlo giudicato male all'inizio. Non lo odio più.» Trasalii, felice che non potesse vedermi.

«Whoa. Non lo odi? Vuoi dire che ti piace?»

«Non in quel senso.» Ma le parole erano uscite troppo in fretta. «Lo rispetto.»

«Tesoro, stai attenta.»

«Lo so. Ma è diverso dagli altri ragazzi con cui ho lavorato.»

Il silenzio di Tiannah si protrasse, facendomi capire esattamente cosa pensava.

«Sai che non farei mai…»

«Lo so. Ma i sentimenti sono bestie difficili da domare.»

«Lasciami fare la fangirl ancora per qualche giorno. Poi sono sicura che farà qualcosa di irritante e mi ricorderà perché lo odiavo.»

«Lo fanno sempre, tesoro. Ma so che ti terrai sotto controllo. Non rischieresti mai la tua attività per un cazzo.»

«Non ho detto niente riguardo a un cazzo. Ho solo detto che il tipo mi piace.»

«Alicia.» La sua voce conteneva un avvertimento. «Ricorda cos'è importante.»

Noah. E la Weber Technology Consulting. Concentrati su quello, non sul tuo collega intelligente e sulle sue dita agili.

«Ce la puoi fare. Farai vedere a tutti quanto sei intelligente e capace, e poi dovrai iniziare a rifiutare le offerte.»

Rifiutare le offerte. Magari. Per ora, dovevo finire il lavoro che avevo detto di saper fare. E, come al solito, dovevo produrre il doppio per ottenere lo stesso riconoscimento.

«Posso fare qualcosa per aiutarti?»

Oh, sai, aiutarmi a fare il debug di questo codice, capire cosa succede a Noah con italiano e farmi ragionare così non salto ogni volta che ricevo un messaggio. «No, sono a posto. Grazie per aver chiamato. Ti voglio bene.»

«Anch'io ti voglio bene. Ci vediamo giovedì?»

«Sì.»

Con un sospiro, tornai al codice di Jackson che, purtroppo, non si era corretto da solo.

15

JACKSON

MISI IN PAUSA la musica e mi sfilai le cuffie. Avevo cercato per tutta la mattina quel maledetto bug nel mio codice, ma era nascosto meglio di quella crepa sottile come un capello nella testata della mia Lamborghini. Alicia programmava sempre in silenzio; forse, se ci avessi provato anch'io, sarei riuscito a trovare quel dannato coso. Scansionai di nuovo il programma.

Una goccia di sudore mi scivolò dalla tempia alla barba. Quel giorno in ufficio faceva un caldo infernale. Avevano spento l'aria condizionata? Eravamo a ottobre, cazzo, e non era possibile che ci fossero ancora più di trenta gradi. Il corpo umano non era fatto per sopravvivere a sei mesi di caldo del genere. Il mio corpo non lo era.

Lanciai un'occhiata ad Alicia, che scriveva compita nella sua gonna nera attillata e camicetta di seta. Sorseggiava il suo tè. Tè caldo con temperature del genere? Il suo odore, ormai familiare, mi raggiunse. Earl Grey. Una notte avevo annusato tutte le bustine in cucina per scoprirlo. Aveva un odore amaro, come quella volta che un ragazzino a scuola mi aveva sfidato a mangiare un'arancia come una mela, buccia compresa. Non sentii altro sapore per giorni.

Teneva la tazza sotto il naso, lasciando che il vapore le si arricciasse sul viso. Le accarezzava le tempie come avevo fatto io quel primo giorno. Come avevo sognato a occhi aperti di fare di nuovo. Lei e il suo tè caldo mi stavano facendo sudare. Spostai la sedia di una quindicina di centimetri lontano da lei, riposizionai la tastiera e fissai di nuovo lo schermo.

Qualche minuto dopo, il mio stomaco brontolò. Ah. Avevo bisogno di mettere qualcosa nello stomaco per far funzionare bene il cervello. Qualche minuto lontano dallo schermo mi avrebbe fatto bene.

Mi alzai, mi stiracchiai e mi misi in tasca il telefono.

Alicia sollevò lo sguardo dal suo codice perfetto. «Vai a pranzo?»

«Sì.» Poi ebbi un'idea geniale. Potevo parlare con Alicia del mio codice. Forse quella sarebbe stata la spintarella che mi avrebbe aiutato a capire cosa avevo sbagliato. «Vuoi venire con me?»

«Ehm.» I suoi occhi si spostarono dal mio viso. «Non credo che...»

«Andiamo. Tu hai bisogno di una pausa e di cibo, e anch'io. Perché non andare insieme? Così puoi assicurarti che torni in orario.» E un po' di tempo fuori dall'ufficio con Alicia non mi sarebbe dispiaciuto. Forse lì era meno abbottonata. Mi avrebbe concesso qualche altro tentativo di indovinare i suoi impegni del martedì e del giovedì?

Lei lanciò un'occhiata alla finestra dietro di me, come se potesse usare il tempo come scusa. Ma faceva caldo ed era soleggiato, esattamente come lo era stato il giorno prima e quello ancora prima e per tutta la maledetta estate.

«Offro io. E scegli tu il ristorante,» dissi.

Sospirò come se farsi offrire il pranzo fosse un'enorme imposizione. «Okay.» Prese la borsa dal cassetto della scrivania, controllò rapidamente il telefono e poi ce lo lasciò cadere dentro. «Andiamo.»

Quando sbucammo alla luce del sole, mi inforcai gli occhiali da sole. «Dove vuoi andare?»

Lei guardò a sinistra. «Il mio locale di taco preferito è a qualche isolato da quella parte. Te la senti di fare una passeggiata?»

«Sei tu quella con i tacchi.» Commisi l'errore di abbassare lo sguardo su di essi. Quel giorno erano beige, con un'apertura in punta da cui spuntava un'unghia laccata di un nero lucido. Alicia usava lo smalto nero? Aveva una specie di doppia vita da goth? Forse dormiva davvero in una cripta. Forse il martedì e il giovedì erano le sere in cui andava a…

Per poco non mi diedi una manata in fronte lì sul marciapiede. Certo! Aveva un ragazzo. Non mi sorprendeva che la vita sentimentale di Alicia fosse così irreggimentata. Il martedì e il giovedì — e probabilmente il sabato, ma su quello non avevo visibilità — erano le sere degli appuntamenti. Come avevo fatto a non capirlo dopo più di un mese di lavoro con lei? Il mercoledì o il venerdì mattina seguente, avrei potuto averne conferma controllando il suo viso in cerca del bagliore del dopo.

Il bagliore del dopo? Serrai i denti.

«Jackson?» Era già qualche passo più avanti sul marciapiede. «Vieni?»

«Sì.» Feci qualche passo di corsa per raggiungerla e poi le camminai a fianco, le mie Converse silenziose accanto al clic-clic-clic dei suoi tacchi. Superammo gruppetti di studenti della vicina università, un paio di ragazzi con lo skateboard, altri tipi del settore tecnologico delle dozzine di aziende hardware e software che ci circondavano, persino alcuni politici in giacca e cravatta che si erano allontanati dal complesso governativo.

Mi strofinai il centro del petto, cercando di alleviare l'improvviso bruciore. Non avevo alcun diritto di essere geloso. Alicia, la nostra consulente, era off-limits. Non potevamo uscire insieme. Probabilmente era un bene che avesse un ragazzo. Avevo fatto un sacco di cose egoiste nella mia vita, ma non avevo mai provato a indurre una donna al tradimento.

Inoltre, aveva detto a Cooper che non le piacevo nemmeno. E quella cosa mi aveva ferito più di quanto avrebbe dovuto. Di certo non avrebbe dovuto infastidirmi il fatto che si vedesse con qualcun altro. Cercai di rilassare la mascella.

Cazzo, perché ero lì, sul punto di pranzare con lei, da solo? Non avrei dovuto vederla da nessun'altra parte se non in ufficio. Sbarrai di camminare. Avrei finto che i miei disturbi gastrici fossero tornati.

Lei salì con passo leggero i gradini della Taquería di Linda, una casa sgangherata a un piano con un'enorme terrazza di legno sul retro. Si voltò sulla porta, il viso arrossato dalla nostra camminata e la pelle visibile attraverso lo scollo a V della sua camicia abbottonata che luccicava. «Vieni?»

Chi stavo prendendo in giro? Avrei seguito Alicia ovunque.

Salimmo i gradini ed entrammo, dove era beatamente buio e fresco e odorava di cumino e peperoncino. Il mio stomaco brontolò.

«Tavolo per due?» domandò la hostess.

«Sì, e possiamo sederci nel patio?» chiese Alicia.

Il patio? La mia pelle umida di sudore reclamava la sala da pranzo con l'aria condizionata.

«Certo.» Ci condusse fuori sulla terrazza, che era ombreggiata da un pergolato. Rampicanti fioriti si intrecciavano tra le doghe di legno aperte sopra di noi, rendendola marginalmente più fresca del parcheggio, dove potevo vedere ondate di calore irradiarsi dalla ghiaia.

«Fuori?» Mi lasciai cadere sulla sedia di plastica calda.

Lei nascose il naso nel menù plastificato. «È così bello oggi. E ho pensato che un po' d'aria fresca ci avrebbe fatto bene.»

Aria fresca, un corno. L'umidità mi intasava i polmoni e rendeva la mia maglietta floscia come uno strofinaccio.

Alicia ordinò un tè freddo non zuccherato, e io chiesi una limonata. Avrei desiderato poter ordinare una margarita, ma non volevo sopportare l'espressione di disapprovazione di Alicia o il mal di testa che sicuramente mi sarebbe venuto quel pomeriggio.

Dopo aver ordinato, Alicia incrociò le mani sulla sua tovaglietta di carta e mi rivolse un sorriso tirato. «Allora, Jackson, ti piace Austin?»

«Fa un po' troppo caldo per i miei gusti.» Tirai il colletto della maglietta lontano dalla pelle e lo sbattei per cercare di dirigere un po' di brezza all'interno.

«Oh, scusa, non ci ho proprio pensato... Preferiresti mangiare dentro?»

Sì. «No.» Feci un gesto vago con la mano. «Va bene così.» Se lei era felice, sarebbe stata più disposta ad aiutarmi con il mio codice più tardi.

«Immagino di esserci abituata, specialmente ora che si è rinfrescato. Oggi non dovremmo nemmeno raggiungere i trentadue gradi. Stasera, quando il sole calerà, si starà bene.»

«Stasera. Giovedì sera.» Scandii lentamente le parole. «Non posso credere di esserci arrivato solo ora.»

Sollevò le sopracciglia. «Arrivato a cosa, di preciso?»

«A cosa fai il martedì e il giovedì.»

«Ah, sì?» Tracciò una linea con il dito sulla condensa del suo bicchiere di tè.

«Hai un appuntamento.»

Lei sbatté le palpebre. «Un appuntamento.»

«Sai, uscire per una cena e un film, o magari restare a casa per un po' di Netflix and chill?»

«Netflix and chill?»

«Sai cosa intendo. Hai un ragazzo.» Non un fidanzato. Non portava un anello. Visto che non diceva nulla, sgranai gli occhi. «O una ragazza.»

Rise, e fu la prima volta che la sentii. Mostrò i denti — un'altra rara evenienza, per la mia esperienza — e il suono iniziò acuto per finire in una bassa risatina. «Pensi che la mia vita sia così metodica da avere appuntamenti ogni martedì e giovedì pomeriggio?»

Sorrisi anch'io, e feci spallucce. «Sei così... così organizzata.»

La immaginai, come nel montaggio di un film di rapine in cui si raduna l'equipaggiamento, allineare una striscia di preservativi, una boccetta di lubrificante, una candela, forse, sul suo comodino, e poi, con fare professionale, iniziare a sbottonarsi la camicetta di seta... merda! Niente fantasie su di lei che faceva uno spogliarello. Mi passai una mano sugli occhi per cancellare l'immagine.

«Wow. Okay, certo. Il martedì giochiamo a Burraco nella sua parrocchia, e il giovedì andiamo a vedere il nuovo film al cinema.»

«Visto?» Le indicai il suo sorriso a stento trattenuto. «Lo sapevo.»

«Spiacente, un'altra ipotesi sbagliata. Anche se...» Si morse il labbro.

«Cosa?» Un indizio era quasi sfuggito dallo scrigno di Alicia. Un'anticipazione euforica mi fece trattenere il respiro. Aveva detto che il suo impegno bisettimanale non era un appuntamento. Ero più sollevato di quanto avrei dovuto.

«Niente.»

«Un indizio. Uno piccolissimo.»

Rifletté per un momento, scrutandomi il viso. «No.»

«Oh, andiamo.» Mi lasciai ricadere sulla sedia.

«Come va con il tuo codice?»

Odiavo che avesse cambiato argomento, ma era per questo che l'avevo invitata a pranzo. «Ho incontrato un ostacolo.»

«Ah, sì?» Spremette un'altra fetta di limone nel suo tè e usò un cucchiaino lungo per mescolare, facendo tintinnare il ghiaccio.

«Sì.» Le descrissi brevemente il problema, poi tutte le cose che avevo controllato e tutti i metodi che avevo provato per risolverlo. «Qualche idea su cosa potrebbe essere?»

Aprì la bocca per parlare ma poi guardò oltre la mia spalla e sorrise. La nostra cameriera posò un enorme piatto di enchiladas, fagioli e riso davanti a me e un cestino foderato di carta con dei tacos davanti ad Alicia.

Presi la forchetta e tagliai un angolo dell'enchilada più a sinistra. Pollo, spinaci e salsa cremosa di formaggio bianco. Deliziosa.

Dall'altra parte del tavolo, Alicia spruzzò della salsa piccante sui suoi tacos prima di prenderne uno e morderlo con i suoi denti dritti e bianchi. Lo ripose nel cestino e masticò lentamente. La guardai deglutire e tamponarsi le labbra con il tovagliolo. Il pranzo era stata una pessima idea. Troppa concentrazione sulla bocca invitante di Alicia. Era ridicolo essere geloso di un taco.

«Il cibo va bene?» Indicò il mio piatto con un solo boccone mancante.

Scuotendo la testa, tagliai un pezzo della seconda enchilada, una al formaggio. «Sì, è ottimo.»

«Sapevo che ti sarebbe piaciuto.»

La salsa rossa era piccante. Tracannai la mia limonata. «Qualche idea sul mio codice?»

«Ah.» Si pulì accuratamente le dita sul tovagliolo. «Potrei aver visto qualcosa all'inizio della settimana.»

«Qualcosa?»

«Un bug.» Me lo spiegò — Dio, dovevo aver scorso quel codice sbagliato una dozzina di volte — e poi disse: «L'ho... ah... l'ho corretto nella sandbox di sviluppo.»

Lasciai che la forchetta cadesse con un rumore metallico sul piatto. «Hai fatto cosa?»

«Stava causando un problema nel mio codice, quindi l'ho sistemato per far funzionare il mio modulo. Io... stavo per dirtelo.»

«Quando?» Avrebbe potuto risparmiarmi una mattinata di frustrazione.

«Quando me l'hai chiesto, okay?»

Quello non era lavoro di squadra. Era tradimento. Non l'avrebbe mai fatto a Tyler o a Kevin o a chiunque altro. «Perché? Perché cazzo avresti dovuto aspettare?» La mia voce si era alzata troppo, e alcune teste si voltarono verso di me. «Perché non me l'hai detto?» chiesi più a bassa voce, sebbene la rabbia mi stringesse ancora la gola.

«Questo. Esattamente questo.» Allontanò il suo cestino di tacos con uno spintone. «Gli uomini non vogliono sentire critiche dalle loro colleghe donne. Lavorando con una programmatrice, potrei parlarle del problema, e lei mi ringrazierebbe e andrebbe avanti. Mi rispetterebbe di più per averla aiutata. Ma gli uomini sono infallibili, e non è possibile che io, con il mio debole cervello femminile, possa capire qualcosa che tu non riesci a capire. E se lo faccio, dev'essere perché qualche uomo mi ha aiutato.» Il suo viso era rosso, e una gocciolina di sudore le colò dal mento. «Pensavo... speravo... che tu fossi diverso, ma ora vedo che mi sbagliavo. È tutta una questione di ego, come per ogni altro uomo con cui ho lavorato.» Appallottolò il tovagliolo e lo gettò sul tavolo prima di far stridere indietro la sedia.

«Aspetta un attimo,» dissi, tendendole una mano. «Non intendevo...»

«Oh, credo proprio di sì.» In piedi, torreggiava su di me, i capelli corti alle tempie arricciati dall'umidità che la facevano sembrare un sole fiammeggiante. «Mi hai invitato a pranzo non come una tua pari, ma come qualcuno che poteva aiutarti. E poi, quando ti ho aiutato, mi hai criticato. Io... io...» Senza finire la frase, si voltò e attraversò il ristorante, lasciandomi solo con il mio gigantesco piatto di enchiladas.

Non l'avevo criticata, cazzo. Le avevo solo chiesto perché non me l'avesse detto. Sì, forse avevo alzato un po' la voce. Era quello che la gente faceva quando...

Asciugandomi il sudore dalla nuca con un tovagliolo di riserva, mi afflosciai sulla sedia. Cazzo, avevo fatto esattamente quello che aveva detto. Almeno dal suo punto di vista, ero stato uno stronzo. Forse ero stato uno stronzo da qualsiasi punto di vista.

La cameriera si avvicinò e scrutò il nostro tavolo pieno di cibo non consumato. «Va tutto bene?»

«Sì, solo... le dispiacerebbe incartarceli da portare via? Per favore?»

«Certo.» Sollevò il mio piatto e i tacos di Alicia. «Altro?»

«Un tè freddo e una limonata da asporto, per favore.»

Quando tornai in ufficio, posai il bicchiere di polistirolo umido di tè alla destra di Alicia. Chinandomi, dissi a bassa voce: «Ho messo il resto del tuo pranzo in frigo. C'è il tuo nome sopra.»

Senza alzare lo sguardo dallo schermo, disse: «Grazie.» Il suo tono era più gelido del mio bicchiere di limonata.

Quella sera, dopo che Alicia era uscita per il suo impegno del giovedì sera, quando andai a prendere le mie enchiladas avanzate, trovai nella spazzatura il contenitore di polistirolo con su scritto Alicia.

16

ALICIA

VENERDÌ SERA, durante la cena, suonarono alla porta.

Esmy si pulì la bocca e si alzò da tavola, spostando la sedia. «Vado io.»

«Magari è un tizio con un assegno gigante» disse Noah, con gli occhi spalancati.

«O uno di quegli uomini a torso nudo in kilt delle copertine dei romanzi rosa» disse la mamma.

«Carini.» Feci un sorrisetto. Stavano tutti cercando di tirarmi su il morale dopo la mia settimana di merda al lavoro. Lunedì: strigliata da parte di Cooper Fallon; martedì e mercoledì: a lavorare fino a tardi per sistemare il codice; giovedì: una reazione esagerata e l'abbandono dei migliori tacos del mondo perché Jackson Jones era caduto dal piedistallo su cui il mio fanatismo l'aveva messo.

Infine, venerdì, la ciliegina sulla torta, Jackson mi aveva tormentato tutto il giorno, cercando di parlare di Dio solo sa cosa, probabilmente di qualche altro problema che aveva con il suo codice e che voleva che gli risolvessi per poi urlarmi contro.

Sapevo che avrei dovuto scusarmi per aver sbottato contro di lui. O almeno ascoltarlo. Ma con tutto lo stress — non solo il lavoro e Noah, ma anche la contabilità, le tasse e l'assicurazione per la mia nuova attività — temevo che sarei esplosa di nuovo contro di lui. Mi era venuto il mal di testa e avevo lasciato l'ufficio presto, il che significava che avevo altro lavoro da fare quel fine settimana. Strinsi le mani a pugno sotto il tavolo.

Esmy tornò in cucina con un sacchetto di carta bianco della farmacia. «Alicia, se avessi saputo che ti serviva qualcosa in farmacia, te l'avrei preso io quando ci sono andata oggi dopo scuola.»

«Ma non ho ordinato niente dalla farmacia.»

«Il ragazzo ha detto che era una consegna per te. C'era il tuo nome e tutto.»

Strano. Avevo ordinato qualcosa tempo prima e me n'ero dimenticata? Ero stata così concentrata sul lavoro e su Noah ultimamente che supposi potesse essere accaduto. «Ci do un'occhiata dopo aver lavato i piatti. Io lavo e tu, Noah, asciughi.»

«Uffa» si lamentò lui. «I fine settimana sono l'unico momento in cui posso giocare ai videogiochi.»

«Potrai giocare dopo che avremo messo via i piatti. Ora, mostrami la cartella dei compiti.»

Aspettai che avessimo finito di lavare i piatti, che mamma ed Esmy avessero guardato un programma in TV mentre io finivo il mio rapporto giornaliero e lo inviavo via email a Cooper, e dopo aver tolto a Noah il controller di gioco e averlo mandato a letto. Solo allora portai il pacchetto nella mia stanza.

Era la stessa stanza in cui avevo dormito da quando ci eravamo trasferiti in quella casa, a sei anni, fino a quando ero partita per il college. E dopo la morte di Melissa, che aveva lasciato me, l'occupante di un monolocale in un grattacielo del centro, come tutrice di Noah, eravamo tornati entrambi a viverci. Avevo sostituito il letto singolo a baldacchino con uno a due piazze, ma il comò e il comodino laccati di bianco erano gli stessi. I poster delle boy band non c'erano più, sostituiti da stampe botaniche che avevo preso in una galleria d'arte locale. Noah dormiva nella porta accanto, nella vecchia stanza di Melissa, ora tappezzata di poster di film di supereroi e con un copriletto di Star Wars, con un bagno comunicante che separava il suo spazio dal mio.

Mi buttai sul letto e posai il sacchetto della farmacia. Liberai l'apertura dai punti metallici e sbirciai dentro. Il sacchetto conteneva due articoli, più un pezzo di carta.

Tirai fuori per prima la bottiglia di ibuprofene. Di solito compravo quello di sottomarca, e questo era di marca. Non sembrava una cosa che la "Alicia del passato" avrebbe comprato. Il secondo articolo era una scatola di cartone di crema per le emorroidi. Quella di certo non sembrava una cosa da me. L'ordine di qualcun altro si era confuso con qualunque cosa avessi ordinato io. Qualcuno con il sedere in fiamme e il mal di testa si stava probabilmente chiedendo cosa potesse farsene di una scatola di assorbenti interni e un tubetto di mascara Great Lash.

Forse lo scontrino aveva le informazioni di contatto del vero destinatario, e avrei potuto far avere gli articoli al loro sofferente proprietario. Tirai fuori il foglio di carta dal sacchetto. Non era uno scontrino, ma un biglietto.

Scusa se sono stato un tale rompiscatole. Sei una programmatrice coi controcazzi.

— Jackson

Cosa? Lasciai che il biglietto fluttuasse fino a posarsi sul mio piumone azzurro pallido. Ok, era un po' dolce che mi avesse mandato una medicina per il mal di testa, ma perché diavolo pensava che avessi le emorroidi? Doveva aver violato una qualche sorta di legge sulla privacy. Serrando i denti, afferrai il telefono e scrissi un messaggio.

Che diavolo, Jackson?

Pochi secondi dopo, il mio telefono squillò. Non mi aveva mai chiamata, quindi era la suoneria normale, ma il suo nome lampeggiò sullo schermo.

Esitai per un secondo. Mandare messaggi era sicuro, quasi anonimo. Una telefonata superava un limite. Sentire la sua voce, immaginarlo nel suo spazio, e lui che immaginava me nel mio, sembrava intimo. Soprattutto di venerdì sera. Ero pronta per quello? No.

Ma lui sapeva che c'ero. Ignorare la chiamata mi avrebbe resa una codarda. Toccai il pulsante di risposta. «Pronto?»

«Non hai ricevuto il mio biglietto di scuse?»

Oh, wow, andava dritto al punto. «Ho ricevuto un biglietto con due battute sul sedere degne di un bambino delle elementari. E gli, ehm, articoli. Non mi servono.» Crema per le emorroidi. Stronzo invadente.

La spallina del reggiseno mi scavava nella spalla da ore, e l'elastico della gonna era stretto dopo che a cena mi ero rimpinzata di pupusas di Esmy. Mi sfilai la camicetta dalla testa e la lanciai verso la cesta della biancheria, ma era troppo leggera e cadde prima.

La voce di Jackson era gentile, rassicurante. «Era uno scherzo. Sul fatto che sono un rompiscatole. Ho considerato anche la crema per il cambio pannolino e il lubrificante, ma ho pensato che avrebbero potuto mandare il messaggio sbagliato. Per motivi diversi.» Fece una pausa quando non dissi nulla. «Ho scelto male?»

Non potei fare a meno di sorridere un po'. Avevo un debole per l'umorismo da caserma. Sganciai la fascia stretta del reggiseno, lo appallottolai e lo lanciai contro la cesta, grata che non fossimo in videochiamata.

«Come al solito, hai scelto malissimo. Un biglietto di auguri sarebbe stato molto più sicuro.» Aprii di scatto il cassetto del comò, trovai una morbida maglietta grigia dell'UT e la indossai, sentendomi meglio del venti per cento.

«Non sono un tipo da cose sicure.» Jackson sembrava un po' senza fiato. «Tranne che per il sesso. Sono molto prudente in quello.» Fece una pausa. «Anche se non troppo prudente.»

La pelle mi formicolò come se mi avesse sfiorato con le dita. Rabbrividii.

Jackson si schiarì la gola. «Probabilmente non dovrei parlarti di sesso.»

Mi ero sbottonata la gonna, ma ora mi sentivo a disagio a togliermela. No, non doveva parlarmi di sesso. Lavoravamo insieme. Ci conoscevamo a malapena, in ufficio parlavamo il meno possibile. A parte le sue domande sui miei impegni del martedì e giovedì e il goffo tentativo di indagare sulla mia vita sentimentale ieri a pranzo, non mi aveva mai chiesto della mia vita privata. Era esattamente quello che avevo voluto quando avevo avviato la mia attività di consulenza. Concentrarsi sul lavoro. Nessun bisogno di conoscersi. Nessun discorso sulle famiglie. Gli uomini con cui lavoravo mi avrebbero vista come una persona esattamente come loro: senza distrazioni o responsabilità che influenzassero il mio lavoro. Eppure, la sua voce profonda stava risvegliando dentro di me terminazioni nervose di cui mi ero quasi dimenticata.

Disse: «Devo scusarmi di nuovo?»

Risi. «Stavo aspettando di vedere quanto a fondo avresti scavato quella fossa.»

«Penso di aver toccato il fondo.»

«Bene. Puoi smettere adesso. Apprezzo le scuse.»

La chiamata doveva essere quasi finita, ma non potevo aspettare un secondo di più. Aprii la cerniera della gonna, la lasciai cadere a terra e uscii. Mi strofinai i segni rossi dove le cuciture mi avevano premuto sulla pelle.

Ma non aveva finito. «Sono davvero dispiaciuto per il pranzo di ieri. Lo ammetto, ti ho portata a pranzo per avere la tua opinione sul mio codice. Perché ti rispetto. Perché hai talento. Ma avrei dovuto essere chiaro quando ti ho chiesto di venire con me.»

Un caldo bagliore si accese nel mio ventre, e sorrisi, anche se lui non poteva vedermi. Indossai un paio di pantaloncini da notte. «Grazie. E mi dispiace anche a me. Per aver sbottato contro di te. È solo che... hai toccato un tasto dolente. Io...» Feci un respiro profondo. «Ho ricevuto dei commenti piuttosto sminuenti. Al lavoro. Perché sono una donna.» Trattenni il respiro.

«Sai che non farei mai—»

«Lo so. Credo di saperlo.»

«Ho una sorella. È anche lei una programmatrice. Mi ha raccontato delle cose. Mi dispiace di averti scatenato quella reazione.»

La tensione che avevo accumulato nelle spalle si allentò. «Niente più scuse, ok? Abbiamo entrambi fatto la nostra penitenza quando ci siamo persi i tacos di Linda.»

Lui rise, in modo basso e sexy. Non sexy! «La prossima volta, prometto che il pranzo sarà puramente a scopo sociale.»

Raccolsi la gonna e la camicetta e le buttai nella cesta. Pranzi a scopo sociale — specialmente con un uomo attraente e brillante come Jackson Jones — avrebbero complicato la mia vita ordinata. Anzi, erano esattamente l'opposto del mio obiettivo: tenere separate la mia vita lavorativa e quella personale. Niente picnic aziendali. Niente aperitivi. Solo lavoro e stipendio. «Non credo sia una buona idea.» Prima che potesse insistere, chiesi: «Hai trovato il tuo bug?»

«Sì. Grazie.» L'irritazione gli rese la voce aspra. Bene.

«Fantastico. Ci vediamo lunedì.»

«Aspetta!»

«Cosa?» Di cos'altro poteva parlare? Tenendo ancora il telefono, tirai indietro le coperte e mi infilai a letto.

«"Ci vediamo lunedì" sembra scortese dopo che ti ho mandato un regalo.» La sua voce era strozzata.

Sbuffai. «Mi hai mandato dell'ibuprofene costoso e della crema per le emorroidi.»

«È il significato dietro il regalo che conta.»

«Che mi hai fatto venire il mal di testa e mi hai mandato qualcosa che non userò?»

La sua voce divenne scherzosa. «Cazzo, avrei dovuto mandare il lubrificante, dopotutto.»

Non mi venne in mente una sola risposta appropriata.

«Potresti pensare a me mentre lo usi» continuò. «Aspetta, non intendevo nel modo in cui è venuta fuori.»

Sbuffai. «Mayday, mayday, tira su la cloche.»

«Più che altro "tira fuori". Cazzo! Intendevo il piede dalla bocca. Non…»

Passarono alcuni secondi di silenzio.

«Immagino che tornerò a nascondermi nella mia fossa» disse. Poi gemette.

Se lo avessi lasciato andare avanti ancora un po', avrebbe potuto dire qualcosa che mi avrebbe davvero offesa. «Dovresti crearti un'app che censuri le tue telefonate ai colleghi.»

«Mi ci metto subito.»

Ridacchiai. «L'hai fatto di nuovo.»

«Ops.»

«Non sei affatto dispiaciuto.»

«Hai ragione. Non lo sono. Ma lo sono per il pranzo. Grazie per avermi salvato il culo.»

Il mio petto si gonfiò. «Sono qui per questo. Per salvare il tuo codice, non il tuo culo.» Feci una smorfia. «Non rispondere a questa.»

Rimase in silenzio per qualche secondo. «Sono contento che tu abbia accettato questo lavoro, Alicia Weber.»

Ne ero contenta? Jackson Jones era stato un enorme rompiscatole. Lo sapevamo entrambi. L'aveva ammesso e aveva mandato la crema per le emorroidi per dimostrarlo.

Meno male, altrimenti sarebbe stato troppo facile innamorarsi del mio collega cervellone che era anche più caldo dell'asfalto del Texas a luglio. Ma quei due punti a suo sfavore — rompiscatole e collega — significavano che non ne avevo bisogno di un terzo.

«Sono contenta anch'io» dissi. «Ora, davvero, ci vediamo lunedì.» Toccai il pulsante di fine chiamata e aprii il mio libro sulla contabilità fiscale per le piccole imprese.

17

ALICIA

Gettai la borsa nel cassetto e sentii il telefono cadere sul fondo metallico. Al diavolo. L'avrei messo al suo posto la prossima volta che mi sarei dovuta precipitare in bagno per cambiarmi l'assorbente interno. Strappai la confezione di carta degli antidolorifici che avevo trovato nel kit di primo soccorso in cucina. Quell'ufficio pieno di uomini poteva anche non tenere prodotti per l'igiene femminile nel bagno delle donne, ma almeno avevano delle medicine che avrebbero alleviato i miei crampi. Le buttai giù con il mio tè tiepido.

«Tutto bene?» mi chiese Jackson, a bassa voce.

«Certo. Perché non dovrebbe?» Sbattei il cassetto per chiuderlo. Lui trasalì.

«Per nessuna ragione.» Fissò il cassetto.

Al diavolo lui e le sue supposizioni. Volevo ringhiare contro di lui e contro tutti i membri del mio team. E non solo perché erano tutti uomini. Avevamo una settimana per finire il codice per la successiva revisione di Cooper, in cui dovevamo assolutamente stupirlo. Altrimenti... «Non dovresti programmare?»

«Veramente...»

Fantastico, ci risiamo. Ha avuto una nuova idea geniale che manderà all'aria l'intero progetto.

«Stavo pensando che forse potremmo provare di nuovo a lavorare in coppia.» Indicò con un cenno del capo gli altri programmatori che lavoravano fianco a fianco alle loro scrivanie. «Sembra che per il resto del team stia funzionando bene. Forse saremmo più efficienti a lavorare insieme?» La sua voce si alzò, cosa insolita per lui, trasformandosi in una domanda alla fine.

Esatto. Voleva cambiare il metodo in corso d'opera. Anche se era quello che avrei voluto fare fin dall'inizio, ormai era troppo tardi. «Non credo, Jackson. La nostra procedura sembra funzionare. Controllerò il tuo codice quando avrai finito.» Forse avrebbe potuto programmare tutta quella dannata cosa mentre io andavo a sdraiarmi da qualche parte. Mi passai una mano sull'addome come se potessi stirar via il dolore lancinante.

Il suo sguardo seguì la mia mano. «Sei sicura di stare bene?»

«Smettila di chiedermelo», sibilai. «Devo concentrarmi sul lavoro, e dovresti farlo anche tu.» Pensavo che quella mattina avessimo risolto tutta la stranezza post-telefonata. E con risolto, intendevo completamente ignorato. Andava bene così. Probabilmente aveva bevuto o stava giocando a un videogioco, con metà della sua attenzione sullo schermo mentre parlavamo. Non pensava davvero a quello che aveva detto sul fatto di rispettarmi. O meglio, di rispettare il mio talento. Stava solo dicendo ciò che pensava che io volessi sentire. Probabilmente mi ero immaginata la dolcezza nella sua voce, la gentilezza nei suoi occhi quella mattina, il modo in cui sembrava preoccuparsi per me. No, non preoccuparsi. Intendevo apprensione. Era solo preoccupato che stessi per scagliarmi contro di lui e il resto del team con furia ormonale.

Riportai l'attenzione sullo schermo e rientrai nel computer. Scorsi le righe per vedere a cosa stavo lavorando prima della mia puntata in bagno. Ah. Curvai le dita sulla tastiera, pensando a cosa veniva dopo. Sentii un pizzicorio sulla nuca che rubò la mia concentrazione.

Strofinandomela, guardai Jackson. Lui riportò di scatto lo sguardo sul suo schermo. Sfortunatamente per lui, era andato in timeout ed era diventato nero.

«Che c'è?» ringhiai. Se avesse detto una sola parola sulla sindrome premestruale, l'avrei colpito con la tastiera.

«Niente. Io... Posso portarti qualcosa? Altro tè?» Le sue guance si tinsero di rosa.

Potei solo fissare lui e i suoi occhi fastidiosamente belli, le sue sopracciglia scure piegate in qualcosa che somigliava sospettosamente a compassione. Jackson Jones che era gentile con me? Al lavoro? Doveva avere un secondo fine.

Ed ero così stanca di tutto: i continui controlli per assicurarmi di fare la cosa giusta, dire la cosa giusta, comportarmi da uomo in un mondo di uomini. Ero stata ingenua a pensare che essere il capo della mia azienda mi avrebbe risparmiato tutto ciò.

«Possiamo... lasciar perdere?» Strinsi le mani a pugno e poi le appiattii sulla tastiera. «Possiamo comportarci da colleghi e lavorare? Senza tutti questi estenuanti battibecchi? Almeno per oggi?»

Le sue spalle si afflosciarono. «Volevo solo... scusa.»

Il senso di colpa mi trafisse, ma prima che potessi dire qualcosa, un brontolio eruppe dal cassetto della scrivania. Avevo lasciato il telefono in modalità vibrazione come al solito, e contro il fondo metallico del cassetto produceva un suono simile a un treno in arrivo. Lo aprii di scatto e tirai fuori il cellulare.

Scuola di Noah, diceva il display.

Lo afferrai e risposi, a bassa voce, mentre mi dirigevo a passo svelto verso la sala riunioni vuota più vicina.

«Salve, signorina Weber, sono Janet, la segretaria della scuola. Chiamo per Noah. Questo pomeriggio è stato coinvolto in una lite. Dobbiamo chiederLe di venire a scuola.»

«Una lite?» Il mio dolce Noah, in una lite? Me lo immaginai steso sull'asfalto, preso a calci da ragazzi più grandi e cattivi, e il mio cuore andò in mille pezzi. Poi si ricompose in frammenti d'acciaio frastagliati. Aveva un gesso, per l'amor di Dio! Avrei fatto in modo che quei ragazzi venissero espulsi. O peggio. Si poteva sporgere denuncia contro un bambino di dieci anni? «Sta bene?»

«Solo qualche graffio e qualche livido. Ma deve venire. Adesso.»

«Certo. Ovviamente.» Graffi e lividi non sembrava così male, ma forse avrei dovuto portarlo di nuovo al pronto soccorso, se lei stava minimizzando le sue ferite. «Gli dica che sarò lì tra venti minuti.»

Tornando alla nostra area di lavoro, annunciai che avevo un problema personale e che dovevo andare a casa. Poi andai alla mia scrivania e cominciai a mettere via le mie cose.

Jackson si alzò in piedi, da lui emanava un'energia nervosa che si scontrò con la mia stessa ansia. Mi prudevano i denti.

«Posso fare qualcosa per aiutare?» chiese, a bassa voce.

Posai il telefono accanto alla tastiera. «Solo... puoi controllare i ragazzi? Assicurarti che siano in linea con i tempi? Non possiamo rimanere indietro.»

«Certo, ma intendevo... per te.»

Per me? Il mio cuore, quel traditore, batté così forte da far sussultare la mia camicetta. «No. Sto bene.» Mi misi la borsa del portatile in spalla e afferrai il telefono.

Lui fece un cenno verso il mio lato della scrivania. «Non dimenticare il portatile.»

«Oh. Merda. Giusto.» Scossi la testa. Concentrati. Posando il telefono, sganciai il computer e lo infilai nella borsa. La borsa! Non sarei andata lontano senza le chiavi. Mi chinai per prenderla dal cassetto e controllai che le chiavi fossero agganciate all'anello interno. «Ci vediamo domani.»

Camminai verso le scale più velocemente che potei senza correre e scesi con cautela. Graffi e lividi. Lo stomaco mi si attorcigliò. Gli avevano fatto di nuovo male al braccio? Mancava solo una settimana prima che dovessero togliergli il gesso.

Una volta fuori, attraversai di corsa la strada verso il parcheggio. Che mi vedessero pure perdere il controllo. Dovevo arrivare da Noah. Prendersi cura di lui era la cosa più importante.

JACKSON

NO, non guardai Alicia trotterellare verso le scale, con i fianchi ondeggianti e ipnotizzanti in quella gonna nera attillata.

Okay, cazzo, sì che lo feci. Perché Tyler dovette darmi un pugno sul braccio per farmi uscire dalla mia trance.

«Ehi, Jay, tutto bene?»

«Sì, sto bene. Perché?»

«Stavo cercando di attirare la tua attenzione. Non volevo chiedere ad Alicia perché lei, ehm, non sembrava in sé, ma mi servirebbe una mano. Hai un minuto?»

«Certo.» Non ero stato la sua prima scelta, ma mi stava chiedendo aiuto. Doveva essere un progresso verso il guadagnarsi il rispetto del team e il lavorare insieme, giusto? Lo seguii fino alla sua scrivania, avvicinai una sedia libera e ascoltai mentre mi spiegava il problema.

Alla fine, non era difficile, e lo risolvemmo in meno di un'ora, includendo alcune best practice di programmazione che aggiunsi gratuitamente.

Tornando alla mia scrivania, mi sentivo quasi orgoglioso come quando avevo risolto un bug rognoso nel mio codice. Tyler era venuto da me per un aiuto, e io l'avevo aiutato. Cooper sarebbe stato orgoglioso di me. Avrebbe detto che mi ero guadagnato il rispetto del team. Il petto mi si gonfiò d'orgoglio sotto la maglietta degli ZZ Top.

Finché non lo vidi.

Il suo telefono. Il telefono di Alicia, infilato a metà sotto la tastiera.

Una notifica apparve sulla sua schermata di blocco. Era qualcosa che doveva vedere?

Inspirai. Espirai.

Forse era un messaggio spazzatura, o un messaggio di una campagna politica.

O forse era importante, come la telefonata che aveva ricevuto poco prima di andarsene, quella che le aveva fatto impallidire il viso e sgranare quegli occhi azzurri.

E non l'avrebbe ricevuto fino a domani.

Essere separato dal mio telefono mi rendeva nervoso. Probabilmente lei si sarebbe sentita allo stesso modo, quella brutta sensazione di vuoto quando si sarebbe resa conto di averlo dimenticato. Quel vuoto da arto fantasma quando l'avrebbe cercato senza trovarlo.

Lo presi in mano, freddo dopo la sua ora di abbandono.

Era solo un telefono. La gente era sopravvissuta per migliaia di anni senza telefono.

Ma io mi sarei assicurato che Alicia non dovesse farlo.

18

JACKSON

IL BUNGALOW nel quartiere di Cherrywood, non lontano dal centro, era dipinto di un allegro giallo sole con una porta viola. Una bandiera arcobaleno spuntava da un'asta ancorata a una delle robuste colonne del portico.

Strizzai gli occhi sull'indirizzo sul mio telefono e poi controllai il numero accanto alla porta viola.

Non era la casa che avrei immaginato per Alicia. Lei era tutta linee rette e serietà, una presidentessa del comitato dei proprietari, tutta d'un pezzo, pronta a misurare col righello l'altezza dell'erba. Non era da stravaganti fiori rosa che traboccavano da vasi di terracotta crepati accanto ai gradini del portico.

Ma questo era l'indirizzo che avevo.

Saltai giù dalla cabina del camion, e le mie Converse sbatterono sull'asfalto. Mi trascinai lungo il breve vialetto, tra una coppia di alberi dall'aspetto contorto coperti da ciuffi di delicati fiori color lavanda. Due brevi gradini e fui sul portico ombroso, col dito sospeso sul campanello. I profumi di pollo arrosto e aglio si diffusero dalla finestra aperta accanto alla porta, insieme a voci femminili. Strizzando gli occhi quasi fino a chiuderli, premetti il pulsante.

Dei passi leggeri e veloci si avvicinarono alla porta, che si aprì. Un ragazzino magrolino con un gesso verde al braccio mi sorrise attraverso la zanzariera di metallo. Il livido sotto l'occhio era dello stesso viola della porta. Non poteva avere più di otto anni, con capelli color paglia che gli ricadevano sui lobi in riccioli. I suoi occhi erano castani, non del blu oceano di quelli di Alicia; eppure, la sua bocca aveva la stessa forma della sua... e dovevo saperlo, visto che ne ero quasi ossessionato.

«Ehi» disse.

Non avevo sentito la donna avvicinarsi. Era a piedi nudi e indossava un abito a fiori che le arrivava quasi alle caviglie. Fili bianchi le striavano i capelli scuri. Le rughe intorno agli occhi le si approfondirono quando mi scrutò. «Posso aiutarla?» Le sue vocali erano morbide e colorate dalla musica blues che a volte sentivo nei bar di Sixth Street.

Forse qualcuno aveva sbagliato a digitare l'indirizzo di Alicia nel sistema di gestione del personale della Synergy? Guardai la casa a destra. Mattoni rossi anonimi. Erba tagliata corta come un green da golf. Forse quella era la sua. Controllai la casa a sinistra. Una lavatrice arrugginita troneggiava sul suo portico scrostato. Probabilmente non era quella.

«Signore?» chiese la donna.

«Ehm, salve. Abita qui Alicia Weber?» Spostai il peso sul piede posteriore, pronto a girare sui tacchi, scendere i gradini e dirigermi verso la casa a destra.

«Sì, ci abita» disse il ragazzino. «Tu chi sei?»

Whoa. Riequilibrai il peso. «Sono Jackson Jones. Lavoriamo...»

«Ti conosciamo.» Il ragazzino mi scrutò.

Mi conosceva? Era passato un po' di tempo dall'ultima volta che ero finito sulla copertina di qualche rivista di economia. E queste persone non sembravano il tipo da leggere Car and Driver.

«Intende dire che sappiamo che lavorate insieme.» Le labbra

della donna si strinsero, e ogni traccia di dolcezza svanì dal suo viso.

Oh, merda. Potevo immaginare le storie che Alicia aveva raccontato su di me a casa. Era sua... zia? Una fidanzata molto più grande? Il ragazzino doveva essere di Alicia, perché lui e la donna più anziana non avevano nessun tratto in comune.

«Io, ah. Ha dimenticato il telefono. Al lavoro. Gliel'ho portato.» Le porsi il dispositivo, la pelle che mi formicolava per la distruzione delle mie speranze di vedere Alicia.

«Voi due cosa...» Alicia, anche lei a piedi nudi, era comparsa dietro la donna. I capelli le ricadevano in onde morbide e irregolari sulle spalle, e aveva scambiato la sua camicetta di seta e la gonna attillata con una maglietta arancione bruciato dei Texas Longhorns e un paio di pantaloncini neri tagliati di una tuta. Le avevo già visto le ginocchia quando sedeva alla nostra scrivania, con la gonna che le si sollevava un po'. Ma non avevo mai visto così tanto delle sue cosce pallide.

«Jackson?» La sua voce mi colpì come una scossa elettrica, e staccai lo sguardo dalle sue gambe per puntarlo sulla sua bocca semiaperta. Merda! Gli occhi! Guardale gli occhi!

Il suo sguardo scese sulla mia mano ancora tesa. «Mi hai portato il telefono?»

«Sì, io... l'hai lasciato in ufficio.»

Aggirò la donna e poi spostò gentilmente il ragazzino di lato per poter aprire la zanzariera. Trovandosi un gradino più in alto di me a piedi nudi —i miei occhi bruciavano dalla voglia di sbirciare quelle unghie laccate di un nero lucido— mi fissò dritto negli occhi. Le sue dita sfiorarono il mio palmo mentre me lo prendeva. «Grazie.»

Rabbrividii nonostante il caldo umido della sera.

«Non lo inviti a entrare?» disse la donna. «È venuto fin qui.»

«Non... non era lontano» dissi.

«Come hai fatto a...» disse Alicia nello stesso istante.

«Tua madre ti ha insegnato le buone maniere.» Ora la voce

della donna aveva il tono piccante di un peperoncino. «Jackson, le andrebbe di fermarsi per cena?»

Mi era venuta l'acquolina in bocca per i deliziosi odori che mi circondavano. E quella era cannella? Annusai speranzoso.

«Lui non può...» cominciò Alicia.

«Sento profumo di torta?» dissi.

«Di mele» disse la donna.

Guardai Alicia negli occhi. «Mi piacerebbe molto fermarmi per cena.»

Il suo mento a punta si protese in avanti, ma non disse nulla, limitandosi a tenermi aperta la zanzariera finché non ci appoggiai il palmo della mano ed entrai in casa.

Il sole al tramonto filtrava dalla porta ancora aperta alle mie spalle, illuminando i colori vivaci dell'interno. Mentre mi facevano attraversare in fretta il piccolo ingresso —in realtà solo poche piastrelle incastonate nel tappeto del soggiorno— e costeggiavano il salotto per entrare in cucina, intravidi pareti dipinte di giallo, arancione e turchese; un divano di velluto rosso; e libri impilati in doppia fila su librerie con gli scaffali incurvati, ammucchiati sui tavoli, che si ergevano persino negli angoli in pile altissime.

Un minuscolo campanellino tintinnò quando un gatto arancione saltò giù dallo schienale del divano rosso e ci seguì in cucina, dove la sosia più anziana di Alicia incideva la pelle croccante di un pollo arrosto.

Dovevo essere finito nell'episodio "Specchio, specchio" di Star Trek. Perché solo l'Alicia dello specchio avrebbe indossato dei cazzo di pantaloncini della tuta che le coprivano a malapena il culo. E avrebbe avuto un figlio. L'Alicia che conoscevo fingeva che la sua vita non esistesse al di fuori dell'ufficio della Synergy Analytics.

O forse ero io quello che fingeva che la sua

vita non esistesse al di fuori dell'ufficio? Avevo fatto un fottio di supposizioni. Di questo ero certo.

Mentre cercavo di orientarmi, ci eravamo tutti stipati nella minuscola cucina. Sul serio, la cucina del mio appartamento, quella che non usavo mai se non per conservare qualche confezione da sei di birra locale, era più grande di questa.

«Jackson.» Gli occhi di Alicia si strinsero come se provasse un dolore fisico. «Ti presento mia madre, Diane. Sua moglie, Esmy. E Noah. Tutti quanti, questo è Jackson Jones, di cui vi ho già parlato.» Parlò molto lentamente e chiaramente quando aggiunse: «È il proprietario dell'azienda per cui lavoro.»

Il mio presunto potere non sembrava avere molto peso in casa Weber. Diane mise da parte il coltello da arrosto ma tenne le dita a cupola su di esso, pronta ad afferrarlo e a colpire. Esmy mi tese la mano e, quando gliela strinsi per istinto, mi stritolò. Noah mi fissava, con gli occhi ridotti a due fessure proprio come quelli di Alicia.

Il gatto annusò la punta della mia Converse, si gonfiò come una soffice palla da basket e soffiò, scoprendo i denti aguzzi e appiattendo le orecchie. Nessuno lo rimproverò. Forse era il portavoce della famiglia.

Qualcuno doveva smorzare la tensione. Dissi: «Non ricordo l'ultima volta che ho mangiato cibo fatto in casa. Credo sia stato a Pasqua, quando la mamma del mio amico Cooper ha cucinato per noi.» Deglutii la saliva che mi riempiva la bocca al profumo appetitoso che invadeva la cucina. «Grazie per avermi invitato.»

Esmy, almeno lei, abbozzò un sorriso comprensivo. «Siamo felici di averti qui.»

Alicia non sembrava pensarla allo stesso modo. Una morsa d'acciaio mi strinse la parte superiore del braccio. «La cena è pronta. Ti mostro dove puoi darti una rinfrescata» disse.

Mi condusse di nuovo attraverso il soggiorno e in un corridoio buio, superando una porta di camera da letto aperta, che lei chiuse prima che potessi sbirciare dentro, e in un bagno stretto decorato con vivaci tonalità di blu-verde e pesci pagliaccio arancioni sulla tenda della doccia.

Alicia mi seguì in bagno, chiuse la porta e aprì l'acqua. Si chinò verso di me e disse a voce bassa, tanto che dovetti piegarmi per sentirla: «Ascoltami. Io tengo separate la mia vita privata e quella professionale. Solo pochissime persone con cui ho lavorato sono state a casa mia. Non parleremo di niente di tutto questo in ufficio domani. O mai più. Mi hai capita?»

«Credo di sì? Cioè, io non parlo della mia famiglia al lavoro, ma è perché tutti sanno già tutto di loro. Sono su tutte le pagine di economia. E Coop...»

No, non potevo parlarle della famiglia di Cooper. Almeno non del suo padre violento. Non si parlavano dai tempi dell'università, e Cooper per lo più faceva finta che fosse morto.

«La tua famiglia non sembra... terribile? Non sei... imbarazzato da loro?» Il mio sguardo cadde sul bicchiere blu sul ripiano che conteneva due spazzolini da denti, uno rosso e l'altro a forma di Superman.

«No, certo che no.»

«Allora perché...»

«Senti. Sono una donna nel settore tecnologico. Dove lavoriamo noi, le persone hanno certi preconcetti sulle donne con famiglia. Se diciamo che non possiamo fare tardi, siamo più legate alla famiglia che all'azienda. Lo stesso se dobbiamo prenderci una pausa pranzo lunga per portare un figlio dal pediatra o lavorare da casa quando è malato e non può andare a scuola. Gli uomini — e le donne senza figli— vengono promossi perché si dedicano alla loro carriera. Le donne con famiglia no.»

«Questo non è...»

Scosse la testa. «Non dirlo neanche. Potresti pensare che la tua azienda non lo faccia, ma lo fa. Inizia nel momento in cui una donna chiede il congedo di maternità e la perseguita per tutta la sua carriera. Sapevi che le donne con figli guadagnano il quindici percento in meno delle donne senza? E non farmi nemmeno iniziare a parlare del divario salariale tra donne e uomini. O tra persone di colore e uomini bianchi.»

Scossi la testa. Non appena aveva detto "congedo di maternità", il mio cervello si era bloccato, girando in tondo su quel concetto. Mentre avevo aperto il suo fascicolo delle risorse umane per prendere l'indirizzo, ovviamente gli avevo dato un'occhiata. Chiunque l'avrebbe fatto. Nessun marito o partner registrato. Supponendo che Noah avesse otto anni, lei ne aveva ventidue quando l'aveva avuto. Praticamente una bambina lei stessa. Creare una famiglia non sembrava il tipo di cosa che una ventiduenne, fresca di laurea, avrebbe fatto. A meno che...

«Sei divorziata? Vedova?»

Alicia sbatté le palpebre e fece un passo indietro. «Cosa? È questo quello che hai capito da quello che ho detto?»

«No, no, ti ho seguito. Niente chiacchiere sulla tua famiglia al lavoro. Capito. Ma non capisco da dove venga Noah.»

Alzò gli occhi al cielo. «Intendi dire, dov'è il donatore di sperma?»

Wow, faceva caldo in quel bagno. Girai il rubinetto sull'acqua fredda.

«Non lo sappiamo. Mia sorella non ci ha mai detto chi fosse il padre di Noah. E credo che ce la siamo cavate benissimo a crescerlo in una casa di donne lavoratrici. Quindi non iniziare con le tue idee da cavernicolo.»

La mia mascella si spalancò. Noah era suo nipote. Dov'era la sorella adesso? Ma non potevo chiederlo. Non ancora. Così tirai fuori il classico Jackson Jones. «Cavernicolo? Io?»

«È quello che ho detto. Lavati. Siamo via da troppo tempo.»

In silenzio, premetti l'erogatore del sapone. Era quello che pensava di me? Dopo che avevamo lavorato insieme per un mese, dopo che le avevo detto solo tre giorni fa quanto fosse straordinaria? Mi strofinai le mani sotto l'acqua. «Non credo che tu mi conosca bene come pensi.»

Premette l'erogatore e, quando mi spostai per asciugarmi le mani sull'asciugamano blu, si lavò le sue. «Forse no. Ho solo avuto molta esperienza con ragazzi come te.»

«Ragazzi come me.»

«Fenomeni del tech. Sempre il più intelligente nella stanza, che pensa che tutti abbiano avuto le sue stesse opportunità, le sue stesse priorità, e che sia una debolezza in qualcun altro se non è arrivato altrettanto lontano.»

«Wow.» Le porsi l'asciugamano, cercando di mantenere un tono leggero nonostante il nodo allo stomaco. «Non hai una grande opinione di me, vero?»

«Sto proteggendo me stessa e la mia famiglia.» Il suo sorriso era amaro. «Sono stata ingannata un paio di volte. Mai più.»

Pensai di andarmene. Di tornare dritto lungo il corridoio e uscire dalla porta principale. Se pensava davvero che fossi come tutti quegli altri stronzi che l'avevano snobbata, avrei dovuto farlo. Ma il luccichio nei suoi occhi blu, il modo in cui l'angolo della sua bocca si sollevava, lasciavano intendere che sperava che non lo fossi. E questo bastava a tenermi lì, in quel bagno alla Ricerca di Nemo, nella casa che condivideva con le sue due madri e un nipote di cui non conoscevo l'esistenza, determinato a decifrare il codice di Alicia Diane Weber.

Aprì la porta e tornammo in cucina, dove la sua famiglia era seduta attorno al tavolo rotondo ai margini della stanza.

«Pensavo si fosse perso» disse Diane. Mise una coscia di pollo nel piatto di Noah.

«Avevo le mani sporchissime per via di tutto quel codice al lavoro» dissi. «Ora sono pulite.» Le alzai, con i palmi in fuori, per l'ispezione.

Noah soffocò una risata.

Alicia sedette sulla sedia vuota accanto a Noah, e io mi sedetti tra lei ed Esmy. Il tavolo era per quattro persone e stavamo stretti. Il mio ginocchio sinistro poggiava contro il destro di Alicia. Esmy mi passò una ciotola di purè di patate che profumava di paradiso all'aglio. Ne presi una quantità moderata e passai la ciotola ad Alicia.

«Ci parli di lei, Jackson» disse Esmy.

«I miei amici mi chiamano Jay.» Le rivolsi il mio sorriso più smagliante.

Diane disse: «Alicia La chiama Jackson».

«Esatto. Anche se ci sto lavorando.» Il mio sorriso vacillò quando Diane mi lanciò un'occhiataccia gelida degna di Cooper.

Esmy intervenne di nuovo. «Alicia ci ha detto che ha fondato l'azienda per cui lavora adesso.»

«Il mio migliore amico, Cooper, e io l'abbiamo fondata quando eravamo ancora al college. Ero un appassionato di auto e volevo usare i computer per capire come farle andare più veloci.»

«Come la nostra Honda?» chiese Noah.

«Beh, certo. Alcuni dei maggiori produttori automobilistici sono nostri clienti. Iniziammo con il vecchio catorcio del padre di Cooper, una Ford Escort del 1995 color verde gioiello metallizzato. La usammo per un progetto del mio corso di ingegneria meccanica. Era piena di ruggine e bruciava olio, ma la trasformammo in una macchina potente, efficiente e intelligentemente adattiva. Per la ruggine, però, non potemmo farci niente.» Mi appoggiai allo schienale della sedia, ricordando come io e Cooper avessimo legato grazie a quel progetto. «Ma la cosa che mi interessava di più erano le auto da corsa. Conosci la Formula Uno?»

«Certo che sì» disse Noah.

Esmy chiese: «È come la NASCAR?».

Noah alzò gli occhi al cielo. «No, nonna Esmy. È completamente diversa.» Con pochissimo aiuto da parte mia, spiegò le differenze a sua nonna, che finse perlomeno di essere interessata.

Quel ragazzino iniziava a piacermi. «Sei mai stato alla gara qui ad Austin?»

«No.» Abbassò lo sguardo sul piatto. «Però l'ho guardata online.»

«Ci sarà il mese prossimo. Ho i biglietti, e potrei...»

Il ginocchio di Alicia cozzò contro la mia coscia sotto il tavolo. «Ah!» Mi strofinai la gamba. Le sue ginocchia erano appuntite.

«Noah è troppo impegnato con la scuola e il calcio per passare tutto il fine settimana in un circuito» disse lei.

«Calcio! Giochi?»

«Sì, abbiamo le partite ogni martedì e giovedì.»

Martedì e giovedì. Lanciai ad Alicia uno sguardo trionfante. Lei strinse le labbra per nascondere un sorriso e scosse la testa.

«È così che ti sei fatto quell'occhio nero?» Misi in bocca l'ultima forchettata di purè. Assolutamente delizioso. Sperai che ci fosse il bis. Forse anche il tris.

«No, solo il braccio rotto.» Sollevò il gesso. «L'occhio nero me l'hanno fatto oggi a scuola.»

«E com'è conciato l'altro?»

«Jackson!» Alicia posò la forchetta.

«L'ho preso in bocca. Gli ho spaccato il labbro, ma niente di più.» Sollevò la mano sinistra, che aveva una benda su una nocca.

«I pugni in faccia sono difficili da assestare bene. La prossima volta...»

«Jackson!» Mi colpì nello stesso punto con il ginocchio. «La prossima volta, usa le parole, era quello che Jackson stava per dire.»

Feci una smorfia e mi massaggiai la gamba. «Esatto. Per cosa avete litigato? Gli hai rubato la ragazza?»

Questa volta, Alicia posò la mano sulla mia coscia. Non in modo sensuale — anche se il mio corpo reagì come se lo fosse — ma per avvertirmi di andarci piano.

Noah nascose alcuni fagioli dall'occhio sotto il purè di patate. «Ha visto il mio compito con una D. Mi ha dato dello stupido.»

«Il che non è molto carino» disse Alicia, «ma non vale la pena di prendere a pugni qualcuno.»

Mi appoggiai allo schienale e posai la forchetta sul mio piatto pulito. «Sembri un ragazzino in gamba. Perché hai preso una D?»

Alicia si girò di scatto, così in fretta che i suoi capelli mi schiaffeggiarono la spalla. I suoi capelli. Profumavano di arance, come il suo tè. Ma non c'era nulla di caldo nello sguardo con cui mi fulminò.

Noah si strinse nelle spalle.

Cosa gli avevo chiesto? Oh, giusto. I voti. «Neanch'io andavo tanto bene a scuola, finché il mio medico non scoprì che avevo l'ADHD. So cosa significa avere difficoltà. E sentirsi frustrati. E arrendersi.» Strofinai una macchia sul vetro zaffiro del mio orologio. «Ma dopo aver ricevuto l'aiuto di cui avevo bisogno, me la sono cavata.»

Una ruga solcò la fronte di Alicia, tra le sopracciglia. Mi fissava come se stesse ispezionando del codice anomalo. «Te la sei cavata ben più che bene. Sei andato a Stanford.»

«La mia famiglia è ricca. Hanno pagato un sacco di ripetizioni e corsi di preparazione ai test.»

«Non sminuirti.» Il suo tono era tagliente in superficie, ma dolce nel profondo. «Sei un ragazzo intelligente. E devi aver lavorato sodo.»

Chinai la testa. Non erano in molti a dirmelo. Quando cresci con ogni privilegio, un sacco di gente dà per scontato che la strada verso il successo sia facile. Certo, per me era stata più facile di quanto sarebbe stata per Alicia o per chiunque i cui genitori non fossero importanti donatori dell'università, ma il fatto che qualcuno vedesse il mio impegno, vedesse che non tutto mi era stato servito su un piatto d'argento, significava qualcosa. Detto da Alicia, significava tutto.

«Ti dispiace se finisco il purè?» chiesi, indicando con un cenno del capo l'ultima cucchiaiata nella ciotola.

«Fai pure» disse Esmy, porgendomi la ciotola.

Quando il mio stomaco fu teso per la cena più una fetta extra-large di torta di mele con sopra gelato Blue Bell, Alicia mi accompagnò fuori. Il suo mento era di nuovo rigido, probabilmente per ricordarmi di non parlarne al lavoro l'indomani.

Ma quando aprì la bocca, disse: «Quella è la tua macchina?».

In fondo al vialetto, il Ford F-150 nero mi aspettava. «È a noleggio. Ma, sì, ho pensato, quando si è in Texas...»

«Noleggi un pick-up?» Rise. «Per trasportare l'attrezzatura per riparare recinzioni? Hai lasciato il rimorchio per il bestiame parcheggiato al tuo appartamento?»

Misi le mani in tasca, grato per la debole luce del portico che nascondeva il mio rossore. «È divertente da guidare, così in alto rispetto al resto del traffico. Sorprendentemente potente. E se mai avrai bisogno di trasportare qualcosa, sono l'uomo che fa per te.»

Arricciò il naso. «È per questo che hai gli stivali?»

Non avevo intenzione di dirle che li indossavo solo per irritare Cooper. Speravo di aver guadagnato qualche punto con lei quella sera e non volevo essere penalizzato per meschinità. «Sì, credo di sì. In un certo senso pensavo che più persone li avrebbero indossati al lavoro. E che sarebbero stati più comodi.»

Sbuffò. «Sono comodi una volta che ci hai fatto il piede. Gli stivali sono un impegno, Jackson.» Il suo sorriso si dissolse, come se avesse appena sentito ciò che aveva detto. Si morse un labbro.

«So prendermi un impegno. Mi serve solo un motivo.» Che cazzo stavo dicendo? Non mi ero mai impegnato in nulla, se non a fingere che non mi importasse cosa pensassero gli altri di me.

Si diresse verso il pick-up. «Immagino tu sia impegnato con la tua azienda da un po'.»

Vero. «Da più di dieci anni.»

«E con Cooper?»

«Migliori amici dal nostro primo giorno di college.» Riflettei. «Quasi sempre.»

«Quasi sempre?» Aveva raggiunto la fiancata nera e lucida del pick-up, e ora si voltò, un angolo della bocca che si sollevava.

«È complicato.»

«Per quel poco che conosco Cooper, posso immaginarlo.»

Non la contraddissi. Nessuno dei due aveva un carattere facile. Ma non importava quanti casini combinassi, Cooper non mi aveva mai abbandonato, e non avevo intenzione di rinunciare a un amico come lui.

La luce del portico splendeva dorata sui suoi capelli, là dove si arricciavano sulle spalle. Metà del suo viso era in ombra. Il rossetto era sparito da un pezzo e i suoi occhi erano appesantiti dalla stanchezza. Sembrava morbida e fragile, anche se sapevo che era dura come il pick-up alle sue spalle.

«Forse riproverò a mettere gli stivali» dissi, come se fosse attinente a qualcosa.

«Dovresti. Anche se...»

«Anche se?»

«Non manca molto alla fine del progetto e al tuo ritorno a San Francisco.»

Strisciai la scarpa da ginnastica sul marciapiede. «Non sono sicuro di tornare dopo la fine del progetto. Cooper non ha detto che posso.»

«Sei il suo socio. Lasci che sia lui a dirti quando andare e quando puoi tornare?»

Praticamente sì. «È lui quello intelligente. Io sono solo il programmatore.»

«Non sei solo qualcosa.» Fece un passo nel mio spazio e mi diede un colpetto sul petto. «Anche tu sei quello intelligente. Non ho mai incontrato un programmatore più brillante. E sei bravo con il team. Tyler ti ammira. Potresti essere molto di più se solo uscissi dall'ombra di Cooper e fossi il leader che so che puoi essere.»

Alzai lo sguardo dalle mie scarpe per verificare se fosse seria. La sua mascella era contratta e i suoi occhi socchiusi. Credeva in me.

Ridussi la distanza tra noi, annullando il nostro distacco professionale. Lei inclinò il viso verso l'alto e io chinai il mio. La cannella della torta si mescolò nel nostro respiro condiviso.

La stavo davvero per baciare? Me lo avrebbe permesso? Le sue ciglia fremettero e si abbassarono sulle guance. Ero abbastanza vicino da toccare la sua pelle liscia, da affondare le dita nei suoi capelli sciolti. Abbassai il viso fino a librarmi a un paio di centi-metri dalle sue labbra piene e rosee. Questo non era come il flir-tare via messaggio, o nemmeno come la nostra telefonata carica di allusioni. Da questo non si tornava indietro. Inspirai il ricco profumo di arancia dolce dei suoi capelli.

No. Stringendo gli occhi, feci un passo indietro. «Alicia, io... ho fatto un casino.»

Lei aprì gli occhi e notò lo spazio vuoto tra noi. Incrociò le braccia. «Cosa?»

«Poco prima di venire ad Austin. È per questo che ti ho detto che non potevo uscire con te quel primo giorno. Perché non posso baciarti adesso.»

Una piccola ruga si formò tra le sue sopracciglia.

Allungai una mano per spianarla e mi fermai, cacciando la mano nella tasca dei jeans. «C'erano delle mie foto del Gran Premio di Monaco sui tabloid. Weston mi ha chiamato nel suo ufficio e mi ha urlato contro dicendo che rappresentavo la Synergy, anche nei fine settimana, ed ero incazzato. Cooper era impegnato e non voleva sentirmi sfogare. Così sono andato al bar più vicino e mi sono ubriacato fradicio.» Mi passai una mano sulla barba. «C'era… c'era questa donna dall'altra parte del bar. Lei, uhm, ha flirtato con me, e poi siamo, uhm, andati nel vicolo sul retro. Capisci?»

Certo che non capiva. Non aveva mai fatto nulla di così irresponsabile in vita sua. Eppure, mormorò: «Mm-hmm».

Ora veniva la parte peggiore. «Il giorno dopo, sono andato in ufficio e l'ho vista lì. Era una delle nostre stagiste del college. Callie. Giuro che aveva ventun anni. Sono andato nel panico. Sono corso dritto nell'ufficio di Coop e gliel'ho raccontato. E lui… lui ha sistemato tutto. Si è assicurato che lei stesse bene. Lei ha confermato che era consensuale. Cooper ha organizzato delle scuse formali con le Risorse Umane presenti. E poi mi ha mandato qui perché non dovessi vederla. O perché non potessi.»

Deglutì. «Volevi rivederla?»

«No! Cioè, sono sicuro che sia una gran persona. Ma non ha significato nulla. Non avevo idea che lavorasse nella mia azienda o che l'avrei mai rivista.»

«È così che ti senti riguardo a me?» Abbassò lo sguardo sulle sue infradito.

«No. Mai.» Le misi un dito sotto il mento e glielo sollevai finché non incontrò il mio sguardo. «Ed è per questo che non posso baciarti.»

Il suo sorriso era un po' triste. «Teniamo entrambi troppo alle nostre attività per lasciare che un bacio diventi qualcosa di più.»

Infilai l'altra mano in tasca per impedirmi di passargliela tra i capelli, di toccare la sua pelle morbida. «Mi piaci, Alicia. Pensi che potremmo lasciar perdere la rivalità d'ufficio ed essere… amici?»

«Amici?» Un'espressione imperscrutabile le attraversò il viso. «Immagino che potremmo provarci.»

Era una risposta tiepida, a voler essere generosi, ma me la feci bastare. Non potevo fingere di odiare la donna dall'animo di titanio che avevo impiegato un mese a scoprire. Volevo allungare le braccia e abbracciarla — gli amici lo fanno — ma considerando la rigidità delle sue spalle, le porsi invece la mano.

Me la strinse. «Grazie per aver portato il mio telefono.» Poi si girò e risalì a passo svelto il vialetto, le infradito che schiaffeggiavano il cemento.

Quando chiuse la porta viola, feci il giro della parte anteriore del pick-up e mi arrampicai dentro. Appoggiai la testa al poggiatesta. Dopo quattro mesi ad Austin, mi ero fatto la mia prima amica.

Eppure, volevo così tanto di più.

19

ALICIA

DOVETTI FARE UN SORRISETTO, perché Tiannah mi diede una gomitata nel fianco. «Che succede?»

«Niente.» Lasciai cadere il telefono nel portabicchieri della mia sedia di nylon.

«Non sembra affatto niente. Sembra che qualcosa ti stia facendo arrossire.»

«Oh, sai… solo un messaggio da un collega.» Merda, non avrei dovuto menzionare il lavoro. Perché non potevo aver finto di aver conosciuto qualcuno al supermercato o in fila alla motorizzazione? Fissai i bambini che facevano gli esercizi di riscaldamento prima della partita, sperando che lasciasse perdere.

«Da Jackson Jones?»

Cavolo. Le sue sopracciglia erano quasi scomparse tra i capelli. Esmy si sporse oltre di me. «È venuto a cena ieri sera.»

Tavon si arrampicò in grembo a Tiannah e si mise il pollice in bocca. Lei lo circondò con un braccio e appoggiò il mento sull'altra mano. «Jackson Jones, il multimilionario, è venuto a mangiare il polpettone a Casa Weber?»

«Ha portato ad Alicia il suo telefono» disse Esmy. «È davvero un multimilionario?»

Con una mano sola, Tiannah digitò una ricerca sul suo telefono. Girò il dispositivo. Nella foto, Jackson indossava una tuta rossa coperta di toppe di compagnie petrolifere e di un produttore di auto, e i suoi capelli erano spettinati e sudati, come se si fosse appena tolto un casco. Sotto c'era una cifra così grande che dovetti contare i punti.

Almeno non aveva trovato la sua foto a torso nudo. Avevo pensato di cercarla la sera prima, ma gli amici non facevano cose squallide del genere.

Mia madre fischiò. «Verrebbe da pensare che un uomo con un conto in banca del genere abbia qualcuno che porti in giro i telefoni per lui.»

«Mamma.» Mi appoggiai allo schienale della sedia e mi feci aria. Tutti quei punti mi avevano fatto girare la testa. «È solo un ragazzo normale.» Almeno, così era sembrato al lavoro. Le sue Converse avevano un buco su un lato.

«Alicia. Questo non è un ragazzo normale.» Tiannah mi sventolò di nuovo il telefono sotto il naso. «L'anno scorso ha pagato più tasse di quante tu ne guadagnerai in, tipo, dieci anni. E questo nonostante il nostro ingiusto sistema fiscale regressivo che favorisce i ricchi. Jackson Jones è il maledetto uno per cento. È, tipo, lo zero virgola uno per cento. Pensa a quanto potrebbe permettersi di dare in beneficenza senza nemmeno accorgersene.»

Mi lasciai sprofondare nella sedia, tenendo le dita ben lontane dal telefono. Fino a un minuto prima, il fatto che fosse il proprietario dell'azienda era stato un concetto astratto. Un vago tipo di potere che avrebbe potuto esercitare su di me e sugli altri ragazzi del team, su tutti nell'edificio, ma che, finora, non aveva usato. Si era comportato come un comunissimo programmatore un po' scapestrato. E i soldi? Cosa ci faceva una persona con tutti quei soldi? Erano alla banca di credito cooperativo locale, come i miei, a guadagnare interessi minuscoli ogni mese? O investiti nel mercato azionario e in obbligazioni come il mio fondo pensione? Li teneva nel materasso? Doveva essere un materasso bello spesso.

«Gliel'hai chiesto?»

«Dei soldi? No, certo che no. Siamo colleghi. E stiamo iniziando a diventare amici.» La parola suonava ancora strana nella mia bocca.

Lei mise le mani sulle orecchie di Tavon. «Oh, col cavolo, non lo siete. Quello che sei tu è un'illusa se pensi che tu e quel plurimilionario siate alla pari. Quello che stai facendo con i tuoi messaggini provocanti e le tue cenette fatte in casa è un gioco pericoloso.»

Raccolse il pallone da calcio da sotto la sedia e lo porse a Tyesha. «Isha, porta tuo fratello in quel campo vuoto e fate pratica a palleggiare.» Tyesha prese la mano di Tavon e lo portò via con il pallone.

Tiannah si sporse oltre il bracciolo della sua sedia e disse a bassa voce: «Gli uomini così non pensano a come feriscono le persone normali come noi. Vuole usare quei messaggi» indicò il mio telefono col mento «per ficcarsi nelle tue mutande. E quando sarà pronto a passare oltre, lo farà senza pensarci due volte, né a te né alla tua carriera.»

«Ma Jackson non sembra quel tipo di uomo. È premuroso. Ponderato. A volte persino gentile.» Lanciai un'occhiata a Esmy, ma lei aveva discretamente iniziato a parlare con la mamma quando Tiannah aveva cominciato a sussurrare.

La sera prima avevo pensato alla storia che mi aveva raccontato sulla stagista più a lungo di quanto avrei dovuto. Alla fine, ero giunta alla conclusione che aveva fatto un errore, e poi lui e Cooper avevano rimediato nel miglior modo possibile.

Baciare Jackson come avrei voluto fare ieri sera era un errore. Avrebbe complicato le cose al lavoro. Se il team lo avesse saputo, avrebbe mandato all'aria l'intera dinamica. Forse anche il progetto. Per non parlare della mia nuovissima attività. Cooper avrebbe ribaltato un tavolo se avessimo fatto davvero quello che pensava avessimo fatto. E addio alla mia testimonianza. E se la gente nella comunità tecnologica avesse scoperto che la CEO della Weber Technology Consulting offriva un piccolo extra nei suoi ingaggi? Le mie guance si infuocarono, e non era per il caldo sole pomeridiano.

«Certo. Probabilmente ha parlato anche con Noah. Ha trovato un modo per entrare in sintonia con lui.» Tiannah strinse le labbra.

Le auto. Come aveva fatto a sapere che a Noah piacevano le auto? Annuii. «Sono andati subito d'accordo. Però non gli ho permesso di offrirsi di portare Noah al Circuito delle Americhe.»

«Oh, tesoro.» Scosse la testa. «Ti ha già inquadrata. La strada per la tua passera passa proprio per Noah.»

«Ew, Tee. Che schifo.»

«Non per questo è meno vero.»

Maledizione, aveva ragione. Almeno non avevo ceduto e non gli avevo permesso di creare un legame con Noah. Jackson se ne stava andando. La sua vita ad Austin era temporanea. Sarebbe già stato abbastanza grave se gli avessi permesso di entrare nel mio cuore. La cosa peggiore sarebbe stata se lui e Noah si fossero avvicinati e poi Jackson avesse lasciato la città. Controllai il campo e trovai le piccole ginocchia nodose di Noah coperte dai calzettoni. Stava palleggiando la palla superando Orlando, che difendeva la porta.

Il mio telefono vibrò. Anche se i miei occhi fremevano dalla voglia di vedere l'ultimo messaggio di Jackson, lo ignorai.

Tiannah gli lanciò un'occhiataccia. «Per non parlare del danno che faresti alle altre donne in quell'ufficio. Se succede qualcosa tra voi e si viene a sapere, la direzione avrà una scusa per non assumere donne come consulenti o come dipendenti. E poi ci sono le donne che già lavorano lì che penseranno che per fare carriera devi lasciarti portare a letto da un uomo.»

«Oh mio Dio.» Mi coprii il viso con le mani. «Sono la peggiore.» Sapevo fin troppo bene cosa potesse causare anche solo un accenno di favoritismo. Al viscido dottor Fletcher era bastato indugiare alla mia scrivania, toccarmi la mano con troppa familiarità e lodare il mio lavoro troppe volte perché il resto della classe sussurrasse alle mie spalle, per escludermi dai loro gruppi di studio. Per etichettarmi come una che l'aveva data via per un voto migliore.

«No, tesoro, non sei la peggiore.» Tiannah mi posò una mano sulla spalla. «Sei una donna forte, bravissima nel tuo lavoro e una mamma orsa protettiva nei confronti di Noah. Non dimenticare mai che sei sotto la lente d'ingrandimento: per Noah, per i tuoi clienti e per tutti gli altri in quell'azienda. Vorrei che non fosse così, ma lo è.»

Sapeva di cosa stava parlando. Essendo una delle poche programmatrici di colore della zona, Tiannah affrontava ancora più sfide. Aveva lavorato durante due gravidanze ed era tornata in ufficio dopo entrambe, almeno in parte, mi aveva detto, perché aveva voluto dimostrare a tutti, compresa sé stessa, che le donne di colore potevano essere allo stesso tempo programmatrici eccezionali e madri. Alla terza gravidanza, era esausta. Nemmeno dimostrare il suo valore era più sufficiente una volta che aveva tre piccoli a casa.

«Lo so. Sarò forte come te.»

«No, tesoro. Non hai bisogno di essere nessun altro. Sii te stessa. Tu sei forte. So che farai la cosa giusta.»

Sorrisi alla mia migliore amica e le strinsi la mano.

L'arbitro fischiò e noi tornammo a concentrarci sul campo. Noah giocava come attaccante sulla parte opposta del campo. Fissava intensamente il pallone.

Concentrazione. Dovevo tenere la mia concentrazione sulla palla, come faceva Noah. E la palla non era un multimilionario sottotassato che giocava con costose auto sportive per divertimento. Era il mio lavoro, la mia azienda e il mio futuro. Il futuro della mia famiglia.

20

ALICIA

VENERDÌ, con la demo in presenza di Cooper che incombeva alla fine del fine settimana, andai dritta alla mia postazione dopo la riunione stand-up. Tra l'essere uscita prima lunedì e il destreggiarmi con la sospensione obbligatoria di tre giorni da scuola di Noah per una rissa, ero rimasta indietro. Non mi sarei concessa altre tazze di tè, né pause per andare in bagno. Non mi sarei mossa dalla sedia finché non avessi fatto il check-in del mio codice. Durante la riunione, avevo imposto la stessa regola a tutti gli altri che non avevano ancora finito. Esclusa la regola di non andare in bagno. Ero una manager tosta, ma non un mostro. La nostra demo sarebbe stata impeccabile. Cooper non avrebbe avuto motivo di farci la paternale, questa volta.

Jackson piantò il palmo sulla scrivania accanto a me e si sporse per sbirciare il mio schermo. La manica corta della sua maglietta dei Queen era tesa sui bicipiti e seguii la vena che si snodava lungo l'avambraccio fino al polso. Che sensazione avrei provato con quel braccio forte avvolto intorno a me? Rabbrividii.

«Stai ancora lavorando al tuo codice?» mi chiese. Jackson aveva già spostato tutti i suoi compiti nella colonna Fatto.

«Sì.»

«Lascia che ti aiuti. Possiamo finire prima se lavoriamo insieme. Proviamo di nuovo il programmazione in coppia.»

Tyler e Amit erano chini insieme, a scorrere il loro codice. Per loro aveva funzionato alla grande. E Jackson era veloce. Con me a controllare il suo codice mentre lui sfrecciava, avremmo finito entro la fine della giornata.

«Okay. Ci provo. Tra cinque minuti.» Scesi di sotto a passo svelto e individuai l'antro dell'IT. Quando tornai alla nostra scrivania, porsi a Jackson una scatola contenente una tastiera nuova di zecca che si proclamava silenziosissima. «Ti lascerò pure al volante.»

Sorridente, collegò la tastiera e io avvicinai la mia sedia alla sua. Aprì il programma e cominciammo a lavorare. Riusciva comunque a far scattare i tasti non proprio silenziosissimi, ma il rumore non mi martellava nel cervello come il primo giorno. O forse era il suo odore di cuoio e bosco di pini che mi avvolgeva e mi faceva dimenticare tutto ciò che prima mi irritava.

«Alicia?»

«Mmh?» Riportai di scatto l'attenzione sul viso di Jackson, girato verso di me sopra la spalla.

«Ti ho chiesto se andava bene quello che ho fatto lì. È un po' insolito, ma penso che ci darà i risultati che cerchiamo in modo più efficiente.»

«Oh, ah…» Scorsi il codice e vidi la parte di cui mi aveva chiesto, «mi sembra ottimo. Magari aggiungi un commento nel caso qualcuno faccia domande in seguito.»

Tornò a guardare lo schermo e io allontanai la sedia di qualche centimetro. Amici. Era l'unica cosa a cui entrambi potevamo impegnarci. La mia femminilità traditrice doveva farsene una ragione.

Qualche ora dopo, lo stomaco di Jackson brontolò.

Controllai l'orologio appeso al muro. Era quasi l'una. «Perché non ti prendi una pausa pranzo? Io continuo a lavorare.» Avevo portato il pranzo da casa, sapendo che oggi non potevo sprecare un minuto.

«Niente pranzo.» Flesse le dita sulla tastiera. «La tua regola.» Il suo stomaco gorgogliò di nuovo.

«E va bene. Vuoi metà del mio panino?» Tirai fuori la borsa termica dal cassetto. «È crema di formaggio al peperone fatto in casa da Esmy.»

«Pimento cheese?»

«Se ti dico cosa c'è dentro, penserai che sia disgustoso. Ma è piccante e delizioso. Vuoi provare?» Appoggiai metà del panino su un tovagliolo e gli porsi il resto, ancora avvolto nella pellicola trasparente.

«Okay.»

Quando prese il panino dalle mie mani, fu solo il calo di zuccheri a farmi formicolare la pelle. Diedi un morso al mio panino e lui fece lo stesso. Ci saremmo sentiti entrambi meglio tra un minuto.

Deglutì. «È davvero buono. Sicura di non volermi dire cosa c'è dentro?»

«Neanche per sogno. Ehi, attento a quello spazio bianco in più.»

Alle quattro, al piano di sotto cominciò a sentirsi della musica. Un venerdì al mese, la Synergy organizzava un happy hour per i dipendenti con birra, snack e musica. Man mano che il nostro team concludeva la programmazione e riceveva il via libera dal sistema di test automatizzato, i ragazzi scendevano, lasciando solo me e Jackson a finire il nostro codice. Dopo un'altra mezz'ora di lavoro, lui premette il pulsante per inviare il codice al processo di test.

Jackson si appoggiò allo schienale della sedia e si massaggiò la spalla nel punto in cui incontrava il collo. Diedi un'occhiata alla lavagna e al backlog di lavoro in diminuzione. «Altri due sprint dopo questo. Penso che potremmo avere anche il tempo per un po' di refactoring.»

Risi. «Non esageriamo. Quattro settimane non sono tante. Può succedere di tutto.»

«Dai. Lo so che vuoi far cantare questo codice.»

Roteai i polsi. «Okay, sì, è vero. Voglio che giri così velocemente da far girare la testa a Cooper.»

«Se finiamo le nuove funzionalità nel prossimo sprint, possiamo passare l'ultimo a potenziarlo al massimo.»

Come sarebbe stato impressionare Cooper Fallon, la superstar della tecnologia, con la nostra demo? Dannatamente bello. «Okay. Se finiamo tutte le funzionalità in anticipo, lo faremo.»

Lui sorrise alla barra di avanzamento sullo schermo.

La routine di test si concluse con un report pulito. Jackson fece il check-in del codice nel repository e io usai il mio computer per controllare che anche il codice di tutti gli altri fosse al suo posto.

Lui si alzò. «Andiamo.»

«Cosa?» Ma mi alzai anch'io, sgranchendomi la schiena.

«Dobbiamo muoverci.» Percorse il corridoio aperto e svoltò a sinistra verso la porta a vetri scorrevole che conduceva alla piccola terrazza della Synergy al secondo piano, affacciata sul fiume. Con tutti gli altri all'happy hour di sotto, la terrazza era vuota, così come le scrivanie all'interno che vi si affacciavano. Si diresse verso la ringhiera e vi appoggiò i gomiti, guardando gli alberi e l'acqua scintillante oltre.

Mi tolsi la giacca, la appoggiai sulla ringhiera e imitai la sua posa.

«Allora, cosa fai dopo?»

Inclinai la testa verso di lui. «Intendi stasera? Vado a casa. Serata cinema con Noah.»

L'angolo della sua bocca si sollevò e desiderai tracciarlo con un dito. «No, intendevo dopo questo progetto. Hai già trovato il tuo prossimo ingaggio?»

«Oh. Sì, un ospedale locale ha bisogno di aiuto con il loro sistema di archiviazione. Me l'ha raccomandato un ex collega. Dovrebbe tenermi occupata fino alla fine dell'anno.» Non avrebbe avuto il prestigio del progetto Synergy, ma sarebbe stato uno stipendio. Avrei potuto sfruttare la raccomandazione di Cooper per l'incarico successivo e iniziare a scalare la gerarchia delle grandi aziende. Forse avrei potuto persino ottenere un incarico fuori città la prossima estate. Avrei potuto finalmente viaggiare come avevo sempre desiderato.

«Bello.» Si sporse dalla ringhiera e scrutò lo spazio verde sottostante.

«Tu cosa farai dopo il progetto?» gli chiesi.

«Avremo qualche dettaglio da sistemare. Lasciare che il team di collaudo ci metta le mani sopra. Poi, non so. Dipende tutto da Cooper.»

«Pensi davvero che non ti lascerebbe tornare alla sede centrale se volessi?»

«Dipende.» Fece spallucce. «Se è ancora arrabbiato con me, no.»

«Perché gli permetti di trattarti così?» Ripensai al mio primo giorno alla Synergy, quando Cooper non aveva detto a Jackson che sarei venuta a lavorare al suo progetto. «Siete partner. Alla pari.»

Si irrigidì. «Lui è più bravo di me con gli affari. Inoltre, deve sempre rimediare quando faccio una cazzata.»

«Non fai…» Ma poi mi ricordai della stagista. Aveva detto che Cooper aveva sistemato la situazione per lui. Eppure, non sembrava poi così grave. Lei aveva terminato il suo tirocinio e ottenuto una raccomandazione. «Sono sicura che anche Cooper ha fatto degli errori.»

«Non come i miei.» Mi guardò, i suoi occhi castani pieni di qualcosa che mi appesantì il cuore. «L'IPO. La sera prima di incontrare i banchieri, io e Cooper siamo usciti. Ci siamo sbronzati. Di solito, è lui l'ubriaco scontroso e io quello allegro. Ma per qualche motivo… lo stress, non so… ho litigato con un poliziotto lì fuori. Sono finito in prigione. Cooper era già tornato in albergo ed era crollato, e non ha ricevuto il mio messaggio fino al giorno dopo. Mi ha tirato fuori, ma mi sono presentato alla nostra riunione con i vestiti della sera prima, puzzando di galera.»

Arricciò il naso al ricordo. «I banchieri hanno detto che dovevamo assumere qualcun altro come CEO. Qualcuno scelto da loro.» Il suo viso si contrasse quando disse: «Weston.»

Scrutarono il suo viso. Sarebbe stato un buon CEO? Avevamo avuto un inizio difficile con il progetto, ma nelle ultime settimane aveva mostrato una vera leadership. Aveva del potenziale. Peccato che si fosse impegnato così tanto per cercare di dimostrare che non gli importava di un'azienda che chiaramente amava. Gli misi una mano sul braccio. «Non hai fatto nessuna cazzata qui. Sei stato fantastico con i ragazzi. Un leader. Potresti essere molto di più.» Volevo dire se smettessi di lasciare che Cooper ti tarpasse le ali, ma forse non sarebbe stato felice se gli avessi detto cosa pensavo veramente del suo migliore amico. Avrei cavato gli occhi a chiunque avesse provato a dire una parola contro Tiannah.

«Tu mi hai reso un programmatore migliore. Un leader migliore.» Mi fronteggiò, i suoi occhi castani seri, esigenti. «Lavoriamo bene insieme. Ammettilo.»

«È vero.»

Inclinò la testa. «Pensavo che non saresti stata d'accordo.»

«No. Non dico bugie. Ci ho provato quando Melissa... mia sorella... era malata. Ho provato a dirle che sarebbe stata bene, che si sarebbe ripresa e che saremmo tornate a fare tutto quello che facevamo prima. Era quello che speravo, comunque.» Fissai il fiume, che scorreva pigramente verso il Golfo. «Mi ha detto che ero piena di stronzate e che non le rimaneva abbastanza tempo per sprecarlo ad ascoltarmi.»

«Ahi.»

«Già. Melissa non aveva molta pazienza per le bugie, né quelle che raccontiamo agli altri né quelle che raccontiamo a noi stessi. È per questo che ho preso Noah. Non ha mai perdonato nostra madre per essere rimasta con nostro padre così a lungo. Aspettando che ci abbandonasse.» Deglutii a fatica. Da dove era venuto fuori tutto quello? Non parlavo mai di Melissa. Di certo non a dei colleghi di lavoro.

«Penso che sarebbe orgogliosa di te, adesso. Per esserti liberata. Per aver avviato la tua attività. Non credi?» Mise una mano sulla mia, ancora appoggiata sul suo braccio.

«È uno dei motivi per cui l'ho fatto. Per lei. E per Noah. Per mostrargli che noi Weber possiamo fare tutto ciò che ci prefiggiamo.»

Mi strinse la mano. «Alicia, io…»

«Ehi!» L'urlo provenne da sotto di noi e ritirai di scatto la mano. Tyler era sull'erba, con un bicchiere rosso in mano. «La festa è qui sotto, voi due!»

Mi misi una mano sul cuore che batteva all'impazzata. Mi aveva visto toccare Jackson in un modo non proprio da collega?

«Stiamo arrivando» gridò Jackson verso il basso. «Avevamo solo bisogno di un po' d'aria fresca.»

Tyler sollevò il bicchiere in un brindisi e poi si trascinò dietro l'angolo dell'edificio verso la musica.

«Dovrei andare a casa.» Presi la giacca e la scossi, cercando di far raffreddare le mie guance.

«Una birra. Puoi bere una birra con me. Con il team.»

Una birra sembrava una buona idea di venerdì, dopo aver scritto tutto quel codice. Dopo le confessioni a cuore aperto che ci eravamo fatti. «Una birra con il team.» Gli lanciai un sorriso scherzoso. «Puoi esserci anche tu.»

«Mi hai reso il nerd più felice di Austin.» Mi offrì il braccio. «Andiamo?»

Per quanto desiderassi prendergli il braccio, non potevo. Nessuno di noi due poteva permettersi l'errore di essere percepito come qualcosa di più di semplici colleghi amichevoli.

«Andiamo.» Lo aggirai e aprii la porta a vetri. «Andiamo a raggiungere il resto dei nerd.»

21

JACKSON

ALZAI le gambe sulla sedia accanto a me al tavolo alto e incrociai le caviglie, mettendo gli stivali praticamente in grembo a Cooper.

Lui li guardò come se fossero un paio di stivali da lavoro incrostati di merda, ma poi sollevò il suo bicchiere di costoso bourbon. «A come abbiamo svoltato con il progetto. Sono impressionato, Jay.»

Feci roteare il mio bicchiere in cerchio, guardando la tequila dorata extra añejo sciabordare contro le pareti. «È tutto merito di Alicia. È fantastica.»

Lui inarcò le folte sopracciglia. «Quando l'ho incontrata questo pomeriggio, ha detto che era tutto merito tuo.»

«Immagino che lavoriamo bene insieme. E che siamo entrambi modesti.»

Lui sbuffò. «Non sei mai stato un tipo modesto. La prima volta che hai preso una A in un tema al nostro corso di letteratura del primo anno, l'hai "accidentalmente" mostrata a tutta la classe.» Quel bastardo ebbe la sfrontatezza di mimare le virgolette con le dita. Ero inciampato nei lacci slacciati delle mie Converse e il foglio mi era caduto di mano. Avevo solo colto l'occasione per farlo cadere con il voto rivolto verso l'alto.

«Anche quello fu un lavoro di squadra. Non avrei mai superato quel corso senza di te. Cazzo, non mi sarei mai laureato.»

«Non c'è niente di male ad aver bisogno di un piccolo aiuto. Vorrei che tu...» Scosse la testa e sorseggiò il suo whiskey.

Strinsi gli occhi verso di lui. «Vorresti che io cosa?»

«Vorrei che non cercassi sempre di fare tutto da solo, di fare il cowboy.» Accennò ai miei stivali con un cenno del capo.

Tolsi le gambe dalla sedia e agganciai i tacchi degli stivali alla traversa del mio sgabello. Quando lavoravo da solo, non esponevo i miei casini a nessuno. O non li trascinavo a fondo con me. Ma Alicia non aveva riso di me, nemmeno una volta. Neanche quando saltellavo nel codice o quel giorno, la settimana scorsa, in cui non riuscivo a concentrarmi su niente e lei mi aveva beccato a fissare il vuoto cinque volte diverse. Mi aveva ricordato con delicatezza a cosa stavamo lavorando e aveva ripreso da lì. Anzi, tutto il team sembrava programmare più velocemente e meglio. Avevamo fatto più cose insieme nelle ultime due settimane che separatamente nelle quattro precedenti.

C'erano solo altre due persone di cui mi fidavo che non mi prendessero in giro. Una era mia sorella, Sam. «Io e te abbiamo sempre lavorato bene insieme.»

«Vero.» I suoi occhi azzurri ardevano nei miei, un po' arrossati ai bordi per via del bourbon. «Formiamo una squadra fantastica. È per questo che abbiamo chiamato l'azienda Synergy. Ricordi?»

Sì, ricordavo. Vagamente. All'epoca bevevamo alcolici più scadenti, la notte prima di fare la nostra presentazione ai venture capitalist. Un lampo di memoria: Cooper che biascicava: «Sssinergia. Ecco.» Forse lo baciai, dopo. O forse fu solo quella volta al college. Eravamo più giovani allora, e i postumi della sbornia non erano così dolorosi.

«A te e Alicia Weber,» disse. «Una collaborazione che salverà l'azienda.»

Questa volta, sollevai anch'io il bicchiere e lo svuotai. Avevo annaspato per così tanto tempo prima che Alicia si unisse a noi. Non importava cosa dicessero lei o Cooper, era lei a fare la differenza. Era stata lei a dare una svolta al progetto, non io. Ma per una volta, non mi pesava aver bisogno di aiuto. Feci un cenno al cameriere per un altro giro.

«Credo che, dopo che avrai finito questo progetto, dovresti tornare al quartier generale. Abbiamo un paio di iniziative che potrebbero aver bisogno della tua esperienza. Forse potresti lavorare su entrambe in veste di consulente. Iniziare a comportarti come un vicepresidente dello sviluppo invece che come un programmatore senior.»

Lo guardai sbattendo le palpebre. «Sul serio?»

«Puoi finire questo progetto da remoto. Sarai a casa in tempo per la cena del Ringraziamento con la tua famiglia.»

La cameriera posò i nostri drink sul tavolo, e ne bevvi metà in un solo sorso. Con il bicchiere ancora in mano, puntai il dito contro Cooper. «Verrai anche tu per il Ringraziamento.»

La parte alta delle sue guance si tinse di rosa. «Certo. Mi piacerebbe molto.»

Certo che gli sarebbe piaciuto. Mia madre lo adorava. A differenza di suo figlio, lui era perfetto.

Scacciai quel pensiero. Venivo liberato dall'esilio. Stavo tornando a casa. Di nuovo al quartier generale della Synergy e nel mio ufficio all'ultimo piano dove nessuno mi comandava a bacchetta. Ok, tranne la mia assistente, Marlee.

Ma non ci sarebbe stata nessuna Alicia a scuotere leggermente la testa quando prendevo troppi post-it dal backlog. A passare al setaccio il mio codice con quei suoi acuti occhi azzurri. A incoraggiarmi a dare il meglio di me. A credere in me.

Non c'era da stupirsi se non ero entusiasta.

———

LA CASA era buia quando accostai fuori. Merda. Controllai

l'orologio. Dopo le undici. Spensi il pick-up e rimasi seduto nel buio silenzioso per un minuto.

Magari non stava ancora dormendo. Digitai: Sei sveglia?

Dopo un minuto, mi rispose con un messaggio: No.

Bene. Tenevo il dito sospeso sul pulsante di accensione. Ma il telefono vibrò con un altro messaggio.

ALICIA

Vuoi parlare?

Puoi raggiungermi nel tuo portico?

La tenda di una finestra al piano di sopra si mosse, e pochi secondi dopo, la luce del portico si accese. Scesi di corsa dal pick-up e corsi su per il vialetto e i gradini d'ingresso.

Alicia era in piedi dietro la zanzariera, con le braccia incrociate su una canottiera. Indossava un paio di pantaloncini da notte ancora più corti dei pantaloni della tuta tagliati che aveva indossato l'ultima volta. «Cosa ci fai qui?»

«Avevo bisogno di parlare. E siamo amici, giusto? Gli amici parlano.»

Esitò per un momento prima di spingere la zanzariera per aprirla e uscire. Si diresse verso il dondolo su un lato del portico e io la seguii. Cigolò quando mi sedetti sull'altro lato della panca.

Alicia portò le ginocchia al petto e le circondò con le braccia.

«Hai freddo?»

«No, io…»

Le sue braccia erano coperte di pelle d'oca. Mi sfilai il maglione dalla testa e glielo porsi. Lei lo fissò per un secondo e poi, con riluttanza, lo prese e se lo infilò. Nascose il naso nel colletto.

«Scusa, probabilmente puzza di bar.»

«No. È perfetto. Grazie. Di cosa dovevi parlare?»

Mi tirai giù la maglietta che si era alzata quando mi ero tolto il maglione. «Cooper dice che posso tornare a casa alla fine del progetto.»

Non riuscivo a vederle la bocca, nascosta dal maglione. La sua voce era attutita quando disse: «È una buona notizia.»

«Davvero? È quello che ho desiderato per molto tempo. Ma quando l'ha detto, mi sono sentito… non so cosa ho provato.»

«Rivendicato? Sollevato?»

«Deluso.»

Lei abbassò il colletto del maglione così che potessi vederle di nuovo il viso. «Perché deluso?»

«Penso che mi mancherà stare qui. Mi mancherà la squadra. Mi mancherai tu.»

Le sue labbra si sollevarono in un sorriso, ma i suoi occhi sembravano tristi. «Il team sarà ancora qui. Magari potresti collaborare con loro da remoto. O chiedere ad alcuni di loro di trasferirsi al quartier generale.»

«Ma… ma non tu.» Lei sarebbe passata al suo prossimo lavoro di consulenza all'ospedale.

«Ti avrei lasciato comunque. Questo per me è solo un ingaggio.»

Una fitta acuta, come un taglio fatto con la carta, mi attraversò il petto. «Considereresti mai di rendere questo ingaggio… permanente?» Come sarebbe stato lavorare al suo fianco ogni giorno? Avere il suo incoraggiamento anche quando nessun altro credeva che potessi farcela? Paradisiaco.

«Già fatto, già vissuto, e ho le cicatrici emotive a dimostrarlo.» I suoi occhi scintillarono alla luce del portico.

«Ma la Synergy non è così. Noi valorizziamo le nostre impiegate. Diamine, anche quelli trans e non-binari. Abbiamo gruppi di risorse per i dipendenti…»

Lei si sporse e mi posò una mano sul braccio. Un brivido mi salì fino al petto, facendomi battere il cuore più forte.

«Sono sicura che lavorare alla Synergy sia fantastico. Ma avere la mia azienda mi dà indipendenza. Flessibilità. Il potere di dire di no.»

Il mio petto si strinse. «Il potere di andarsene.»

«No, non è...» Si morse il labbro. «Immagino che sia parte della cosa.»

«Perché è importante, Alicia?» Era ingiusto da parte mia, specialmente dopo che mi aveva detto che non mentiva. Ma non riuscivo a trattenere la domanda. Qualcuno l'aveva ferita e volevo sapere chi.

Fece una lunga pausa prima di parlare, così lunga che non ero sicuro che me l'avrebbe detto.

«Mio padre se n'è andato quando abbiamo ricevuto la diagnosi di Melissa. Non so se fosse perché non riusciva a gestire lo stress o se avesse già un piede fuori dalla porta, e quella fu l'ultima goccia. A parte le carte del divorzio, non abbiamo più avuto sue notizie. Poi ho visto cosa è successo con il padre di Noah. Melissa ha detto che se n'era già andato quando ha scoperto di essere incinta. E poi, il cancro è tornato, più grave che mai, e lei... se n'è andata anche lei.» Nascose le mani nelle maniche troppo lunghe del mio maglione. «Immagino che dopo, volessi essere io quella che se ne andava. Che metteva fine alle cose. Tiannah, la mia migliore amica, dice che trovo ragioni ridicole per chiudere le relazioni.»

«Davvero?» Non riuscivo a immaginarlo. Alicia, solida e stabile, che dice a qualcuno di andarsene perché mastica a bocca aperta? «Fammi un esempio.»

Lei sorrise, e fui contento di aver alleggerito l'atmosfera. «Ok, ecco il peggiore: l'ultimo ragazzo con cui sono uscita era perfetto. Va molto d'accordo con Noah, ha persino un figlio della sua età. Bel culo.»

«Ma?» Lo dissi lentamente.

Lei fece un sorrisetto alla mia debole battuta. «Ma, quando finalmente siamo andati a letto insieme, è stato... non un granché.»

Un'ondata di calore mi salì dal centro del corpo e strinsi le mani a pugno. «Non ti ha fatto del male, vero?»

«No, no. È stato solo... niente di che.» Fece spallucce. «Non riuscivo a immaginare di volerlo fare con lui per il resto della mia vita.»

Le mie mani si rilassarono. «Non sono un sessuologo, ma forse avresti dovuto parlargliene?»

«Forse avrei dovuto. Ma è stato più facile chiudere. Meno doloroso che se mi fossi lasciata coinvolgere troppo, e poi lui mi avesse lasciata. So che suona terribile. Ma» —fece di nuovo spallucce— «dimostrami che ho torto.»

«È un invito?» Cosa stavo dicendo? Ero il Signor Botta-e-Via. Alicia chiudeva le cose prima che andassero troppo oltre; io non le lasciavo mai iniziare.

«Sai che non possiamo. Sarebbe un disastro professionale. Per entrambi.»

«È solo un ingaggio per te, ricorda. Saremmo liberi di uscire insieme una volta terminato il progetto.»

«Mi hai appena detto che tornavi a San Francisco.»

«Ho detto che Cooper ha detto che potevo. Potrei restare. Se avessi una ragione.» Il mio petto si sentì più leggero non appena le parole lasciarono la mia bocca. Potrei restare. Qui. Con Alicia. Potrei sedermi su questo dondolo con lei. Tenerle la mano. Baciarla come avrei voluto fare l'altra sera.

«Sarei una ragione per restare.» Il suo tono era piatto, incredulo. Diamine, a malapena credevo a quello che stavo dicendo.

Mi sporsi e le presi la mano, spingendo indietro la manica del mio maglione finché i nostri palmi si toccarono. «Sei l'unica ragione di cui avrei bisogno.»

I suoi occhi azzurri, molto più caldi di quelli di Cooper, si addolcirono. «Parliamone quando il progetto finirà. Se vorremo ancora provarci, allora. Vediamo come va per un paio di settimane.»

Un giro di prova, come facevamo in pista. Per assicurarsi che la macchina fosse adatta a correre. Solo che in questo caso, la macchina ero io. «Okay.»

Le sollevai la mano e le baciai una nocca. Poi mi alzai. «'Notte, Alicia.»

«Notte, Jackson. Aspetta, il tuo maglione.»

Ero già sceso dai gradini del portico e stavo tornando al mio pick-up. «Tienilo.» Come prova che non sarei andato da nessuna parte.

22

JACKSON

APPOGGIAI il telefono sul bancone della cucina, contro la gigantesca zucca di plastica di Halloween, e lasciai cadere a terra i sacchetti con la roba per le decorazioni.

«Non ce la fai proprio a venire con un giorno di anticipo?» aggiunsi una nota di speranza alla mia voce, come se volessi davvero che venisse.

Non era vero.

«No, stasera ho un evento di beneficenza.» Sullo schermo, Cooper oscillava avanti e indietro, con il sudore che gli gocciolava dalle punte scure dei capelli mentre pedalava sulla sua cyclette. «La tua festa la fai sempre il giorno di Halloween, non il giorno prima.»

Mi sentii quasi in colpa. Quasi. Io e Cooper non ci eravamo persi un Halloween insieme dal primo anno di università. Dalle feste con i fusti di birra che avevamo organizzato nel nostro dormitorio a quelle più esagerate in capannoni industriali fino a quel memorabile weekend ad Amsterdam — be', almeno la parte che non avevo rimosso — Halloween era la mia festa. Nessun obbligo con la famiglia Jones, solo l'anonimato e la mancanza di responsabilità che derivavano dai costumi e da un sacco di alcol. Sì, lo ammetto: quelle feste scatenate alimentavano l'immagine da playboy che mi ero impegnato tanto a coltivare. Le feste, le corse, le donne, tutto stratificato a formare un guscio duro che avevo costruito attorno al ragazzino insicuro che non riusciva a concentrarsi, al fondatore di un'azienda che deludeva regolarmente le persone.

Nemmeno Cooper se ne era accorto.

«L'ultima volta che Halloween è caduto in un giorno feriale, ho dovuto mandarti Marlee a recuperare la mattina dopo. Ricordi?» mi domandò con affetto. «Dove ti aveva scovato?»

«Su una chaise longue a bordo piscina da Weston.» Per qualche ragione, avevo pensato che fosse una buona idea presentarmi a casa dell'amministratore delegato la mattina presto del primo novembre, ma ero crollato sulla sua terrazza prima di riuscire a portare a termine qualsiasi scherzo avessi in mente di fargli.

«Marlee è un'ancora di salvezza.»

E come non saperlo. Uno dei tanti motivi per cui mi ero rifiutato di metterla in cassa integrazione. Sollevai da uno dei sacchetti una confezione di ghirlande a forma di ragno. L'avrei appesa sopra la porta del terrazzo, così la gente ci sarebbe passata attraverso andando a prendere una birra.

«Alcune delle persone che ho invitato hanno figli. Non verrebbero a una festa per soli adulti la sera di Halloween. Così l'ho anticipata di un giorno.» Avevo quasi ballato, lì in ufficio, quando Alicia mi aveva detto che sarebbe venuta.

La pedalata di Cooper rallentò. «Caspita, è un gesto quasi premuroso da parte tua.»

Feci spallucce. «Credo di stare maturando, o qualcosa del genere.» Tirai fuori una confezione di stampi per ghiaccio a forma di bulbo oculare. «Li adoro!»

«Maturando» borbottò Cooper. Accelerò. «Forse riesco a venire domani mattina presto. Potremmo fare un giro in macchina. O un'escursione.»

Se tutto fosse andato per il verso giusto quella sera, avevo sperato che Alicia mi invitasse a casa sua per Halloween. Insieme, avremmo potuto accompagnare Noah a fare 'dolcetto o scherzetto' nel quartiere. Non lo facevo da quando le mie sorelle erano piccole. Mi ero immaginato di comportarci da amici. Non da colleghi.

Ora che avevo deciso di restare ad Austin, avevo settimane, se non di più, da passare con Alicia. Forse mi avrebbe permesso di andare a una delle partite di calcio di Noah.

«Certo. Facciamolo.» Avrei passato il giorno dopo con il mio migliore amico, che sarebbe rimasto in città solo per una notte o due.

Cooper rallentò di nuovo e mi sorrise raggiante. «Sarò lì per mezzogiorno. E, Jay, sono fiero di te.»

Ricambiai il sorriso, anche se non altrettanto ampiamente. «Non vedo l'ora.»

ALICIA

QUANDO VIDI l'indirizzo di Jackson nell'invito via e-mail, avvertii una fitta allo stomaco. C'erano molti complessi residenziali in quella strada. Non poteva essere lo stesso. Non potevo essere così sfortunata.

E invece lo ero. La fitta si trasformò in una vera e propria sensazione di sprofondare mentre parcheggiavo di fronte al palazzo di Jackson. Lanciai un'occhiata verso l'altro lato del complesso, oltre la piscina, il campo sportivo e la clubhouse. Non riuscivo nemmeno a vedere l'edificio che ospitava l'appartamento dove ero andata a letto con Rick quella volta. Rallentai deliberatamente il respiro. Era un rischio che potevo evitare. Se fossi rimasta all'interno dell'appartamento di Jackson, soprattutto se fossi andata via presto, le probabilità di vedere Rick erano minuscole.

Scesi dalla mia Honda, mi sistemai il costume e mi scompigliai i capelli. Facendo un respiro profondo, scrutai l'edificio finché non individuai il numero del suo appartamento — anche se gli AC/DC sparati dalla sua porta lo tradirono — ed entrai.

L'appartamento era buio, fatta eccezione per delle luci colorate puntate verso il soffitto che conferivano a tutti una luce spettrale. Ghirlande erano appese ovunque: distese sulle pareti, penzolanti dalla penisola che separava la cucina dal soggiorno, svolazzanti lungo la porta finestra aperta che dava sul terrazzo. Non sembrava esserci un tema preciso, a parte cose che si potevano trovare in un negozio di articoli per Halloween: c'erano scheletri, ragni, pipistrelli e persino alcuni clown davvero inquietanti. Zucche di plastica di Halloween erano posate su ogni superficie piana, con candele a batteria che tremolavano all'interno.

Jackson mi si avvicinò di scatto, indossava jeans e una polo rosa fuori dai pantaloni con il colletto alzato per mostrare una catenina d'oro al collo. Un cappellino da baseball al contrario gli copriva i capelli scuri e degli occhiali da sole gli scintillavano sopra la testa. E, naturalmente, portava i suoi ormai onnipresenti stivali. La sua espressione era la stessa che aveva avuto Noah l'anno prima mentre uscivamo di casa la sera di Halloween, pronti per fare 'dolcetto o scherzetto': una gioia fanciullesca. Jackson allungò le braccia come per abbracciarmi, ma alla mia espressione di avvertimento, le sue mani ricaddero lungo i fianchi. Certo, gli amici si abbracciavano. Ma i colleghi no, e avevo già notato Kevin in un angolo, con un bicchiere di plastica arancione in mano.

«Sono contento che tu sia qui.» Mi squadrò da capo a piedi. «Undici di Stranger Things, giusto?»

«Sì.» Avevo trovato la camicia a stampa geometrica in un negozio vintage e l'avevo abbinata a jeans a vita alta e bretelle. «Anche tu sei… a tema anni Ottanta?»

La sua espressione si rabbuiò un po'. «Sono un bro-grammatore. Capito?» Agitò le mani a ventaglio.

«Oh. Certo.» Arricciai il naso per non scoppiare a ridere. Era davvero un'idea geniale.

«Posso offrirti da bere?»

«Uhm, d'accordo. Una birra?»

Mi condusse fuori, attraverso i ragni penzolanti, fino a un frigo portatile. Mi elencò le birre, io scelsi una IPA locale, e lui la tirò fuori dal ghiaccio per me e la stappò.

Lui prese una bottiglia d'acqua dall'altro frigo e si appoggiò al pilastro che sosteneva il balcone soprastante. Inclinò la testa, osservandomi.

«Cosa c'è?» Mi controllai il costume. Tutti i bottoni erano ancora allacciati, tutto in ordine.

«Ti ho vista in ufficio. E a casa tua. Ma questa è la prima volta che ti vedo qui, a casa mia.» L'angolo della sua bocca si sollevò.

Non aveva menzionato la Taquería di Linda. «E quindi?»

L'altro angolo si sollevò. «Mi piace. Potremmo provare ad andare in altri posti insieme.»

«Jackson, io...»

«Ascoltami. Siamo amici. Potrei venire a una delle partite di calcio di Noah. Vedere un po' di quella magia del martedì e giovedì.»

«No, Jackson, io... voglio tenere Noah fuori da questa storia. Capisco che tornerai a San Francisco...» alzai una mano «...prima o poi. Ma lui no.»

Il suo sorriso si spense. «Okay, allora, dovrai mostrarmi alcuni dei luoghi simbolo di Austin. Come il Campidoglio. E l'Alamo.»

Quasi sputai la birra. «L'Alamo è a San Antonio.»

Arricciò il naso. «Davvero?»

«A novanta minuti di macchina con poco traffico. E ne resterai deluso. Le persone che non sono texane o appassionate di storia lo sono sempre.»

«Mi piace guidare. E se fossi con te, non potrei rimanere deluso.»

Era a quasi due metri di distanza, molto più lontano di quando lavoravamo fianco a fianco in ufficio. Eppure, un calore partì dal mio ventre e scese più in basso, provocando un formicolio all'inguine nei miei jeans a vita alta. Strinsi i muscoli. Niente di tutto ciò.

«Non dovrei trattenerti dai tuoi ospiti.»

Mi lanciò un'occhiata come se potesse leggermi dentro. «Andiamo dentro. Ti presento alcune persone.»

«Chi c'è, comunque?» Oltre a Kevin, riconobbi alcuni altri volti di Synergy. Ancora niente Cooper Fallon, grazie agli spiriti di Halloween. Ma c'erano molte persone che non riconoscevo. Come faceva Jackson ad avere così tanti amici ad Austin?

«Gente del lavoro. Persone che ho conosciuto qui in giro. Vieni.»

Mi presentò i suoi vicini di sopra, il tizio che gestiva il complesso di appartamenti e un paio di persone che lavoravano al circuito di Formula Uno a sud della città. Stavamo ancora parlando con i suoi vicini, che non si erano resi conto di abitare sopra a un programmatore di fama mondiale finché non glielo dissi io, quando un braccio pesante mi si posò sulle spalle.

«Ehi, ragazzi.» L'alito di Tyler nel mio orecchio odorava di alcol. «Come va?»

«Ehi, amico.» Jackson, che ora stava anche sorreggendo Tyler, gli diede una pacca sulla spalla. «Ti stai divertendo?»

«Oh, sì. Stavo giocando a Fuzzy Duck con i tuoi vicini laggiù.» Indicò un gruppo di ragazzi, tutti vestiti come Tom Cruise in Risky Business, con camicie bianche, boxer e occhiali da sole. Uno era mezzo sdraiato sul divano, un altro barcollava in piedi e altri due erano seduti per terra, a parlare con fervore.

«Hai invitato i ragazzi del college?» chiese June, la vicina di Jackson.

«No. Credo che siano naturalmente sintonizzati sulla frequenza della musica delle feste. Non potrei tenerli fuori nemmeno se volessi.»

«Sono forrrrtissimi» disse Tyler.

«A differenza tua, loro riescono a tornare a casa a piedi. Andiamo a prenderti un po' d'acqua» disse Jackson.

«Ci penso io.» Mi liberai dal braccio di Tyler. Lui barcollò ma rimase in piedi, appoggiandosi a Jackson. Sul terrazzo, affondai la mano nel ghiaccio mezzo sciolto e tirai fuori due bottiglie d'acqua. Avrei voluto immergerci la testa per dissipare la confusione che sentivo intorno a Jackson Jones. Dato che non potevo farlo, avrei bevuto l'acqua e poi sarei tornata a casa, dove sarei stata al sicuro dal formicolio che iniziavo a sentire ogni volta che lui era vicino.

Ma quando rientrai nell'appartamento, passando attraverso la ghirlanda di ragni, vidi qualcosa che mi fece desiderare di aver scelto una birra o qualcosa di più forte.

«Alicia!» Jackson era in piedi tra il divano e la porta finestra. Prese una delle acque e la porse a Tyler, che ora era accasciato sul divano accanto a Tom Cruise numero uno. Mi afferrò la mano gelida e mi tirò al suo fianco. «Lascia che ti presenti il mio compagno di allenamento.»

«Rick, questa è Alicia. Lavoriamo insieme.»

Fissai l'ultimo paio di occhi che avrei voluto vedere stasera. «Ci conosciamo» dissi, con la voce tesa.

«Ci siamo frequentati a fasi alterne» disse Rick nello stesso momento.

Lo fissai. «A fasi alterne? L'abbiamo chiusa quattro mesi fa.»

Lui fece spallucce. «Pensavo che non volessi avere una relazione durante la stagione, e che avremmo ripreso da dove avevamo interrotto dopo.»

La mano di Jackson si contrasse nella mia. «Alicia è la donna di cui mi hai parlato in palestra?» Le sue guance erano arrossate e non mi guardava.

Merda, cosa gli aveva detto Rick?

«Non hai detto che ti stavi vedendo con qualcuno.» Lo sguardo di Rick si posò sulle nostre mani ancora unite.

«Non è così…» iniziai.

Jackson mi lasciò la mano. «Alicia e io lavoriamo insieme.»

Un gelo mi si posò nel petto.

«Rick. Tu e io non torneremo insieme.» La mia voce crepitò di gelo. «Né quando la stagione sarà finita. Né mai.»

I suoi occhi verdi si infiammarono. «Eri una schiappa a letto, comunque, Regina di Ghiaccio.»

Una frazione di secondo dopo, Jackson era faccia a faccia con lui. «Fuori.»

«Ma io…»

«Fuori.» Jackson usò il suo corpo più grosso per spingere Rick verso la porta, ignorando le persone che urtarono lungo il percorso.

Rimasi dove mi avevano lasciata, con i piedi incollati al pavimento come se fossi esattamente ciò che mi aveva chiamata, una regina di ghiaccio, una statua. Avevo cercato di essere aperta con lui. L'avevo fatto entrare nelle nostre vite. Aveva conosciuto la mamma ed Esmy. Avevamo persino portato i ragazzi con noi a un paio dei nostri appuntamenti.

Ma l'avevo davvero lasciato entrare? Mi ero trattenuta, non dandogli una possibilità? Avrei sempre tenuto una parte di me nascosta, come aveva fatto mamma con papà?

Ero stata io a fare schifo a letto, non lui?

Svolsi di scatto il tappo della bottiglia d'acqua e la tracannai, con il liquido freddo che mi bruciava la gola. Quando Jackson mi raggiunse, avevo già svuotato la bottiglia. Gliela cacciai in mano. «Adesso vado. Grazie dell'invito». La mia voce era piatta, come il mio cuore.

«Non andare». Mi posò una mano sul braccio, sotto la spalla, non per bloccarmi, ma confortandomi con una stretta. «Mi dispiace per Rick. Non sapevo fosse lui quello di cui mi hai parlato».

«Già. Be'». Fissai i suoi stivali. «Non sarei dovuta venire».

«Alicia». Il suo corpo massiccio mi faceva da scudo contro Tyler e il ragazzo del college spaparanzati sul divano, e anche contro il resto della festa. La sua voce era bassa, urgente. «Sono felice che tu sia venuta. Ti voglio qui. Ti prego, non lasciare che quello stronzo di Rick ti rovini tutto. Sei una donna forte, una delle più forti che abbia mai conosciuto. Sono onorato che tu mi abbia permesso di essere tuo amico. Lasciare che le persone ti si avvicinino è una tua scelta. Non mia e non sua». Fece un cenno verso la porta da cui aveva fatto uscire Rick di peso.

Mi si formò un nodo in gola e le parole si accumularono dietro, come l'acqua dietro una diga. Anche se eravamo circondati da persone, dalla musica assordante di una hair band, dalle luci spettrali dal basso, noi due eravamo completamente soli sotto la tettoia di Synergy, con le sue dita gentili che tamponavano il sangue sulla mia fronte. Abbassai lo sguardo e intrecciai le mie dita con le sue per un istante. Sperai che riuscisse a vedere la gratitudine che brillava nei miei occhi.

«Ahi». Fece una smorfia.

Allentando la presa, sollevai le nostre mani unite. Le sue nocche erano rosse e una aveva un'abrasione da cui cominciava a zampillare sangue.

Lo fissai, con gli occhi sgranati.

Lui si strinse nelle spalle. «È difficile dare un pugno in faccia come si deve».

Un gemito di Tyler spezzò l'attimo. Lasciai la mano di Jackson e sbirciai da dietro di lui. «Tyler, stai bene?»

«Gira tutto», borbottò.

Posando una mano sul petto di Jackson, dissi: «Forse dovremmo portarlo in bagno».

Un angolo della bocca di Jackson si sollevò in quello che non era proprio un sorriso, e si strinse in una spalla. «Credo che preferirei non dover pulire vomito stanotte».

Disse qualcosa ai ragazzi del college, e loro si alzarono barcollando, sorreggendo quello accasciato, e si trascinarono verso la porta. L'appartamento aveva cominciato a svuotarsi e la musica sembrava più forte, ora che non c'erano tanti corpi ad assorbirla.

Si accovacciò accanto a Tyler, gli passò un braccio sulle spalle e lo tirò su. Mi affrettai a sostenere l'altro braccio di Tyler, e barcollammo lungo il corridoio. Jackson superò la porta aperta del bagno e aprì quella in fondo al corridoio.

Capii che era la sua camera da letto dalle Converse grigie e dalla borsa a tracolla ammucchiate sul pavimento. Jackson ci guidò verso una porta aperta sulla sinistra, che conduceva a un bagno spazioso, grande quasi quanto la mia camera da letto. Quando raggiungemmo il water, tolsi il braccio di Tyler dalle mie spalle. «Da qui in poi te ne occupi tu?»

Jackson annuì. «Mi aspetti in camera?»

«Okay».

Ebbi solo pochi secondi per dare un'occhiata al suo letto con il piumone bianco generico gettato sopra e alla pila di panni sporchi che traboccava dall'armadio prima che Jackson mi raggiungesse, chiudendo la porta del bagno. «Dice che sta bene».

Dal bagno non proveniva alcun suono.

«Non lo lascerai guidare per tornare a casa, vero?»

«No, può smaltire la sbornia nella camera degli ospiti».

«Bene. Allora penso che sia meglio se io—»

«Resta. Noi... parliamo». Facendo due passi, colmò la distanza tra noi. Le sue labbra si torsero in un sorrisetto peccaminoso. Immaginai le molte, moltissime cose che avrebbe potuto farmi con quelle labbra. Nessuna di queste prevedeva il parlare.

«Forse solo per qualche minuto».

Mi prese la mano come se lo facessimo ogni giorno e mi condusse in soggiorno.

June, la sua vicina del piano di sopra, salutò dalla porta d'ingresso. «Stanno andando tutti al bar di fronte per il karaoke. Vieni?»

«Forse più tardi», disse lui.

Quando lei chiuse la porta, lasciandoci soli nell'appartamento, lui abbassò la musica. «Uh. Di solito le mie feste durano di più».

Bicchieri arancioni e bottiglie ingombravano ogni superficie piana. Un capo d'abbigliamento giaceva abbandonato sul pavimento della cucina accanto a una macchia appiccicosa di punch rosso. Un sacchetto di patatine in un angolo del tappeto era esploso e le briciole ricoprivano un'area di un metro quadrato.

«Lascia che ti aiuti a pulire».

«Ci penso domattina. Stanotte preferirei rilassarmi. Con te».

«Rilassarmi?» Spazzai via le briciole dal cuscino del divano prima di sprofondarci. «Non sono sicura di conoscere quella parola».

Lui ridacchiò. «Vieni. Dammi la mano».

«La mia... mano?» Voleva baciarla di nuovo, come l'eroe di un vecchio film in bianco e nero?

«Faccio dei massaggi alle mani fantastici. Alleviano lo stress e aiutano a contrastare tutto il tempo che passiamo a scrivere al computer». Tese la mano, con il palmo rivolto verso l'alto. «Posso?»

«Ma... la tua mano». Si era messo un altro di quei cerotti di Saetta McQueen sulla nocca spaccata.

«Non fa più male. Non quando sono con te».

Sbuffai a quella frase, poi appoggiai il mio palmo sul suo. Che male poteva fare un piccolo massaggio alla mano? «Okay».

Mi girò la mano e premette con decisione l'altro pollice al centro del mio palmo, disegnando piccoli cerchi. Lentamente, aumentò la pressione finché la mia mano divenne calda e rilassata.

Mi appoggiai ai cuscini del divano. «Lo fai con tutti i tuoi colleghi?»

Alzò lo sguardo dalla mia mano. «No. Solo con mia sorella, Sam. Anche lei è una programmatrice. Le vengono i polsi indolenziti». Mi girò la mano e fece i cerchi sul dorso.

Ecco da dove veniva quella pazienza. Ecco perché mi aveva istruita invece di rimproverarmi per le mie scarse abilità. Stavo per chiedere di sua sorella, ma lui parlò per primo.

«E a mio padre. Quando era con noi».

«Se n'è andato?» Avevamo più cose in comune di quanto pensassi.

«No». Aumentò leggermente la pressione mentre scendeva verso il mio polso. «È morto».

Bel modo di fare una gaffe, Alicia. «Mi dispiace tanto». Desiderai di averlo cercato online, come ero stata tentata di fare così spesso.

Lui si strinse nelle spalle. «È successo un po' di tempo fa. L'estate dopo il mio primo anno di college. Infarto. Comunque—»

«No, Jackson. Mi dispiace davvero. Non importa quanto tempo sia passato, o quanti anni avessi, ha fatto male. Capisco».

Alzò lo sguardo e i nostri sguardi si incatenarono. La morte di Melissa era stata lenta e dolorosa, ma almeno avevamo potuto dirle addio. Forse Jackson non aveva avuto quella possibilità. «Lo so. Grazie».

Fece delle lunghe e lente carezze tra i tendini e premette la pelle tra ogni dito. «Prima di avviare la sua azienda, prima di diventare un amministratore delegato, anche papà era un programmatore».

«Come te».

«Come me. E gli facevano male le mani. Se le massaggiava sempre. Così ho guardato un paio di video e ho imparato a farlo per lui. E noi... parlavamo».

Aveva ragione a dire che faceva bene allo stress. Mi sentivo come se mi avesse tolto la spina dorsale, ed ero una coperta gettata sul suo divano. «Parlavate. Come stiamo facendo io e te adesso».

«Sì, tra la sua startup e i miei tre fratelli, di solito era l'unico momento che passavamo da soli». Strinse la mia mano tra le sue, lasciando che il calore del suo corpo si diffondesse in essa. «È bello fare di nuovo un massaggio. E ricordare».

Un'esperienza condivisa. Ecco cos'era quel filo fantasma che lo legava a me. Doveva essere la ragione per cui mi sentivo viva vicino a lui e vuota quando eravamo lontani. Mi sollevai dai cuscini del divano e, superando le nostre mani unite, gli baciai la guancia. La sua barba non era ispida come mi aspettavo, ma morbida e calda. Rimase immobile con le mie labbra contro la sua guancia. «Grazie», sussurrai.

Sarei dovuta tornare a sprofondare tra i cuscini, ma non lo feci. Avevo trovato il centro del suo profumo inebriante, e mi teneva lì, avvolgendomi come un terzo braccio. Ero così vicina a lui, il tessuto rigido della mia camicia che sfiorava la sua polo, che potevo quasi sentire il suo polso accelerato nel mio petto. Gli pulsava sul collo.

«Alicia, non posso—»

«Lo so». Aveva detto le stesse parole il giorno in cui ci eravamo conosciuti. Quando aveva saputo che lavoravo alla Synergy e che una relazione era fuori discussione. Conoscevo tutte le ragioni per cui le mie labbra non avrebbero dovuto essere a pochi centimetri dalle sue, la mia mano bloccata tra le sue, il mio stesso polso che pulsava tra le mie gambe.

«No. Voglio dire che non posso fermarmi». Le sue labbra toccarono le mie.

All'inizio fu un bacio morbido, titubante, che mi dava tempo e spazio per tirarmi indietro. Ma quella era l'ultima cosa che volevo. Portando una mano dietro la sua nuca, lo tirai più vicino e sentii una mano corrispondente sulla mia schiena, che mi stringeva più forte contro il suo petto ansimante. Il mio cuore accelerò, martellando tra di noi.

Finalmente. Stavo baciando Jackson Jones. Ed era il paradiso.

Gli leccai l'angolo della bocca, e lui si aprì, lasciandomi entrare. Sapeva di candy corn e peccato. I peli più corti intorno alla sua bocca mi solleticavano le labbra mentre la mia lingua scivolava leggera sulla sua, come in una danza. Nel frattempo, il mio polso era diventato un ritmo martellante in tutto il mio corpo, spingendomi ad andare più veloce, più a fondo, a mettermi a cavalcioni su di lui e placare il dolore dentro i miei mom-jeans.

Quando mi tirai indietro per riprendere fiato, lui trascinò le labbra sulla mia guancia e giù per il mio collo, lasciando una scia infuocata di calore. Buttai la testa all'indietro, liberandogli la strada per baciarmi fino all'incavo tra le clavicole. Brividi partivano da ogni punto che toccava, diretti al centro del mio essere. La mia camicia di scadente misto poliestere si sarebbe sciolta addosso.

«Alicia», mormorò tra un bacio e l'altro, «voglio di più». Fece scorrere la mano sulle mie costole fino al mio seno e lo coprì, disegnando morbidi cerchi sul mio capezzolo attraverso la camicia.

Dio, volevo dargli di più. Volevo dirgli esattamente cosa fare per far cantare il mio corpo. Con entrambe le mani, riportai il suo viso al mio e lo baciai, stabilendo un ritmo con la mia lingua contro la sua. Una promessa di come saremmo stati insieme, l'unione dei nostri corpi, il perfetto dare-avere che avrebbe portato a un climax esplosivo. Intrecciai le dita tra i capelli sulla sua nuca e feci scorrere l'altra mano lungo il tessuto ruvido della sua polo.

«Jay?»

Girammo la testa all'unisono, i nostri petti ansimanti l'uno contro l'altro, e le nostre guance appiccicate da un velo di sudore.

Tyler era appoggiato al muro nel corridoio, con le palpebre calanti. «Ti dispiace se mi schianto sul tuo divano?»

Con un'ultima, rammaricata occhiata verso di me, Jackson disse: «Certo, amico». Si alzò e andò verso Tyler, lo afferrò per il braccio e lo ricondusse lungo il corridoio fino alla seconda camera da letto. Io li seguii e mi fermai sulla soglia. Tyler si lasciò cadere sul letto e si gettò un braccio sugli occhi. «Notte, mamma. Notte, papà».

Jackson gli scompigliò i capelli, e io entrai nella stanza per sfilargli le scarpe da ginnastica e posarle sul pavimento accanto al letto. Feci strada per tornare in corridoio e Jackson chiuse la porta dietro di noi.

Jackson lanciò un'occhiata alla porta della sua camera. Doveva aver avuto il mio stesso pensiero, di continuare da dove avevamo interrotto. Ma entrambi sapevamo che era un'idea terribile. Tyler ci aveva beccati. Meno male che era troppo ubriaco per ricordarsene al mattino.

«Jackson, io...» Dio, lo volevo. Il mio corpo fremeva per lui. Due settimane. Avevamo solo due settimane prima che il progetto finisse. «Adesso vado».

«Okay». Con un fruscio di barba, mi baciò la guancia. «Ci vediamo lunedì».

«Ci vediamo lunedì», dissi. «Grazie per... per tutto. Mi sono divertita».

Mi rivolse di nuovo quel sorrisetto, quello che mi mandava a fuoco. «Anch'io».

Prima di sciogliermi lì sul suo tappeto, costrinsi i miei piedi a percorrere il corridoio, a uscire dalla porta d'ingresso nella notte. L'aria fresca mi punse le guance, un'eco del graffio della sua barba.

Avevamo concordato di essere amici. Mi toccai la pelle, ancora calda dei nostri baci. Ma dopo aver finito il progetto, c'era la possibilità che potessimo essere di più?

23

JACKSON

GUARDAI le scale che portavano al secondo piano, sentendo già delle fitte nella parte inferiore del corpo per la breve camminata fino all'ufficio. Perché non avevo detto nulla durante la nostra gita di ieri, non avevo chiesto a Cooper di fermarsi per cinque minuti per regolare la mia bici?

Perché lui era Cooper e io ero io, ed era così che funzionavamo. E ora ne pagavo le conseguenze con un dolore lancinante alle gambe e in… altre zone.

Ma oggi non dovevo fare il coraggioso. Feci un passo strascicato verso l'ascensore.

«Jay! Com'è andata la pedalata?» Tyler mi raggiunse saltellando.

«Eccellente. Grazie per la dritta.»

Avevo dovuto cacciarlo fuori dal mio appartamento la tarda mattinata di domenica per via della pedalata programmata con Cooper. Quando gli avevo raccontato dei nostri piani, Tyler mi aveva raccomandato il noleggio di biciclette vicino alla Barton Creek Greenbelt.

Inclinò la testa verso le scale. «Sali?»

Lanciai un'occhiata all'ascensore e sospirai. «Sì.»

La mia lentezza esasperante non sfuggì all'attenzione di Tyler e, prima che arrivassimo in cucina, mi aveva tirato fuori tutta la storia.

Mentre io andavo a prendere caffè e ibuprofene, lui andò al frigorifero. «Vuoi una borsa del ghiaccio già che ci sono, vecchietto?»

Gli feci il dito medio.

Ebbe la sfrontatezza di ridere. «Pensavo solo che volessi una guarigione più rapida, così puoi dare il meglio di te con... buongiorno, Alicia.» Rimise la testa nel frigorifero come se non avesse già in mano una lattina di Mountain Dew.

«Buongiorno, Tyler.» Aggrottò le sopracciglia verso di lui. «Scusate, non volevo interrompervi.»

Il polso mi martellava nelle orecchie, e non in senso buono. Non come l'altra sera, quando l'avevo baciata. «Non hai interrotto niente» dissi. Fulminai Tyler con lo sguardo, sfidandolo a chiamarmi di nuovo "vecchietto".

Tyler chiuse il frigorifero e venne a mettersi accanto a me al bancone del caffè. Repressi un ringhio. Non beveva quella roba. Perché si stava mettendo tra me e Alicia?

«Hai qualcosa sulla faccia» borbottai.

Arrossendo, si passò una mano sul mento. «L'ho tolto?»

Strinsi gli occhi. «No.»

Alicia sospirò. «Tyler, ti sta prendendo in giro per la barba.»

«Quella è una barba?» Il ragazzino sembrava avere della lanugine dell'asciugatrice appicciata alla faccia.

Diventò ancora più rosso. «Ci sto lavorando.»

Alicia mimò con le labbra, Esempio da seguire, dietro la sua schiena.

Cazzo. «Ehm, sta venendo bene.» Mi grattai la barba.

«Grazie, amico.» Tyler si diresse verso l'isola centrale e si trattenne in cucina come uno chaperon all'antica, prendendosi un tovagliolo e scegliendo con calma dal cesto della frutta.

Alicia si avvicinò alla postazione del caffè e si mise accanto a me per preparare il suo tè del mattino. Inalai il profumo erbaceo dei suoi capelli che le oscillavano accanto all'orecchio.

«Oggi porti i capelli sciolti» mormorai. Le avevo detto che mi piacevano da matti sciolti? L'aveva fatto per me?

Fece una smorfia e scostò la cortina di capelli dal collo, dove fioriva un'eruzione rossa. Irritazione da barba, mimò silenziosamente con le labbra.

«Oh, cazzo» dissi abbastanza forte da far alzare lo sguardo a Tyler dal cesto della frutta. «Scusa» borbottai.

Mi lanciò un rapido sorriso. «Ne è valsa la pena» sussurrò.

Mi si gonfiò il petto. La nostra revisione del codice avrebbe potuto andare a rotoli più tardi quella mattina, e io sarei stato comunque il ragazzo più felice di Austin. Ma avevamo un pubblico, quindi, per nascondere il mio sorriso, abbassai lo sguardo sull'ibuprofene che avevo ancora in mano, il cui rivestimento arancione cominciava a sciogliersi sulla mia pelle. Mi ficcai le pillole in bocca e le mandai giù con un sorso di caffè.

«Non hai i postumi di una sbornia, vero?» chiese Alicia a bassa voce, continuando a immergere la bustina del tè.

«No, solo una piccola fitta per una pedalata di ieri.» Mi pulii la mano sui jeans.

«Stai bene? Ti serve del ghiaccio, o una borsa dell'acqua calda?»

Sì, ti prego. Fammi sdraiare su un divano in una stanza buia e dammi un bacino per far passare il dolore.

Tyler sbuffò e borbottò qualcosa a proposito di "ossa vecchie".

«No, sto bene.» Per dimostrarlo, zoppicai attraverso la cucina e diedi un colpetto sulla nuca a Tyler.

«Ahia!» gracchiò lui, fingendosi ferito.

«Jay, cosa succede?» Cooper se ne stava in piedi, alto e dritto, sull'uscio della cucina.

Perfetto, cazzo, tipico di Cooper beccarmi mentre mi comporto come un dodicenne. «Niente. Sto solo legando con il mio compagno di squadra.» Afferrai Tyler per le spalle e gli strofinai le nocche tra i capelli.

«Cerchiamo di legare senza contatto fisico.» Il sorriso di Cooper era tirato.

Io e Tyler ci immobilizzammo. Lentamente, lo lasciai andare. Lui si allontanò di un passo e si passò le dita tra i capelli.

«Stai bene, Tyler?» chiese Cooper.

«Sto bene» borbottò lui.

«Bene.»

Tyler sgattaiolò fuori dalla cucina. Alicia fece per seguirlo, ma Cooper la fermò dicendo: «Buongiorno, Alicia».

«Buongiorno, Cooper. Ha fatto un buon volo?»

«Sì, grazie.»

I loro convenevoli mi stavano facendo sudare. Cooper avrebbe visto l'irritazione da barba sul collo di Alicia e in qualche modo avrebbe capito che la barba in questione era stata la mia? Avrebbe colto la tensione sessuale che sfrigolava tra noi due? Avevo bisogno d'aria. E che noi tre non ci trovassimo mai più nella stessa stanza.

Quando calmai il respiro e mi ricollegai alla loro conversazione, Cooper stava dicendo: «Io e Jay siamo andati a fare un giro ieri a Barton-qualcosa».

«Barton Creek. Avete fatto un giro in bici nella Greenbelt?»

«Sì, anche se questo ragazzo qui ha esagerato un po'.» Cooper ridacchiò e mi rivolse un sorriso affettuoso. «Oggi ti senti meglio?»

«Molto.» Sentivo la faccia troppo tesa.

Alicia ci guardò alternativamente. «Beh, vado a controllare il resto del team, per assicurarmi che siamo pronti per la demo.»

«Prima che tu vada, Alicia…»

Cazzo. Cazzo, cazzo, cazzo. In qualche modo, l'aveva scoperto. Chi poteva averci visti baciarci e averlo riferito a Cooper? Freneticamente, ripercorsi mentalmente la festa.

«…ho pensato di far portare il pranzo dopo la revisione. E ho una sorpresa per te.»

«Per me?» Si mise una mano sul petto. Forse anche il suo cuore stava cercando di uscirle dal petto, a forza di battere.

«Per te. È meglio che tu vada, o sarò tentato di rovinartela.»

Con un'ultima, preoccupata occhiata verso di me, si affrettò a uscire, stringendo il suo tè.

«Una sorpresa? Spero che sia bella.» Tipo, non essere smascherata per avermi baciato.

«Le piacerà. Piacerà anche a te.»

«Dammi un indizio.»

«Mi dispiace, Jay. Bocca cucita.»

Perché doveva menzionare le bocche? Ora mi sarei ritrovato a fissare la bocca di Alicia mentre presentava la demo.

Colmò la distanza tra noi e mi diede una gomitata mentre si versava una tazza di caffè nero. «Davvero, stai bene?»

No. «Assolutamente.»

———

ALICIA

MI ASPETTAVO di vedere la solita selezione di panini e una ciotola gigante di insalata disposti sulla credenza vicino alla porta della sala conferenze. Quello che non mi aspettavo di vedere era…

«Jamila!» squittii e corsi ad abbracciarla.

«Ehi, ragazza, come sei stata?»

Smaniavo dalla voglia di riversarle addosso tutti i miei problemi e la mia confusione, ma un paio di ragazzi erano already in the room, and, besides, che cosa penserebbe la mia mentore di the mess mi ero cacciata al mio primissimo incarico, per il quale era stata proprio lei a raccomandarmi?

«Bene» dissi, con la voce troppo acuta.

Inarcò un sopracciglio finemente disegnato. «Vieni a sederti con me.» Afferrandomi la mano, mi condusse verso il fondo della stanza, lontano dal cibo.

«Cooper mi dice che sei stata una rock star.» Accavallò una gamba lunga sull'altra, la gonna color champagne che le saliva fino al ginocchio.

«Il team è stato fantastico. Abbiamo davvero fatto gruppo.» Le guance mi si infuocarono quando ricordai come io e Jackson avevamo "fatto gruppo" alla sua festa.

La voce di Jamila divenne bassa e urgente. «Alicia, devi prenderti il merito del tuo successo. Nessun altro lo farà per te. Di': 'Sono una rock star'.»

«Sono una rock star» ripetei a pappagallo.

«Lei è una rock star.» La mano di Jackson si posò metà sullo schienale della sedia e metà tra le mie scapole. Mi sorrise dall'alto.

Jamila si alzò e abbracciò Jackson. «È da un po', Jay. Unisciti a noi, così ci aggiorniamo.»

«Prima prendo qualcosa da mangiare» disse. «Alicia, vuoi questo? Ti ho preso una di quelle piadine Caesar con pollo che ti piacciono.»

Mi aveva preparato un piatto. Il mio panino preferito accanto a una montagna di insalata verde con condimento balsamico, e aveva persino tralasciato la disgustosa insalata di pasta. Accanto c'era un biscotto con doppie gocce di cioccolato. Mi pizzicarono gli occhi e sbattei le palpebre, velocemente.

«Grazie. È perfetto.»

Mi lanciò un sorriso e tornò con passo baldanzoso verso la fila per il cibo.

Jamila inarcò di nuovo il sopracciglio. «Ti ha preparato il piatto.»

Come me, Jamila era cresciuta ad Austin. Conosceva le nostre usanze. Jackson no, e non significava niente. Anche se... forse sì. Jackson si sforzava tanto di nasconderlo, ma l'avevo visto rivelare quanto ci tenesse. Come quel frullato verde che aveva preso a Cooper il giorno dopo il calcio d'inizio. Intossicazione alimentare a parte, aveva comprato la cena ai ragazzi quando avevano lavorato fino a tardi. Aveva parlato con Noah di macchine. E ora mi aveva portato il pranzo, anche se ero perfettamente in grado di prenderlo da sola.

«Lui...»

Annuì. «Hai addestrato bene la tua squadra. Penso che te la stia cavando benissimo.»

«Benissimo?» Cooper era apparso silenziosamente dall'altro lato di Jamila. «Sta andando alla grande. La nostra revisione del codice stamattina è stata impeccabile.» Posò il suo piatto.

«Oh, mi hai portato un piatto. Che dolce» disse Jamila. «Torna a unirti a noi quando avrai preso il tuo pranzo.»

Un micro-cipiglio attraversò il suo viso, ma si voltò e si unì a Jackson al tavolo del cibo. Jamila fissò il piatto che lui le aveva portato, pieno di insalata e senza biscotto. «Ragazzi del nord.» Scosse la testa, ma prese la forchetta e infilzò un boccone di insalata.

«Li conosci da molto tempo, vero?» dissi.

«Da sempre. Dal nostro primo anno a Stanford. Eravamo insieme in alcuni corsi. Ho conosciuto Jay per primo, e lui mi ha presentato Cooper, che era il suo compagno di stanza. Credo di essere rimasta più legata a Cooper nel corso degli anni. Io e lui veniamo da un ambiente simile. Ci capiamo. Jay è un po'... diverso. Non lascia avvicinare molte persone. Solo Cooper, in realtà.»

Un calore tiepido si diffuse dentro di me, proprio accanto alla piadina Caesar con pollo. Mi aveva parlato del suo ADHD. Di suo padre. Ero diventata una delle sue poche amiche fidate.

La sedia accanto a me si scostò dal tavolo, e poi Jackson vi si sedette. Non ebbi nemmeno bisogno di guardare per sapere che era lui. Potevo capirlo dal suo profumo e dal modo in cui occupava lo spazio dietro di me. Merda, stavo sviluppando un radar per Jackson Jones.

Cooper si sedette dall'altro lato di Jamila. «Jamila, non avrai mica cercato di spillare segreti commerciali di Synergy ad Alicia, vero?» Ridacchiò alla sua stessa battuta.

«No, Coop, stavo solo controllando che ti stessi prendendo cura come si deve della mia ragazza.»

«Qual è il verdetto?»

Sorrise a Jackson. «Penso di sì.»

Il mio cuore passò direttamente da un trotto nervoso a un galoppo sfrenato. Lo conosceva così bene da capire che c'era qualcosa tra me e Jackson? Che l'avevo baciato l'altra sera?

Il ginocchio di Jackson premette contro il mio sotto il tavolo. «Respira» sussurrò.

Annuii. Inspirai con un respiro tremante, lo trattenni per un secondo e poi lo espirai.

«Allora, Jay, hai dato una delle tue leggendarie mega-feste di Halloween quest'anno?» chiese Jamila.

«Certo. Anche se è stata piuttosto tranquilla. Musica, decorazioni e birra.»

Cooper disse: «Jay mi ha detto di aver invitato gente dall'ufficio. Ci sei andata, Alicia?»

«Io… sì, ci sono andata.» Merda, aveva sentito qualcosa?

«Allora puoi dirci se è stata leggendaria or tranquilla.»

Un po' della mia tensione si dissolse con il respiro. «Non sono una gran festaiola, quindi non sono un buon giudice.»

«Penso che Jay considererebbe una festa tranquilla se tutti si tenessero i vestiti addosso» disse Jamila con un sorrisetto.

«Decisamente tranquilla, allora.» La mia voce tremava. Mi ero tenuta i vestiti addosso, a malapena.

«Che peccato» disse Jamila. «Comunque, mi dispiace essermela persa. Spero che tornerai a San Francisco l'anno prossimo, così potrò venire.»

«Non dovrai aspettare troppo perché Jay torni nella Bay Area» disse Cooper. «Tornerà al quartier generale quando il progetto sarà concluso tra qualche settimana.»

Lanciai un'occhiata a Jackson. Mi aveva detto che sarebbe rimasto in città più a lungo. Quindi stava mentendo a me o al suo migliore amico?

Jackson diede un colpo secco con la mano in aria. «Coop, lascia…»

«In tal caso,» disse Jamila «dobbiamo assicurarci che tu viva appieno l'esperienza di Austin. Hai mai giocato a Chicken Shit Bingo?»

Jackson arricciò il naso. «Non si può dire che l'abbia ancora fatto.»

«E tu, Coop?»

Scosse la testa. «Non stiamo parlando di vera...»

«Stasera. Alicia, vieni anche tu.»

«Stasera?» La routine serale di cena e compiti mi vorticò in testa.

Jamila mi lesse nel pensiero. «Diane ed Esmy se la possono cavare» mormorò.

Ma fu il sorriso speranzoso di Jackson a convincermi. «Okay.»

«Merda di pollo.» Cooper scosse la testa. «In che guai mi cacciate voi due.»

24

JACKSON

«DICIANNOVE!» tuonò Cooper, gettando le braccia al cielo.

Sullo schermo del televisore in alto, il pollo beccò il numero e poi si spostò in un angolo della gabbia.

«Cazzo.» Le sue mani si abbatterono sulla cima della sua testa.

Diedi un colpetto ad Alicia. «Non posso credere che la stia prendendo sul personale per dove caga un pollo. Tu riesci a—»

Lei mi zittì e mormorò: «Dai, tesoro.»

Un brivido mi percorse. Non aveva mai usato un vezzeggiativo per me, prima di allora. Probabilmente era meglio se non cominciavamo prima della fine del progetto. Mi voltai e scoprii che i suoi occhi erano fissi sullo schermo. «Falla sul numero cinque» sussurrò.

Cercai di incrociare lo sguardo di Jamila dall'altra parte del tavolo alto, ma anche lei era concentrata sullo schermo. Stringeva il suo gettone di legno su cui era dipinto il numero ventidue.

Spinsi indietro la sedia, facendola stridere sulle mattonelle del patio. «Qualcuno vuole un altro giro?»

Tutti e tre mi zittirono, così presi la mia bottiglia vuota e mi avviai verso il bar. Ma qualcosa catturò la mia attenzione prima che lo raggiungessi. Andai a dare un'occhiata.

Lontano dalla gabbia del bingo e dalla folla c'erano alcune gabbie per pollame, e la creatura più strana che avessi mai visto beccava da una ciotola di semi all'interno di una di esse. Fulva come un leone, sembrava avere una pelliccia al posto delle piume, ma aveva un becco affilato di colore nero-bluastro. Le zampe erano nascoste da batuffoli di piumino, e un altro ciuffo sulla testa gli nascondeva gli occhi.

Mi chinai per esaminarlo. «È un pollo o un piccolo lama?»

Un'adolescente con una voce densa come melassa strascicò: «Quello è Leo. È una Moroseta.»

«Quindi cos'è?»

Lei rise. «È un gallo. Un pollo.»

Mi raddrizzai. «È suo?»

Si portò una treccia rossa dietro la spalla della sua camicia western a quadri. «Da quando era un uovo. Li allevo.»

«Li alleva?» Quando avevo la sua età, non ero responsabile nemmeno di un pesce. Non lo ero ancora.

«Sì, questi non sono troppo difficili. Docili. Calmi. Va dritto nella sua gabbia quando è ora di venire qui.»

«Lui...?» Inclinai la testa verso la gabbia del bingo.

«No. Il proprietario del bar mi chiede di portare i miei polli per mostrarli ai bambini. Sa, nel caso si annoiassero. Alcuni genitori possono diventare un po' troppo presi dal gioco, sa?»

«Oh, lo so.» I clienti del bar esultarono. La gallina doveva aver fatto i suoi bisogni. «Piacere di conoscerla...»

«Bonnie.» Mi rivolse un sorriso timido.

«Jay. Buona fortuna con i polli.» Mi diressi verso il bar.

Con quattro birre in mano, tornai al tavolo. Jamila ne prese una e cominciò a sussurrare all'orecchio di Alicia. Ne porsi una a Cooper, che borbottò: «Un po' giovane, anche per te.»

«Di che stai parlando?» Misi una birra davanti ad Alicia e bevvi un sorso della mia.

«Quella ragazza laggiù non può avere più di diciassette anni.»

Mi voltai a guardare Bonnie, che aveva sollevato un bambino per fargli vedere la gabbia di Leo. «Stavamo parlando di polli. Quello è Leo, ed è una Moroseta. Ma che cazzo dici, Coop?»

Le donne interruppero la loro conversazione per guardarci, e Cooper si trattenne dal dire qualsiasi cosa stesse per aggiungere.

Jamila gli posò una mano sul braccio. «Ehi, Alicia, forse tu e Jay dovreste andare a sentire la musica dentro.»

«Buona idea.» Alicia mi passò accanto e, con un'ultima occhiataccia a Cooper, la seguii attraverso le porte, nell'oscurità del bar. Mi condusse ai margini della piccola pista da ballo, dove alcune coppie giravano al ritmo della vivace canzone diffusa dagli altoparlanti.

«Ehi, stai bene?» Mi afferrò l'avambraccio e mi parlò proprio nell'orecchio, il suo respiro che mi solleticava la guancia.

«Non proprio. Mi ha davvero accusato di flirtare con quella... quella bambina.»

Si morse il labbro. «Voi due non siete come mi aspettavo. È sempre così... battagliero?»

«Io e Coop?» Jamila diceva che la nostra era un'amicizia che mordeva. «Gli voglio bene come a un fratello. E litighiamo come fratelli. Mi fido di lui per i miei affari; mi fiderei di lui anche per la mia vita.»

«Comunque sia, meriti di essere trattato con rispetto. Lo sai, vero?»

Feci spallucce. Capivo perché avesse fatto quel commento. Avevo fatto un casino enorme con Callie. Non me lo avrebbe lasciato dimenticare tanto presto.

La sua voce divenne fiera. «Jackson Jones, tu vali. E non lasciare che Cooper ti faccia pensare il contrario.»

Distolsi lo sguardo dai ballerini per guardarla negli occhi, blu come le sorgenti termali vicino a Santa Barbara. Credeva in me come non aveva mai fatto nessuno, nemmeno io stesso. Volevo baciarla, proprio lì in quel bar pieno di gente, dove Jamila o Cooper avrebbero potuto entrare da un momento all'altro.

Ma non lo feci. Invece, le presi la mano. «Mi insegni a ballare?»

«Vuoi imparare il two-step?» Inclinò la testa.

«Voglio toccarti, e questo è l'unico modo in cui posso farlo con lui qui.» Accennai con la testa verso il patio del bingo.

Le sue guance si tinsero di rosa, ma sollevò le nostre mani unite e mise l'altra sulla mia spalla. Non dovette dirmi di metterle una mano sulla vita. Avevo osservato le altre coppie.

«Io vado indietro, tu vai avanti. Trascina i piedi. Inizia con il sinistro. Uno-e-due passi. Uno-e-due passi.»

In un minuto, stavamo strisciando i piedi sul pavimento, parte del cerchio degli altri ballerini. Le suole dei miei stivali scivolarono sul legno della pista da ballo, e Alicia si sollevò sulle punte per non farci inciampare con i tacchi.

«Smettila di guardarti i piedi. Stanno andando bene.»

«Ma non voglio pestarti—» Mi resi conto dell'errore non appena alzai lo sguardo. I suoi occhi, fiammeggianti nell'oscurità del bar, mi risucchiarono finché non riuscii a vedere nient'altro. Anche la musica country svanì. Alicia credeva in me. Credeva che potessi ballare. Che potessi tener testa a Cooper. Che potessi guidare il team e persino l'azienda. Che fossi degno di tenere un tesoro come lei tra le braccia.

«Alicia, io—» Abbassai la testa finché le nostre labbra non furono a pochi centimetri di distanza, finché non sentii il suo petto ansimare contro il mio, finché non potei immaginare cosa sarebbe potuto accadere se fossimo stati soli come eravamo quasi stati nel mio appartamento sabato sera.

«Ehi, voi.» La voce di Jamila squarciò la nebbia dei miei pensieri. «Penso che dovremmo andare. Cooper ha perso di nuovo, ed è scontroso.»

Alzai di scatto la testa e mi allontanai da Alicia. Le sue guance erano diventate rosse. Sganciò le dita dalle mie. «Sì, è ora di andare.»

A Jamila non sfuggì nulla. Notò il rossore di Alicia, le mie dita che ancora cercavano le sue. Ma non disse una parola mentre attraversavamo di nuovo il bar, nemmeno quando raggiungemmo Cooper, silenzioso e imbronciato, nella sua auto a noleggio.

Durante il viaggio di ritorno, abbastanza vicino sul sedile posteriore stretto da sentire il dolce profumo di arancia e di cotone asciugato al sole di Alicia, mi chiesi cosa sarebbe successo se Jamila non ci avesse interrotti. Stavamo danzando su una linea sottile tra l'amicizia e qualcosa che volevo più di ogni altra cosa, qualcosa che non potevo avere.

O forse sì? Stava ansimando quanto me, il suo sguardo ardente era un riflesso del mio. Insieme eravamo più bravi a programmare. Potevamo fare coppia anche fuori dal lavoro? E non per una notte, ma per una serie infinita di notti? Più di un paio di settimane di prova. Per sempre?

Era quello che volevo?

Il mio cuore galoppante rispose per me: sì sì sì.

25

JACKSON

QUEL POMERIGGIO, il mercoledì dopo la nostra brillante revisione del codice e quei magici istanti sulla pista da ballo dell'honky tonk, Alicia mi aveva accidentalmente dato un calcio sotto la scrivania — per ben due volte —, aveva rovesciato il suo tè e aveva risposto male a Tyler per una domanda che, dovevo ammetterlo, era piuttosto stupida. Fui quasi sollevato quando si alzò alle tre e dieci.

«Me ne vado». La sua voce era d'acciaio, e le sue mani erano strette a pugno.

«Che succede?», le chiesi, a voce troppo bassa perché gli altri potessero sentirmi.

«Stamattina ho detto a tutti che oggi sarei dovuta andare via prima». Infilò il portatile nella borsa.

«Me lo ricordo. Intendo, che succede a te?».

Sfilò il cassetto con una tale forza che la borsa sbatté contro il fondo. «Non sono affari tuoi, Jackson».

«Sei... nervosa o qualcosa del genere. Voglio aiutarti».

«Non è qualcosa in cui puoi aiutarmi. Non si tratta di un pezzo di codice o di una festa».

Sorrisi nonostante il dolore lancinante al petto. «Posso aiutare anche in altre cose».

Le sue narici si dilatarono. «Non in questo». Si girò di scatto, quasi travolgendomi con la borsa del portatile, e si diresse a grandi passi verso le scale.

Afferrai le chiavi e il portafoglio e corsi per raggiungerla. «Sei sconvolta».

Senza rallentare il passo, disse: «Non sconvolta. Apprensiva, forse».

«Perché? Dove stai andando, a Mordor?».

Aveva la mascella contratta, di pietra. Lanciale un'occhiata alle nostre spalle per assicurarsi che fossimo fuori dalla portata del team e disse: «Un altro colloquio per Noah. La sua insegnante ha una lunga lista di... di preoccupazioni».

«Preoccupazioni?». Da quello che avevo visto l'unica volta che l'avevo incontrato, Noah era un bravo ragazzo. A parte la rissa, forse. «Si è cacciato in un altro scontro?».

Eravamo arrivati in cima alle scale, e lei rallentò per scendere con cautela sui tacchi. «No. Si tratta di cose come non superare i test e disturbare la classe. Fissare il vuoto quando dovrebbe lavorare. Mi ha chiesto se si droga. Ha dieci anni!». Dovette passare il badge due volte sul lettore prima che diventasse verde.

Avevo conosciuto uno o due ragazzi che si erano fumati un po' d'erba dietro la nostra scuola privata d'élite in quinta elementare. Ok, ero stato uno di quei ragazzi. E Mamma aveva avuto un sacco di colloqui con i miei insegnanti per discutere di preoccupazioni simili. Ma non pensavo che quei fatti sarebbero stati d'aiuto ad Alicia in quel momento.

Le tenni aperta la porta d'ingresso e lei uscì alla luce del sole. Dopo aver controllato il traffico, attraversò di corsa la strada. La seguii. Dall'altra parte, si voltò.

«Cosa stai facendo?».

«Vengo con te. Penso che tu sia troppo sconvolta per guidare».

«Non è vero!». Premette per errore il pulsante con la freccia in giù dell'ascensore prima di premere quello con la freccia in su.

«Io penso di sì». Entrai in ascensore con lei e salimmo al terzo livello. Si diresse a grandi passi verso la Honda Civic grigia più anonima del mondo e armeggiò con il telecomando della chiave.

«Lascia fare a me. Per favore?», tesi la mano per le chiavi.

«Come farai a tornare indietro?».

«Chiamerò un'auto a noleggio. Prometto che non ti sarò d'intralcio».

Alzò gli occhi al cielo. «Non mi sei d'intralcio. A parte il fatto che mi stai facendo fare tardi per questa discussione».

Le feci l'occhiolino, una cosa che stavo sperimentando in Texas insieme al pick-up e agli stivali. «Ti prometto che non farai tardi».

Scosse la testa ma lasciò cadere la chiave nel mio palmo. Feci scorrere il sedile del conducente completamente indietro e regolari gli specchietti mentre lei si sistemava sul sedile del passeggero. Una volta che si fu allacciata la cintura di sicurezza, uscii dal parcheggio e con cautela lasciai il garage. Non accelerai per recuperare il tempo perso finché non fummo sulle strade principali.

«Quindi immagino che non sia la prima volta che la sua insegnante ti convoca?».

«Il mese scorso abbiamo avuto un colloquio programmato con il suo team di insegnanti. Già allora aveva qualche preoccupazione. E poi, ovviamente, la rissa, ma quella è stata con il preside. Io... io non so cosa fare. Vorrei che i bambini venissero forniti con un manuale di istruzioni. O un numero di assistenza clienti. Capisci? È tanto».

«Tua madre ed Esmy non ti supportano?». L'altra sera mi erano sembrate fantastiche.

«No, lo fanno». Si morse il labbro e si voltò a guardare fuori dal finestrino. «Ma Melissa ha nominato me come tutore, e mamma è sempre stata un po' suscettibile al riguardo. Quindi la maggior parte delle cose da tutore le faccio da sola. E crescendo me e Melissa, mamma non ha mai dovuto affrontare problemi come quelli di Noah».

Risi. «Non stento a crederlo». Alicia doveva essere stata la studentessa perfetta, la figlia perfetta. Come mio fratello, Andrew, e la mia sorella più piccola, Natalie. Niente a che vedere con Sam o con me. «Da quello che ho visto quella sera a casa tua, stai facendo un ottimo lavoro con lui. Sembra felice ed equilibrato».

«Vero? Non riesco a capire cosa stia succedendo a scuola».

«Ne hai parlato con il suo pediatra?».

«Il suo pediatra? No. Alle visite di controllo sta bene. E, francamente, quelli del pronto soccorso lo conoscono meglio di chiunque altro. Abbiamo passato un sacco di tempo lì con tutti gli infortuni di calcio e i bernoccoli e i lividi che si faceva al parco giochi».

«È soggetto agli incidenti?».

«Non lo sono tutti i maschi?».

La guardai di sottecchi. «Non tutti i maschi».

«Oh». Si morse il labbro, e tutto ciò che volevo era abbracciarla, farla sentire meglio.

«Quindi non gli hai mai fatto fare dei test per un disturbo dell'apprendimento o un problema neurologico?».

«No». Mi guardò, con la fronte aggrottata. «Dovrei?».

«Ti ho detto che ho avuto un sacco di problemi a scuola. In fondo alla classe, capii che c'erano due tipi di ragazzi laggiù con me: quelli a cui non importava della scuola perché avevano problemi più grandi, cosa che non sembra essere il caso di Noah, e quelli che avevano disturbi dell'apprendimento o differenze neurologiche non diagnosticate. Quello ero io prima che mi diagnosticassero l'ADHD. Forse dovresti parlare con il suo medico».

«Ma se io... se scoprono che è diverso, lo toglieranno dalla classe per l'educazione speciale».

«Sì, non mi piaceva essere messo da parte per ricevere aiuto. Ma quell'aiuto ha fatto la differenza tra il fallimento e il successo per me. Non sarei mai arrivato a Stanford senza le tecniche di studio, senza l'aiuto organizzativo che ho ricevuto dal mio insegnante di sostegno. Inoltre, una volta che identificheranno Noah come una persona con una "disabilità"» — feci le virgolette con le dita, dato che preferivo pensarla come una differenza piuttosto che un disturbo — «otterrà degli aiuti speciali a scuola. Tempo extra per i test standardizzati. Cose che lo aiuteranno ad avere successo».

«E se... e se gli prescrivessero delle medicine? Ho sentito che cambiano la personalità dei bambini. Non voglio neanche che arrestino la sua crescita. È già piuttosto minuto».

«I farmaci non sono adatti a tutti. Tu e il medico di Noah dovete decidere cosa è meglio per lui. Ma non credo che avrei potuto fondare la Synergy senza la concentrazione che mi hanno dato».

«Le prendi ancora?». I suoi occhi si spalancarono. «Scusa, sono informazioni mediche private. Fa' finta che non te l'abbia chiesto».

«Non mi dispiace. Non le prendo tutti i giorni. Solo quando noto di essere più distratto o impulsivo del solito». Sorrisi. «Okay, probabilmente dovrei prenderle sempre. Sono piuttosto impulsivo». Feci un gesto verso l'interno della sua auto. Di certo non avevo fatto il check-in del mio codice prima di precipitarmi fuori dall'ufficio.

Rimase in silenzio, parlando solo per indicarmi la strada per la scuola di Noah. Il cortile della scuola aveva quella sensazione di vuoto che si prova quando non ci sono bambini, ma il parcheggio degli insegnanti era ancora pieno.

Fece un respiro profondo e mise la mano sulla maniglia della portiera. «Grazie, Jackson. Apprezzo il consiglio. E il passaggio».

«Posso... vuoi che entri con te?».

«Entrare con me? No». Arricciò il naso in quell'espressione che trovavo adorabile.

«Per darti supporto morale».

«No, io... Va bene. Se vuoi».

Scendemmo, chiusi l'auto e le porsi la chiave. Mi condusse all'interno, dove firmammo il registro. I profumi di disinfettante, di libri e delle scarpe da ginnastica puzzolenti dei bambini mi riportarono subito ai miei giorni di scuola. Mi aspettavo quasi di veder spuntare dall'angolo Baron Sinclair e la sua banda di bulli, minacciando di rompermi il naso. Ma il silenzio, rotto solo da un paio di sommesse voci adulte in fondo al corridoio, mi disse che non c'erano bambini nell'edificio.

Percorremmo il corridoio decorato con le zucche di cartoncino avanzate da Halloween fino a una porta con la scritta Signora O'Reilly, Quinta Elementare, Lettere. Alicia bussò e aprì la porta.

«Signorina Weber. Entri pure». La signora O'Reilly avrebbe potuto essere una delle mie vecchie insegnanti. I suoi capelli erano di un rosso rosato, ma le rughe intorno alla sua bocca all'ingiù tradivano la sua età. Sedeva dietro la sua cattedra e indicò un paio di sedie a misura di bambino di fronte a essa. Alicia si appollaiò delicatamente su una. La mia stridette quando mi sedetti, e le mie ginocchia si alzarono quasi fino al petto.

La signora O'Reilly mi guardò da sopra le sue mezzelune. «E lei chi è?».

«Un amico di famiglia», mentii.

«Questo è altamente...».

«Signora O'Reilly, so che abbiamo solo venti minuti», la interruppe Alicia, facendo aggrottare la fronte all'insegnante. «Vorrei sentire le sue preoccupazioni riguardo a Noah».

«Noah non sta andando bene nella mia classe. Sebbene i suoi voti siano migliorati» — lanciò ad Alicia uno sguardo eloquente da sopra gli occhiali — «leggermente, è stato un elemento di disturbo. Parla senza permesso, picchietta la matita, parla con gli altri bambini. Per non parlare della rissa nel cortile il mese scorso».

«Io... mi dispiace», disse Alicia, il viso pallido. «Cosa pensa che possiamo fare per aiutarlo?».

«Ho fatto tutto quello che mi è venuto in mente», disse la signora O'Reilly. Indicò un banco in fondo all'aula con un divisorio di cartone che lo circondava. «L'ho separato dagli altri bambini. L'ho disciplinato». Indicò il bordo della lavagna bianca dietro di lei, con una lista di nomi di bambini e faccine sorridenti o tristi. Il nome di Noah aveva un sacco di faccine tristi accanto. «È rimasto dentro durante la ricreazione per tutta la settimana per finire i suoi compiti».

«Dentro durante la ricreazione?». La mia pressione sanguigna era salita mentre elencava ogni intervento. Quando aveva menzionato la ricreazione, pensai che la mia testa potesse esplodere. «È la cosa peggiore per lui».

«Il suo nome?». Stavolta si tolse gli occhiali e mi fulminò con uno sguardo penetrante.

«Jackson Jones, signora».

«Signor Jones, non so perché lei sia qui, ma sto parlando con la tutrice di Noah».

«Va bene», disse Alicia. «Perché la ricreazione è così importante, Jackson?».

«Se ha l'ADHD, deve scaricare la sua energia in eccesso in qualche modo. Stare seduto tutto il giorno non farà che peggiorare le cose. Anche se non ce l'ha, i bambini hanno bisogno di fare esercizio. Hanno bisogno di correre. Socializzare. Fare una pausa. Non c'è da meravigliarsi se si comporta male». Mi alzai e cominciai a camminare avanti e indietro dietro la sedia. Quest'aula e i suoi ricordi della mia stessa infelice esperienza alle elementari mi rendevano nervoso.

La signora O'Reilly si spostò per guardare Alicia in faccia. «Capisco che il padre di Noah non vive con voi».

«No. Noi, ah. No».

«I bambini che crescono in famiglie monoparentali hanno più probabilità di fare uso di droghe».

Mi girai sulla suola dello stivale. «Da dove ha preso questa statistica?».

Mi lanciò un'occhiataccia. «Lo sanno tutti».

Alicia si schiarì la gola. «Vive anche con le sue nonne».

Le sottili sopracciglia della signora O'Reilly scomparvero tra le rughe della fronte. «Riceve qualche tipo di disciplina a casa? O passa tutta la notte a giocare ai videogiochi?».

Il viso di Alicia passò dal pallido al rosso più velocemente di quanto fosse probabilmente salutare. «Certo che lo discipliniamo. E non gli è permesso guardare video o giocare finché non finisce i compiti».

«Forse una disciplina più ferrea e una vita domestica più strutturata aiuterebbero». La signora O'Reilly mi lanciò uno sguardo calcolatore. «Non sono sicura che il signor Jones sia la persona più adatta a fornirgliele».

Alicia trattenne il respiro. Le posai una mano sulla spalla per impedirle di dire qualcosa di cui si sarebbe pentita.

«La scuola ha uno psicologo scolastico?», chiesi.

«Sì, certo», disse l'insegnante.

«Alicia, penso che dovresti fissare un appuntamento con lo psicologo. Forse anche con il preside. Parlare dei modi in cui la scuola può aiutarlo». Per quanto lo desiderassi, non dissi che la signora O'Reilly era l'insegnante completamente sbagliata per un bambino come Noah.

Alicia socchiuse gli occhi verso la signora O'Reilly. «Penso che sia un'ottima idea». Si alzò. «Grazie, signora O'Reilly. Parlerò a Noah di alcuni di questi comportamenti. Parlerò anche con il suo pediatra e con lo psicologo. Gli troveremo un aiuto».

Il sorriso dell'insegnante era tirato. «Eccellente. Tutti noi vogliamo ciò che è meglio per Noah».

«Esatto». Alicia si alzò. «Buona serata». Uscì a grandi passi, e io mi affrettai per starle dietro.

Quando fuggimmo dai confini soffocanti della scuola per i profumi più freschi dell'esterno, corsi per mettermi di fronte a lei, costringendola a fermarsi. «Stai bene?».

I suoi occhi brillavano di lacrime. «No».

Con cautela, come farei con un cervo selvatico o un gatto randagio, allungai la mano e le accarezzai il braccio. «Sei stata grande là dentro».

«Finché non sono entrata in quell'aula oggi, non avevo idea di quanto fosse terribile. Non era così all'Open House. Non c'è da stupirsi che Noah odi la scuola».

«La sua insegnante dell'anno scorso era come... come lei?». Mi trattenni a malapena dal dare alla signora O'Reilly un appellativo di cui mi sarei pentito.

«No. Cioè, sì, abbiamo avuto qualche problema, ma niente del genere. È stata un'ottima idea la tua. Parlare con il suo psicologo. E con il pediatra. Li chiamerò entrambi domani. Grazie per essere venuto con me».

Il mio petto si riempì di calore. Questa era una cosa in cui non avevo fatto un casino.

«Vorrei poterti promettere che una diagnosi o dei farmaci risolveranno tutti i suoi problemi, ma per me non è stato così. Ho faticato. Fatico ancora. Ma stai facendo la cosa giusta. Stai prendendo provvedimenti. Lo stai aiutando».

Si avvicinò e mi mise le braccia intorno, appoggiando la guancia sulla mia spalla. «Grazie. Vorrei...».

«Cosa vorresti?».

Mi abbracciò più forte e poi si allontanò. «Niente».

Cosa desiderava? Le avrei dato qualsiasi cosa volesse. Mi avrebbe permesso di assumere un tutor per Noah?

Quando Alicia iniziò a camminare verso la sua auto, mi ricordai che avevo bisogno di un passaggio per il centro. Aprii l'app e richiesi un'auto mentre la seguivo.

«Sei davvero bravo in questo. A difendere i bambini», disse. I suoi occhi erano asciutti adesso.

«Lo sono?». Non riuscii a contenere il mio sorriso.

«Hai mai pensato di finanziare organizzazioni che aiutano i bambini con problemi di apprendimento? O di fondarne una tu stesso?».

Io, fondare un'organizzazione di beneficenza? Quasi risi, ma poi vidi la sua mascella contratta in modo ostinato. «Uh, no».

«Hai risorse considerevoli. Sia mentali che finanziarie. Dovresti usarle per fare del bene».

Feci un passo indietro. «Cosa?».

«Sei un uomo molto ricco, Jackson. Non potresti mai sperare di spendere tutto quello che hai. Potresti usarlo per aiutare gli altri».

«Ma io...» Sono un disastro, avrei voluto dire. Asociale. Inaffidabile. A malapena addomesticato. Ma se Alicia diceva che non lo ero...

«Pensaci». Si appoggiò alla sua auto. «Potresti fare un sacco di bene».

Nessuno mi aveva mai detto una cosa del genere prima. Nessuno, nemmeno Cooper, aveva creduto in me in quel modo.

Una Nissan nera entrò nel parcheggio. Il mio passaggio.

«Ci penserò». Fissai i suoi occhi blu, così gentili. Non volevo nemmeno baciarla. Ok, sì che lo volevo. Ma la gratitudine che provavo superava il basso livello di desiderio che sobbolliva nelle mie vene. Lei credeva in me.

Forse avrei potuto credere anche io in me stesso.

26

ALICIA

QUASI ALLE CINQUE DI VENERDÌ, il bagno delle donne della Synergy aveva quella sensazione di vuoto di fine giornata. Le colleghe che amavano imbellettarsi erano già andate, pronte per l'aperitivo. Quelle con famiglia erano sgattaiolate via con le altre, impazienti di tornare dai propri cari. Sarei dovuta essere tra loro.

Appoggiai il piede sul bracciolo del divano per allacciarmi la scarpa da ginnastica. Com'è che mi ero lasciata convincere?

Lo sapevo benissimo. Mi stavo innamorando di Jackson Jones. Tra la sua genialità nella programmazione, la gentilezza che cercava di nascondere con la sua spavalderia esagerata e il sostegno morale che mi aveva fornito durante la riunione con la signora O'Reilly, aveva sfondato ogni mia difesa; ora non potevo fare a meno di sperare che rimanesse davvero ad Austin come diceva, e che portassimo la nostra amicizia al livello successivo. Quello che non solo includeva altri consigli utili su Noah e altre possibilità per il futuro di Jackson al di là della programmazione, ma anche più baci. Perché, sebbene Jackson Jones potesse essere il più grande programmatore che avessi mai incontrato, era un baciatore ancora migliore.

Le mie guance avvamparono. Tirai fuori dalla borsa un cappellino da baseball e me lo calai sui capelli, che avevo sciolto dallo chignon e raccolto in una treccia. La visiera nascose parte del rossore. Ma si stava facendo tardi e non potevo aspettare che svanisse del tutto.

Spinsi la porta del bagno e andai a sbattere contro un petto muscoloso fasciato da una maglietta dei Pantera. Jackson non aveva avuto bisogno di cambiarsi per l'occasione.

«Pronta?» chiese, saltellando sulla punta dei piedi.

«Sì. Lasciami mettere questa sulla scrivania.» Sollevai la borsa di tela.

Me la prese. «Non voglio che ti distragga con il portatile. Potrebbero uscire prima stasera.» Attraversò di corsa il pavimento in legno fino alla nostra postazione e tornò indietro di corsa. «Andiamo.»

Non riuscii a reprimere un sorriso. «Sei tremendo quanto Noah.»

Si avviò verso le scale e io mi misi al suo fianco. «L'hai portato a vederli?»

«Non apposta. Siamo passati sul sentiero una o due volte mentre uscivano. Andare a vederli di proposito è una cosa un po' da turisti.» Mi morsi il labbro. Non volevo suonare così sprezzante.

«Nessuno crederà che sono stato ad Austin se dico che non ho mai visto i pipistrelli. Faremo in tempo? E il traffico?»

«Andiamo a piedi. Siamo a dieci minuti da un punto di osservazione perfetto.»

«Dieci?» Diede un'occhiata al telefono. «Il sole tramonta tra venticinque minuti.»

«Ora inizi a parlare come me.» Con le scarpe da ginnastica, i nostri passi erano silenziosi nell'atrio deserto. «Se solo ti preoccupassi così tanto delle scadenze dei progetti.»

«Io mi preoccupo delle scadenze dei progetti.» Mi tenne la porta e io uscii alla luce del tardo pomeriggio. «Mi preoccupa che distolgano la nostra attenzione da ciò che è veramente importante, cioè la qualità del codice. Il mio nome è sul sito dell'azienda. Ogni riga è la mia reputazione.»

Lo spinsi dolcemente verso le strisce pedonali. «Credo di non averla mai vista in questo modo. Però, senza scadenze, non rilasceremmo mai nulla. Passeremmo il resto della nostra carriera a perfezionarlo.»

Lui sogghignò. «Vedo che capisci!»

Scuotendo la testa, mi tirai su la cerniera della giacca.

«Hai freddo?» Lui non indossava una giacca.

«Fa un po' freschino, non trovi?»

Mi afferrò la mano e sfrecciò in strada, serpeggiando tra le auto ferme nel traffico. «Questo è il clima più confortevole che abbia sentito da quando sono sceso dall'aereo da San Francisco. È perfetto.»

Il sentiero lungo il lago fu facile da trovare e lo seguimmo finché non sbucò da dietro gli alberi, regalandoci una vista libera sull'acqua e sul ponte di Congress Avenue. Non era stagione turistica e iniziava a fare troppo freddo per la gente del posto, ma gruppi di persone si stagliavano sul ponte contro il sole al tramonto. Scendemmo dal sentiero verso l'acqua finché il terreno non iniziò a diventare morbido sotto le mie scarpe.

«È da lì che escono?» chiese Jackson, indicando il ponte.

«Sì, ma sono meno affidabili in questo periodo dell'anno. Hanno già iniziato a migrare. Non rimanere troppo deluso se non escono affatto, ok?» Anche se mi sarebbe dispiaciuto se la mia città natale lo avesse deluso. Non deludeteci, pipistrelli.

«Quello è uno?» Indicò sopra di noi una forma scura contro le nuvole sottili e rosate.

«Quello è un falco. I pipistrelli sono piccolissimi. Una volta ne hanno portati alcuni a scuola. Stavano nel palmo della mano di un bambino.»

«Ah.» Fissò l'acqua in direzione del ponte.

Sapevo che avevamo qualche minuto, così lasciai vagare lo

sguardo lungo il sentiero. Passarono sfrecciando un paio di ciclisti, poi una donna che spingeva un passeggino da jogging. Era un luogo popolare per ciclisti e corridori. Anzi, mi sarei sorpresa se Jackson non fosse venuto a correre proprio qui. Il suo complesso di appartamenti era vicino a un punto di accesso al sentiero. Rick mi aveva detto che spesso correva qui, e a volte veniva al lavoro in bici lungo il sentiero.

Come se il pensiero lo avesse evocato, una sagoma dinoccolata e familiare emerse dagli alberi. Trasalii. «Rick!»

Lui ci guardò due volte e si fermò, ansimando. «Alicia.» Poi si irrigidì. «Jay.» Aveva un livido verdastro sulla mascella, che si strofinò contro la spalla.

Jackson si voltò di scatto dall'acqua e si mise davanti a me. «Rick.» Sembrò ingigantirsi finché non riuscii nemmeno a vedere il mio ex. Sbirciai da dietro il braccio di Jackson.

«Bella serata per una corsetta.» Rick si passò l'avambraccio sulla fronte per asciugare il sudore.

«Direi di sì.» La voce di Jackson era dura come non l'avevo mai sentita. Il suo immancabile senso dell'umorismo era svanito.

«Ehi, Alicia, come—»

«Non dovresti andare? Non vorrai che i muscoli ti si indolenziscano. Potresti inciampare e cadere.» Jackson incrociò le braccia.

Rick distolse lo sguardo da me con uno scatto per guardare Jackson. «Giusto. Ci si vede.» Scattò via di corsa.

Posai un palmo sul bicipite duro come la roccia di Jackson. «Cosa è stato?»

Lui si rilassò, ma le sue sopracciglia quasi si toccarono al centro. «Stai bene?»

«Sto bene.» Rick non si era fermato abbastanza a lungo da dire qualcosa di odioso. A pensarci bene, non lo vedevo da un po', nemmeno alla pizzata di fine stagione per la squadra di Noah. Avevo temuto che facesse un'apparizione a sorpresa. Che c'entrasse Jackson?

Quando alzai lo sguardo per chiederglielo, vidi un puntino sfrecciare nel cielo. «Sono iniziati.»

Si voltò dal sentiero e guardò l'acqua, che scintillava d'argento e oro rosa per il sole al tramonto. Il sole baciò l'orizzonte, lanciando la sua ultima salva color agrumi. Sopra di noi, il cielo era diventato di un blu pallido.

Da sotto il ponte, milioni di minuscole creature si riversarono nel cielo al tramonto. Si tuffarono formando una S, poi si sparsero, per poi tornare in un anello verso il ponte, dispiegandosi in una nuvola punteggiata. Un momento erano uno stormo di uccelli, roteanti all'unisono, e il momento dopo si diffondevano nel cielo, in cerca dei loro pasti a base di insetti.

Mentre un gruppo di loro svolazzava sopra di noi, i loro click e cinguettii sovrastarono il traffico delle strade vicine. Jackson sollevò il telefono per riprendere la scena. Io rimasi immobile, cercando di discernere degli schemi nel loro volo.

Alla fine si dispersero, anche se qualche pipistrello isolato svolazzava ancora sopra di noi in cerca della sua cena.

«È stato incredibile.» Jackson fissava ancora il cielo. Una stella o un pianeta brillava nel blu che si oscurava.

«Lo è stato, anche per una del posto disincantata come me.»

Lui distolse lo sguardo dal cielo. «Grazie per avermi accompagnato in questa mia missione da turista pacchiano.»

Sorrisi, anche se probabilmente al buio non riuscì a vedermi. «Questo è ciò che fanno gli amici.»

Si avvicinò. «Non siamo più che amici?»

«Non finché il progetto non sarà finito.» Incrociai le braccia.

Jackson posò le mani sulle mie spalle e le fece scorrere lentamente su e giù per i bicipiti, scaldandomi le braccia infreddolite. «Non manca molto.»

«Ancora una settimana.»

«E poi?» Il suo pollice sfiorò la parte superiore del mio seno e, anche attraverso la giacca e la maglietta, il suo tocco inviò una scarica elettrica dritta tra le mie gambe. La mia intimità si contrasse. Senza pensarci, mi avvicinai finché le nostre scarpe non si toccarono. Le nostre ginocchia e i nostri fianchi si scontrarono e io mi appoggiai con il petto al suo, inseguendo quella sensazione.

«Immagino dipenda,» mormorai.

«Da cosa?» Chinò la testa più vicino finché non sentii il suo respiro caldo sulla guancia.

«Dal fatto che tu rimanga in città o torni a casa.»

«Casa? Casa è qui. Con te.» Sfiorò le sue labbra con le mie, e nell'oscurità, con il rosa che sfumava nel viola nel cielo punteggiato di stelle, una fiamma si accese dentro di me. Se avessi potuto aprire gli occhi, mi sarei aspettata di vedere le mie dita brillare contro il suo petto. I pipistrelli e gli uccelli appollaiati creavano una dolce musica intorno a noi.

Jackson aveva preso la mia città natale e l'aveva resa qualcosa di più. Aveva illuminato il tramonto, aggiunto una nota in più alla musica honky-tonk e mi aveva fatto sentire viva al lavoro come non mi ero mai sentita prima.

E sarebbe rimasto. Quando il progetto fosse finito, lunedì prossimo, mi sarei tenuta la nuova Austin, migliorata da Jackson.

«Alicia,» mormorò, baciandomi lungo la guancia fino all'orecchio, «ti sento pensare troppo. Lasciati andare. Goditi il momento.» E poi trovò un punto sul mio collo che mi illuminò come le insegne al neon della Sixth Street. Gli avvolsi le mani dietro il collo e mi aggrappai a lui con tutte le forze mentre lui scendeva con il naso fino al colletto della mia giacca, per poi risalire e trovare di nuovo le mie labbra.

Ci sorseggiammo, ci assaggiammo, ci divorammo. Quando ondeggiai i fianchi contro i suoi, la cresta d'acciaio della sua erezione strofinò promesse contro la mia pancia.

Appoggiò la fronte alla mia, respirando affannosamente. «Una settimana.»

Dannazione. Se non si fosse allontanato, l'avrei trascinato tra i cespugli. Sospirai. «Una settimana.»

Si chinò e raccolse il mio cappellino, che era caduto a un certo punto, probabilmente quando avevo cercato di strusciarmi contro di lui in un parco pubblico. Me lo mise in testa all'indietro e poi mi baciò dolcemente sulla tempia. «Magari dopo la fine del progetto mi mostri Alamo?»

«Ricorda che è a San Antonio. Novanta minuti a tratta.»

«Dovremmo fermarci a dormire, credo.» Un angolo della sua bocca si sollevò.

Una camera d'albergo. E Jackson Jones. Rabbrividii, anche se non avevo più freddo. «Okay.»

«Promesso?» Proprio come stasera, sarebbe stato eccitato come un bambino.

«Promesso.»

«È ancora presto. Vuoi andare a cena?»

«Tanto vale. Conosco un posto fantastico per i tacos.»

Lui sogghignò. «Ma certo che lo conosci. Andiamo.»

Mettendo la mia mano nella sua, lo ricondussi sul sentiero e verso le luci brillanti del centro.

———

«EHI.»

Il venerdì seguente, la voce di Jackson mi sorprese. Alzai lo sguardo dal codice che stavo controllando. Teneva in mano un bicchiere di plastica rosso e l'odore pungente del luppolo mi arrivò al naso.

«La festa è stata un fiasco?» domandai.

Lui sorrise. «Sì. Tu non c'eri. Così ho portato la festa da te.» Appoggiò il bicchiere sulla scrivania accanto a me.

«È dolce da parte tua, ma io—» feci un cenno verso lo schermo. Non avrei mandato a rotoli quella che speravo fosse la nostra demo finale per Cooper Fallon. Stavo esaminando ogni singola riga di codice, anche dopo che aveva superato il processo di test automatizzato. Tipico di Cooper eseguire una sequenza di tasti che il processo di controllo qualità non aveva testato.

«Sai cosa si dice sul troppo lavoro e poco divertimento.»

«Intendi dire che porta a una demo impeccabile?»

Aggrottò le sopracciglia. «Non è quello che avevo in mente.» Allungò la mano e la tenne sospesa a un centimetro dalla mia spalla. «Posso?»

Mi guardai intorno. Il piano era deserto. Nemmeno il clic di un tasto dall'altra parte della fila di alberi in vaso. «Immagino di sì?»

Mi strinse i muscoli che collegavano il collo alla spalla e poi affondò le dita. «Così va bene?»

Gemei. Era. Il. Paradiso.

«Devi rilassare le spalle mentre scrivi. Accumuli tutto questo stress nel collo.»

Chinai la testa per lasciargli più accesso. «Accumulo un sacco di stress, punto. Meno parole. Più massaggio al collo.»

«Sissignora.» C'era un sorriso nella sua voce. Si mise dietro la mia sedia e mi posò entrambe le mani addosso, massaggiandomi le spalle. I muscoli si sciolsero sotto la pressione e il calore delle sue mani.

Alzai la testa per riprendere il mio controllo del codice, ma fu inutile. Le lettere e i numeri si confondevano sullo schermo. I suoi pollici si spostarono ai lati della mia colonna vertebrale, tra le scapole. Magico.

«Metterò una mano davanti alla tua spalla e userò il palmo per—»

Ma non appena mise la sua grande mano sotto la mia clavicola, con quel dito malizioso che accarezzava la curva superiore del mio seno, feci rotolare indietro la sedia, urtando il suo stivale, e mi alzai.

«Ahi! Perché hai—»

«Non qui,» sussurrai. Ero troppo vicina a lui. Così vicina che sentivo il calore del suo corpo. I miei nervi formicolavano ancora per il suo tocco e ne invocavano ancora. Con i tacchi, ero all'altezza delle sue labbra. Quelle labbra morbide e rosa che avevo baciato la settimana scorsa sulla riva del Lady Bird Lake. Tutto quello che volevo era riprendere confidenza con loro.

Le sue labbra si dischiusero. «Dove, allora?»

Mi voltai e mi diressi verso il corridoio principale. Non sentendolo dietro di me, mi girai. Feci un cenno verso di me. Vieni qui, mimai.

Lui sbatté le palpebre e corse per raggiungermi.

Svoltai a sinistra nel corridoio più piccolo con i bagni. Quando aprii la porta del bagno delle donne, le luci con il sensore di movimento si accesero. Allungai la mano e trascinai Jackson dentro con me, poi chiusi il chiavistello della porta.

Lui si guardò intorno. «Ehi, noi non abbiamo un divano nel—»

Spingendolo contro la porta, mi alzai in punta di piedi. «Meno parole, più baci.» Premetti le mie labbra sulle sue.

Dopo un secondo di immobilità scioccata, le braccia di Jackson mi avvolsero e le sue labbra si ammorbidirono sotto le mie. Come quando ci eravamo baciati a casa sua ad Halloween, ma di più. Il sapore di birra sulla sua lingua. Il cuoio e il pino sulla sua pelle. La ruvidità della sua barba che mi sfregava le guance e il naso. Oltre all'aumentato senso di urgenza perché ci stavamo baciando al lavoro, dove qualcuno avrebbe potuto bussare alla porta da un momento all'altro. Afferrai con entrambe le mani la sua maglietta. Qual era la band di oggi? Non importava. Tutto ciò che contava era lo scivolare della sua lingua contro la mia, la pressione del suo petto solido contro i miei capezzoli turgidi, i formicolii che mi dicevano che le mie mutandine non sarebbero rimaste asciutte a lungo.

Interruppe il bacio per far scorrere le labbra lungo il mio collo e affondare il naso nel mio colletto. «Cazzo, Alicia, io... voglio prenderti in braccio e portarti su quel divano.» Il suo pollice slacciò il bottone superiore della mia camicetta, e lui si insinuò più a fondo nella mia scollatura, con la barba che graffiava la curva del mio seno sopra il reggiseno. «Voglio sollevarti la gonna, strapparti via qualsiasi cosa tu stia indossando sotto e assaggiarti.» Passò la lingua sulla mia pelle e le mie ginocchia si fecero deboli.

Sì sì sì. Il mio cervello era diventato un coro da stadio per le parole spinte di Jackson Jones. Non avrebbe dovuto prendermi in braccio. Sarei corsa lì volontariamente, mi sarei stesa sul divano e glielo avrei lasciato strappare.

«Ma...» Le posò un bacio a bocca chiusa nella piccola valle tra i miei seni e poi riallacciò il bottone che aveva slacciato. «Non ti assaggerò per la prima volta nel bagno delle donne.»

«Tu... non lo farai?» I cori di acclamazione dentro di me si trasformarono in fischi di disapprovazione.

«No, piccola.»

L'ultima cosa di cui avevo bisogno era che mi chiamasse piccola durante la revisione del codice di lunedì. «Non—»

Mi mise un dito sulle labbra, e poi mi baciò l'angolo della bocca. «Non sei una sveltina da bagno. Voglio di più.» Si strofinò il pollice sotto il labbro inferiore. Le sue stesse labbra erano macchiate dello stesso rosa del mio rossetto. «Tu meriti di più. Tutta la notte.»

La pulsione tra le mie gambe lo ripeté. Tutta la notte tutta la notte tutta la notte.

«Promesso?»

Mi baciò un'ultima volta, uno sfioramento di labbra a bocca chiusa. «Promesso.»

Cercai di ricomporre la mia bocca resa molle dai baci. «Ti prenderò in parola, Jones. Dopo che avremo finito il progetto.»

«Dopo che avremo finito il progetto.» Le sue mani mi accarezzarono i fianchi e poi scesero lungo i suoi. «Quel codice è fottutamente perfetto. Fai il check-in e vai a casa.»

Aveva ragione. Era finito, e l'ultima cosa di cui avevamo bisogno era che qualcuno, io, introducesse inavvertitamente un nuovo bug. «Niente toccatine durante il weekend, vero, cowboy?»

«Al codice, no. Posso garantirti che toccherò qualcos'altro.» Mosse i fianchi e una protuberanza premette contro la mia pancia.

Un centimetro o due più in basso e avrei potuto strofinarmi contro di lui. Probabilmente ci sarebbe voluto meno di un minuto per farmi venire. Forse per farci venire entrambi. Ma aveva ragione. Eravamo al lavoro. Supponendo che la demo andasse bene, il progetto sarebbe finito lunedì. E non saremmo più stati colleghi. Saremmo stati liberi di toccarci dove volevamo.

«Tienimene un po'.» Gli feci l'occhiolino.

I suoi occhi si spalancarono, poi si spostarono sul divano. «A pensarci bene—»

Veloce come un serpente a sonagli, tolsi il chiavistello e aprii la porta. «Ci vediamo lunedì,» gridai guardando oltre la spalla, ridendo mentre tornavo trotterellando alla nostra scrivania. Nemmeno Jackson Jones era abbastanza audace da passeggiare per l'ufficio con un'erezione nei suoi jeans attillati. E io uscii dalla porta prima che lui tornasse alla nostra postazione.

27

JACKSON

ERA quello che aspettavo da quando ero stato esiliato in Texas cinque mesi prima: il sorriso più raro e ampio di Cooper, quello che ricevevo solo quando in qualche modo ero riuscito a non fare un casino.

«È un lavoro fantastico, tutti quanti.» Cooper era in piedi a capotavola. Eravamo nella stessa sala dove tutto era iniziato, dove Alicia era entrata con un taglio ancora sanguinante sulla fronte e io avevo pensato che non avevamo bisogno di lei. Avevo pensato che io non avessi bisogno di lei. Non mi ero mai sbagliato tanto.

Qualcuno accese le luci e spense il proiettore. «Sono davvero fiero di tutti voi,» disse il mio migliore amico. «Avete fatto squadra e avete costruito qualcosa di veramente speciale.»

Il petto mi stava per esplodere, o avrei fatto qualcosa di ridicolo come piangere di gioia se non mi fossi mosso. Quando mi alzai, tutti mi guardarono in attesa. Si aspettavano che dicessi qualcosa... da leader? Di solito era Cooper a fare le cose e a dire le parole, non io. Gli lanciai un'occhiata, e lui abbassò il mento in un cenno quasi impercettibile.

Mi schiarii la gola. «Ehm... vorrei ringraziare ogni membro del team per il suo contributo. Siete dei supereroi.» Lentamente, feci il giro del tavolo, dicendo qualcosa di importante che ogni persona aveva fatto per il progetto. Diventò più facile man mano che procedevo, così quando arrivai ad Alicia, mi sentivo a mio agio e sciolto. «Infine, Alicia. È riuscita a unirci tutti, ha supportato ognuno di noi quando pensavamo di non potercela fare. Ci ha mostrato cosa significa la vera leadership.»

Alicia sbatté le palpebre velocemente e tirò su col naso. Le sue labbra tremarono quando mi sorrise, ma i suoi occhi azzurri brillavano fieri e orgogliosi. Desiderai ardentemente prenderla tra le braccia e baciarla lì, sul tavolo della sala riunioni. Ma Cooper avrebbe avuto qualcosa da ridire in proposito.

Lui si alzò dalla sedia. «Vedrete tutti un piccolo extra nella vostra busta paga il prossimo periodo di paga, un segno del nostro apprezzamento. E so che è solo lunedì, ma vorrei portarvi tutti fuori a bere e a cena per festeggiare.»

I ragazzi esultarono. Cooper ripeté il mio giro del tavolo, iniziando da Alicia, stringendo la mano a tutti e dicendo qualche parola a ciascuno di loro. Lentamente, la stanza si svuotò, lasciando solo me e Cooper. Lui tese la mano e, quando gliela strinsi, mi tirò a sé in un abbraccio con pacche sulle spalle. «Ce l'hai fatta, Jay.»

Scossi la testa. «Non ce l'avremmo fatta senza Alicia. E il resto del team.»

Cooper inarcò le sopracciglia. «Il team?»

Mi drizzai. «Tyler è cresciuto molto. Penso che sarebbe una risorsa per il nostro gruppo di analisi automobilistica a San Francisco. Gli chiederesti se è interessato a un trasferimento?» Lo era; glielo avevo già chiesto. Ma era Cooper a prendere le decisioni su assunzioni e licenziamenti.

«Certo.» Storse le labbra di lato. «Mi sorprende che ti interessi. Di solito non ti occupi di risorse umane.»

Feci spallucce e spinsi la sedia sotto il tavolo. «Immagino di essere di nuovo in una fase di crescita.»

«È fantastico.» Mi posò una mano sulla spalla. «Quando

tornerai a San Francisco, parleremo di creare un ruolo per te che ti aiuti a continuare questa crescita.»

Il petto non mi si strinse. Non provai una sensazione di nausea allo stomaco. La leadership non mi sembrava più un modo sicuro per seguire mio padre verso una morte prematura come una volta. O qualcosa che ero sicuro di mandare a puttane, ritrovandomi col nome sbattuto sulle riviste di settore come il Jones che ci aveva provato ma non ce l'aveva fatta.

Alicia mi aveva mostrato che la leadership era qualcosa di cui ero capace. Potevo fare errori lungo il percorso — quella rissa al bar con Tyler ne era un esempio — ma potevo rimediare. Noi potevamo rimediare se lavoravamo tutti insieme per un obiettivo comune.

Cazzo, esattamente come mi aveva detto Cooper il giorno del lancio del progetto. Aveva avuto ragione per tutto questo tempo.

Non avevo bisogno di essere CEO. O Chief di qualcosa. Non mi sarebbe dispiaciuto supervisionare lo sviluppo, dare uno sguardo strategico ai nostri prodotti e a come avremmo potuto prendere le parti migliori di ciascuno per migliorarli tutti. Far crescere giovani programmatori come Tyler per aiutarli a loro volta.

Ma io sarei rimasto qui. Forse mi avrebbe permesso di costruire il mio nuovo ruolo da Austin. Quando aprii la bocca per chiederglielo, mi stava guardando con quell'espressione che mi riservava solo quando uscivamo insieme, quella che era diventata così rara al lavoro. Premurosa. Amichevole. Mi mancava quello sguardo. E non potevo cancellarlo dicendo che volevo restare qui, dove il mio migliore amico non c'era. Non oggi, comunque. Gliel'avrei detto domani. «Mi piacerebbe.»

Il suo telefono vibrò, e quando abbassò lo sguardo, si accigliò. «Weston. Che cazzo vuole?»

Potevo anche essere un leader, ma non avrei permesso al nostro CEO di rovinare la festa del mio team. «Ci vediamo al ristorante. Non lasciare che quello stronzo ti faccia fare tardi.»

Lui annuì distrattamente e si portò il telefono all'orecchio. Scivolai fuori dal suo ufficio.

Alla nostra scrivania, Alicia aveva impilato il suo badge sopra il portatile della Synergy. Vederlo mi fece accartocciare le viscere come una delle lattine di alluminio di Mountain Dew di Tyler.

«Immagino sia finita.» Mi infilai le mani in tasca.

Un angolo della sua bocca si sollevò. «Credo di sì. Non avevo pensato a quanto sarebbe stato triste lasciare un'azienda dopo solo un paio di mesi. Rischio del mestiere.»

«Non devi andartene. Potresti restare.»

Lei diede un'occhiata agli altri programmatori, che stavano raccogliendo le loro cose per fine giornata. «Il team si sta sciogliendo. Amit dice che andrà a lavorare nel gruppo di modellazione dati. Non sarebbe la stessa cosa.»

«Io resto. Potresti lavorare con me.»

«Cooper sembra pensare che tu stia tornando a San Francisco.» Infilò il telefono nella borsetta.

Tenni la voce bassa. «Gli parlerò domani. Promesso.»

La luce tornò nei suoi occhi azzurri come il sole su Lady Bird Lake. Volevo vedere quella luce ogni giorno. Volevo che fosse la prima cosa che vedevo al mattino e l'ultima che vedevo di notte. La volevo nei giorni lavorativi e nei fine settimana.

Cazzo. Cos'era questa roba? Non era amicizia, neanche del tipo che avevo con Cooper. E non era lussuria. Non avevo mai voluto restare e vedere la mia partner al mattino, con il trucco sulla federa e i capelli arruffati. E di certo non avevo voluto che loro vedessero me, nudo, ogni pretesa di potere svanita, solo Jackson Jones e le sue cazzate.

Alicia non era così. Lei vedeva oltre la posizione di facciata e i soldi in banca. Mi aveva visto umiliato, e mi aveva visto spiccare il volo. Credeva che non fossi un completo spreco di spazio. Che avessi un valore. Che potessi essere più di quello che ero. E forse potevo esserlo, con lei al mio fianco.

«Allora... festeggiamenti?» Entrambi gli angoli della bocca di Alicia si sollevarono. E mi colpì. Il progetto era finito. Alicia non dipendeva più dalla Synergy per uno stipendio. Potevamo stare insieme adesso. Nel senso, di stare. Insieme.

«Già.» Dopo la cena con il team, l'avrei portata a casa mia. Potevamo finire ciò che avevamo iniziato sul mio divano dopo la festa di Halloween, nel parco con i pipistrelli. Nel bagno delle donne della Synergy.

I suoi occhi si spalancarono a quella che doveva essere un'espressione da lupo affamato sul mio viso. E poi il suo sorriso si allargò. «Mi accompagni fuori?»

In quel momento, se mi avesse chiesto di accompagnarla nelle profondità dell'inferno, le avrei detto la stessa cosa. «Sì.» Poi, più forte: «Ehi, ragazzi, accompagno Alicia alla sua macchina. Ci vediamo al ristorante.»

Afferrai le chiavi del mio pick-up, il portafoglio e il portatile di Alicia. Lei si mise la borsa a tracolla e controllò la scrivania e i cassetti un'ultima volta. Quando fu pronta, scendemmo nella caverna dell'IT, dove riconsegnò l'attrezzatura e il badge. Ebbe una parola gentile e un ringraziamento per tutti quelli che incontrammo, dallo stagista dell'IT a Ivan alla reception.

La accompagnai alla sua Honda, parcheggiata qualche posto più in là del mio pick-up a noleggio. Feci girare il portachiavi intorno al dito, improvvisamente riluttante a perderla di vista. E se avesse cambiato idea e avesse deciso di tornare a casa dalla sua famiglia? «Vuoi venire con me?»

Lei aprì la portiera della macchina. «No, preferisco avere la mia auto nel caso la festa si protragga fino a tardi. Ma puoi venire con me se vuoi.»

Mi precipitai verso la portiera del passeggero e scivolai dentro. Anche nel garage in ombra, i suoi occhi brillavano così tanto che quasi mi misi gli occhiali da sole.

«Sei stato fantastico nel progetto,» disse.

«Siamo una buona squadra. Vorrei che tu pensassi di—»

Fermò le mie parole con un bacio, divorandole in un'esplosione di calore. E io non ero uno stupido. Assecondai la cosa, facendole scivolare una mano sulla spalla, dietro la nuca, tenendola stretta a me per poter affondare nella sua morbidezza, assaporando di nuovo la sua passione e la sua dolcezza. Sarei rimasto lì, dentro la sua Honda angusta, con le ginocchia schiacciate contro la console di plastica, l'appoggiatesta in tessuto ruvido che si impigliava nella mia barba, finché i miei arti non si fossero indolenziti e non fossi più riuscito a raggiungere le sue labbra.

L'ululato dell'allarme di un'auto ci fece separare di soprassalto.

«Vuoi andartene di qui?» Le accarezzai la mano dove era posata sulla mia coscia.

Lei si schiarì la gola. «Mi ci vorrebbe un drink.»

«Ho della birra a casa mia. A meno che tu non preferisca uscire con il team?» Ti prego, non dire che preferisci uscire con il team.

«Perfetto. Scriverò a Tyler per dirgli che vado a casa. Tu scriverai a Cooper per dirgli che non verrai?»

Le diedi un bacio dietro l'orecchio. «Potresti dire a Tyler che stiamo dando buca entrambi.»

Lei mosse la spalla, e io smisi di baciarle la pelle morbida. Senza alzare lo sguardo dal suo messaggio, disse: «Ho ancora bisogno di quella testimonianza da Cooper. Preferirei che non scoprisse di noi finché non l'avrò pubblicata sul mio sito.»

Il mio cuore non più così raggrinzito si gonfiò. Aveva detto noi. Forse provava la stessa strana sensazione che provavo io.

Mentre guidava per i pochi isolati fino al mio appartamento, non riuscii a tenerle le mani addosso. Le appoggiai la mano sul ginocchio, giocando con l'orlo della sua gonna e guardando il suo respiro accelerare man mano che la sollevavo. Le accarezzai la pelle morbida dell'interno coscia come avevo desiderato fare dalla cena con la sua famiglia. La pelle d'oca le affiorò sulla pelle, e io la lisciai. Quando ci fermammo al semaforo poco prima della svolta per il mio complesso, lei mi afferrò la mano, si sporse e mi baciò ferocemente. «Smettila. Voglio che arriviamo sani e salvi al tuo appartamento. Poi ti lascerò mantenere la promessa che mi hai fatto venerdì.»

«Promessa?» sussurrai. Me la ricordavo. Le avevo promesso

tutta la notte. Mi agitai sul sedile, i jeans improvvisamente troppo stretti.

Lei non rispose, ma un angolo della sua bocca si sollevò.

Mi sedetti sulle mani, ma non aveva detto niente riguardo ai miei occhi. Catalogai ogni parte di lei che volevo toccare, assaggiare: la curva del suo collo, il morbido rigonfiamento dei suoi seni nascosti dietro la sua camicia abbottonata — deglutii —, quelle cosce che mi avevano stuzzicato quando indossava i suoi pantaloni della tuta tagliati. L'interno delle sue caviglie.

Quando si fermò davanti al mio palazzo, ero pronto a saltare oltre la console e a sbranarla. Invece, balzai fuori dall'auto e feci il giro per aprirle la portiera.

Lei fece scivolare le lunghe gambe fuori dall'auto e piantò le scarpe — le slingback rosse del potere che indossava quando Cooper era in città — sull'asfalto. Le porsi una mano, e lei vi appoggiò il palmo e si alzò.

Il suo viso era a pochi centimetri dal mio. Cooper non poteva vederci qui. Così la baciai, stringendola a me e facendole sentire la mia disperata eccitazione, riversando i miei nuovi sentimenti — qualunque cosa fossero — nel bacio.

Alla fine, lei spinse contro il mio petto e rise senza fiato. «Portiamo la cosa dentro.»

Devo aver stabilito un record di velocità terrestre tra la sua macchina e la mia porta d'ingresso. Feci cadere la chiave al primo tentativo ma riuscii ad aprire la porta al secondo. La spinsi, accesi la luce e la lasciai passare prima di me.

Non appena la porta si chiuse, la premetti contro di essa, bloccandole le mani ai lati della testa. Le baciai il collo, la mascella, la V della clavicola rivelata dalla sua camicia abbottonata. La sua pelle sapeva di paradiso, e volevo divorarne ogni centimetro. Infilai il naso dentro la sua camicia per far scorrere la lingua lungo il rigonfiamento superiore del suo seno. Avevo bisogno di più — più pelle, più sapore, più dei suoni sommessi che faceva quando le succhiavo il tendine tra il collo e la spalla.

«Jackson,» ansimò. «Fermati.»

Mi bloccai e le lasciai le mani. Feci un passo indietro per poterle vedere il viso. «Fermarmi?» L'avevo ferita? O stava avendo dei ripensamenti?

«Devo prima chiamare a casa. Controllare come sta Noah.»

«Giusto.» Aveva delle responsabilità. Sperai che non significasse che avesse perso interesse.

«Ci vediamo in camera tua tra dieci minuti?»

«Cazzo, sì.» Mi precipitai in bagno, dove mi lavai i denti e feci la doccia più veloce del mondo. Poi entrai in camera da letto, tirai fuori la scatola di preservativi non aperta dal cassetto del comodino e la misi sul tavolino. Dando un'occhiata al resto della stanza, feci una smorfia. Il letto era sfatto e c'erano vestiti ovunque. Quanto tempo mi rimaneva?

Raccolsi i vestiti e corsi verso l'armadio. Aprii l'anta scorrevole e li gettai tutti sul pavimento. Sul ripiano superiore c'era una confezione di lenzuola non aperta, il set di riserva che non avevo mai usato. Sì, avevo lavato le lenzuola nei cinque mesi in cui avevo vissuto nell'appartamento — non ero un mostro — ma avevo sempre rimesso quelle appena lavate sul letto. Strappai la confezione, trovai il lenzuolo con angoli e due federe, e sostituii ciò che c'era sul letto. Appallottolai le lenzuola sporche, le gettai sopra la pila di vestiti e chiusi l'anta dell'armadio. Calciai il piumone in un angolo della stanza.

Avevo consumato i dieci minuti di Alicia? Non aveva cambiato idea, vero? Indossai un paio di pantaloni della tuta puliti e tornai lungo il corridoio verso il soggiorno.

Era seduta sul mio divano, a fissare il telefono. «Ehi.»

«Tutto bene?» Mi sedetti accanto a lei e le misi una mano gentile sulla schiena.

«Sì, va bene. Io… non lo faccio spesso. Voglio dire, con un partner.» Le sue guance arrossirono.

Tutto il sangue mi defluì dal cervello e andò dritto al mio inguine al pensiero di lei che si toccava, che usava un giocattolo su di sé. Dannazione, avrei dovuto pensare a comprare un vibratore. Sarebbe stato un buon modo per iniziare con calma. E poi, naturalmente, pensai a farmi strada dolcemente dentro Alicia, e i miei pantaloni della tuta non nascondevano nulla di come mi sentivo al riguardo.

Le diedi un bacio delicato sulle labbra. «Possiamo andare piano quanto vuoi, piccola. Non dobbiamo nemmeno scopare. Posso solo abbracciarti. Me lo lasceresti fare?»

Lei si scostò. «Pensi che sia questo che voglio? Che non voglia fare sesso perché sono… sono frigida?»

«No, piccola.» Cazzo, avevo mandato a puttane l'unica altra cosa in cui ero bravo: scopare. «Penso che tu sia bellissima e sexy. E tutto ciò che voglio è farti sentire bene.» Le toccai leggermente la mascella e, quando non si ritrasse, le presi il viso tra le mani. La baciai di nuovo, meno delicatamente questa volta, cercando di comunicare, in un modo che non riuscivo a fare con le mie parole goffe, ciò che provavo per lei.

Quando ansimò per riprendere fiato, le baciai lo zigomo, la gola, il punto che avevo trovato sul lato del suo collo l'ultima volta. Quando gemette, sorrisi. Forse non avrei mandato a puttane anche questo.

La sollevai in grembo e mi appoggiai allo schienale per lasciarle prendere l'iniziativa, allargando le braccia lungo lo schienale del divano. Fissò il mio petto nudo per un momento e poi tese un dito per catturare una delle gocce che erano scivolate dai miei capelli umidi sul mio collo. Spalmò l'umidità sul mio capezzolo sinistro, facendolo indurire. Una scossa elettrica mi attraversò fino all'inguine. Non pensavo di poter diventare più duro. Mi ero sbagliato. Afferrai i cuscini per impedirmi di strapparle la camicetta.

«Penso che preferirei che ci facessimo sentire bene a vicenda.» E si mosse in modo da strofinare il sedere contro il mio cazzo.

Buttai la testa all'indietro per trattenermi dal gettarla sul divano e infilarle una mano sotto la gonna. Avevo deciso di seguire la sua iniziativa, e se voleva stuzzicarmi, glielo avrei lasciato fare.

Si alzò, e mi mancò il suo peso, lo sfioramento del suo fianco

contro di me. Poi le sue dita si intrecciarono con le mie. «Spostia-
moci in camera da letto.»

Mi alzai in un lampo, conducendola lungo il corridoio fino alla
mia camera da letto frettolosamente ripulita. Mi sdraiai al centro
del letto e aspettai che facesse la mossa successiva.

Si inginocchiò sul lato del letto. Poi si avvicinò a me a quattro
zampe, lasciando che la gonna si sollevasse sempre di più mentre
si avvicinava. Alla fine, sollevò la gonna abbastanza da mettersi a
cavalcioni sui miei fianchi.

«Se faccio qualcosa che non ti piace, dimmi di fermarmi,
okay?»

I miei occhi si spalancarono. Che diavolo mi avrebbe fatto?
Cosa c'era oltre l'erezione totale? Perché il mio cazzo divenne duro
come la pietra e cercò di fare un buco nei miei pantaloni della tuta.
«O-okay.»

Poi mi toccò. I suoi polpastrelli scesero leggermente dalla mia
clavicola sui miei pettorali e si attorcigliarono tra i peli del mio
petto. E mi infiammò. La mia pelle desiderava di più, ebbi un
fremito.

Con il polpastrello del pollice, mi sfiorò il capezzolo sinistro.
Obbediente, si drizzò a punta. Lo pizzicò, non forte, ma abbastanza da farmi inspirare profondamente.

«Ti piace?»

«Oh, sì.» Uscì come un sospiro.

Fece scorrere le dita fino al mio capezzolo destro, vi fece
roteare un dito intorno e lo pizzicò.

«Più forte,» grugnii.

Inarcò le sopracciglia, ma lo fece, facendo scorrere un dolore
rovente dal mio capezzolo dritto all'inguine. Gemetti. Dio, ora
avrei voluto essermi fatto una sega sotto la doccia. Sarei venuto
non appena mi avesse toccato il cazzo.

Poi mi accarezzò il capezzolo, alleviando il dolore pungente. Il
mio petto si sollevò per lo sforzo di afferrare i cuscini per non
toccarla — o toccarmi. Non ero abituato alla gratificazione ritar-
data. La pulsazione che batteva nel mio cazzo era dolorosa.

Gettò uno sguardo alla tenda nei miei pantaloni. Il suo sorriso divenne diabolico. «Ansioso di iniziare?»

«Ti prego, vuoi... posso vederti?»

Si morse il labbro ma annuì. Si sbottonò i polsini e poi iniziò con il bottone in alto.

«Lentamente?» ansimai. Avevo sognato quei fottuti bottoni, masturbandomi sulla mia fantasia di lei che li slacciava lentamente e rivelava cosa c'era sotto. Questo spogliarsi così sbrigativo era troppo.

Le sue dita si bloccarono, e poi si spostarono sull'orlo. Giocherellò con l'ultimo bottone. «Così?»

Non riuscivo a parlare a causa del nodo che mi stringeva la gola, ma annuii, con gli occhi fuori dalle orbite.

Molto lentamente, slacciò i bottoni della sua camicetta, concedendomi scorci della pelle del suo stomaco e un lampo di pizzo bianco. Strinsi ogni muscolo del mio corpo quando raggiunse l'ultimo. Poi si sollevò da me e girò sulle ginocchia per darmi la schiena.

«Ancora un bottone,» disse con uno sguardo malizioso oltre la spalla. Appoggiò le mani sulla parte posteriore della gonna e le fece scivolare fino al bottone sul retro. Le sue lunghe dita lo slacciarono, e poi si spostarono sulla corta cerniera sottostante. Vidi solo una V di bianco prima che lei inspirasse, si togliesse la camicia e me la lanciasse in faccia.

«Ops,» mormorò. «Non stavo pianificando... un attimo.»

Scossi la testa per cercare di liberarmi della sua camicetta, ma tutto ciò che vedevo era tessuto bianco. Sentii un fruscio, e poi lei mi strappò la camicia dal viso. Sbattei le palpebre. Era completamente nuda.

Ammirai la sua vista: seni piccoli, vita stretta, fianchi più larghi. La pelle più pallida a forma di costume intero per nulla rivelatore che mi fece immaginare brezze calde e di essere sdraiato accanto a lei su una sabbia bianchissima. Un triangolo curato di peli biondo scuro che le nascondeva il sesso. Feci scorrere lo sguardo fino al suo viso. Si stava di nuovo mordendo il labbro.

«Posso… posso toccare?» Sciolsi le dita dalle lenzuola.

Lasciò andare il labbro e sorrise. «Solo con la bocca.»

«Cazzo, sì.»

«Ho lasciato le scarpe,» disse. «Va bene?»

«Oh, mio Dio.» Le slingback rosse. «Sì, ti prego.»

Si inginocchiò sul letto. Poi si mise a cavalcioni sul mio petto. Troppo lontana. Si curvò su di me in modo che i suoi seni pendessero come frutti maturi sul mio viso. Le leccai un capezzolo rosa, poi l'altro. Inarcò la schiena, spingendoli verso il mio viso. Lentamente, con cura, alzai le mani e le premetti i seni insieme, facendo roteare la lingua a forma di otto sulle punte. Lei gemette e si strusciò sul mio petto.

Presi uno dei suoi seni in bocca e succhiai forte il capezzolo. Ansimò ma si premette verso di me. Esultai dentro di me. Stava perdendo il controllo. Per causa mia. Le feci scivolare le mani lungo le costole fino al punto in cui i fianchi si allargavano, poi le passai leggermente le unghie dei pollici sulle natiche. Rabbrividì.

Audacemente, feci scorrere una mano lungo la curva del suo sedere fino alla valle tra le sue gambe. Ancora prima di raggiungere il suo centro, le mie dita scivolarono nel suo umidore. La mappai con le dita: labbra, la sua fessura invitante e il suo clitoride gonfio. Si immobilizzò quando lo toccai.

«Posso» — dovetti deglutire per far uscire le parole dalla mia gola improvvisamente secca — «Posso assaggiarti?» Sapevo che non era giusto, ma le feci vibrare il clitoride mentre le ponevo la domanda.

Si raddrizzò. «Uhm, credo di sì?»

«Credi di sì?» Sapevo che esistevano, ma non avevo incontrato troppe donne a cui non piacesse il sesso orale. Poteva Alicia essere una di loro? Speravo di no, ma anche se lo fosse stata, avrei trovato qualcosa che le piacesse. «Avvicinati. Proviamo, e puoi dirmi di fermarmi quando vuoi.»

Afferrò la testiera del letto e si avvicinò. Non abbastanza. Le sollevai il sedere e mi spostai verso il basso finché il mio bersaglio non fu direttamente sopra di me. Girai la testa a sinistra e leccai la scia umida sulla sua coscia interna, lentamente e a lungo. Salato, muschiato, dolce. Mi girai a destra e ripetei il movimento. Poi, afferrandole i fianchi, feci roteare la lingua direttamente sul suo centro e dritto fino al suo clitoride, che sfiorai con la punta della lingua. Ansimò.

Incoraggiante. «Va bene?»

«Sì.» La parola era abbastanza nitida, ma la sua voce era alta e ansimante.

Mi misi al lavoro come se stessi affrontando un pezzo di codice complicato, testando mentre assaggiavo, controllando cosa funzionava — cosa la faceva contorcere e gemere — e cosa no. Nota dello sviluppatore: c'era molto poco che non funzionava. Presto, ansimò mentre le succhiavo il clitoride, con il dito medio che le entrava e usciva.

Lasciai andare il suo clitoride per un momento e lo sfiorai con un soffio d'aria fresca. «Puoi urlare quanto vuoi. Non ci sono vicini da questo lato dell'appartamento.»

Lei gemette mentre le passavo i denti sulla pelle sensibile. Poi, mentre le infilavo delicatamente l'indice dentro, emise un suono incoerente. Gemette il mio nome, e io succhiai più forte il suo clitoride e strinsi i denti alla base.

Emise un suono lamentoso — non forte, ma era abbastanza. Il mio cazzo, intrappolato nei pantaloni della tuta, pulsò, e la mia vista si oscurò per un secondo mentre venivo. Grugnii e lasciai il suo clitoride, dandole lunghe leccate piatte per calmarla. Il mio respiro le sfiorò la pelle e lei rabbrividì.

«Quindi immagino che sia andato bene?» Non potei nascondere il mio sorriso presuntuoso quando mi guardò dall'alto.

Si lasciò cadere sulla schiena accanto a me e si coprì gli occhi con un braccio. «C'è qualcosa in cui non sei bravo? Oltre all'umiltà?»

Feci spallucce e poi sollevai i pantaloni appiccicosi dalla pelle. «Controllo degli impulsi?»

28

ALICIA

«ACQUA?»

Stavo fluttuando in uno stato a metà tra la beatitudine più totale e il tentativo di rivivere il miglior orgasmo della mia vita, quando la voce di Jackson mi strappò da quella foschia. Spostai il braccio pesante dal viso e aprii gli occhi sbattendo le palpebre. Era chino sul lato del letto e mi porgeva una bottiglia d'acqua.

Sostenendomi su un gomito, gliela presi. Ne bevvi un sorso, poi gliela restituii. Lui si scolò il resto.

Si era tolto i pantaloni ed era nudo per la prima volta. O meglio, era la prima volta che lo vedevo nudo. Aveva indossato quei pantaloni grigi della tuta per provocarmi, ne ero certa. Erano decisamente indecenti, non nascondevano nulla mentre era seduto accanto a me sul divano. E la sua palese eccitazione mi aveva dato il coraggio di dimenticare quello che Rick aveva detto di me, di avere fiducia che con Jackson il sesso potesse essere qualcosa di speciale.

Wow, e se lo era stato.

Il sesso con Rick era come la vecchia Buick che Melissa mi

aveva passato quando era andata al college. Partiva bene, ma alla fine rimanevo a piedi sul ciglio della strada, costretta a raggiungere la mia destinazione con le mie sole forze. Jackson mi aveva convinta che sarebbe stato più come la mia Honda, un mezzo affidabile che non ti molla mai. Ma, oh mio Dio, lui era la Corvette con cui uno dei ragazzi di Melissa ci aveva portate a scuola quella volta. Tutta potenza, tenuta a freno nelle curve e pronta a ruggire al rettilineo successivo.

E non avevo ancora nemmeno provato il suo cazzo. Lo fissai mentre lui tappava la bottiglia vuota e la posava sul comodino. Sembrava un po' meno duro di prima. L'avevo forse smosciato?

Dei brividi mi percorsero la pelle. Mi ero mostrata così vulnerabile, facendogli vedere il mio corpo, persino i miei posti più segreti, mentre cavalcavo il suo viso. Mi coprii il seno con un braccio e incrociai le gambe. Perché non aveva un lenzuolo di sopra con cui potessi coprirmi?

«Hai freddo?» domandò lui.

«Mh-mh.»

Si voltò, concedendomi un lampo delle fossette sexy sopra il suo sedere. Poi il suo sedere per intero — oh, mio Dio, rivaleggiava decisamente con quello di Rick — mentre si chinava a raccogliere il piumino bianco dal pavimento. Me lo porse, io lo afferrai e mi ci rintanai sotto.

Il materasso si abbassò accanto a me. «Tutto bene? Ho fatto qualcosa di sbagliato?»

«No.» Feci capolino dal piumone. «Per te è andata bene? Vuoi che io...» Lasciai cadere lo sguardo dove il suo cazzo giaceva sulla sua coscia.

«Cazzo, no. Voglio dire, mi piacerebbe molto se lo volessi tu. Ma questa non è una transazione. Stiamo facendo... ci stiamo godendo l'un l'altro. Non hai idea da quanto tempo volessi toccarti in quel modo. Assaggiarti. Sentire i suoni che fai quando vieni. Sono venuto senza che nessuno dei due mi toccasse. Sei stata fantastica.»

«Davvero?» Non sapevo che i ragazzi potessero farlo.

«Ti sei divertita anche tu, vero?»

Avevo visto le stelle. «Certo. Non sono venuta così da... mai.»

Si avvicinò rotolando su un fianco e posò una mano sopra il piumone che mi copriva. «Amo» — deglutì — «quanto tu sia onesta.»

Il mio cuore prese a battere all'impazzata. Stava per dirmi che mi amava? Non era di questo che si trattava. O sì? Come aveva detto lui, eravamo due adulti consenzienti che si godevano i rispettivi corpi.

«Pensi che ci sia posto lì dentro per me?» Indicò il piumino. «Fa un po' freddo qui fuori, e a me piace coccolare.»

«Non ci credo neanche per un secondo.» Eppure, l'espressione speranzosa sul suo viso mi sciolse. Aprii un lato del piumone, coprendomi il torso con il resto. «Vieni, allora.»

Si infilò dentro e poi si sistemò a cucchiaio dietro di me. Un braccio sotto la mia testa e l'altro attorno alla mia vita. Il piumone si attorcigliò tra noi, creando un fastidioso groppo sotto il mio fianco. Mi dimenai e tirai per sistemarlo e, quando il mio fianco fu piatto contro il materasso, il mio sedere era stretto contro l'erezione di Jackson che si stava indurendo, e il suo respiro era caldo nel mio orecchio.

La sua mano salì lentamente a cullarmi un seno. «Potrei proporti un secondo round?» Mi sfiorò il capezzolo.

Quel gesto mi mandò una scossa dritta al centro del mio essere. Trasalii per l'intensità. Ogni parte di me era d'accordo con la sua proposta. «Hai detto che volevi coccolarti» lo presi in giro, contorcendomi di nuovo contro di lui.

«Quello era prima che tu strusciassi le tue belle parti morbide contro le mie, non così morbide.» A riprova delle sue parole, la punta del suo cazzo scivolò tra le mie gambe.

Trattenni un gemito. «Stavo solo cercando di mettermi comoda.»

«Questa posizione è piuttosto comoda, non trovi?» Tirò

indietro i fianchi e poi li spinse in avanti, facendo scivolare il suo cazzo sulla mia fica.

Il mio sesso si contrasse, affamato di lui. Il tempo delle prese in giro era finito. «Mi piace.»

Frugò con le dita lungo il mio stomaco, per poi posare la mano a coppa tra le mie gambe. «E questo come ti sembra?» Tamburellò con le dita sul mio clitoride.

Gettai la gamba superiore sopra la sua e mi lasciai sfuggire un lamento.

«Okay» sussurrò contro il mio collo. «Lo interpreterò come un 'fottutamente fantastico'.»

Mi stimolò sempre di più finché non trattenni il respiro, in attesa dell'orgasmo che pendeva allettante fuori dalla mia portata. «Jackson» mormorai «fammi venire.»

«Di cosa hai bisogno, tesoro?»

«Io… non lo so.»

«Che ne dici di…» Mi baciò, proprio nel punto tra la spalla e il collo, e poi sentii il morso dei suoi denti sulla pelle. Il piccolo dolore, unito a un pizzicotto sul clitoride, mi attraversò come un fulmine e mi mandò oltre il limite con un urlo.

Quando tornai dal mio orgasmo stellare, stava baciando il punto che aveva morso e premeva delicatamente sul mio clitoride.

Provai a dire il suo nome, ma ne uscì un borbottio incomprensibile. La mia bocca non funzionava. Nessuno dei miei muscoli funzionava.

«Stai bene, piccola?»

La mia pelle fremette a quel vezzeggiativo. Adesso che non lavoravamo più insieme poteva chiamarmi così quanto voleva. Niente più rischi che gli scappasse davanti alla squadra. Annuii.

Si allontanò per un secondo e sentii della carta strapparsi. Si spostò di nuovo sotto il piumone e si inginocchiò tra le mie ginocchia. Ma invece di entrare subito, scivolò verso i piedi del letto e si chinò in modo che il suo mento aleggiasse tra le mie gambe.

«Posso assaggiarti di nuovo? Sarò delicato se sei sensibile.»

Ancora nell'abisso della beatitudine post-orgasmo, annuii.

Prima di toccarmi, cercò sotto il piumone finché non trovò le mie caviglie. Portavo ancora una scarpa. L'altra era caduta da qualche parte tra un orgasmo e l'altro. Se le strinse attorno al busto e si assicurò che la punta del mio tacco rosso poggiasse sulla piega del suo fianco. «Speronami pure» disse con un sorriso. «Ma fai attenzione alle parti penzolanti, o potresti perderti un altro orgasmo.»

Si chinò e raschiò la sua mascella ispida lungo l'interno della mia coscia finché non raggiunse il mio centro. Allargandomi con i pollici, mi leccò la fica dentro e fuori. Le mie gambe cominciarono a tremare, e affondai i talloni nei suoi fianchi.

«Così, piccola» disse contro il mio sesso. «Dammelo ancora.»

I miei fianchi si sollevarono e mi strusciai contro il suo viso. Cos'aveva quest'uomo che dissolveva ogni mia resistenza, che trafiggeva le crepe nella mia armatura? Mi concentrai unicamente sul mio piacere e su come lui lo intensificava.

Fece scivolare un dito o due dentro di me, pulsando, e spostò le labbra sul mio clitoride. Iniziò lentamente, con baci e leccate delicate. Le mie gambe tremavano più forte.

«Aggrappati a me, tesoro» disse. «Riesci a sopportare di più?»

«Sì, sì.» Le parole mi proruppero dalle labbra.

Schioccò la lingua sul mio clitoride, facendolo tornare su di giri, prima di chiudervi la bocca e dare una lunga e forte suzione che mi inarcò staccandomi dal materasso.

Poi le sue dita sparirono, sostituite da una pressione smussata alla mia entrata. Cingendomi i fianchi con le mani, scivolò dentro di me con una spinta lunga e lenta. Le mie scosse di assestamento si strinsero intorno a lui.

«Oh, Dio, piccola, sì. Che meraviglia.» Rimase immobile, stringendomi i fianchi.

Finalmente, aprii gli occhi. Avrei voluto non averlo fatto, perché tutto si mostrava nei suoi, dolci di desiderio. La sua espressione rispecchiava il dolore nel mio petto, quello che sarebbe solo peggiorato quando finalmente fosse tornato in California.

Ci fissammo in silenzio per un lungo momento. Fu lui a rompere il contatto per primo, guardando in basso dove le mie gambe erano divaricate sul letto. Uno di noi aveva gettato via il piumone. Mi sollevò il piede e mi sfilò la scarpa. Poi mi appoggiò la caviglia sulla spalla. Sollevò l'altra gamba e la posò sull'altra spalla. Poi tirò indietro i fianchi e spinse di nuovo dentro di me, accendendomi nel profondo. Mi sfuggì un acuto squittio.

«Okay, andiamo con questo» disse con un sorrisetto.

Impostò un ritmo moderato che ci permise di assaporare l'attrito mentre scivolava dentro e fuori. Le mie gambe tremavano contro le sue spalle finché non posò delicatamente le mani sulle mie caviglie. Girò il viso per baciarne una, e poi l'altra, così teneramente che le lacrime mi punsero dietro gli occhi.

«A cosa era dovuto?» Sollevai i palmi per asciugare l'umidità agli angoli degli occhi.

«È tutto il pomeriggio che volevo farlo. Ho altri punti che voglio baciare.» Diede altre due spinte senza parlare.

«Me lo dirai?»

«Te lo mostrerò» disse. «Più tardi.»

La sua bocca si tese e accelerò il ritmo. Una mano scese tra di noi, e mi sfregò il clitoride col pollice. Abbinato alla pressione sempre più profonda dentro di me, il suo tocco mi fece stringere intorno a lui. Si succhiò il pollice e lo premette di nuovo sul mio clitoride, roteando. Le mie gambe scivolarono dalle sue spalle e io controspinsi contro di lui, una, due volte, prima di gridare il mio orgasmo.

Si fermò, e non riuscii a capire se le pulsazioni dentro di me fossero le sue o le mie. Poi, stringendomi le ginocchia intorno alla sua vita, rotolò in modo che il mio corpo si adagiasse sul suo. I miei capelli si erano sciolti dallo chignon e si erano appiccicati alla sua pelle. Io ero appiccicata alla sua pelle, e volevo restarci, incollata a lui, per sempre. Accarezzai il lato del suo petto e poi lasciai cadere il braccio sul materasso. Lui sussurrò il mio nome tra i miei capelli.

Forse mi ero appisolata, perché mi resi solo vagamente conto che si era spostato da sotto di me, che era andato in bagno e che era tornato.

Quando riaprii gli occhi, qualche tempo dopo, la luce dorata del pomeriggio era sparita e la stanza era buia. «Che ore sono?» borbottai.

«Non troppo tardi. Le sette e mezza. Hai fame?»

Solo di lui. Del suo calore avvolto intorno a me. Delle sue parole rassicuranti su quanto fossi fantastica. Della dolcezza nei suoi occhi che rifletteva ciò che sentivo.

Amore.

Un piccolo urlo iniziò nel mio cervello. Mi ero innamorata di Jackson Jones. Di un uomo che aveva detto che sarebbe rimasto, anche se il suo lavoro, la sua azienda, era a quasi tremila chilometri di distanza. Forse avremmo potuto giocare a stare insieme per un po', ma alla fine avrebbe dovuto tornare. Il suo posto era là, come leader.

La maledizione delle donne Weber mi aveva raggiunta.

Stai calma, dissi a quella voce urlante. Avrei messo quell'emozione fastidiosa in una scatola. Certo, avrebbe fatto rumore quando Jackson se ne fosse andato. Ma poi l'avrei lasciata lì, a impolverarsi. Forse le tarme ci sarebbero arrivate, come avevano fatto con l'abito da sposa di mamma in soffitta, lasciandolo pieno di buchi come groviera, così non ci saremmo sentite in colpa a buttarlo nella spazzatura.

L'urlo si fece più forte. Chi volevo prendere in giro? Quello che provavo per Jackson era nuovo, ma era troppo grande per essere tenuto in una scatola. Era come il gigantesco mostro-bambino che il supereroe aveva combattuto in uno dei film preferiti di Noah. Troppo innocente, troppo ignaro, per capire la distruzione che stava causando. Avrebbe distrutto tutto sul suo cammino, lasciandomi in rovina.

Se fossi rimasta, ero sicura che l'avrei confessato. Jackson poteva avermi fatto perdere il controllo del mio corpo, ma non ero pronta a lasciare libere le mie emozioni in quel modo.

«Devo andare.» Guardai il pavimento. Dove avevo gettato le mie mutande, le mutandone bianche giganti e per niente sexy con la scritta "Mutandoni da Grande" stampata sul sedere, quelle che Tiannah mi aveva regalato per scherzo al mio ultimo compleanno, quelle che avevo dimenticato di indossare finché non avevo tentato quello spogliarello per lui?

«Non puoi restare? Neanche per cena? C'è un ottimo take away thailandese qui vicino. Sono davvero veloci.»

Mi allontanai scivolando e mi misi a sedere. «Non posso. È una serata di scuola, e vorrei vedere Noah prima che vada a letto.»

Mi prese la mano. «Vuoi fare una doccia?»

Immaginai il suo viso tra le mie gambe mentre premevo la guancia contro le piastrelle lisce. «Allettante, ma devo davvero tornare a casa.»

«Niente scherzetti. Promesso. Solo per lavarci. Puoi anche fare la doccia da sola se vuoi.»

Le mie labbra si incurvarono in un sorriso. Chi avrebbe mai pensato che Jackson Jones, programmatore rockstar e playboy internazionale, mi avrebbe supplicata di fare una doccia con lui dopo avermi regalato chissà quanti orgasmi? Io, la dea del sesso precedentemente nota come la Regina di Ghiaccio? «Va bene» dissi. «Andiamo.»

La sua doccia era abbastanza grande per due, e sarebbe stato facile fare un altro round. Ma l'unico contatto che avemmo fu insaponarci la schiena a vicenda. Quando Jackson mi chiese se poteva lavarmi i capelli, glielo lasciai fare. L'acqua calda mi colpiva il petto e la pancia, e chiusi gli occhi mentre le sue grandi dita mi massaggiavano tutta la tensione dal cuoio capelluto. Lo avevo lasciato entrare, sia emotivamente che fisicamente, e non l'aveva usato contro di me. Invece, mi aveva fatto sentire al sicuro, accudita. Amata. Dopo tanti anni a prendermi cura di me stessa — e di Noah — volevo che durasse per sempre.

Per quanto tempo avremmo potuto farlo? Un paio di settimane finché il Ringraziamento non ci avesse separato? O più a lungo? Saremmo usciti il sabato sera, passeggiando lungo Sixth Street, tenendoci per mano e assaggiando la musica fuori da ogni bar? Avrei potuto passare le domeniche pigre a casa sua, indossando le sue magliette e indugiando sul caffè nella sua cucina?

L'acqua batteva sulla sommità della mia testa e sulla parte bassa della schiena, il grande corpo di Jackson mi scaldava la parte anteriore. Troppo presto, mi sciacquò via la schiuma dai capelli e allungò il braccio intorno a me per chiudere l'acqua.

Dopo esserci asciugati, mi raccolsi i capelli in uno chignon. Jackson insistette per abbottonarmi la camicetta — cosa del tutto inutile — ma mi aiutò anche con la cerniera e il bottone posteriore della gonna. Trovò una maglietta e dei pantaloncini puliti da qualche parte nella sua camera da letto e poi mi fece sedere sul bordo del letto mentre mi infilava le mie slingback rosse come se fossi Cenerentola.

Mi tirò in piedi. «Quando posso rivederti?»

La cosa migliore era che non dovevo inventarmi una finta ragione per chiudere con Jackson. Ne avevamo già una incorporata. «Te ne stai andando.»

I suoi occhi si affilarono come un bisturi, tagliando via le mie difese. Maledizione. Sapeva delle scuse e del perché le usavo. «Ti ho detto che resto.»

«Per quanto tempo?»

La sua bocca si contrasse per un secondo. «Il lungo termine non ha mai fatto per me. Sono più un tipo da una notte. Non sono mai stato con nessuna — non mi sono mai permesso di stare con qualcuno — che mi abbia sfidato come fai tu, che sia anche bella e intelligente. Qualcuno che rispetto.»

«Non starai dicendo che non sono come le altre ragazze, vero?» Incrociai le braccia.

«No.» Un rossore si diffuse sulla sua fronte. «Voglio dire, certo che sei eccezionale. Ma io… non pensavo di poter stare con qualcuno che…»

«Ti rinfacciasse le tue stronzate?»

Sbuffò. «Esattamente. Quello che sto cercando di dire è che questa è una prima volta per me. Probabilmente manderò tutto a puttane. Ma io... io voglio provare. Avevo già intenzione di parlare con Cooper domani per continuare a lavorare da Austin. Voglio dare una possibilità a questa cosa. Darci una possibilità.»

«Non dirai niente a Cooper, vero? Riguardo a... noi?» Esisteva davvero un noi?

Rabbrividì. «Non ancora. Prima gli faremo scrivere quella testimonianza per te.»

Sc sciolsi le braccia e unii le mie mani alle sue. «Grazie.» Non avrebbe fatto male vederlo ancora qualche volta prima che partisse. In ogni caso, sarei stata in rovina. E mi piaceva di più la versione con gli orgasmi di quella senza.

«Il mio prossimo incarico non inizia fino alla prossima settimana, quindi sono libero per il resto di questa.»

«Cooper resta fino a domani. Ma potrei marinare il lavoro dopodomani.»

«Sono fuori dal progetto da un giorno e già marini il lavoro?»

«Sono un casino.» Fece spallucce. «Se lo aspettano tutti.»

Lo stomaco mi si strinse. Avrei voluto scuoterlo. «Ascoltami, Jackson Jones. Tu non sei un casino. Sei una stella. Cooper ti ha elogiato, e ho la sensazione che non lo faccia molto spesso. Tu hai costruito quel software e lo hai fatto cantare.»

Il suo viso si addolcì. «Lo so. Ma suona meglio quando lo dici tu.»

Lo baciai con forza sulle labbra. «E ti meriti un giorno di riposo ogni tanto.»

Le sue braccia mi avvolsero. «Anche tu. Hai bisogno di passare del tempo con il tuo ragazzo, che si dà il caso sia anche il miglior amante che tu abbia mai avuto.»

Un brivido mi percorse. «Non corriamo troppo. Non mi hai nemmeno portata fuori a un appuntamento.»

«Dopodomani. Ti porterò fuori mercoledì.»

«Okay. Scrivimi.» Mi sporsi per dargli un bacetto sulle labbra, ma lui catturò la mia bocca in un bacio divorante che mi fece tremare le ginocchia e mi tolse il respiro. Mi fece dimenticare perché avessimo aspettato così tanto per andare a letto insieme.

Cooper. Pensare al suo viso giudicante mi fece scorrere il ghiaccio nelle vene.

«Cosa? Perché hai detto 'Cooper'?» mormorò Jackson nel mio collo.

«Ops.» Lo aggirai, uscendo dalla camera da letto. Mi seguì, i suoi piedi nudi silenziati dalla moquette.

«Ehi» disse quando raggiungemmo il soggiorno. «Forse tu, io e Noah potremmo fare qualcosa insieme. Potremmo andare a una partita di basket. O a fare un'escursione. Persino in uno di quei posti chiassosi con animatroni e pizza di cartone.»

Sarebbe stato già abbastanza brutto per me quando Jackson se ne fosse andato. Non potevo affrontare un'altra delle espressioni malinconiche di Noah, come quella che faceva ogni volta che vedevamo Rick. «Io… non voglio confondere Noah. Quindi preferirei non coinvolgerlo.»

Il viso di Jackson si rabbuiò. Poi mi fece un mezzo sorriso che non gli illuminò gli occhi. «Come vuoi, tesoro.»

Volevo rimangiarmi tutto e vederlo sorridere di nuovo. Ma non potevo. Non potevo permettere che facesse del male a Noah. Presi la sua mano e la strinsi. Finalmente, anche l'altro angolo della sua bocca si sollevò.

«Mi scrivi domani?» dissi.

«Ti scrivo stasera.»

Alzandomi in punta di piedi, lo baciai, un bacio lungo, languido, da 'abbiamo-tutto-il-tempo-del-mondo'. Per ora, entrambi avremmo finto che sarebbe rimasto abbastanza a lungo da darci una possibilità. Forse se avessimo finto abbastanza a lungo, si sarebbe avverato.

«Ti risponderò. Notte, Jackson.»

Uscii nella fresca notte di novembre, le guance accese al pensiero di marinare il lavoro con Jackson dopodomani. Non sarebbe durato per sempre, ma mi aveva chiamata la sua ragazza, e il pensiero di baciarlo di nuovo mi faceva tremare le ginocchia.

Quanto tempo poteva rimanere qui ad Austin? Non lo sapevo, e non credo che lo sapesse nemmeno lui. Ma per una volta nella vita, non mi sarei preoccupata di un anno o anche solo di un mese da adesso. Mi sarei goduta questa nuova cosa con Jackson Jones il più a lungo possibile.

Poi mi sarei spezzata.

29

JACKSON

QUANDO ALICIA SE NE ANDÒ, sentii un vuoto allo stomaco. Rovistai nel cassetto dei menù dei ristoranti con consegna a domicilio, tirai fuori quello del ristorante thailandese con cui avevo cercato di tentarla, ma lo rimisi a posto nel cassetto accanto alle forchette, alle bacchette e alle bustine di ketchup avvolte nella plastica. Nemmeno il cibo thailandese avrebbe potuto colmare il vuoto che avevo dentro.

In camera da letto, annusai entrambi i cuscini. Uno odorava vagamente di arancia dolce, così lo portai con me in salotto. Mi allungai sul divano con i piedi che penzolavano oltre il bracciolo, infilai il cuscino sotto la guancia e presi il telecomando. Di cosa avevo voglia? Sport? Una commedia? Qualcosa di sexy e romantico?

Lasciai che il telecomando mi cadesse di mano. Niente poteva reggere il confronto con la replica del mio pomeriggio con Alicia. Mi passai una mano sulla maglietta dei Led Zeppelin. Un capezzolo mi bruciava ancora per il suo pizzicotto. Mi chiesi se le avessi lasciato un segno sul collo. Se quella sera le avrebbe fatto un po' male. Se avrebbe annusato la sua pelle in cerca di tracce di me.

Mercoledì. L'avrei vista mercoledì. Forse saremmo potuti andare a fare una passeggiata lungo il fiume. O avrebbe potuto farmi fare un tour del Campidoglio. Io sarei stato il turista goffo, comprando il souvenir più ridicolo che riuscissi a trovare nel negozio di articoli da regalo, e lei sarebbe stata la mia guida sexy.

O forse avremmo preso una stanza d'albergo con vista sul fiume per il pomeriggio e avremmo fatto l'amore contro le vetrate.

Fare l'amore? Volevo dire scopare. Darci dentro. Arare il suo campo. Inginocchiarmi al suo altare. Scendere lì sotto.

Cazzo. Strinsi il cuscino. Chi credevo di prendere in giro? Non me stesso.

Questa cosa con Alicia era diversa. Certo, mi sentivo attratto da lei fin dal primo giorno, quando le avevo spostato i capelli e le avevo tamponato la ferita con la mia T-shirt. E poi avevo provato del risentimento per lei. Be', non proprio per lei, ma per tutto ciò che la sua presenza significava riguardo a me. Finché il risentimento non aveva lasciato il posto al rispetto. All'ammirazione. E a qualcosa di più tenero che mi accendeva ogni volta che la guardavo.

Cazzo. Ero innamorato?

Non ero mai stato innamorato prima. Non ero mai uscito con nessuna con cui potessi legare in quel modo. Era più sicuro uscire con donne di cui non mi importava nulla. Se non mi fosse importato, non avrebbe fatto male quando mi avrebbero deriso e lasciato.

Ma dopo tutto quello che avevamo passato insieme, non pensavo che Alicia mi avrebbe fatto una cosa del genere. Avevo visto quell'espressione sul suo viso sotto la doccia, dopo che le avevo lavato i capelli. Mi aveva guardato come se anche a lei importasse. Come se, bussando abbastanza a lungo alla sua porta, alla fine avrebbe potuto farmi entrare. Se fossi stato insistente e degno di fiducia, forse mi avrebbe persino fatto entrare nella sua vita. Eccetto la parte con Noah.

Non si fidava abbastanza di me per quello. Forse era giusto, considerando che combinavo ancora casini. E con un bambino non c'era margine di errore. Povero ragazzo, aveva già abbastanza casini nella sua vita, considerando che non aveva genitori e probabilmente soffriva di ADHD.

Però quella conferenza non l'avevo rovinata. Avevo aiutato Alicia a superarla. E forse, una volta che lei avesse tirato fuori Noah da quella classe orribile e gli avesse fatto iniziare una terapia, lui sarebbe andato meglio a scuola.

Avrebbe potuto fidarsi di me allora?

Mi lasciai andare all'immaginazione: andare in bici sulla greenbelt. O portarli con me a San Francisco e fare le solite cose da turisti come Alicia aveva fatto con me e i pipistrelli. Guardare i leoni marini con Noah. Non li avrei portati ad Alcatraz; era un posto inquietante. Ci saremmo seduti nel Golden Gate Park ad ascoltare musica o avremmo passeggiato lungo la spiaggia o visitato la California Academy of Sciences. Saremmo stati una famiglia.

Ero pronto per una famiglia? Quel formicolio alle dita era eccitazione o terrore?

A cena con la famiglia di Alicia, lei era stata così forte, così sicura di sé. Come sempre al lavoro. Al lavoro eravamo diventati partner. Avremmo potuto esserlo anche con la sua famiglia?

Mi lasciai ricadere sul divano e mi abbandonai alla fantasia. Li avrei presentati a mia madre. Sarebbe rimasta incantata dalla maturità e dalla determinazione di Alicia. Avremmo passato le feste con la sua famiglia o con la mia? Forse il Natale sulle Alpi sarebbe stata la scelta migliore. O ai Caraibi. Immaginai Alicia in bikini. Passeggiare mano nella mano sulla spiaggia con la luna che brillava sull'acqua, ascoltando il fragore delle onde, l'acqua calda che ci lambiva le dita dei piedi. Mi persi in quella fantasia.

Ecco perché ero rannicchiato sotto il piumone, avvolto nel profumo di Alicia, quando tre colpi secchi fecero tremare la mia porta.

Borbottando, gettai via il piumone. Solo una persona bussava in quel modo. Andai alla porta e guardai attraverso lo spioncino. Come previsto, Cooper era lì, ancora con gli abiti da lavoro, e lanciava sguardi minacciosi alla porta. Cazzo, che cosa avevo fatto adesso?

Aprii la porta. «Ehi, Coop.»

Entrò e mi scrutò dalla T-shirt ai boxer fino ai piedi nudi.

«È qui?»

«Chi?» Chiusi la porta. Aveva la sua faccia da "sto per urlarti contro".

«La nostra ex consulente, Alicia Weber.»

Cazzo. Lei aveva bisogno della sua referenza. Non mentivo mai a Cooper, ma per una volta avrei potuto nascondere un po' la verità.

«Perché dovrebbe essere qui?» Tornai al divano e gettai il piumone e il cuscino dietro di esso. Non avrebbe sentito il suo odore, vero?

Si sedette sulla poltrona di fronte alla cucina. «Davvero? Mentirai al tuo migliore amico su questa cosa? Almeno, quando sei andato a letto con quella stagista, lo hai confessato.»

Come cazzo aveva fatto a scoprirlo? Alicia non lo avrebbe chiamato. E io e lei eravamo le uniche persone a sapere cosa avevamo fatto un paio d'ore prima. Mi lasciai cadere sul divano. «Di cosa stai parlando?»

«Quando non eri a cena...»

Cazzo. Alicia mi aveva chiesto di mandare un messaggio a Cooper per dirgli che non ci sarei stato.

«...Tyler mi ha detto che voi due ve la fate da settimane.»

«L'ha detto Tyler?» Non avrei mai pensato che avrebbe fatto la spia su di noi. Certo, avevo pensato che tutti fossero ignari di quanto Alicia e io fossimo diventati intimi.

«Ha detto che pensava fosse di dominio pubblico.»

«Cosa era di dominio pubblico?»

Ma Cooper non ne poteva più della mia finta innocenza. Il suo viso era rosso alla luce della lampada. «Che ti stai scopando la consulente che ho assunto. Francamente, pensavo che fosse troppo professionale, troppo matura, per cascare nel tuo» fece un gesto verso i miei boxer «fascino. Jamila ha detto che era irreprensibile. Il pinnacolo dell'integrità. Immagino che Alicia abbia ingannato lei, e pensava di poter ingannare anche me. Ma come dicono qui in Texas, non sono nato ieri.»

«Lo dicono qui? Non l'ho mai sentito dire.» Dovevo fermarlo prima che partisse in quarta.

«Farò in modo che non lavori mai più per un'azienda rispettabile. Non si farà strada a suon di scopate tra i leader tecnologici di Austin, se avrò voce in capitolo.»

«Ora aspetta un attimo...» Mi alzai. Avrei davvero voluto indossare i pantaloni. E i miei stivali spacca-culi.

«Stavi andando così bene. Tre mesi qui senza un incidente. E poi si presenta lei e tu ci ricaschi.» Strinse gli occhi verso di me. «Non è nemmeno il tuo tipo.»

«Ascoltami, Cooper. Non ho scopato Alicia mentre stavamo lavorando insieme al progetto.»

«Tyler sembra pensare di sì.»

Un dolore mi trafisse. «Ci conosciamo da quattordici fottuti anni. E tu credi a un programmatore junior piuttosto che a me, il tuo migliore amico?»

«Sì, ci conosciamo da quattordici anni, e non ti ho mai visto mostrare il minimo ritegno quando si trattava del tuo cazzo. Ti sei scopato ogni donna eterosessuale nel nostro dormitorio del primo anno.»

«Avevo diciotto fottuti anni. Non pensi che sia cambiato da allora? Questo pomeriggio hai detto che ero maturato.»

«Quello era prima di sapere che tu e Alicia eravate qui a scopare invece di unirvi a noi per la celebrazione del team.»

«Io e lei non eravamo altro che colleghi in ufficio. Alicia è una professionista consumata.»

«A quanto pare, non sembrava pensare che l'integrità professionale si estendesse agli eventi fuori dall'ufficio. Tyler ha detto che eravate insieme alla tua festa di Halloween.»

Il sangue mi si gelò nelle vene. Mi aveva visto baciarla? Eravamo stati sconsiderati di fronte a lui, pensando che fosse troppo ubriaco per ricordare. No, io ero stato sconsiderato. E ora dovevo pagarne il prezzo.

«Quella sera Tyler era ubriaco. Ha finito per dormire nella mia camera degli ospiti. Ma ha frainteso quello che ha visto. Sì, ho corteggiato Alicia, ma lei non ha ricambiato. L'ho baciata alla festa. È stata troppo gentile per schiaffeggiarmi, ma mi ha detto che non era interessata. Se n'è andata.»

«Ma stasera voi due siete usciti insieme dall'ufficio.»

Strinsi i denti. Odiavo mentire al mio amico, ma l'attività di Alicia, la sua fottuta carriera, era in gioco. «Le ho chiesto un passaggio. Ho provato a baciarla di nuovo nella sua auto. Ha accostato e mi ha cacciato fuori. Sono venuto qui a piedi. Immagino che nessuno di noi due avesse voglia di festeggiare dopo. Lei deve essere andata a casa.»

Cooper si strofinò le tempie. «Porca puttana, Jackson. Ora devo proteggere l'azienda da una causa per molestie sessuali. Oltre a...»

«Io... non credo che sporgerà denuncia. Probabilmente vuole solo la sua referenza.» Mi lasciai cadere sul tavolino da caffè di fronte al mio amico.

Si strofinò il viso. «Questo non è nemmeno il mio problema più grande di oggi.»

«Cosa vuoi dire?» Trattenni il respiro. Se aveva un problema più grande di me, forse sarebbe tornato presto a San Francisco lasciandomi in pace.

«Weston. Ha una situazione di emergenza generale alla sede. Abbiamo un azionista attivista che sta mettendo in discussione il nostro rapporto con quella società offshore.»

Mi irrigidii. «Quella che Weston ha coinvolto perché erano più economici del nostro team a Singapore?»

«Esatto. Sembra che non pagassero un salario dignitoso, e ora dobbiamo fare del controllo dei danni.»

«E delle fottute riparazioni.»

Abbassò le mani e mi trafisse con il suo sguardo d'acciaio. «Ecco perché verrai con me.»

«Io... cosa?» Non potevo andare con lui. Io e Alicia avevamo un appuntamento mercoledì.

«Emergenza generale include il nostro nuovo VP dello Sviluppo, sotto la cui competenza ricadono i rapporti con gli sviluppatori offshore.»

«Cosa?» Gli ingranaggi nel mio cervello stavano slittando.

«Questo è anche un tuo fottuto problema. Verrai con me a risolverlo.»

«Io... non posso.»

«E perché mai? Siamo soci. Synergy è metà della tua azienda.»

Perché ti ho mentito e mi sto scopando la nostra ex consulente. No. Perché mi sono innamorato della nostra ex consulente. Vero, ma non avrebbe comunque funzionato.

Cazzo. Alicia voleva che fossi un leader. Essere un leader faceva schifo.

«D'accordo. Partiamo stasera?»

Si alzò. «Domattina. Passeremo in ufficio per una veloce chiacchierata con Tyler per rimetterlo in riga, e poi torneremo col jet. Prepara le tue cose stasera. Il team finirà qui. Non c'è bisogno che tu torni.»

«Ma...»

«Quando torneremo a casa, se sento anche solo una voce di molestie sessuali, ti spedisco in quel monastero sulle montagne vicino a Big Sur. Potrai mandare il tuo codice a dorso d'asino.»

Asino? Ero io quello che stava per comportarsi da asino.

30

ALICIA

FISSAI il messaggio di Jackson più a lungo di quanto avrei dovuto, da sola con la mia tazza di tè nella cucina di mia madre la mattina dopo, soppesando le parole e cercando di trovarne il significato nascosto. Il perché.

Ma il perché non importava. Non davvero.

L'unica cosa che importava era che se n'era andato.

Aveva detto tutte quelle cose perfette, ieri. Sul fatto che era imperfetto. Sul fatto che non aveva mai avuto una relazione prima, ma che era disposto a provare.

E poi se n'era andato prima ancora che l'irritazione della sua barba sulle mie cosce si fosse attenuata.

Rabbrividii e mi alzai, stringendomi addosso la vestaglia. Misi il mio tè freddo nel microonde e aspettai che si scaldasse.

Mamma mi avrebbe detto che gli avevo dato quello che voleva, quindi non c'era motivo di restare.

Tiannah l'avrebbe detto in modo più schietto. Mi avrebbe detto che io e la mia passerina eravamo cascate dritte nella sua trappola.

Melissa mi avrebbe detto di essere fiera di me per essermi messa in gioco, anche se non aveva funzionato.

Mi asciugai una lacrima dalla guancia. Jackson Jones non era degno delle mie lacrime.

«Cariño.» Non avevo sentito Esmy entrare in cucina. «C'è qualcosa che non va?»

«No.» Tirai su col naso. «Sarà l'allergia.»

«A novembre?» Schioccò la lingua un paio di volte e mi mise il dorso della mano sulla fronte. «Non ha niente a che vedere con il tuo appuntamento di ieri sera, vero?»

«Appuntamento?» Aprii la credenza e tirai giù il barattolo di miele.

«Sono fuori dal giro da un po', ma ai miei tempi, quando tornavo a casa con i capelli bagnati e i vestiti stropicciati, significava che ci avevo dato dentro.» Premette il pulsante del microonde. «E quel tè non si scalda, se non lo avvii.»

Feci una smorfia. «Tu e mamma mi dite sempre che dovrei uscire di più.»

«E dovresti. Ma oggi non sprizzi gioia come ieri sera.»

La sera prima, ero praticamente fluttuata dentro casa. Quella mattina, da quando avevo letto il messaggio di Jackson, avevo il piombo nelle vene.

«Sto bene.» E sarei stata bene. La gente aveva avventure di una notte in continuazione. E la sera prima non era stata altro che questo. Dovevo solo convincere il mio cuore in frantumi.

E, a quanto pareva, Esmy. Mi guardò strizzando gli occhi. «Sei sicura?»

«Sicurissima.» Il microonde suonò e tirai fuori il tè. «Vado a fare ordine in qualche armadio. Ci vediamo dopo.»

Il lavoro mi fece bene. Sparai Rihanna a tutto volume nelle cuffie mentre passavo in rassegna l'armadio e i cassetti di Noah e imbustavo tutto ciò che sembrava troppo piccolo. Lavai i suoi scarpini da calcio con la pompa in giardino e li misi ad asciugare sul patio posteriore. Poi mi dedicai alla mia stanza. Il maglione di Jackson, quello che mi aveva detto di tenere la sera in cui ci eravamo seduti insieme sull'altalena del portico, finì nella busta delle donazioni con il pigiama di SpongeBob che a Noah non andava più.

Quella sera, per mostrare a Esmy che stavo bene, cucinai il pollo alla King Ranch, il piatto preferito di Noah, nella cucina che avevo tirato a lucido.

Eppure, lei arricciava le labbra ogni volta che mi guardava dall'altra parte del tavolo.

Mercoledì non andò così bene. Dopo che Noah salì sullo scuolabus, guardai il telefono una volta all'ora, sperando di vedere un messaggio o una chiamata persa da parte di Jackson. Qualcosa in risposta al messaggio che gli avevo mandato.

Tornerai?

Niente.

Tuttavia, riuscii a vestirmi prima che Noah tornasse da scuola e preparai persino gli spaghetti per cena.

Giovedì, dopo essere tornata dalla fermata dell'autobus, presi in braccio Tigger e mi rannicchiai con lui sul letto. Cos'avevo fatto di sbagliato? Ero stata pessima a letto? Per un po' mi ero comportata in modo strano, nascondendomi sotto il suo piumone. E poi avevo detto tutte quelle cose che non mi facevano sembrare per niente la Wonder Woman che mi ero tanto sforzata di proiettare. Forse aveva deciso che non ne valevo la pena.

Probabilmente era così.

Tigger mi massaggiò il cuoio capelluto, passando gli artigli tra i miei capelli e ricordandomi lo shampoo-massaggio di Jackson nella sua doccia. Era stato così tenero, così premuroso. Stava recitando? Fingendo?

Quella frase che aveva usato sul non essersi mai concesso di stare con qualcuno che rispettava, fino a me, aveva distrutto le mie difese. Ma non era stata altro che quello: una frase. Aveva usato la stessa con quella stagista? Forse la usava con tutte quelle che voleva portarsi a letto.

Non ero speciale. Non per Jackson Jones. Se lo fossi stata, avrebbe mantenuto la sua promessa.

Con delicatezza, sollevai Tigger dal cuscino e me lo avvolsi intorno alla testa. Lanciai un urlo — soffocato dalle piume — e un altro, e un altro ancora, finché non fui rauca. Forse una lacrima scappò via. O forse due. Il mio cuscino le assorbì e nessuno se ne accorse.

Mi nascosi sotto le coperte fino a pomeriggio inoltrato. Alla fine, mi trascinai sotto la doccia e avevo un aspetto ragionevolmente normale quando Noah rientrò.

Trovai dei bastoncini di pesce e delle crocchette di patate nel congelatore per cena. Esmy si morse un labbro, ma non disse nulla.

Finalmente, venerdì, guardai le borse sotto i miei occhi dopo la seconda notte insonne e decisi che avevo bisogno di aiuto.

Tiannah aprì la porta con Tavon sul fianco. «Hai l'aria di una che ha bisogno di un margarita.»

«Sono le dieci e mezza del mattino.»

«Un mimosa, allora. Andiamo, usciamo.»

Mentre Tiannah allacciava Tavon al suo seggiolino, raccolsi i Cheerios dal vano piedi del suo minivan.

Sbucò da sopra la mia spalla. «Non preoccuparti. Orlando e i bambini lavano la mia macchina ogni sabato. Ci penserà lui.»

Tiannah aveva Orlando, che la amava abbastanza da aspirare i Cheerios dalla sua macchina. Con il suo massaggio alla testa di lunedì, Jackson mi aveva illusa che gli importasse di me. Eppure non si era nemmeno preso la briga di rispondere al mio messaggio.

Una lacrima cadde con un tonfo sul sedile di pelle. Un'altra la seguì. Poi un singhiozzo così violento che dovetti appoggiare le mani sulla portiera per non crollare proprio lì, sul sedile appiccicoso.

«Oh, no, tesoro, che succede?» Tiannah mi accarezzò la schiena.

«È solo... solo... Jackson.»

La portiera laterale si richiuse e, qualche secondo dopo, Tiannah mi allontanò delicatamente dal furgone. «Vieni. Torniamo dentro.»

Ci sedemmo sul suo divano mentre Tavon martellava una tastiera giocattolo.

«Raccontami tutto,» mi disse.

Mi asciugai le lacrime dal viso con il fazzoletto stropicciato che tirò fuori dalla tasca dei jeans. «Allora, lunedì, dopo la revisione di fine progetto con Cooper Fallon, dovevamo incontrare il team in un ristorante per cena. Ma invece, io e Jackson siamo tornati a casa sua.»

Le sue sopracciglia si inarcarono. «E?»

«Noi, ehm...» Lanciai un'occhiata a Tavon. «... siamo andati a letto.»

«Ragazza...» Scosse la testa. «Ok, com'è stato?»

«Bello. Pensavo. E poi mi sono sentita... strana.»

«Strana? Intendi fisicamente?»

«No. Troppo esposta, capisci?»

«Vulnerabile. Okay.»

«E poi mi ha fatta sentire meglio. Al sicuro. Accudita. Pensavo che s-significasse qualcosa.»

Andò in bagno e mi porse una scatola di fazzoletti. «E poi?»

«Avevamo detto che avremmo fatto qualcosa mercoledì. Ma martedì mi ha mandato un messaggio per dirmi che era partito. E quando gli ho chiesto se sarebbe tornato, non ha risposto. Mi ha f-fatto ghosting.» Singhiozzai.

Mi massaggiò la schiena con un movimento circolare. «Forse gli è successo qualcosa.» Dal modo in cui le parole le uscirono tra i denti stretti, sembrava che se non gli fosse successo niente, avrebbe fatto in modo che qualcosa gli succedesse.

«Il bello di uscire con una persona famosa è che sai quasi subito se gli è successo qualcosa. Io, ehm...» Chiusi gli occhi e sospirai, «… ho impostato una notifica di Google per lui. Niente. Avanti, puoi dirmi che me l'avevi detto.»

«Perché dovrei farti una cosa del genere?» I cerchi non si fermarono.

«Perché mi avevi detto di non farmi coinvolgere. Che non ne sarebbe venuto fuori niente di buono per me. Che mi sarei fatta male. Avevi ragione.»

«Non ho intenzione di infierire. L'amore fa già abbastanza male.»

«Amore?» Mi tamponai gli occhi. «Non sono innamorata.» Certo, l'avevo pensato per un secondo. Ma potevo cancellarlo, fingere che non fosse mai successo.

«Tesoro, sei troppo intelligente, troppo motivata, per aver rischiato la tua carriera per qualcosa di meno dell'amore. So che non sei andata a letto con il tuo collega…»

«Ex collega.»

«E il migliore amico della persona che dovrebbe scriverti una lettera di referenze. Non l'avresti fatto per lussuria. L'amore fa fare stupidaggini. Se non fosse andata così male, direi che sono fiera di te per aver lasciato entrare qualcuno.»

Era stata solo una crepa, ma lui ci si era infilato con le sue spalle larghe e mi aveva lasciata aperta e sanguinante. Le lacrime cominciarono a scendere di nuovo.

Tavon si alzò, barcollò verso di me e mi abbracciò le ginocchia. Gli passai una mano sui ricci morbidi.

«Non farò più questo errore.»

«Oh, tesoro. So che fa male adesso. Ma non è stato bello per un momento? Tenere a qualcuno e sentirti amata?»

Tirai Tavon in grembo e lo abbracciai. «Suppongo di sì.»

«Un giorno troverai l'uomo giusto, che sia abbastanza maturo emotivamente da parlare dei suoi sentimenti. Che non se ne andrà quando le cose si faranno difficili.»

«Esistono ragazzi del genere? Non si direbbe, a giudicare dalla mia esperienza.»

Arricciò le labbra. «Hai avuto un paio di cattivi esempi.»

«Questo, proprio questo?» Indicai i miei occhi gonfi e il naso arrossato dai fazzoletti. «Ecco cosa succede quando mi lascio andare con un ragazzo. Mi prendi sempre in giro perché mollo i ragazzi per motivi futili. Ma è meglio di questo.»

«Sfogati, tesoro.»

«Forse dovrei iniziare a uscire con le donne, come mamma.»

«Forse dovresti. Ma non farti strane idee. Non ho intenzione di tradire Orlando con il tuo culetto bianco e magro.»

Risi, e poi Tavon ridacchiò, e io cominciai a ridere così forte che non riuscivo a smettere.

«Ho succo d'arancia e V-O-D-K-A. Che ne dici di uno screwdriver?»

Non riuscivo a smettere di ridere, ma le feci un pollice in su.

Dopo che Tiannah andò in cucina, Tavon mi diede un abbraccio appiccicoso. Alla fine, la mia risata isterica si placò. Inspirai il suo profumo di shampoo per bambini. Che cosa avevo fatto? Perché anche Jackson sembrava così preso dai suoi sentimenti, e poi… niente?

Presi in braccio Tavon e lo portai in cucina, dove lo allacciai nel suo seggiolone. Tiannah gli mise davanti una tazza con il beccuccio e sparse dei Cheerios sul vassoio. Mi porse un bicchiere.

«Alla mia migliore amica, saggia nelle vie del cuore.» Feci tintinnare il mio bicchiere contro il suo.

«Supererai quello sporcaccione. Una volta che inizierai il tuo prossimo progetto, sarai così impegnata che non rimarrai impantanata nei tuoi sentimenti.»

Il mio telefono trillò nella borsa. Non saltai a prenderlo come avevo fatto negli ultimi tre giorni ogni volta che squillava.

«Non rispondi?» chiese Tiannah. «E se fosse…»

«Non è lui.» Non era la sua suoneria. «Probabilmente è Jamila.»

«Gliel'hai detto? Probabilmente sta chiamando per dirti che ha quasi finito di spaccargli il C-U-L-O.»

«No! E non dirglielo nemmeno tu. Non voglio che sappia che

stupida... che stupida sono stata. Sta chiamando per un lavoro. Ha lasciato qualche messaggio.»

«Un lavoro qui ad Austin?»

«No. È nel suo ufficio a San Francisco. Un incarico lungo che inizia con il nuovo anno.»

«Dovresti accettare. Per distrarti.»

Stare a San Francisco, dove viveva Jackson, non mi avrebbe distratta per niente. «Non posso lasciare Noah. O te.»

«È temporaneo. Possiamo occuparci noi di Noah per te.»

«Tee.» Allungai la mano sul tavolo e posai la mia sulla sua. «Non ci vado.» Svuotai il bicchiere.

«Ti serve un'altra dose.» Prese il mio bicchiere.

«Più V-O-D-K-A questa volta, per favore?»

«Come vuoi.» Preparò il drink, questa volta con solo una spruzzata di succo d'arancia. «Che ne dite di venire da noi domani, tu e Noah? Orlando griglierà delle bistecche e lasceremo i bambini correre in giardino.»

Quando mi porse il bicchiere, sorseggiai; il drink forte mi bruciò la gola. «Sembra una buona idea.» Mi avrebbe impedito di passare davanti al suo appartamento—di nuovo—in cerca del suo furgone.

Mi strinse la mano. «Ce la farai.»

Scossi la testa. «Non credo.» Non ero sicura che la ferita si sarebbe mai richiusa. Che avrei mai smesso di soffrire. «Immagino che il lato positivo sia che ho imparato una cosa: faccio schifo con le relazioni. Ho sempre avuto ragione a starne alla larga.»

«Tesoro, non è...»

«Sarò quello che Rick mi ha chiamato, una regina di ghiaccio.» Lo immaginai. Anche se in realtà non era molto diverso dal personaggio che avevo usato ai miei primi tempi alla Synergy.

«Ti ha chiamata così?» Tiannah si irrigidì.

«Alla fe... alla festa.» Ma non volevo pensare al modo in cui Jackson mi aveva difesa e aveva preso a pugni il suo ex compagno di allenamento. «Chi ha bisogno di un partner quando c'è una tale varietà di giocattoli a batteria? Forse ne ordinerò uno nuovo.»

Qualcuno doveva pur produrne uno che mi succhiasse il clitoride come aveva fatto Jackson.

«Al diavolo Rick. Non mi è mai piaciuto, comunque.»

«Dicevi che dovevo dargli un'altra possibilità.»

«Non sapevo che ti avesse chiamata così. Gliene dirò quattro la prossima volta che lo vedo.»

«Porterò i popcorn.»

«L'uomo giusto arriverà. Non è Rick e non è Jackson Jones. Ma è là fuori.»

«Non importa. Ho chiuso con gli uomini.» Non avrei dato a nessun altro la possibilità di ferirmi.

Prese il mio bicchiere. «Te ne preparo un altro. Ci ubriacheremo per bene prima di pranzo.» Storse le labbra. «Sono fiera di te, sai. Per essere stata vulnerabile. Per aver lasciato entrare qualcuno abbastanza a fondo da ferirti.»

«Sei fiera che sia stata così stupida da farmi male? Quanti ne hai bevuti?» Feci un cenno ai bicchieri vuoti che aveva in mano.

«Zuccherino, essere vulnerabile non ti rende debole. Comportarti come una donna che ha dei sentimenti non ti rende debole. La debolezza è nascondersi dalla sofferenza. Non correre mai rischi per ottenere qualcosa che vuoi. Tu hai corso un rischio. Questa volta non ha funzionato. Ma la prossima volta, potrebbe. E non voglio che tu ti perda questa occasione.»

Maledetta saggezza materna.

31

ALICIA

SFILAI un bicchiere di champagne corroborante dal vassoio di un cameriere mentre entravo a passo deciso nella hall della sede di Synergy ad Austin, il primo dicembre. L'oscurità invernale fuori dalle grandi finestre rifletteva il nero che avevo nel cuore.

Sondai la stanza con lo sguardo. Di norma, non avrei partecipato alla festa di lancio di un cliente. Come appaltatrice, avrei dovuto fare il mio lavoro con discrezione, senza aspettarmi altro che la parcella. Ma dopo che avevo rifiutato tutti i suoi inviti a pranzo nelle ultime due settimane, Tyler mi aveva supplicata di venire, dicendo che doveva dirmi una cosa di persona. E così, eccomi lì.

Sarò sincera: cercavo anche io una specie di conclusione. Sarei finalmente riuscita a confrontarmi con Jackson Jones e a dirgli cosa pensavo della sua mancanza di intelligenza emotiva.

Non era nella hall, e nemmeno Tyler. Sorseggiando ancora il mio champagne, salii al piano di sopra.

Trovai Amit e Kevin vicino alle porte del balcone. Dopo qualche minuto di chiacchiere sui loro nuovi progetti e sul lavoro in ospedale a cui stavo lavorando, mi congedai per continuare la mia perlustrazione.

Cooper Fallon era in piedi vicino alla nostra vecchia area di lavoro. L'avevano riconfigurata rispetto alla precedente forma a U, e ora le scrivanie erano tutte ammucchiate insieme. Qualcun altro sedeva lì adesso.

Dovevo ringraziare Cooper per l'ottima referenza che mi aveva inviato circa una settimana dopo il mio ultimo giorno alla Synergy. Era stata proprio da lui: fredda, distaccata e professionale. Ma lo stesso giorno in cui l'avevo aggiunta al mio sito web, avevo ricevuto tre chiamate da potenziali clienti.

Incrociai il suo sguardo, e un cambiamento si manifestò sulla sua espressione: un lampo di sorpresa, seguito da un sospetto negli occhi socchiusi. Che diavolo?

Avevo bisogno di un altro bicchiere di champagne prima di poter affrontare una conversazione con lui. Mi diressi verso la cucina, dove trovai un bicchiere pulito, ma niente Jackson. Dov'era? Che diritto aveva di stare lontano, di nascondersi da me? Avrebbe dovuto almeno avere le palle di presentarsi e darmi la mia conclusione.

Percorsi a grandi passi il corridoio davanti agli uffici, sbirciando in ognuno di essi. Non mi sarei sorpresa se Jackson avesse trovato una nuova collega da sedurre e ci stesse pomiciando dentro uno di quelli, quel bastardo.

Non che mi importasse. Ciò che faceva Jackson Jones non era più affar mio.

Dalla mia crisi di nervi a casa di Tiannah, ero tornata la me stessa pre-Jackson, abbottonata e professionale. Ma avevo imparato una cosa o due lavorando alla Synergy, e avevo implementato alcuni cambiamenti stilistici. Accettavo gli inviti per l'happy hour. Ero persino andata a una raccolta fondi per l'ospedale per cui stavo lavorando. Una delle amministratrici che avevo incontrato aveva un figlio con l'ADHD, e ci eravamo scambiate le nostre storie. Dovevamo pranzare insieme la settimana seguente.

Ero cordiale. Amichevole. E comunque professionale.

Peccato che non avessi trovato quell'equilibrio alla Synergy. Se l'avessi fatto, forse non mi sarei ritrovata con il cuore spezzato. Non starei vagando per i corridoi come una Miss Havisham in tailleur, alla ricerca dell'amore perduto. Lui mi aveva fatto questo. Lui mi aveva ridotta a questa versione furiosa di me stessa, con un bicchiere di champagne in pugno e una visione a tunnel. Avrei dovuto divertirmi a questa festa elegante, congratulandomi segretamente con me stessa per il mio contributo al progetto, chiacchierando con altri potenziali clienti. Jackson doveva essere qui da qualche parte, con le mani nelle tasche dei jeans, dondolandosi sulla punta di quegli stivali ridicoli, crogiolandosi in lodi e adulazione.

Guardai di nuovo verso le scale e intravidi una chioma di capelli scompigliati, castano sabbia. Tyler. Mi diressi a grandi passi in quella direzione. Mi avrebbe detto dov'era Jackson, e poi avrei ottenuto la mia dannata conclusione.

JACKSON

«CAZZO» borbottai quando l'errore lampeggiò di nuovo sullo schermo. In qualche modo, ero riuscito a dimenticare tutto quello che sapevo sulla programmazione. O quello, oppure, come i cani di Pavlov, ero stato condizionato a programmare quando sentivo l'odore del tè Earl Grey, e senza di esso, ero perduto.

Forse potevo chiedere a Marlee di prepararmi una tazza da appoggiare sulla mia scrivania, e mi avrebbe resettato il cervello così da poter tornare a programmare.

Come se mi avesse letto nel pensiero, bussò leggermente alla porta. Non aveva mai camminato sulle uova intorno a me, prima. Quando ero Jackson il cattivo ragazzo, mi aveva spinto e tirato finché non facevo la cosa giusta. La maggior parte delle volte. Ma nemmeno Marlee riusciva a gestire Jackson il programmatore modello, che si presentava nel suo ufficio al sesto piano alle 8 del mattino per programmare, teneva la testa bassa e tornava dritto al suo appartamento solitario quando il personale delle pulizie arrivava a tarda notte.

E riusciva a produrre solo codice di merda.

Non importava poi tanto. Cooper mi aveva assegnato un paio di programmatori per "ripulire il mio lavoro". Il loro codice, sebbene goffo e privo di ispirazione, almeno funzionava, senza errori. Non era niente di simile all'elegante programma che avevo prodotto con Alicia.

Non avrei mai più scritto un codice del genere.

Alicia. Cosa stava facendo in quel momento? Probabilmente stava spaccando tutto con il suo progetto per l'ospedale. E mi odiava.

«Jackson?» Marlee fece capolino.

«Sì?» Fissai lo schermo. Il messaggio di errore non era andato da nessuna parte.

«Ti ho portato un panino. E un biscotto.» Sollevò un sacchetto bianco da panetteria.

«Non ho fame.»

Lo posò sulla mia scrivania. «Devi mangiare.»

«Ho detto che non ho fame» ringhiai. Non avevo voglia di mangiare da quell'ultima notte con Alicia. L'Adderall che stavo prendendo per aiutarmi a concentrarmi sul lavoro probabilmente non aiutava.

«Che ne dici di una passeggiata? Possiamo andare al parco e puoi meditare.»

Avevo provato anche quello, ma non riuscivo a scacciare i pensieri su Alicia dal mio cervello. «No.»

«La palestra, allora. L'esercizio fisico ti fa sempre sentire meglio.»

«Che cazzo vuoi, Marlee? Perché stai cercando di distrarmi?»

Fece l'errore di guardare il mio schermo, quello vuoto con l'app dell'ora e della data nell'angolo. Le quattro del pomeriggio del primo dicembre.

Primo dicembre. A tremila chilometri di distanza, l'ufficio di

Austin stava ospitando la festa di lancio. Per il prodotto che il nostro team aveva creato. E lo stavano facendo senza di me.

Avrei dovuto essere lì. Solo che non me lo meritavo.

Lei era lì? Mi stava cercando?

La notte prima di quel mercoledì mattina in cui avrei dovuto incontrarla, dopo quattro ore di silenzio furioso sul jet aziendale, dopo altre otto ore di lavoro a pieno regime per risolvere il problema di Weston, Cooper mi aveva lasciato a casa. Mi aveva aggrottato le sopracciglia come se fosse preoccupato. Immagino si aspettasse che mi infuriassi con lui, che litigassi. Che tenessi il muso. Che scappassi.

Avrei voluto strapparmi la pelle di dosso mentre ero bloccato in quella sala conferenze con Weston e il nostro team di pubbliche relazioni, quando avrei dovuto essere di nuovo ad Austin a fare piani per il mio appuntamento con Alicia. Ma ero rimasto. Era la cosa giusta da fare per la mia azienda. Per Cooper, per Marlee, per tutti al quartier generale e per l'intero team ad Austin. Era persino la cosa migliore per Alicia. Se avessi potuto dirle cosa stavo facendo, forse sarebbe stata orgogliosa. Ma non potevo. Nemmeno una parola del fiasco dell'offshoring doveva trapelare ai media. Weston ci aveva cucito la bocca, rendendola più serrata del suo buco del culo.

Mentre la referenza di Alicia era in bilico, non osavo contattarla. Il suo messaggio era lì sul mio telefono, a torturarmi. Era quello che meritavo dopo aver quasi rovinato la sua attività.

Quindi pensava che fossi uno stronzo. L'avrei delusa prima o poi, comunque. E in fondo alla sua mente, lo sapeva anche lei. Sapeva di non doversi fidare di me con Noah. Peccato non fosse stata così attenta con se stessa.

Chi ero io per pensare di poter essere un uomo e fare da padre a Noah? Non riuscivo nemmeno a tenere insieme i pezzi della mia vita.

Il giorno dopo, avevo bloccato il suo numero e poi l'avevo cancellato dal mio telefono per evitare la tentazione di richiamarla. E poi ero sceso di corsa al cassonetto e ci avevo buttato dentro quell'inutile pezzo di tecnologia. Era atterrato con un gratificante schianto contro il fondo di metallo. Che cazzo me ne facevo di un telefono? Sarei stato un drone, a fare la spola tra l'ufficio e il mio appartamento. Niente tentazioni. Niente vita sociale, niente amici. Niente illusioni di poter essere di più.

Eppure, non potevo fare a meno di torturarmi.

Sul mio computer, aprii una finestra del browser e aprii un social network.

«Jackson, non farlo» disse Marlee, flettendo le dita come se volesse fermarmi. «Ti prego.»

«Te l'ha chiesto lui di tenermi lontano da qui?» Cercai l'hashtag #SynergyLaunch. Foto della familiare sede di Austin inondarono lo schermo. Gente che beveva champagne. Kevin e Amit al tavolo del buffet. Quasi sorrisi. Mi mancavano quei ragazzi. Al piano di sopra, un gruppo di dipendenti in posa, raggianti.

«Ha detto che ti avrebbe solo turbato.»

Abbozzai una risata amara. «Turbato?» Come cazzo potevo essere più turbato di quanto non lo fossi già?

Scorsi una foto di Cooper in piedi vicino alla nostra vecchia area di lavoro con un tizio in giacca e cravatta. Cooper con alcuni dipendenti sorridenti. Stessi dipendenti, senza Cooper, anche se lo vidi sullo sfondo, che guardava accigliato…

Ingrandii. Una mano, che stringeva un bicchiere di champagne. La maggior parte di lei era fuori inquadratura, e il suo viso era oscurato da un gomito proteso.

Ma avrei riconosciuto quella mano ovunque. Lunga e pallida. Avevo guardato quelle dita sottili volare silenziose sulla sua tastiera per settimane.

Scorsi altre foto. Eccola di nuovo, sullo sfondo di una foto del team IT. Aveva la mano sul braccio di qualcuno. Di Tyler. Il suo viso era sfocato, ma i suoi capelli scompigliati erano gli stessi della festa a casa mia. Qualche foto più tardi, li individuai dietro il vetro della parete di una sala conferenze. Erano fuori fuoco sullo sfondo di un'altra foto, ma riconobbi la curva del suo fianco. Il fianco che mi aveva rivelato quando si era sfilata la gonna. Il fianco che avevo accarezzato, con reverenza, mentre mi ricoprivo della sua essenza. Il fianco che avevo cullato dopo che mi aveva mostrato cosa si nascondeva dietro il suo scudo, dopo che era crollata.

In primo piano, Cooper sorrideva. Come se avesse faticato per mesi nel caldo estivo di Austin per costruire quel fottuto software. Come se non fosse piombato alla fine e non avesse fatto a pezzi la prima felicità che avessi trovato da molto tempo. Come se non mi avesse costretto a comportarmi come tutti gli altri uomini della sua vita e a deludere la donna migliore che avessi mai conosciuto. Come se non gliene fregasse un cazzo. Bel socio che si era rivelato.

«Jackson?» Avevo quasi dimenticato che Marlee era ancora lì. «Cos'è successo ad Austin? E perché c'è un pezzo di ghiaccio avvolto in un calzino nel congelatore dei dipendenti?»

«Non ti ha detto come ho mandato a puttane tutto? Di nuovo?»

Una ruga le si formò tra le delicate sopracciglia. «Non è andato a puttane. Guarda come sono felici tutti. I clienti fanno la fila per comprare la nuova versione.»

Cliccai sulla foto di Alicia con Tyler. Ingrandii finché non fu così pixelata che non riuscivo a distinguerne i lineamenti. Ma ricordavo. Ricordavo la linea del suo naso. La curva perfetta delle sue sopracciglia bionde quasi impercettibili. I suoi occhi così blu e profondi che avrei potuto annegarci. Il sorriso fiducioso e speranzoso che mi aveva rivolto quando avevo promesso di scriverle.

«Lei.» Puntai il dito contro lo schermo. «È lei la ragione per cui il progetto ha avuto successo. Per cui tutti sono così felici. Per cui sono stato felice per un po'.» Cercai di deglutire, ma la gola mi si chiuse.

Marlee trascinò una delle sedie per gli ospiti al mio lato della scrivania e ci si lasciò cadere. «Raccontami.»

E lo feci. Lasciai uscire tutto. Le parti belle e quelle brutte. E poi la parte peggiore, dove l'avevo delusa esattamente come si aspettava.

Quando finii, Marlee mi guardò socchiudendo gli occhi. «E perché sei così?»

«Così come?»

Arricciò le labbra. «Qui, a comportarti come un robot, e non a una gara in Brasile o su una barca a vela nel Mediterraneo o circondato da donne in una vasca idromassaggio in uno chalet di montagna. Sai, a fare quello che fai sempre quando mandi a puttane qualcosa.»

Sbattei le palpebre. «Io… ci ho pensato. Ma credo di non essere più quel ragazzo.»

I suoi occhi si spalancarono. «È stata lei. Ti ha cambiato. Come nel romanzo che sto leggendo!»

Corse fuori dal mio ufficio e tornò con un tascabile malconcio. Sulla copertina c'era un tizio a petto nudo con un kilt. Me lo sventolò davanti. «Lei ti completa. E questo ti rende un uomo migliore.» Sospirò e chiuse gli occhi per un minuto.

«E allora, che cazzo me ne frega» ringhiai. «Il tizio in quel libro ha anche colpito il suo interesse amoroso proprio dove già le faceva male? Non posso fare control-Z e annullare tutto.»

Marlee si raddrizzò. «No, non puoi. Ma puoi rimediare. Devi strisciare ai suoi piedi. E poi, poi vivrete per sempre felici e contenti.» Le sue labbra si incurvarono in un sorriso, e i suoi occhi si addolcirono.

«No!» La parola mi schizzò fuori come una Formula Uno sulla griglia di partenza. «Per quanto tempo potremmo farla funzionare? Due settimane? Un mese? E poi manderei tutto a puttane come faccio con ogni altra cosa. Non posso farle questo.»

«Perché no, Jackson?» chiese. «Lei voleva provare.»

«Perché ci tengo troppo a lei. Perché la amo.» Mi voltai dallo schermo e fissai fuori dalla finestra il brutto edificio dall'altra parte della strada.

«Anche lei ti ama.»

«Tu non lo sai.»

«Sì che lo so. È una donna intelligente. Non avrebbe messo a rischio la sua referenza per te se non ti amasse.»

«Se ne farà una ragione.» Io, invece, non ce l'avrei mai fatta. Il mio cuore era in frantumi, come il mio dannato telefono.

«Jackson Jones.» Quando si alzò in piedi, le gambe della sedia stridettero sul pavimento di legno. «Sopporto un sacco di tue cazzate, ma questo no. È ora che tu smetta di nasconderti dietro quella facciata da menefreghista. So che mostrare che tieni a qualcosa è difficile. Ti espone al ridicolo. E alle pene d'amore. Ma se tieni ad Alicia, devi tirare fuori gli attributi. Credere in te stesso. Credere che insieme possiate essere più forti.»

Ad Austin, Alicia e io eravamo stati una squadra. Avevamo ottenuto più risultati insieme di quanti ne avremmo mai potuti ottenere da soli. Ma era stato solo per due mesi. Avremmo potuto farlo durare più a lungo, per...» deglutii, «...per sempre? Perché era quello che Alicia meritava. Quello di cui aveva bisogno.

«Ha un figlio, sai. Ha dieci anni. Io non so niente di bambini.»

«Hai praticamente cresciuto Sam da quando era poco più grande di così. Ed è venuta su benissimo. Penso tu sia abbastanza intelligente da riuscire a cavartela.»

Nemmeno Sam era mai rientrata nelle aspettative di nostra Madre, non come Andrew e Natalie. Perciò avevo passato molto tempo con lei. Le avevo insegnato a programmare. Forse avrei potuto fare lo stesso con Noah. Sarebbe stato un inizio.

«Pensi davvero che potrei essere un... un padre?»

Marlee sorrise. «Scommetto che Alicia ha già sotto controllo la parte genitoriale. Punta a essere un modello da fratello maggiore. Almeno per cominciare.»

Un piccolo seme germogliò nel mio cervello. Un modello da fratello maggiore. «Marlee, ho bisogno del tuo aiuto.»

Tirò fuori il telefono. «Vuoi il jet o preferisci prendere un volo di linea per Austin?»

«No.» Le posai una mano sulla sua, bloccandole le dita sul cellulare. «Ho bisogno di un appuntamento con il mio consulente finanziario. Tipo, adesso. E mi serve una lista di fondazioni di beneficenza che aiutano i bambini. Preferibilmente bambini neurodivergenti. E se usano computer o programmazione per farlo, ancora meglio.»

La bocca di Marlee si contrasse di nuovo in una linea piatta ed esasperata. «Jackson, non ha bisogno che tu le dimostri di essere degno di lei regalando un sacco di soldi. Ha bisogno solo di te.»

«Ho bisogno di dimostrare di esserne degno. A me stesso. Prima di poterle chiedere di riprendermi.»

Lei scosse la testa. «Sempre per la via più difficile, tu.»

Sollevai un angolo della bocca. «Non mi vorresti in nessun altro modo.»

Finalmente, mi guadagnai il suo sorriso. «No, capo, non ti vorrei.» Si lasciò ricadere sulla sedia. Le sue dita volarono sullo schermo del telefono.

«Grazie, Marlee. Per tutto.» L'avrei abbracciata, ma non volevo interrompere le sue ricerche.

«Potrai ringraziarmi strisciando ai piedi di Alicia finché non ti riprenderà e poi portandola qui a San Francisco. Voglio conoscere questa donna che ti ha cambiato.»

«L'adorerai. Io la amo.» Avevo un fottio di lavoro da fare prima di poter raggiungere l'obiettivo che Marlee mi aveva riassunto. Ma, come mi aveva insegnato Alicia a fare, l'avrei suddiviso in compiti e li avrei spuntati uno a uno. Anche se non pensavo che sarebbe rimasta colpita da una bacheca dei compiti per riconquistare Alicia. L'avrei tenuta per me e mi sarei concentrato sul grande gesto romantico di cui Marlee parlava sempre nei suoi romanzi rosa.

Marlee alzò lo sguardo, con gli occhi scintillanti. «Ci serve un nome in codice per questo progetto.»

«Non pensi che sia un po'...»

Si picchiettò un dito sulle labbra. «Nella maggior parte dei film, l'eroe deve fare una serenata all'eroina per riconquistarla. Tu non canti, quindi potresti sempre fare una scena alla Non dire mai... con uno stereo portatile. Potremmo chiamarlo...»

«Niente serenate. Niente stereo. E lo chiameremo Progetto Cowboy Up.»

Lei sogghignò. «Mi piace, capo. Il tuo consulente finanziario ti incontrerà qui tra un'ora.»

«Prima devo fare un salto a casa. Per i miei stivali.»

«I tuoi…»

«Stivali.» Mi ero impegnato con quei fottuti stivali. Non era la stessa cosa di quello che stavo per fare con Alicia, ma mi avrebbero ricordato ciò che lei mi aveva insegnato e come avrei vissuto il resto della mia vita.

«Ricevuto, capo. Il Progetto Cowboy Up passerà alla storia.»

Non mi importava della storia. O dei film. Solo di Alicia e della possibilità di riaverla con me.

***

ALICIA

«TU COSA?»

Tyler si incurvò e si ficcò le mani in tasca. Lanciò un'occhiata alla porta chiusa della piccola sala riunioni in cui l'avevo trascinato, come se stesse considerando una fuga. «Cooper mi ha chiesto dove eravate finiti voi due, e io ho detto che probabilmente avreste preferito festeggiare da soli. È stato un commento buttato lì. Non sapevo fosse un segreto. Pensavo lo sapesse. Pensavo lo sapessero tutti.»

«Non era un segreto,» dissi a denti stretti, «perché non c'era niente da dire. Jackson e io non eravamo una coppia.»

«Ma io… ma vi siete baciati. Alla festa a casa di Jay.»

Il calore mi affluì alle guance. «Okay, quello l'abbiamo fatto. Non mi ero resa conto che ci avessi visti. O che te lo saresti ricordato. Ma non significava che stessimo insieme.» Ripensai a quel lunedì sera nell'appartamento di Jackson, quando avevo sperato che potessimo iniziare qualcosa di vero, anche se solo per un po'. Ma lui non aveva voluto nemmeno quello.

«Dio, mi dispiace. Davvero. Sai dov'è? Muoio dalla voglia di chiedergli scusa.»

«Non è qui?»

La fronte di Tyler si corrugò. «No, dal giorno dopo la fine del progetto. È venuto a scusarsi con il team per aver creato un ambiente di lavoro ostile. E ora non risponde quando chiamo, e non risponde ai messaggi. Pensi che mi odi? Perché…» Abbassò la testa. «Ho avuto una promozione. E un trasferimento a San Francisco. Lavorerò nel suo dipartimento. E sarà uno schifo se mi odia.»

«No, Tyler. Pensa che tu sia un bravo ragazzo. E congratulazioni per il nuovo lavoro.» Allungai una mano per posargliela sulla spalla ma mi bloccai. Le veneziane della stanza erano aperte e non volevo che nessuno mi vedesse – la donna scarlatta dell'ufficio, a quanto pareva – mentre lo toccavo. Un ambiente di lavoro ostile? Forse un paio dei nostri sguardi erano durati troppo a lungo. Forse i nostri baci — fuori dal lavoro e in posti dove pensavamo che nessuno potesse vederci – avevano minacciato Tyler e il resto del team. Non eravamo stati discreti come pensavo. Se solo avessero saputo il resto. Jackson e io avevamo a malapena aspettato che le mie credenziali di accesso all'azienda venissero cancellate dal sistema prima di finire a letto insieme. La mia faccia bruciava.

Eppure, Cooper mi aveva dato la referenza di cui avevo bisogno, nonostante un comportamento che lui chiaramente considerava poco professionale. Perché? Dovevo trovarlo. L'avrei ringraziato per le sue preziose parole. E mi sarei scusata se necessario.

«L'hai visto stasera?» Sbirciai fuori dalla piccola finestra della stanza.

«Chi?»

«Cooper.»

«Sì. È in giro da qualche parte. Stavo per chiedergli di Jay.»

«Ti dispiace se parlo prima io con lui?»

«Fai pure. Mi dispiace davvero di aver detto qualcosa.»

«Non preoccuparti. Andrà tutto bene.» Aprii la porta e mi diressi a passo svelto verso le scale. Sarebbe andato tutto bene? O

Cooper avrebbe detto a chiunque avesse chiamato per una referenza che avevo avuto una relazione inappropriata con un collega? Supposi che l'avrei scoperto se mi fossi presentata al mio prossimo incarico e avessero indossato tutti cinture di castità.

Vidi i suoi capelli biondo scuro, che svettavano sopra gli altri, al piano di sotto. Tenendo lo sguardo fisso su di lui, scesi e mi feci strada fino al punto in cui si trovava, a parlare con un gruppo di persone. Dirigenti, a giudicare dalla qualità dei loro vestiti. Mi sistemai la gonna, assicurandomi che coprisse le ginocchia. Avrei voluto indossare i pantaloni.

Lo sguardo di Cooper incrociò il mio. Fece una smorfia. Non era un buon segno.

Rimasi ai margini del cerchio finché, alla fine, lui si scusò e venne a mettersi di fronte a me.

«Signorina Weber. Come vanno gli affari?» Mi strinse la mano, le dita gelide.

«Vanno bene, grazie. Al momento sto lavorando a un progetto con un ospedale locale. Grazie ancora per l'ottima referenza. L'ho pubblicata sul mio sito web ed è stata d'aiuto per ottenere nuovi clienti.»

«Ne sono lieto. Possiamo parlare un minuto?» Inclinò la testa verso la piccola sala riunioni accanto alla reception della sicurezza.

Annuii e lo seguii.

Quando la porta si chiuse, disse: «Avrei dovuto contattarla prima, ma abbiamo avuto una specie di emergenza in sede. Vorrei scusarmi per il comportamento di Jackson. Non tolleriamo le molestie sessuali, e lui sta subendo un provvedimento disciplinare.»

Sbattei le palpebre. «Molestie sessuali?»

«Ha detto che lei ha resistito alle sue avances in più occasioni, incluso il giorno in cui è terminato il progetto. Apprezzo la sua discrezione e spero che la referenza che le ho fornito possa appianare qualsiasi sentimento spiacevole che lui ha suscitato.»

Ma che. Diavolo. Succedeva? Che cosa aveva fatto Jackson?

«Le ha detto che l'ho rifiutato. Che quello che Tyler ha detto di aver visto non era consensuale.»

Tese le mani, con i palmi rivolti verso l'alto. «Jackson è sempre onesto con me.»

A malapena trattenni uno sbuffo. L'intera personalità pubblica di Jackson era una bugia. Immaginavo che Cooper sapesse che Jackson usava molti strati di spavalderia noncurante e spericolata per nascondere il suo lato tenero, sensibile e premuroso. Ma ora sapevo qualcosa che Cooper non sapeva.

Se fossi stata un'altra persona, avrei approfittato della paura negli occhi di Cooper, che mi diceva che avrebbe accettato un accordo extragiudiziale per una somma che avrebbe garantito a me e alla mia famiglia una vita agiata per molti anni. Lezioni in una scuola privata per Noah. Un bel gruzzoletto per il college e la pensione.

Ma non ero quel tipo di persona.

«Signor Fallon, Jackson non è stato del tutto onesto con lei sulla natura della nostra relazione. Era consensuale. Jackson non ha fatto niente di male.»

«Mi sta dicendo che lei, una consulente, ha avuto una tresca con un suo cliente?» La sua mascella era diventata di pietra.

Oh, merda.

Avrei voluto rinfrescarmi le guance in fiamme con le mani fredde. «Non esattamente. La nostra relazione è stata quasi completamente platonica durante il progetto.» A parte i baci. Mi morsi il labbro.

«Sfortunatamente, non aveva l'apparenza di una relazione platonica. Altri nel team se ne sono accorti.»

«Lo so, ma...»

«Forse non se ne rende conto,» i suoi occhi erano schegge di ghiaccio, «ma questa non è la prima... indiscrezione d'ufficio di Jackson. E probabilmente non sarà l'ultima.»

Wow. Sgranai gli occhi, e non mi sarei sorpresa se fossero rotolati fuori dalle orbite e finiti sulla moquette industriale. Immagino che per far crescere un'azienda dalla propria stanza del dormitorio a un colosso multinazionale bisognasse avere le palle d'acciaio e acqua ghiacciata nelle vene.

«Jackson è tornato alla sede centrale. Le consiglierei di dimenticare qualunque cosa sia successa qui ad Austin. Dal momento che ha confessato di aver ricambiato le sue… avances, non credo che Synergy le debba altro. In futuro, signorina Weber, ci pensi bene prima di farsi coinvolgere dal personale dei suoi clienti. Non tutti saranno comprensivi come lo sono io.»

Si voltò sui tacchi dei suoi mocassini italiani. Aveva una mano sulla maniglia della porta quando dissi, con una voce dolce come il tè di Esmy: «Non credo di farmene molto della sua comprensione, signor Fallon.»

Si bloccò e si voltò. I suoi occhi sgranati mi dissero che non molte persone gli parlavano come avevo fatto io.

«Jackson Jones è un programmatore eccellente e una risorsa sottoutilizzata per questa azienda. Un giorno scoprirà esattamente quanto vale e quanto poco lei meriti non solo la sua collaborazione, ma anche la sua amicizia.» Mi misi le mani sui fianchi e lo fissai, fingendo di essere alta quasi due metri e di poterlo effettivamente guardare dall'alto in basso.

Mi fulminò con lo sguardo per dieci battiti del mio cuore impazzito. Poi spalancò la porta e uscì furioso, lasciandomi senza fiato nella sua scia.

«Vaffanculo, Cooper Fallon,» borbottai. Mi fece sentire un po' meglio. Avevo fatto tutto il possibile: avevo difeso l'uomo che mi aveva difesa. Che aveva mentito per proteggermi.

Ma non gli avevo chiesto di farlo. Gli avevo chiesto di restare. E lui non l'aveva fatto.

Digrignando i denti, fissai il telefono sul tavolo della sala riunioni. Volevo chiamarlo. Urlargli contro. Ma non avrebbe risposto. Non aveva risposto a nessuna delle mie chiamate. Forse era depresso. O arrabbiato.

Le mie mani tremavano. Be', vaffanculo a lui. Ero arrabbiata anch'io. Per lo più con Cooper e la sua arroganza da stronzo. Ma anche con Jackson. Chi era lui per decidere cosa fosse meglio per me, per prendersi la colpa per qualcosa a cui avevo partecipato con tutto il cuore? E poi per scappare via senza una parola, come uno stronzo che fa ghosting?

Proprio come mio padre. Come il padre di Noah. Prendere la via più facile quando la vita si faceva dura.

Indovina un po'? Non c'era niente di facile nella mia vita. E non c'era posto per qualcuno che non si prendeva la briga di restare.

32

JACKSON

«MI SEMBRA VALIDO.» Cooper posò il tablet sulla mia scrivania e si appoggiò allo schienale della sedia di fronte.

«Pensi che funzionerà?» Appoggiai i gomiti sulla scrivania.

«Mi stai chiedendo se penso che sia un piano fattibile per una fondazione, o...»

«Sì.» Non volevo sentire il suo o. «Raggiungerà il mio obiettivo di aiutare i ragazzi neurodivergenti?»

«Credo di sì. Sono un sacco di soldi. Avrai bisogno di qualcuno che si faccia avanti per gestirla.»

«Ho più soldi di quanti potrei mai spenderne. Ma chi potrei incaricare di gestirla?»

Lui scrollò le spalle. «Potresti assumere una società di recruiting. Ti troverebbero qualcuno di qualificato.»

«Ho bisogno di qualcuno di cui possa fidarmi. Pensi che...» Mi si seccò la bocca prima che potessi pronunciare il suo nome.

«Lei è una programmatrice, non il direttore esecutivo di una no-profit.»

«È un'ottima manager. Può fare tutto ciò che vuole.»

Aggrottò le sopracciglia. «Lo stai facendo per aiutare i ragazzi o per riavere Alicia?» Le sue labbra si torsero quando pronunciò il nome di lei. Appoggiava l'idea della fondazione, ma molto meno Alicia, anche se mi aveva detto che lei gli aveva rivelato la verità alla festa di lancio. Il che era strano, perché i miei due maniaci del controllo preferiti sarebbero dovuti andare molto d'accordo.

«Lo sto facendo per aiutare i ragazzi.» Anche se, se avessi fatto colpo su Alicia, sarebbe stato un bene.

«Allora trovati un direttore qualificato.»

Sospirai e guardai fuori dalla finestra la pioggia che cadeva a dirotto e oscurava l'edificio di fronte. Non pioveva quasi mai quando ero ad Austin. Avrei voluto essere lì in quel momento, a respirare la sua stessa aria pulita e secca.

Presto.

«Sono fiero di te, Jay.»

Girai la testa così in fretta che il collo mi scrocchiò. «Cosa?»

«Mi hai sentito. Non solo per il progetto ad Austin, ma anche per questa tua fondazione. Sei davvero cresciuto.»

«Grazie.» Desiderai avere delle carte da spulciare o un hard disk da smontare, ma Marlee aveva pulito la mia scrivania mentre ero ad Austin. Non c'era nulla che potesse nascondermi dall'intensità del suo sguardo laser.

«E ti meriti… l'amore. Il suo, se è quello che vuoi.» Si tolse un pelucco invisibile dai pantaloni eleganti.

«Davvero?» Non parlavamo mai di queste stronzate.

Sembrava stanco. Aveva delle rughe sotto gli occhi e delle occhiaie che non avevo mai notato prima. Avevo appena aperto la bocca per chiedergliene conto, quando la voce della persona che odiavo di più arrivò nell'ufficio.

«Oh, mi dispiace, pensavo fosse una riunione di dirigenti aziendali, non un episodio di Gossip Girl.» Il nostro CEO, Harris Weston, entrò pavoneggiandosi nel mio ufficio. La porta non era stata chiusa prima?

Cazzo, quanto aveva sentito? Abbastanza, se interpretavo correttamente il lampo di consapevolezza in quegli occhietti penetranti. I miei sentimenti per Alicia erano privati. I miei migliori amici, Cooper e Marlee, li conoscevano, ma non erano fatti perché Weston li collezionasse nel suo tesoro di segreti, perché le sue mani curate potessero rovistarci e usarli a proprio vantaggio.

Mi alzai così in fretta che la sedia girò su se stessa dietro di me e andò a sbattere contro la credenza. «Cosa vuole, Weston?»

Lui diede un'occhiata al suo Patek Philippe da polso. «Pensavo avessimo un appuntamento, Jones.»

Cazzo, era vero. Perché Marlee non mi aveva avvertito che era ora? Probabilmente Weston l'aveva distratta con una scusa e, senza telefono, non potevo ricevere i suoi SMS di SOS.

Cooper si alzò. «Allora vi lascio fare. A meno che tu non abbia bisogno anche di me?» Dovevo dargliene atto. Cooper non condivideva il mio disgusto per Weston e di solito cercava di fare da cuscinetto tra di noi.

«No, grazie, Fallon. Sto solo facendo il punto con Jones, ora che è tornato da…» Tossì, e non riuscii a capire se avesse detto Austin o esilio.

Con un ultimo cenno rassicurante, Cooper uscì e chiuse la porta.

Weston ignorò la sedia di fronte alla mia scrivania e, con la sua tipica fluidità da rettile, si accomodò su una delle poltrone a orecchioni nella mia area salotto. Indicò con la mano la chaise longue vicina. Quel figlio di puttana mi stava dicendo dove sedermi nel mio stesso ufficio.

Andai a grandi passi e mi sedetti sulla poltrona di fronte alla sua, al di là del tavolino. Incrociai le braccia. «Di cosa ha bisogno, Weston? Marlee le ha già inviato il mio rapporto sul progetto.»

«Grazie per questo.» Si lisciò la barba, che era diventata per lo più grigia con qualche filo castano, in un rapporto inverso rispetto ai suoi capelli. «Ma sono venuto a parlarle di qualcosa di più… personale.»

Il calore mi salì dal petto al collo. Cooper gli aveva parlato di Alicia? Se avesse provato a usarla contro di me — Alicia, la persona migliore che avessi mai conosciuto —

«Mi risulta che stia per investire una parte significativa della sua fortuna in una fondazione. Un'iniziativa davvero lodevole.»

Sbattei le palpebre, spiazzato. Era un complimento? «Grazie?»

Annuì, come un re che concede una grazia. «Come sa, sostengo molte cause meritevoli. Una volta che la sua fondazione sarà pronta a ricevere donazioni, sarò felice di staccarle un assegno. Dieci milioni andrebbero bene?»

Non potei farne a meno; sgranai gli occhi. Nemmeno Cooper, nemmeno mia madre, aveva offerto tanto. Mi sentii come George Bailey ne La vita è meravigliosa, seduto sulla sedia bassa mentre il signor Potter gli offriva ventimila dollari all'anno. Avrei voluto poter fare come George e rifiutarli. Non volevo le mani viscide di Weston nella mia fondazione, ma quel denaro avrebbe aiutato un sacco di ragazzi.

Deglutii. «Sì, grazie.»

«Sono felice di aiutare.» Allargò le mani in un gesto ampio e generoso. Poi si sporse in avanti. «Capisco anche che ha conosciuto qualcuno. Qualcuno che richiede un po' più di» — ridacchiò — «corteggiamento.»

Mi irrigidii. Come cazzo faceva a saperlo?

«In qualità di persona con un po' di esperienza in quel campo» — ridacchiò di nuovo, un tentativo di autoironia, dato che tutti sapevano che aveva un paio di ex mogli ricoperte di diamanti — «posso dirle che mogli e fidanzate non sono economiche. Come una delle sue belle automobili, richiedono manutenzione per farle continuare a fare le fusa.»

Alicia era così? Voleva diamanti e ville? Purosangue da corsa, come quelli di proprietà di una delle ex mogli di Weston? Era anche lei del Texas, ricordai.

«Tra l'avvio della sua fondazione e l'elargizione di doni a questa meritevole giovane donna, potrebbe sentirsi un po' a corto di contanti.»

Strinsi le labbra. Aveva ragione; avevo pianificato di donare la maggior parte della mia liquidità per dare alla fondazione una solida partenza. Non avevo nemmeno pensato di comprare ad

Alicia gioielli o una casa grande o anche un'auto di lusso. Avevo dato per scontato che, una volta che mi fossi dimostrato degno, lei avrebbe semplicemente voluto… me. Ero stato ingenuo?

«Posso aiutarla.» Weston si appoggiò allo schienale della sua sedia. «Lei possiede un numero significativo di azioni Synergy. Sarei felice di rilevarle al prezzo di mercato. Per tenerle al sicuro.»

Cazzo. Come Potter, mi aveva avvolto come un cobra e aveva cercato di ipnotizzarmi. Non si trattava di aiutare me o la fondazione. Era un tentativo di arraffare le azioni.

Tra me e Cooper, detenevamo il cinquantuno percento delle azioni, abbastanza per mantenere il controllo della nostra azienda. Ci eravamo promessi di non cederle, a qualunque costo. Nessuno poteva portarci via ciò che avevamo costruito insieme.

Scattai in piedi. «Non sono interessato a cedere la mia quota di Synergy.»

Weston si alzò e scrollò le spalle. «Sto cercando di aiutare. In ogni caso, la mia offerta di donazione è ancora valida.»

Si diresse con fare baldanzoso verso la porta e si fermò, con la mano sulla maniglia. «Mi faccia sapere se cambia idea. Dopo… tutto, potrebbe aver bisogno di un regalo per sistemare le cose con la sua fiamma.»

Lo stronzo chiuse la porta, lasciandomi svuotato. Come sapeva quanto gravemente avessi mandato tutto a puttane con Alicia?

Ma lui non conosceva Alicia. Se non mi avesse ripreso per quello che ero, nessuna quantità di diamanti, cavalli o istruzione privata per Noah l'avrebbe convinta. Dovevo spogliarmi di tutto questo e dimostrarle qualcosa di immensamente più difficile: che ero il tipo di uomo su cui poteva contare. Uno di cui potesse fidarsi per una cosa a lungo termine. Per lei e per Noah.

E dopo aver mandato tutto a puttane in modo così spettacolare, non avevo idea di come fare.

Ma ci avrei provato.

33

JACKSON

NON AVEVO la minima esperienza in fatto di suppliche.

Ogni altra relazione che avevo avuto (e uso il termine relazione in senso molto lato) l'avevo mandata a puttane in qualche modo, a volte intenzionalmente, come quando me l'ero svignata nel cuore della notte senza lasciare un biglietto, o involontariamente, come quella volta che avevo chiamato una donna Caroline invece di Catherine. Mentre aveva il mio cazzo in bocca. Ahia.

Ma ogni volta, scrollavo le spalle e andavo avanti. Non mi era mai importato abbastanza da voler sistemare le cose.

Okay, non ne vado fiero, ma quello era il vecchio Jackson.

Il nuovo Jackson non voleva mandare a puttane anche questa.

E ciò significava che dovevo imparare a supplicare, e in fretta.

Marlee, stringendo la sua pila di romanzi rosa, aveva cercato di istruirmi ogni giorno per tutta la settimana precedente. Aveva parlato di ammettere la colpa, di essere vulnerabile e di esprimere i miei sentimenti. Aveva menzionato un'entrata spettacolare, regali, farla cadere ai miei piedi... e avevo avuto la strana sensazione che intendesse letteralmente.

Cooper non ebbe consigli per me. Fissò il finestrino in

macchina per tutto il tragitto fino all'aeroporto e sul jet fino in Texas. La cosa non mi diede fastidio. Non parlavamo mai di sentimenti.

Il suo silenzio mi aveva dato il tempo di sbrigare qualche dozzina di e-mail. Mettere in piedi una fondazione era un fottuto casino. Chi l'avrebbe mai detto che non si poteva fare in tre settimane? Una volta trovato qualcuno che la dirigesse, avremmo potuto organizzare dei campi estivi. Fino ad allora, avremmo convogliato i fondi a organizzazioni che aiutavano ragazzi con ADHD, dislessia, autismo, sindrome di Tourette e DOC. Ero sicuro che avrei scoperto anche altre cause legate alla neurodivergenza.

Ci separammo all'aeroporto. Cooper si diresse alla festa di Natale dell'ufficio e io andai dritto a Cherrywood.

Quel pomeriggio le nuvole pendevano basse sulla casa gialla dei Weber. Non erano verdi come il giorno in cui avevo incontrato Alicia fuori dall'ufficio della Synergy, ma la parte inferiore era scura e pesante. Sarebbe stato appropriato se Austin avesse deciso di scatenare contro di me un nuovo inferno meteorologico.

La mia missione era troppo importante per lasciarmi scoraggiare da grandine, tornado o piogge di pipistrelli. Raddrizzai le spalle e percorsi il vialetto dei Weber stringendo un mazzo di fiori del supermercato. Concedetemi almeno questo: venivano dal supermercato biologico di lusso che avevo superato venendo dall'aeroporto.

Bussai alla porta viola.

La luce del portico si accese, poi la porta si aprì. La madre di Alicia, Diane, si affacciò sulla soglia in jeans e maglione a righe. Mi scrutò attraverso la zanzariera. «Cosa ci fa lei qui?»

Alla faccia dell'ospitalità del Sud. Non che me la meritassi. «Buon pomeriggio, signora Weber. Alicia è in casa?»

Incrociò le braccia. «No, è al lavoro.»

Il silenzio si allungò tra di noi. «Sa quando tornerà?»

«Non credo che siano affari suoi, signor Jones. Ha detto che le cose tra voi due non sono finite molto bene.»

Finite? Deglutii. Ma ovviamente nessuno pensava che sarei tornato. «No, ed è colpa mia. Sono qui per scusarmi. Le dispiace se entro?»

«Non credo proprio, signor Jones. Penso che lei abbia già ferito abbastanza mia figlia. Può aspettare in macchina. O, ancora meglio, le dirò che è passato e potrà chiamarla se vorrà parlarle.»

Chiuse la porta, lasciandomi a fissare la vernice viola. Merda, avrei dovuto portare del vino o dei cioccolatini per facilitarmi l'ingresso in casa Weber.

«Immagino che aspetterò,» borbottai. Mi piazzai sullo scalino più alto del portico e fissai la strada come se lei dovesse arrivare da un momento all'altro. Posai i fiori accanto a me e infilai le mani in tasca. Una goccia di pioggia si schiantò sulla punta del mio stivale.

Gli alberi erano ormai spogli, i loro rami contorti si arricciavano verso il cielo che si oscurava. Il freddo filtrava attraverso i jeans dalle assi di legno del portico, facendomi rabbrividire. Caddero altre gocce di pioggia e io ritirai gli stivali più sotto la tettoia. La sofferenza doveva far parte delle suppliche, no? Era stata la mia amica-nemica da quando avevo lasciato Austin più di un mese prima.

La porta d'ingresso gemette di nuovo aprendosi, e questa volta la zanzariera si spalancò. Si avvicinarono dei passi lenti.

«Vuoi un po' di caffè?»

Ne sentii l'odore nello stesso istante in cui lo disse, e l'aroma della bevanda mi fece raddrizzare la schiena. «Sì, per favore.»

Noah mi porse una tazza. Ne teneva un'altra nell'altra mano, cioccolata calda a giudicare dall'odore. Si sedette accanto a me.

Sorrisi. Un membro della famiglia Weber non mi odiava. «Fa piuttosto freddo qui fuori, amico. E umido. Stai bene?»

Sbuffò. «Tu stai bene? A me sembra di poter tornare in casa quando voglio, mentre tu sei bloccato qui fuori sotto la pioggia come uno sfigato, ad aspettare che Alicia venga a prenderti a calci nel sedere.»

Oh. Quindi le cose stavano così.

Guardai nella mia tazza di caffè e l'annusai. Si poteva sentire l'odore del veleno per topi? La misi da parte. «Come va a scuola?»

Scrollò le spalle. «Bene. Adesso sono nella classe della signorina Fraser. E prendo delle medicine per aiutarmi a stare attento in classe.»

«Funzionano?»

«Forse. Ho preso una A nel compito di matematica la settimana scorsa.»

«È fantastico. E gli altri ragazzi ti lasciano in pace? Niente più occhi neri?»

«No. La consulente scolastica ha fatto una lezione sul trattare gli altri con rispetto. E Alicia mi ha fatto esercitare a usare le parole.» Sorseggiò la sua cioccolata. «Sembra che anche tu avresti dovuto usare qualche parola.»

«Immagino che ti abbia detto cosa ho fatto.»

«Non ce n'è stato bisogno. Prima sei venuto qui, dicendo che mi avresti portato all'autodromo. Che mi avresti aiutato con i compiti. Insegnato a tirare un pugno. Poi sei sparito. Alicia ha detto che eri tornato in California. E faceva una certa faccia quando chiedevo di te.» Arricciò il naso e strinse le labbra come se avesse succhiato un limone. «Così.»

«Immagino che se la guardi così... No. In qualunque modo la si guardi, sono uno stronzo.»

«Già. Allora. Che ci fai qui?»

«Sono venuto a supplicare.»

«Cosa vuol dire?»

«Chiederò scusa per quello che ho fatto. Le dirò che la amo. E le chiederò di riprendermi con sé. Pensi che funzionerà?»

Mi squadrò da capo a piedi. La camicia col colletto. I fiori. Gli stivali appariscenti ma consumati. «Non lo so. Non sembri come gli altri ragazzi con cui è uscita.»

Abbassai la testa. «È uscita con molti ragazzi, eh?» Una donna fantastica come Alicia doveva avere una fila di uomini in attesa di uscire con lei.

«Non molti. Alcuni. Il padre del mio amico Palmer, Rick. Lui porta la cravatta per andare al lavoro. L'ha portata fuori a cena e cose così. Una volta ha portato tutti e quattro fuori a mangiare hamburger e gelato. Tu l'hai mai portata fuori?»

«Non... non esattamente.» Quella sera lei mi aveva portato a vedere i pipistrelli. Poi avevo sprecato l'occasione di portarla fuori io e dimostrarle che ci tenevo.

Socchiuse un occhio guardandomi. «Allora non credo che le tue possibilità siano molto buone.»

«Ho portato i fiori.» Li sollevai. Uno dei grandi crisantemi era afflosciato.

Arricciò il labbro. «Ti ha detto che le piacciono i fiori?»

«Io... non gliel'ho chiesto.» A Marlee piacevano i fiori. Si entusiasmava ogni volta che glieli mandavo per la Giornata delle Segretarie. E indossava sempre stampe floreali. Ma non avevo mai visto Alicia con una stampa. Solo tinte unite. Nessuna particolarmente floreale. Merda.

«Sai cosa le piace?»

«Cosa?» Sarei corso a prenderglielo. Avevo tempo.

«Tizi che non sono degli stronzi.»

«Oh.» Mi afflosciai. Aveva ragione. Che cazzo ci facevo lì, a gelarmi il culo sotto il suo portico?

Sorseggiò l'ultima goccia della sua cioccolata calda. «Torno dentro al caldo. Se non ci vediamo più, ciao.»

Gli feci un mezzo sorriso. «Ciao, Noah. Ma io rimango finché non arriva.»

Scrollò le spalle. «Fa' come vuoi.»

La zanzariera sbatté alle sue spalle. Una luce si accese sopra di me: luci di Natale. Il filo multicolore vecchio stile correva dritto lungo la grondaia del portico. Opera di Alicia, immaginai. Le luci presero vita anche sui due alberi più vicini alla casa. Quelle erano rosa, blu e viola, e la loro disposizione casuale suggeriva lo sforzo di un altro membro della famiglia.

Un'auto si fermò sotto la tettoia dall'altra parte della strada. Un uomo scese e mi scrutò prima di girarsi ed entrare in casa. Un minuto dopo, sentii squillare un telefono in casa di Alicia, ma non riuscii a sentire la persona che rispose. La pioggia si era intensificata fino a diventare un violento acquazzone che mi schizzava gli stivali e il fondo dei jeans. Mi rannicchiai ancora di più sotto la tettoia del portico.

Sentii un miagolio dietro di me, e un grosso gatto soriano arancione con un collare blu si intrufolò attraverso la gattaiola nella porta. Era lo stesso gatto che mi aveva soffiato contro la sera in cui avevo cenato qui? Come si chiamava?

Mi girò intorno in punta di piedi, annusò il bouquet appassito e si accoccolò sul portico, a un braccio di distanza. Miagolò di nuovo. Allungai il braccio e gli lasciai annusare la mano prima di accarezzarlo tra le orecchie. Chiuse gli occhi e io diedi un'occhiata alla medaglietta sul suo collare. Tigger. Sì, era il gatto di Alicia.

«Tu non mi odi, vero, grandone? Sai che sono qui per cercare di farmi perdonare da lei, giusto?»

Miagolò e si strofinò il lato del muso contro la mia mano.

«Sì, siamo amici. Tu garantirai per me. Dirai loro che non sono un completo stronzo. E poi diventeremo migliori amici. Ti porterò dei bocconcini al tonno.»

Smetté di strofinarsi sulla mia mano. Le sue palpebre si spalancarono, fu il mio unico avvertimento prima che mi mordesse l'indice.

«Ahia!» Ritrassi di scatto la mano. «Non sei un fan del tonno, eh?»

Si girò, mi sventolò la coda in faccia e balzò attraverso la gattaiola con uno schiocco secco.

Due gocce di sangue spuntarono sulla mia nocca. «Un pubblico difficile.» Mi misi la nocca in bocca.

Passarono rombando alcuni pick-up e un furgone delle consegne. Controllai l'orologio. Erano le cinque passate. Forse Alicia sarebbe tornata presto. Avrei dovuto pianificare cosa dire.

Mi appoggiai sui gomiti e fissai il soffitto. Era dipinto di un rassicurante blu pettirosso. Forse un giorno avrei potuto avere un portico con un soffitto blu. Alicia e io avremmo potuto sederci sull'altalena...

La zanzariera sbatté di nuovo. Noah uscì a grandi passi, ma invece di sedersi accanto a me, si appoggiò al palo. «Ancora qui, eh?»

«Sì.»

«Ti ho portato una felpa. È di Alicia, ma è piuttosto grande.» Mi tese una felpa grigia con cappuccio con il simbolo arancione di un longhorn sopra la tasca a marsupio.

«Grazie.» Gliela presi e me la infilai a fatica. Forse era grande per Alicia, ma a me stava aderente. Immediatamente più al caldo, inspirai il profumo familiare e pulito di Alicia.

Rientrò di corsa dalla porta e io mi preparai ad aspettare.

Quasi un'ora dopo, la Honda di Alicia svoltò lungo la strada. All'inizio non capii che era la sua – guidava l'auto più anonima del mondo – ma lo sperai. E quando imboccò il vialetto, seppi che il mio istinto non mi aveva ingannato.

Mi alzai, gemendo per i dolori che mi attraversarono i muscoli. Il sedere formicolava mentre il flusso di sangue riprendeva. La portiera si aprì e spuntò un ombrello nero. La portiera si chiuse e l'ombrello avanzò a passo svelto lungo il vialetto e su per le scale del portico. Poi si inclinò all'indietro e, quando mi vide, il suo viso sbiancò.

Alicia indossava pantaloni neri e stivali, da città, non western come i miei. L'impermeabile era aperto e mostrava una camicetta azzurra con qualche macchia di pioggia. I capelli erano raccolti dietro la nuca nello chignon che portava sempre al lavoro. Il trucco copriva a malapena le macchie violacee sotto gli occhi e il rossetto era svanito, lasciandole le labbra pallide. Avrei voluto baciar via il tremito dalle sue labbra, stringerla tra le braccia, cappotto bagnato e tutto il resto, e scaldarla. Spogliarla lentamente e metterla sotto la doccia. Rimboccarla a letto dove avrebbe potuto dormire per smaltire la settimana. Tenerla stretta finché le ombre non fossero svanite dai suoi occhi.

Ma l'avevo ferita. Se ero io la ragione per cui era esausta e infelice, non avevo il diritto di fare niente di tutto ciò. Non ancora. Forse mai.

Feci un passo verso di lei, le mani che pendevano inutili lungo i fianchi. «Ciao, Alicia.»

Le sue labbra si tesero. «Perché sei qui, Jackson?»

Cercai di sfoderare un sorriso vincente. Non troppo. Amichevole, ma non da venditore di fumo. Ma il mio viso era gelato e riuscii solo a fare una smorfia. «Per scusarmi. Sono partito da Austin senza salutare. Non ho risposto ai tuoi messaggi né ho chiamato per spiegare. Per tutto questo, mi dispiace.»

«Perché l'hai fatto? Perché te ne sei andato?» Appoggiò l'ombrello a uno dei pali del portico e incrociò le braccia.

«In parte perché... be', non posso parlartene o Cooper mi stacca le palle. Ma soprattutto perché non ero pronto. Non ero abbastanza per te e non volevo rovinare i tuoi affari o... o la tua vita.» Feci un gesto dietro di me, verso la porta viola. «Ma vedi, ho fatto dei passi per cambiare. Ho creato...»

Mi fermò, a metà del gesto per prendere dalla tasca lo statuto della fondazione.

«Non volevo che tu cambiassi. Ti volevo così come eri, qui ad Austin. L'uomo di cui... di cui mi sono innamorata.»

Il mio cuore accelerò come un'auto da corsa sulla linea di partenza. «Ma dovevo cambiare. Per me. Dovevo sentirmi io degno prima di poter provare a convincerti che meritavo un'altra possibilità.» Riversai tutta la speranza, tutto l'amore che avevo nello sguardo che fissai su di lei. Dammi un'altra possibilità.

Le sue labbra si assottigliarono. «È troppo tardi.»

«Troppo tardi?» Marlee non mi aveva detto che una supplica potesse arrivare troppo tardi. Aveva detto che l'eroina perdonava sempre l'eroe.

«Non posso farlo.» Distolse lo sguardo, una lacrima non versata che brillava di verde sotto le luci di Natale.

«Non puoi immaginare un per sempre con me? Perché è questo che voglio.» Cazzo, avrei dovuto comprarle un anello. Persino Marlee aveva detto che era troppo, troppo in fretta. Ma volevo darle il lieto fine, e quello non arrivava sempre con un matrimonio?

«Per sempre?» Rise, amara, e quando la lacrima le rigò la guancia, la scacciò via come se fosse arrabbiata anche con quella. «Sappiamo entrambi che ero solo una delle tue scappatelle. Ti interessava solo la caccia, nient'altro. Be', mi hai catturata. E, come una stupida, ci sono cascata. Mi sono innamorata di te. Credevo di essere innamorata. Ma ora ho imparato la lezione. E non farò di nuovo questo errore.» Fece un passo verso la porta.

Il mio cuore martellava. Lei mi amava. O mi aveva amato, una volta. Le toccai il braccio. «Alicia, ti amo anch'io. Dammi un'altra possibilità. Ti dimostrerò che sono cambiato.»

Mi guardò allora, i suoi occhi blu che luccicavano. «Non posso. È meglio che tu faccia quello che ti riesce meglio e te ne vada.» Poi aprì di scatto la zanzariera, varcò la porta viola e sparì.

La pioggia scrosciava come un disturbo statico nel mio cervello.

Aveva detto di no.

Anzi... Ripassai mentalmente le sue parole. Aveva detto che non poteva. Simile, ma non la stessa cosa. Mi aveva detto che mi amava. Al passato. E poi mi aveva detto di andarmene.

Oh. Mi lasciai ricadere sullo scalino più alto, dove l'acquazzone mi inzuppava le ginocchia e le punte degli stivali.

Non si fidava che non me ne sarei andato di nuovo. Come suo padre. Come il padre di Noah. Avevo fatto un tris con quei coglioni.

La fondazione non significava niente per lei. Nemmeno il fatto che fossi venuto a trovarla. L'unica cosa che avrebbe dimostrato che ero diverso era restare.

E allora sarei fottutamente rimasto.

34

JACKSON

A QUANTO PARE, c'è un confine sottile tra il mostrarsi insistenti con la donna che si ama e l'essere uno stalker. E non solo l'essere assillante non mi avrebbe fatto guadagnare punti con Alicia, ma finire con un ordine restrittivo o in prigione non avrebbe dimostrato nulla.

Così portai loro la colazione. E poi me ne andai. Ogni giorno.

Il primo giorno, un sabato una settimana prima di Natale, fu Noah a rispondere alla porta. Il gatto, Tigger, stava ai suoi piedi. Entrambi mi guardarono strizzando gli occhi attraverso la zanzariera. «Pensavo ti avesse detto di andartene.»

Feci una smorfia. «Te l'ha detto?»

«No. Stavamo tutti origliando dalla sala da pranzo. Alicia è andata dritta in camera sua e non è più uscita.» Strinse gli occhi verso di me. «Allora perché sei tornato?»

Sorrisi al ragazzino, anche se avrei voluto sprofondare. Aveva passato la serata lontana dalla sua famiglia? Odiai me stesso per averla ferita di nuovo.

«Colazione.» Gli porsi il vassoio portabicchieri — due caffè, una cioccolata calda e un Earl Grey per Alicia — e il sacchetto di dolci. Guardai alle sue spalle, ma non riuscii a vedere nessuno tranne il gatto. «Torno domani. Fammi sapere se avete richieste particolari.»

Poi feci la cosa più difficile: mi voltai e scesi i gradini del loro portico. Salii sulla mia auto a noleggio — stavolta una noiosa berlina blu — e guidai fino all'ufficio vuoto, dove lavorai metà giornata al codice e l'altra metà a rispondere a e-mail sulla fondazione.

Il lunedì arrivai ancora prima per poter lasciare la colazione prima che Alicia andasse al lavoro. Stavolta aprì la porta Diane, avvolgendosi una vestaglia sul pigiama.

Nessun buongiorno, nessun grazie per i bagel. «Non vuole vederla.»

«Capisco.» Le porsi il vassoio delle bevande. «Come prende il caffè?»

Restrinse gli occhi nello stesso modo in cui aveva fatto suo nipote. «Non importa. Non tornerà.» Mi sbatté la porta in faccia.

Ma il giorno dopo, mentre le porgevo un vassoio fragrante di caffè messicani speziati alla cannella e cioccolata calda, oltre al tè di Alicia, disse: «Nero. Ma Esmy prende... latte e zucchero. Scremato.» Poi chiuse la porta.

Feci un gran sorriso.

Venerdì — la vigilia di Natale — rispose Esmy alla porta. «Sei venuto!» Prese il vassoio con le bevande e il sacchetto di kolache, più un barattolo di croccantini per gatti al gusto di fegato, e li posò su un tavolo all'interno. Poi uscì addirittura sul portico per abbracciarmi. «Grazie per la panna. Erano mesi che non mi sentivo così viziata. Ma non passi le feste con la tua famiglia?»

Le lasciai circondare la schiena con le braccia. Il suo abbraccio era forte e morbido allo stesso tempo. E finché non mi aveva toccato, non mi ero reso conto di quanto fossi affamato di contatto fisico. Tyler — uno a cui piaceva abbracciare, ma che era ancora sulla mia lista nera — aveva accettato il trasferimento a San Francisco. Cooper era tornato a casa per passare le feste con sua madre e l'ufficio era stato una città fantasma per tutta la settimana.

«No. Preferirei essere qui. Dove è lei. Come sta?»

Esmy si tirò indietro. «Sta bene. Mangia di più. Anche se potrebbe essere per via dei cibi delle feste. Vuoi venire domani? Facciamo sempre i tamales per Natale.»

Il mio cuore fece un balzo e mi venne l'acquolina in bocca. «Lei vuole che io ci sia? Ti ha chiesto lei di invitarmi?»

«Beh…» Studiò le sue pantofole.

«Non entrerò se non è lei a volermi» le dissi dolcemente. «E per favore, non chiederle di invitarmi. Aspetterò tutto il tempo che le servirà.»

Esmy strinse le labbra. «Scommetto su di te, mi querido.»

«Aspetta, cosa? State scommettendo su di me?»

Sorridente, chiuse la porta.

Passai il Natale da solo nel residence. Avevano un piccolo e triste albero nella hall. All'altro capo del piano alloggiavano alcune famiglie chiassose e i piedi dei bambini rimbombavano davanti alla mia porta in una corsa verso la macchina del ghiaccio.

Durante la videochiamata che feci quel pomeriggio, dovetti sopportare l'ira di mia madre per non essere a casa e lo sguardo accusatore di Sam. Facevo schifo ad averla abbandonata lì con i nostri fratelli perfetti. Ma sarei rimasto ad Austin per tutto il tempo necessario ad Alicia. Le avevo promesso un per sempre, e forse era proprio quello il tempo che ci sarebbe voluto.

Ma non era tutto così male. Dopo la telefonata, addentai uno dei tamales dal sacchetto di carta che Esmy mi aveva dato quella mattina. Immaginai loro quattro sedute intorno al loro albero — l'avrebbero messo in soggiorno davanti alle finestre o proprio al centro della stanza? — mentre aprivano i regali con la musica natalizia in sottofondo.

Avrei voluto poter accettare l'offerta di Esmy di essere lì. Non vedevo Alicia da più di una settimana e mi chiedevo se fosse più riposata, se la sua pelle avesse riacquistato il suo splendore. Non volevo che la sua famiglia mi dicesse che stava bene; ero disperato di vederlo con i miei occhi.

Ma non si trattava di me o della mia disperazione. Si trattava di ciò di cui Alicia aveva bisogno. Se avesse deciso che non mi voleva, se mi avesse detto di nuovo di andarmene, l'avrei odiato, ma l'avrei fatto. Almeno avrebbe saputo che valeva la pena rimanere per lei. Forse non mi avrebbe mai perdonato, ma magari avrei ripristinato la sua fiducia negli uomini e forse non avrebbe allontanato il ragazzo giusto — quello che non avrebbe mandato tutto a puttane come avevo fatto io — quando sarebbe arrivato.

Stavo accartocciando il sacchetto quando il mio telefono squillò. Mi ci fiondai. Poi sospirai. Non era lei.

«Ehi, Coop, che succede?»

«Non sembrare così entusiasta di parlare con me. Buon Natale.»

«Buon Natale. Come sta tua madre?»

«Bene. Ha preparato cibo anche per te. Credo di aver dimenticato di dirle che non saresti venuto.»

«Scusa, amico. La chiamo stasera.»

Emise un mormorio evasivo. «Allora, quando torni?»

Mi si strinse lo stomaco. «Non lo so.»

«Avrei davvero bisogno di una mano qui. Devo fare una presentazione al consiglio all'inizio di gennaio e vorrei che ci fossi anche tu.»

«Davvero?» Non me lo chiedeva da qualche anno. Odiavo presentarmi davanti al consiglio, ma il fatto che Cooper si fidasse di me abbastanza da chiedermelo poteva valerne la pena. Tranne che… «Non posso. Rimango qui per un po'.»

«Per quanto? Potresti prenderti una pausa dalla tua maratona di sesso per fare del lavoro vero.»

Mi permisi di immaginarlo per un minuto, cosa sarebbe potuto succedere se Alicia mi avesse perdonato. Avremmo potuto dormire insieme ogni notte. Se non fosse stato per le feste, avremmo potuto passare un weekend pigro a letto. Adesso sarei rannicchiato intorno a lei, respirando il suo profumo, lasciando che i suoi capelli mi solleticassero il naso. Mi passai una mano sul petto. «Magari.»

«Tu… cosa?»

«Sto ancora aspettando che mi perdoni. Che si fidi di me. Ci vorrà un po' di tempo.»

«E tu te ne stai lì ad Austin ad aspettare con le mani in mano che cambi idea? È la cosa più ridicola che abbia mai sentito.»

«Sei mai stato innamorato, Coop?»

Rimase in silenzio per un po'. «Sì.»

Ah. Mi chiesi chi fosse stata. Qualche ragazza del liceo, prima che lo conoscessi? O una relazione che non avevo nemmeno notato mentre ero egoisticamente concentrato sui miei problemi? «Allora capisci perché aspetterò tutto il tempo necessario.»

«Puoi aspettare qui a San Francisco.»

«No. Devo restare qui, dimostrarle che vale la pena restare per lei. Scusa, Coop. Farò tutto il possibile per aiutarti da qui. Possiamo fare una videochiamata domani.»

«Sai che ti stai comportando da idiota.»

«Chi diceva: "Siamo tutti sciocchi in amore"?»

«Jane Austen. Orgoglio e Pregiudizio. Corso di letteratura del primo anno. Anche se tu hai visto solo il film.»

«Giusto. Giusto.» Forse lo avrei riguardato, per prendere qualche spunto. Forse Weston aveva ragione e avevo bisogno di una villa elegante. Per il signor Darcy aveva funzionato. Il mio appartamento a San Francisco non avrebbe sedotto nessuno, specialmente dopo che ci avevo passato un mese a perdere la testa per Alicia senza curarmi del disordine. «Chiamami domani. Lavoreremo alla tua presentazione.»

«Bene.» Quella parola portava il peso di altre, ma non volevo sentirle.

«Ricorda, Coop, fai la tua donazione alla mia fondazione entro la fine dell'anno. Marlee può dirti come.»

«Vaffanculo.» Ma non c'era rabbia, solo affetto nel suo tono.

«Sai che ti tormenterò finché non lo farai.»

«Non vedo l'ora. Notte, Jay.»

«Notte.»

A metà della settimana successiva, tra Natale e Capodanno, mi fermai dietro a una Lexus nera sportiva con il motore acceso. Dentro c'era un uomo, la testa china come se stesse guardando il telefono. Era un vero stalker?

Lasciando la colazione dei Weber in macchina, mi avvicinai lentamente al finestrino del guidatore.

Rick, il mio ex compagno di allenamento, era seduto al posto di guida, intento a mandare messaggi. Non era qui per importunare Alicia, vero? O — il mio cuore sobbalzò — su suo invito?

Bussai al finestrino.

Rick alzò di scatto la testa, e quando vide che ero io, si portò una mano alla mascella rasata di fresco. Abbassò il finestrino a metà. «Jay.»

«Rick. Che ci fai qui?»

«Sono venuto a prendere mio figlio. Ha dormito qui. Immagino di sapere cosa ci fai tu.» il suo labbro si arricciò.

«Oh, sì? E cosa sarebbe?» Misi le mani sui fianchi.

«Non è un segreto che hai mandato tutto a puttane. Strisci qui ogni giorno come un perdente, cercando di riconquistarla. Patetico» sogghignò.

Il sangue mi pulsò nella tempia. «Non devo darti spiegazioni.»

«No, non devi. Ma quando te ne tornerai in California con la coda tra le gambe, indovina chi sarà ancora qui?» Non aspettò che digrignassi i denti. «Esatto. Io.»

Un ragazzo, più robusto di Noah e con gli occhi verdi di Rick, saltò giù dai gradini del portico e corse verso il lato passeggero della macchina di Rick. Lanciò lo zaino sul sedile posteriore e ci si infilò dietro. «Alicia ha detto grazie per i fiori.»

A lei non piacevano i fiori. Eppure li aveva presi da Rick. Cazzo. Forse aveva ragione. Forse poteva resistere più di me. Forse dimostrare di essere bravo con i bambini gli avrebbe fatto guadagnare punti che io non avrei mai potuto sperare di ottenere.

Rick mi fece un sorrisetto compiaciuto. «Ci si vede in giro, Jay. Forse.» Non aspettò che mi facessi indietro prima di partire.

Presi il caffè e i muffin dalla mia macchina. Stringendo i denti, li portai su per il vialetto e mi preparai a qualunque Weber ostile avrebbe risposto alla porta. Forse mi stavo rendendo ridicolo. Forse alla fine avrei fallito. Ma per ora, avrei continuato a provare, sperando che Alicia si ricordasse di quanto eravamo stati bene insieme, che una volta mi aveva amato, e mi desse un'altra possibilità.

La donazione di Cooper arrivò sul conto della fondazione la vigilia di Capodanno. Insieme alla donazione di Weston e a diverse altre, avevamo un ottimo inizio, e raddoppiai il totale con la mia stessa donazione. Sarò anche stato il peggior fidanzato-per-un-giorno di sempre, ma stavo facendo quello che avevo detto che avrei fatto per i ragazzi.

Brindai al nuovo anno con una IPA locale e andai a dormire.

Il giorno di Capodanno, mi incamminai lungo il vialetto di Alicia con un sacchetto di ciambelle e un nuovo proposito. Avrei passato la giornata a fare ricerche su studi neurologici e a individuare alcuni scienziati da invitare nel consiglio della mia fondazione. Poi forse avrei…

Mi bloccai sul primo gradino. Alicia era in piedi dietro la zanzariera, con indosso un'altra felpa della UT e un paio di pantaloni da casa dall'aspetto morbido. Aveva i capelli sciolti sulle spalle e il viso struccato. Due macchie di colore le erano sbocciate in alto sulle guance. Era bellissima.

«Entra pure.» Si sfregò le braccia. «Fa freddo là fuori.»

«Freddo?»

Spalancò la zanzariera e io salii di corsa le scale e mi affollai nell'atrio con lei. Sembrava più delicata di quanto ricordassi, inghiottita dalla sua felpa oversize. O forse il mio cervello aveva confuso il suo fisico con il suo spirito forte.

Lì in piedi, con il profumo amaro e agrumato del suo tè che mi riempiva le narici, tornai nella cucina comune di Synergy il lunedì dopo averla baciata per la prima volta, disperatamente desideroso di averne ancora. Strinsi il vassoio portabicchieri e il sacchetto di carta per non toccarla.

«Buon anno.» Aveva i piedi nudi e doveva alzare lo sguardo verso di me. Non come in ufficio, quando i tacchi la portavano quasi alla mia altezza. Volevo mollare tutto e prenderla tra le braccia, baciare quelle labbra rosee, affondare le dita nei suoi capelli di seta. Il vassoio di cartone tremò.

«Puoi metterlo in cucina.» Indicò le bevande e poi si voltò per chiudere la porta viola.

Qualcosa mi sfiorò le caviglie. Abbassai lo sguardo e il gatto si intrecciò intorno alla mia gamba, guardandomi. Miagolò. Meno male che indossavo i jeans. Quando mi avesse attaccato, avrebbe solo strappato il denim. Mi preparai. Ma poi quel piccolo stronzo fece le fusa.

«Bravo micio» sussurrai.

Si srotolò dalla mia gamba e si diresse verso la cucina.

Lo seguii attraverso il soggiorno e oltre l'albero. Scatole di ornamenti giacevano sul tappeto intorno ad esso, e un lato dell'albero era spoglio.

Posai le ciambelle e le bevande sul tavolo rotondo della cucina e mi voltai. Alicia era sulla soglia tra la cucina e il soggiorno, con le luci dell'albero che scintillavano dietro di lei come un'aureola. Era reale o stavo ancora dormendo? Mi conficcai le unghie nei palmi, ma era tutto insensibile.

Se fosse stato un sogno, non volevo svegliarmi.

ALICIA

COMINCIAVA A SPAVENTARMI. Non credo di averlo mai visto così silenzioso, nemmeno quando programmava. «Non hai detto una parola. Stai bene?»

«Io...» la sua voce uscì roca, e si schiarì la gola. «Non mi aspettavo di vederti. Forse ho avuto un incidente venendo qui, e questo è tutto un frutto del mio trauma cranico. Avevo paura che se avessi detto qualcosa, mi sarei svegliato.»

«Per come guidi, non ci sarebbe da meravigliarsi.» Sorrisi, ma lui no. Si limitò a fissarmi come se stesse cercando di consumarmi con gli occhi. Le mie guance presero fuoco. «Ho mandato tutti a fare colazione e al cinema. Ho pensato che fosse ora che parlassimo.» Attraversai la soglia della cucina e tirai fuori la mia sedia.

Mi mise una tazza davanti e si sedette sulla sedia di Noah, ficcando le mani tra le ginocchia. Il suo viso era diventato un po' grigio. «Parlare?»

Solfai il coperchio e annusai. Earl Grey. Aveva indovinato ogni volta. «Non posso credere che tu abbia notato qual è il mio tipo di tè preferito. Il primo giorno ho pensato che fosse una coincidenza. Ma l'hai portato ogni giorno.»

«Lo bevevi ogni mattina in ufficio. Tranne quel giorno in cui ti ho fatto incazzare finendo il nostro modulo da solo. Quel giorno hai bevuto qualcosa di dolce. Ma Earl Grey ogni giorno dopo. Non...» Deglutì e chiuse la bocca.

«È stato gentile da parte tua portarci la colazione. I dolci ti hanno fatto guadagnare punti con Noah. Di solito non mangia dolci la mattina.» Era diventato così nervoso che gli avevo fatto bere un bicchiere gigante d'acqua e poi correre intorno all'isolato.

«Oh.» Fece una smorfia. «Ho fatto un casino?»

«No, sono le feste. Qualche dolcetto in più va bene. Ma perché l'hai fatto? Sensi di colpa?»

«Io... volevo vederti. Sapere che stavi bene. Ti ho delusa. E mi dispiace. Vorrei poter tornare indietro e... ma non posso. Questo era l'unico modo che mi è venuto in mente per dimostrarti che meriti qualcuno che resti. Sono stato un coglione senza cervello ad andarmene e a farti pensare altro. Ma non ti lascerò più. Cioè, a meno che tu non mi dica di andarmene. Non sono uno stalker.»

Ogni tazza di tè, ogni kolache o bagel, era una pietra rotolata via dalla fortezza intorno al mio cuore. Dopo una settimana, non riuscivo a raccogliere abbastanza rabbia verso di lui da aggrottare le sopracciglia alla disposizione di cibi per la colazione che Esmy sistemava su un vassoio. E dopo due settimane in cui si era presentato, sopportando il silenzio proibitivo di mia madre e le provocazioni di Noah, si era aperto un varco verso il mio cuore. Non mi restava che invitarlo a entrare.

«Se ti dicessi di andartene e di non incrociare mai più la mia strada, lo faresti?» Trattenni il respiro.

«Certo che lo farei. Tengo a te e non voglio più farti del male. È questo che vuoi? Che me ne vada?» Quei suoi occhi marroni si arrotondarono, supplicandomi di dire di no.

«Ti ho chiesto di andartene. Quella prima sera che sono tornata a casa e ti ho trovato ad aspettarmi sul mio portico. Sotto la pioggia.» Avevo pensato di sicuro di averlo avuto un'allucinazione. Avevo pensato a lui così spesso che avrei potuto evocarlo lì.

«Non pensavo… speravo che non lo pensassi davvero. Ma se mi chiedi di andarmene ora, lo farò. Lo prometto.»

«Te ne andrai. Tornerai in California e non ti rivedrò mai più.» L'aveva fatto una volta e mi aveva distrutta. Anche solo pronunciare le parole mi faceva strizzare il cuore nel petto.

«È questo che vuoi?»

Pensai di mentire. Sarebbe stato più facile. Avrebbe confermato quello che avevo pensato per anni. E adoravo avere ragione.

Ma poi la voce di Melissa mi sussurrò nel cervello. Chiedi quello che vuoi. E poi prenditelo.

«No. Voglio che tu resti. Voglio fidarmi di nuovo di te. Puoi guadagnarti la mia fiducia?»

Le sue guance diventarono rosse sopra la barba. «Ho fatto un errore. Pensavo di non andare bene per te. Che non avresti dovuto volermi. E poi mi sono ricordato di quanto sei intelligente. Che sai quello che vuoi e che non dovrei decidere io per te. Sono stato uno stronzo. E mi dispiace. Non sono abbastanza per te. Lo so. Ma voglio provare.» Allungò la mano sul tavolo ma si fermò prima di potermi toccare, con il palmo rivolto verso l'alto. «Tu mi hai mostrato come essere un uomo migliore. E voglio continuare a lavorarci. Perché ti amo.»

Un formicolio partì dal mio cuoio capelluto e si propagò per tutto il mio corpo. Misi la mia mano sulla sua, e lui la strinse. «Eri già un brav'uomo, Jackson Jones. Dovevi solo vederlo.» Ripensai a quello che aveva detto prima, sul portico sotto la pioggia. «Cosa stavi per dirmi l'altro giorno? Qualcosa che hai messo in piedi?»

Una nuova scintilla illuminò i suoi occhi scuri. «Sì, ho avviato una fondazione per ragazzi neurodivergenti. Come Noah. Come mia sorella e me. Voglio provare a organizzare dei campi di programmazione. Ma prima ho bisogno di qualcuno che la gestisca. Insomma, le cose di tutti i giorni. Non suppongo tu sia interessata?»

«Non so nulla di organizzazioni non profit o di come si guida una fondazione. Inoltre, sto facendo quello che ho sempre sognato di fare, gestire la mia attività.»

«Lo so. E sei bravissima. Vorrei…» Abbassò lo sguardo sulle nostre mani unite.

«Cosa vorresti?»

«Vorrei che potessimo lavorare di nuovo insieme. Eravamo migliori insieme. Mi hai insegnato a essere un leader.»

Gli strinsi la mano. «Sei un buon leader anche da solo. Devi solo crederci. E sono io quella che ha ricevuto una masterclass di programmazione.»

Intrecciò le sue dita con le mie. «Non voglio parlare di lavoro. O della fondazione. Voglio solo parlare di te e di me. Ti amo. Mi lascerai amarti?»

Il mio cuore batteva come se volesse saltarmi fuori dal petto e finire nel suo. Sapeva cosa voleva. Il resto di me esitava. Accettarlo significava aprire ogni parte della mia vita, incluso Noah. Potevo fidarmi di lui? Sorseggiai il mio tè, il profumo familiare che mi aleggiava sul viso.

Scruti Jackson Jones, dalla sua espressione ansiosa e speranzosa ai suoi stivali lucidati. Probabilmente avrebbe combinato un altro casino. Anch'io l'avrei fatto. Ma avremmo trovato un modo per superarlo. Insieme.

«Ok. Proviamoci.»

Il suo viso si illuminò di speranza. «Dici sul serio? Non sto sognando tutto questo, sdraiato sul pavimento della tua cucina con Tigger che mi mangia le interiora?»

Sbuffai. «Non essere così melodrammatico. Voi due andrete d'accordissimo. Ora vieni.» Mi alzai e lo condussi al divano. Ci sedemmo, fianco a fianco, e il suo braccio mi circondò la vita. Tigger saltò sul divano e si raggomitolò contro l'altro mio fianco, facendo le fusa. Appoggiai la testa sulla spalla di Jackson e lasciai che il mio sguardo si ammorbidisse finché le luci dell'albero di Natale si offuscarono.

«Posso fare il mio lavoro da Austin» disse alla fine. «Io e Cooper troveremo una combinazione per gestire i progetti qui e le questioni manageriali che vuole che faccia per la sede centrale.»

«No!» Mi misi a sedere. «Hanno bisogno di te in sede.»

Mi tirò di nuovo contro il suo petto e inspirò. «Ma io ho bisogno di stare con te. Devo dimostrare che posso restare.»

Gli accarezzai il petto sopra il maglione. Ci avevo pensato nell'ultima settimana, quando era chiaro che non sarebbe andato da nessuna parte. Ero disposta a provare una relazione a distanza per un po'. E quando fosse stato il momento giusto, avrei considerato di trasferirmi a San Francisco. Era lì che doveva stare come leader di Synergy. E anche se ero stata più o meno felicemente bloccata ad Austin per tutta la vita, avevo sempre voluto vedere il mondo. San Francisco sarebbe stato un primo passo. «Possiamo stare insieme e non essere... insieme. Almeno per un po'. Finché sei con me. Qui.» Il suo cuore batteva forte e costante sotto la mia mano.

«Sempre.» Mi baciò sulla tempia. Girando il mio viso verso di lui, catturai le sue labbra. La scintilla era ancora lì, che si accendeva tra noi. Ma non era così disperata come prima, quando sapevamo di avere un tempo limitato. Era il calore di un falò scoppiettante, in grado di bruciare per ore, non il lampo di un pezzo di carta che si consumava nel nulla.

Mi prese la nuca con una mano e io mi inclinai verso di lui. Per la prima volta dopo settimane, toccai la sua pelle, accarezzandogli il collo e la morbidezza della sua barba. Era mio da toccare, mio da stringere, mio da baciare, come aveva detto lui, «Sempre». Mi presi il mio tempo per riprendere confidenza con la morbidezza delle sue labbra, il pizzicore della sua barba, il suo sapore. Il sollevarsi del suo petto contro il mio.

Gemette e fece scivolare una mano sotto di me, spostandomi per mettermi a cavalcioni su di lui. Strusciai i fianchi sui suoi, e lui seguì con le labbra la linea del mio collo, mormorando il mio nome. La pelle d'oca mi coprì la pelle. Le mie mutandine erano bagnate, e i miei pantaloni da casa avrebbero presto seguito l'esempio, specialmente se avesse continuato a impastarmi il sedere in quel modo.

«Jackson.» Mi allontanai. «Non lo faremo qui sul divano dove la mia famiglia potrebbe entrare da un momento all'altro.»

Spostò la mano che non era sul mio sedere sulla mia vita e la fece scivolare sotto la felpa. «Pensavo avessi detto che erano al cinema.»

«Smettila.» Gli lanciai la mia occhiataccia più severa. «Quello che voglio farti richiederà più tempo di quello che abbiamo. Ore.»

Il suo pomo d'Adamo ondeggiò. «Ore?»

«Ore. A casa tua. Stanotte.»

«Tutta la notte?» Le sue dita stuzzicarono la curva inferiore del mio seno.

«Anche domani. È il weekend.»

«Tutto il weekend a letto? Mi piace come suona.» Il tono basso della sua voce colpì qualcosa dentro di me, e il mio sesso si contrasse.

Scesi da lui e mi tirai giù la felpa. «Ma ora abbiamo del lavoro da fare. Tu fai la parte superiore dell'albero e io quella inferiore.»

Aggrottò la fronte. «Ma io…»

«Jackson Jones. Vuoi o non vuoi passare tutta la notte e tutto domani a letto con me?»

Il suo viso si rilassò per un momento. Rapidamente, disse: «Lo voglio.»

«Allora farai quello che dico. Inizia dalla stella.»

«Sissignora.» Balzò giù dal divano e io guardai il suo bel culo sodo per tutto il tragitto fino all'albero.

«Mmm-hmm» feci le fusa, raccogliendo la scatola vuota.

Allungò facilmente la mano verso la stella di latta traforata e la staccò dalla cima. La mise nella scatola che tenevo e poi mi baciò. «Meglio insieme, giusto?»

«Sempre.»

EPILOGO

ALICIA

Tre mesi dopo

INDOSSANDO il badge da visitatore che Jackson mi aveva lasciato alla reception, uscii nel cortile dietro l'ufficio della Synergy a San Francisco. Musica e voci rimbalzavano sui mattoni della pavimentazione e sulle pareti degli edifici circostanti, facendomi trasalire. Era stata una lunga giornata di lavoro e di viaggio, e un mal di testa si annidava dietro i miei occhi, pronto a esplodere. Forse potevo trovare Jackson e convincerlo a sgattaiolare in un posto tranquillo per potergli dare la mia notizia. Lo stomaco mi si strinse per l'emozione.

Esaminai la festa con lo sguardo. Era la mia prima volta al quartier generale della Synergy. Le poche volte che ero andata a trovare Jackson, lui mi era venuto a prendere all'aeroporto e mi aveva portato di filato a casa sua. Ma si era dimenticato della festa trimestrale della Synergy quando avevo organizzato questo viaggio. Per quanto fossi stanca, ero curiosa di osservarlo al quartier generale.

La gente sedeva ai tavoli sparsi per il cortile, all'ombra dei pergolati. Altri stavano in piedi a gruppetti, ondeggiando al ritmo della musica che proveniva dagli altoparlanti. All'interno, avevo superato un lungo tavolo pieno di snack; qui fuori, un altro tavolo più piccolo fungeva da bar. Una fila di dipendenti si estendeva per tutto il cortile, con i bicchieri vuoti pronti in mano. Dietro il bar c'era il motivo della coda. Invece di barman professionisti, Jackson e Marlee riempivano i bicchieri di birra. Le loro fronti luccicavano di sudore nonostante il freddo di aprile di San Francisco. Cosa ci facevano lì il fondatore dell'azienda e la sua assistente esecutiva quando avrebbero dovuto socializzare con i dipendenti?

Aggirai la fila e mi avvicinai al tavolo. Marlee mi vide per prima. Lasciò cadere lo spillatore. «Alicia!» Allargò le braccia per un abbraccio. Ci eravamo conosciute l'ultima volta che ero andata a trovare Jackson, dedicando parte del nostro prezioso weekend a una sessione di shopping per sole ragazze. Mi piaceva molto. Inoltre, era importante per Jackson. Potevo vederci diventare amiche, soprattutto considerando la mia notizia.

Mi feci avanti per stringerla e le baciai la guancia. Un rivolo di sudore le colava dalla tempia al mento. «Cosa sta succedendo?»

Aggrottò le sopracciglia. «I barman non si sono presentati. Il catering sta mandando dei sostituti, ma qui la gente ha sete.» Fece un cenno verso la fila.

«Vuoi che ti aiuti?» Non avevo mai spillato birra da un fusto, al college frequentavo più la biblioteca, ma non sembrava troppo difficile.

«Assolutamente no.» Abbassò la maniglia della pompa, poi prese la pistola di spillatura e allungò la mano verso il bicchiere successivo. Diede una gomitata a Jackson. «Prenditi una pausa, Jackson. È arrivata Alicia.»

Lui alzò lo sguardo, e il bicchiere che stava riempiendo traboccò, schizzandogli i jeans. «Alicia!» Spinse il bicchiere verso la persona in attesa, bagnandole la mano, e con una rapida scusa, lasciò cadere lo spillatore e mi strinse tra le sue braccia.

Odorava di birra e sudore, ma sotto c'era il profumo di cuoio e sapone del mio Jackson. Lo inspirai a fondo e poi sollevai il viso per ricevere il suo bacio.

La sua barba era stata appena regolata e mi graffiava le guance, in contrasto con la morbida pressione delle sue labbra e della sua lingua. Sapeva di luppolo e scorza d'arancia dalla birra. Affondai le dita tra i suoi capelli, tirandolo più vicino. Le sue mani premettero sulla parte bassa della mia schiena, facendomi aderire completamente alle dure superfici del suo addome. Qualcos'altro di duro premette contro il mio basso ventre.

Una delle sue mani scivolò lungo la mia gonna setosa. Durante la nostra sessione di shopping, Marlee mi aveva convinto a comprare la gonna corta e svolazzante, così diversa da quelle strette e professionali che indossavo di solito. Il suo allegro motivo floreale era molto più adatto ad Austin, dove era già primavera, che alla invernale San Francisco.

Mi baciò spostandosi verso l'orecchio. «Mi piace questa gonna. Credo che ci sia spazio per entrambe le mie mani.»

«Te l'avevo detto che era una gonna fantastica», disse Marlee.

Sussultai e mi tirai indietro. «Non puoi palparmi davanti ai tuoi dipendenti.» Inclinai la testa verso Marlee, che ci sorrise.

«A Marlee non dispiace», disse lui. «Ha cercato di aiutarmi a farmi perdonare.»

«Ha funzionato, no?» Ma non stava più guardando noi. Teneva lo sguardo fisso sul viso di Cooper Fallon.

La sua mascella si tese quando vide la mano di Jackson sul mio sedere.

«Ciao, Cooper», disse Marlee. La sua voce era diventata acuta e ansimante, e le sue labbra rosee si socchiusero. Stava per caso flirtando con quello? Le sue ciglia palpitanti e il suo dolce sorriso non potevano nulla contro quel blocco di ghiaccio di quasi due metri che era Cooper Fallon, AD e stronzo certificato.

«Jay, io...» cominciò lui.

Nello stesso istante, Marlee disse: «Vuoi una birra?»

Senza guardare, azionò con entusiasmo la pompa dello spillatore. Ma doveva averla colpita con l'angolazione sbagliata. Si staccò di colpo, e un getto di schiuma le schizzò dal fusto dritto in faccia.

«Maledetto e bestiale Robert Boyle!» urlò, saltando all'indietro e proteggendosi gli occhi dallo spruzzo.

Jackson mi strinse più forte, voltando le spalle al geyser per proteggermi.

Tyler Young sfrecciò dal nulla, saltò oltre il tavolo e conficcò lo spillatore sul vulcano di schiuma. Lottò contro la pressione per un momento, con gli avambracci tesi, finché finalmente non riuscì a bloccarlo in posizione.

Con il petto ansimante, alzò lo sguardo su Marlee. Non su Jackson, il suo capo, o su Cooper, e nemmeno su di me. La birra luccicava sulle sue mani e sulle braccia nude e scuriva la sua maglietta grigia. «Stai bene?»

Le guance di Marlee erano rosate sotto la schiuma bianca. Allontanò dalla pelle il tessuto fradicio della sua camicetta rosa. «Sopravviverò. Cooper, non ti ha colpito, vero?»

Lui si pulì una macchia di schiuma dallo zigomo. «Sto bene. Anche se penso che...» guardò il tavolo, Jackson, ovunque tranne che Marlee «...forse dovresti trovarti dei vestiti asciutti.»

La sua camicetta rosa pallido era diventata trasparente, e il suo reggiseno di pizzo rosso si intravedeva.

Le sue guance diventarono completamente rosse. «Io... io...»

«Vieni con me», disse Tyler. «Ci asciughiamo. Cioè, puoi asciugarti. Dentro.» Ora le sue guance si tinsero di rosa. Interessante.

Lei guardò di nuovo Cooper. Ancora più interessante.

Ma un secondo dopo, la Marlee sergente istruttore era tornata. Indicò i due ragazzi successivi in fila. «Tu e tu. Prendete il nostro posto.»

Obbedienti, fecero il giro del tavolo e presero posto al fusto.

Con un'ultima occhiata a Cooper – santa pace, aveva una cotta per il Re Ghiacciolo? – si diresse a fatica verso la porta, con la birra che le gocciolava dalle punte dei capelli. Tyler la seguiva come un cucciolo affamato.

«Stai bene?» mormorò Jackson.

«Sto bene. E tu?» Affondai le dita nei suoi capelli, scoprendo che erano umidi.

«È solo un po' di birra. Sto alla grande ora che sei qui.» La sua mano scivolò di nuovo verso l'orlo della mia gonna.

Nonostante il freddo pungente, stare vicino a Jackson mi riscaldava da dentro.

Tuttavia.

«Vacci piano, cowboy. Ci guardano tutti.»

«Capiranno. Non vedo la mia ragazza da due settimane.» La sua mano scese ancora più in basso, stuzzicando la parte posteriore della mia coscia e facendo fremere la mia pelle.

«Potrei indossare qualcosa di speciale là sotto, e preferirei non darlo in pasto ai tuoi dipendenti, se non ti dispiace.» Sorrisi quando si bloccò, il suo polso che batteva selvaggiamente contro la mia guancia. «Forse potremmo trovare un posto più appartato?»

Inspirò bruscamente, mi lisciò la gonna e mi portò via dall'altra parte del cortile. Mi trascinò dietro un albero in una fioriera più grande di Noah, poi si appoggiò al lato dell'edificio e mi sollevò contro di lui. L'albero ci faceva ombra, gettando l'angolo in una semi-oscurità.

«Allora, dove eravamo rimasti? Se non ricordo male, stavo per scoprire qualcosa di speciale.» La sua grande mano scivolò sul mio sedere e solleticò l'orlo della mia gonna.

Gli bloccai la mano con la mia, fermandola. «Prima, ho una notizia. Vuoi sentirla?»

«Una buona notizia?» Mi scrutò il viso. «Hai ottenuto il tuo prossimo incarico?»

«Ehi, non vale indovinare.» Un po' della mia eccitazione trapelò. Volevo sorprenderlo.

«Basta indovinare.» Mi strinse più forte. «Dimmi.»

Con la punta del dito, tracciai la curva delle labbra sulla sua maglietta dei Rolling Stones. «Ho ottenuto il mio prossimo incarico. Ed è qui a San Francisco.» Osai alzare lo sguardo. Nell'ultimo mese, mi aveva supplicato di venire a vivere qui, così avremmo potuto smettere con gli infiniti viaggi e le separazioni che ci sfinivano entrambi. Ma era davvero quello che voleva? La sua espressione era vuota e immobile.

«Jamila mi aveva chiesto lo scorso novembre di fare un lavoro per lei, ma avevo rifiutato. Alla fine ha ritardato il progetto, e ora è di nuovo disponibile. È un... un incarico di un anno.» La mia voce vacillò. Perché non sembrava felice?

«Pensavo di portare Noah quando finisce la scuola. Resterebbe qui per l'estate, e se le cose andassero bene, potrebbe iniziare la scuola qui in autunno. Se... se è quello che vogliamo.» La mia voce era scesa a un sussurro.

«Mi stai dicendo che verrai a San Francisco per il prossimo anno? Forse di più?» La sua voce rimbombò nel mio petto, premuto contro il suo.

«Sì?» Era appena udibile.

Mi strinse al petto, sollevandomi da terra. «Non ci credo. È la notizia più bella di sempre.» Mi rimise a terra e mi fissò in volto. «È vero? Quello spillatore non mi ha colpito in testa facendomi svenire? Meglio che mi dai un pizzicotto.»

Gli pizzicai il capezzolo un po' più forte del dovuto. «Mi hai spaventata! Pensavo fossi arrabbiato. Che non mi volessi più qui, dopotutto.»

Sussultò per il dolore. E poi le sue labbra si schiantarono sulle mie, ammaccandole contro i miei denti. La sua lingua invase la mia bocca, e le sue dita superarono l'orlo della mia gonna, stuzzicando la pelle nuda del mio sedere rivelata dal perizoma rosso. Avevo indossato un tipo diverso di mutandine da ragazzina grande per il mio weekend delle grandi notizie.

Era acciaio contro il mio stomaco, e mi strusciai contro di lui, desiderando di più. Quando infilò una gamba tra le mie, mi sfreghai contro la ruvidità dei suoi jeans. Il perizoma mi si conficcò nella carne gonfia, accendendomi di piacere. Se avesse continuato a baciarmi così e ad accarezzare il bordo delle mie mutandine, sarei potuta venire proprio lì contro i suoi jeans. Mi strusciai più forte contro di lui, inseguendo la sensazione.

«Jay. Sei qui dietro?»

La voce di Cooper era decisamente priva di divertimento. Tuttavia, ci concesse un minuto per ricomporci. Jackson mi sistemò la gonna e poi si aggiustò i jeans. Gli tolsi il rossetto rosa dall'angolo della bocca e poi passai un pollice sul contorno delle mie labbra.

«Sono qui, Coop.» Si mise davanti a me, proteggendomi dal suo socio.

«Scusa l'interruzione. Presumo che te ne andrai presto, e volevo controllare con te i punti salienti del discorso.»

Presi la mano di Jackson. «Rimani. Fai il discorso. Aspetterò.» Jackson aveva lavorato troppo duramente per affermarsi, per diventare un socio alla pari negli ultimi due mesi, per perdere questa opportunità di apparire davanti ai suoi dipendenti come un leader.

Quando si voltò a guardarmi, il suo sguardo era dolce, riconoscente e pieno d'amore. «Lo faremo adesso. Ci metto solo un minuto.»

«Alicia.» Lo sguardo di Cooper si allontanò dal mio viso. Dovevo aver mancato una sbavatura di rossetto.

«Cooper. Congratulazioni per i risultati di fine anno.» Li avevano annunciati qualche giorno prima. Vorrei che i miei rapporti fossero così buoni. Ma ci sarei arrivata. Alla fine.

«Grazie.» Mi lanciò un'occhiata che non era glaciale come al solito. Non proprio amichevole, ma più vicina di quando era uscito infuriato da quella sala conferenze alla festa di lancio. Potevo io e lui diventare amici, alla fine?

«Prendo una birra e trovo un posto per ascoltare il vostro discorso», dissi.

Mi avvicinai a Jackson per superarlo, ma lui mi fermò, sussurrandomi all'orecchio. «Devi essere stanca per il volo. Sali al sesto piano. Puoi rilassarti nel mio ufficio.»

Togliermi i tacchi sembrava un'idea fantastica. Annuii e attraversai il cortile per rientrare nella hall. Dopo aver preso l'ascensore fino all'ultimo piano, uscii in uno spazio luminoso e arioso. I pavimenti originali in listoni larghi del mulino riconvertito brillavano del riflesso del lucernario sovrastante.

Da che parte andare? C'erano quattro uffici d'angolo; sicuramente il co-fondatore dell'azienda doveva averne uno. Attraversai il piano verso quello più vicino, serpeggiando tra le postazioni di lavoro al centro.

L'ufficio non era illuminato e la porta era chiusa. La targhetta diceva Cooper Fallon. Cooper era di sotto, quindi rischiai un'occhiata attraverso la parete di vetro. Sembrava uguale a come era in quella disastrosa videochiamata dopo l'incidente del sushi andato a male. Il giorno in cui Cooper ci aveva accusati di avere una relazione e io gli avevo detto che Jackson non mi piaceva nemmeno. Non mentivo mai, ma quel giorno avevo mentito.

Un segnale acustico proveniente dalla postazione di lavoro di qualcuno dietro di me mi ricordò che stavo fissando l'ufficio del COO. Mi guardai intorno. Uno degli altri dirigenti o i loro assistenti potevano essere ancora qui. Weston, il CEO, che non avevo mai incontrato ma di cui Jackson mi aveva raccontato tutto, poteva essere in giro per il piano. Indietreggiai e andai all'ufficio d'angolo successivo.

Ero stata fortunata. Questa porta aveva il nome di Jackson e il suo nuovo titolo, VP of Development, sulla targhetta. La porta era chiusa e la luce dello scanner accanto brillava di rosso.

Con esitazione, spinsi la maniglia, ma non si mosse. Jackson mi aveva detto di aspettare nel suo ufficio. C'erano telecamere che catturavano ogni mio movimento? Una guardia di sicurezza sarebbe piombata sul piano per scortarmi fuori? Cercai di non far trasparire la mia apprensione mentre avvicinavo allo scanner il badge da visitatore agganciato alla scollatura. La luce diventò verde e la serratura scattò. Con un sorriso vittorioso, aprii la porta.

A differenza dell'ufficio soleggiato di Cooper, quello di Jackson era messo in ombra da due edifici adiacenti più alti. Tuttavia, un po' di luce naturale filtrava dalle due enormi finestre e dalla parete di vetro frontale del suo ufficio.

Un tappeto delimitava una piccola area salotto con un divano, una chaise longue e due poltrone. Attraverso una porta socchiusa dietro di essa, si intravedeva un piccolo bagno. Sulla parete opposta, una libreria era stipata di componenti di computer: una pila di dischi rigidi e un'altra di schede madri, un paio di laptop smontati, un vassoio di acrilico trasparente pieno di viti.

Prevedibilmente, la scrivania di Jackson conteneva una simile gamma di dispositivi elettronici, oltre a qualche pila di carte adornate di post-it e foglietti con scritto "Firmare qui". L'enorme rettangolo di legno era abbastanza grande da supportare una docking station per il laptop di Jackson più tre grandi monitor. I bordi dei monitor si toccavano in modo che Jackson potesse programmare senza essere distratto dalle finestre o dalla parete di vetro frontale. Era una buona sistemazione per lui. Probabilmente l'aveva organizzata Marlee.

«Alicia.» La voce di Jackson, che rompeva la quiete del sesto piano, mi fece sobbalzare. Mi voltai di scatto.

Si avvicinò e intrecciò le sue dita con le mie.

Senza una parola, mi trascinò nel suo ufficio. Chiuse la porta dietro di sé e girò il chiavistello per chiuderla. Azionò un interruttore sul muro, e le veneziane frusciarono scendendo, bloccando la vista del resto dell'ufficio. Si avvicinò a me con passo felpato.

«Com'è andata?» La mia voce uscì acuta e ansimante.

«Eh?»

«Il discorso.»

«Bene. Ma non è di questo che voglio parlare ora.»

«Oh?» Voleva parlare? Sembrava che volesse strapparmi i vestiti di dosso e farmi sua proprio lì sulla chaise longue. Non riuscii a trattenere il sorriso che mi si allargò sul viso né il formicolio che iniziò tra le mie gambe quando colsi il suo sguardo famelico.

«Voglio parlare di quante volte posso farti venire qui nel mio ufficio prima di doverti portare fuori in braccio.»

Rabbrividii. «Oh.»

«Vuoi iniziare sulla scrivania?»

Immaginai di chinarmi sulla scrivania mentre Jackson mi

penetrava da dietro. Le mie cosce si inumidirono; il perizoma non faceva nulla per contenere la mia eccitazione. L'avevamo fatto una mezza dozzina di volte in quel modo sul bancone della sua cucina, con Jackson così in profondità dentro di me che la vista mi si era annerita per l'intensità del mio orgasmo. In qualche modo, però, quell'enorme distesa di legno era diversa.

Sollevai il mento. «Quella scrivania è intrisa di patriarcato. Non ho intenzione di chinarmi su di essa come una vergine in uno dei libri di Marlee.»

«'Intrisa di patriarcato?'» Ridacchiò. «Sembra una cosa seria.»

«Non ridere. La Synergy ha una spaventosa carenza di dirigenti donne.»

Il suo sorriso svanì. «È una cosa che io e Cooper stiamo cercando di risolvere. E anche Weston.» Arricciò il labbro pronunciando il nome del CEO. «Forse quando il tuo incarico con Jamila sarà finito, riuscirò ad attirarti in una di quelle posizioni dirigenziali.»

«Attirarmi in una posizione dirigenziale?» Inarcai un sopracciglio.

«Ora chi è che non è seria?» Fece due passi verso di me, mi sollevò e mi fece sedere sul bordo della sua scrivania. Risi finché non mi allargò le ginocchia e si inginocchiò davanti a me. «Che ne dici di questa posizione dirigenziale?» Sfiorò con un dito il brandello di tessuto che mi copriva.

«La accetto.»

Senza un'altra parola, mi scostò il perizoma, mi aprì e posò la bocca sul mio clitoride, circondandolo con la lingua in quel movimento a otto che amavo. La sua barba graffiava contro le mie cosce, riscaldandole in un modo che avrei sentito ore dopo. Mi appoggiai all'indietro sulla scrivania, sorretta dalle braccia. Quando i suoi denti mi graffiarono leggermente, la mia schiena si inarcò.

Appiattì la lingua su di me e poi succhiò, stirando il mio clitoride. Si staccò. «Ancora?»

«Ancora.» Mi ero così abituata a venire in silenzio con il mio vibratore nella mia camera da letto accanto a quella di Noah, che non ero abituata a dare il feedback che Jackson desiderava. Strinsi le cosce ai lati della sua testa. «Succhia ancora.»

Sentii le sue guance sollevarsi in un sorriso prima che facesse esattamente questo. Il piacere si irradiò dal mio clitoride, accelerò il battito del mio cuore e fece pulsare il sangue nelle mie orecchie. Strinsi le mani a pugno. «Sì, Jackson, sì», sussurrai mentre spiraleggiavo sempre più in alto, nel buio e nel rumore bianco. Il mio corpo si irrigidì e la mia bocca si spalancò in un urlo silenzioso.

Quando fluttuai di nuovo nel mio corpo, Jackson mi sorrideva raggiante, con gli occhi lucidi e la barba bagnata di me. Mi baciò l'interno della coscia, arrossata dall'irritazione della barba. «Pensi che abbiamo sradicato il patriarcato da questa scrivania?»

La mia voce era roca quando dissi: «Potrebbe volerci un'altra sessione o due per sradicarlo completamente.»

«Ci sto.» Si alzò in piedi di fronte a me.

«Vedo che ci stai.» Appoggiai la mano sulla fibbia della sua cintura. «Vuoi che io…»

Mi mise una mano sulla mia. «Non qui. Andiamo a casa mia. Penso che potrebbe esserci un po' di patriarcato nascosto nel mio letto.»

«Forse un po' di posizione dell'amazzone al contrario se ne occuperebbe.» Scivolai giù dalla scrivania e mossi i fianchi, facendo ondeggiare la gonna.

«Approvo questo piano.» Si mise dietro di me e fece scivolare i palmi delle mani dalle mie costole lungo il mio ventre e tra le mie gambe.

«Pensavo che stessimo andando a casa.» Eppure, mi strinsi contro la sua erezione.

«Casa. Mi piace come suona.»

«Anche a me.»

Mi prese la mano e uscimmo dall'ufficio, sapendo che casa non era il suo appartamento o nemmeno la casa di mia madre ad Austin. Casa era ovunque noi due potessimo stare insieme. E presto, saremmo stati a casa tutto il tempo.

EPILOGO EXTRA
SORPRESA!

ALICIA

Sì.

Era ciò che significava il segno più nella finestrella, e non era la risposta che volevo vedere.

«Alicia?» La voce di Marlee, piena di preoccupazione, arrivò attutita attraverso la porta del bagno. «Va tutto bene?»

«Credo?» Girai la maniglia e aprii la porta. Marlee camminava avanti e indietro fuori, nella camera da letto che condividevo con Jackson. Sollevai il dispositivo con il segno più. «Incinta.» La mia voce tremò.

«Congratulazioni!» Mi abbracciò, con tanto di bastoncino di plastica su cui avevo appena fatto pipì.

«Mmm» fu tutto ciò che dissi.

«Andiamo.» Mi afferrò la mano e mi condusse fuori dal bagno, attraverso la camera da letto, oltre il mio studio e la stanza di Noah, fino al piano di sotto, in salotto. Ci sedemmo sul divano che io e Jackson avevamo scelto insieme un mese prima. Il suo principale vantaggio era stato che ne avevano uno in magazzino e potevano consegnarlo in fretta. Di questi tempi, tutto era veloce. Andare a vivere con il mio ragazzo non appena mi ero trasferita qui. Portare Noah a San Francisco qualche mese dopo. E ora questo.

Marlee mi strinse entrambe le mani, ancora strette attorno al test di gravidanza. «So che pianificare è il tuo forte. Ma a volte le cose non pianificate possono essere meravigliose. Come incontrare Jackson per quel progetto in Texas. E innamorarsi.»

«Non lo so.» Fissai il bastoncino, le nocche bianche attorno a esso come se stringessi un coltello o il Taser di Marlee. «La nostra vita era piuttosto bella, e ora cambierà. Molto. Voglio dire, Noah è un conto. Un neonato...»

«È tanto lavoro, immagino. Ma» — i suoi occhi castano chiaro si intenerirono — «sarà un simbolo vivente del vostro amore reciproco. Un bellissimo—»

«L'unica cosa di cui è un simbolo è che non sono stata così disciplinata nel prendere la pillola come avrei dovuto.» Era successo in una delle sere in cui avevo lavorato fino a tardi e avevo rimandato al giorno dopo? O forse dopo quel fine settimana in cui tutti e tre avevamo avuto un virus intestinale e non riuscivo a trattenere niente? Merda. Perché, perché non avevamo pensato a usare anche i preservativi?

Perché perdevo la testa quando ero con Jackson Jones. Aveva preso il mio mondo ordinato e monotono e gli aveva aggiunto colore ed eccitazione. E la persona che ero con lui non pensava a un contraccettivo di riserva. Pensavo solo al piacere. Come lo scorso fine settimana, prima che partisse per il suo viaggio. Eravamo a uno dei noiosi eventi della fondazione di sua madre quando mi aveva portato a fare una passeggiata nel vicino giardino delle sculture, dove avevamo trovato un angolo in ombra e mi aveva tirato su la gonna del mio vestito da cocktail e... «Merda.»

L'espressione di Marlee si incrinò. «Non vuoi il bambino? Il bambino di Jackson?»

«Non è quello. È solo tanto. Così presto nella nostra relazione.»

«State insieme da sei mesi. Non è così presto. Nel romanzo che sto leggendo, i due si sono innamorati dopo solo una notte.»

Assunse quello sguardo sognante che le veniva sempre quando parlava dei suoi libri. «Oh mio Dio!» Si mise a sedere dritta. «Questo è assolutamente l'epilogo del tuo romanzo rosa! Il bambino e... e...»

Guardammo entrambe la mia mano sinistra nuda. Ora avevo chiuso il cerchio della sfortuna. Prima mia madre, incinta a diciassette anni, poi mia sorella Melissa, incinta a ventidue con il padre che si era dileguato. E ora io.

Con la massima delicatezza possibile, dissi: «La vita vera non è semplice come nei libri. Sto ancora avviando la mia attività qui a San Francisco. Noah si è appena trasferito, lontano dalle nonne. Ci stiamo tutti ambientando. Aggiungere un bambino proprio ora non è l'ideale.»

«Lo è mai?» Marlee lasciò andare le mie mani sudate e io posai il bastoncino sul tavolino. «Tu e Jackson avete parlato di avere figli?»

«Solo in un vago senso di "un giorno".» Aveva sentimenti così complicati riguardo alla famiglia perché non pensava di poter essere all'altezza dei ricordi del suo perfetto padre factotum, morto giovane. Così avevo represso ogni mio impulso di pianificazione e mi ero rifiutata di tirare fuori l'argomento. «Forse avremmo dovuto.»

«Andrà tutto bene. Avete un sacco di soldi, un posto fantastico» — indicò con un gesto la villetta a schiera in cui ci eravamo trasferiti prima che Noah venisse in California — «e diversi mesi per abituarvi all'idea.»

La stretta al petto che era comparsa insieme a quel dannato segno più si allentò un po'. «Hai ragione. Abbiamo, quanto, otto mesi per abituarci?»

«Esatto.» Mi strinse il ginocchio. Poi i suoi occhi si spalancarono. «Lei, o lui, sarà un Pesci come me. E tu, Jackson e io andiamo tutti d'amore e d'accordo. Sarà perfetto.»

Perfetto non era una parola che associavo a una gravidanza non pianificata, Pesci o no. Ma cercai di sorridere alla mia amica. «Troveremo una soluzione.»

Era quello che facevo al lavoro. Potevo applicare le stesse capacità alla mia vita personale. «Ho bisogno del mio portatile. O di una matita e un po' di carta millimetrata.»

«Carta millimetrata?» Arricciò il naso.

«Devo fare un diagramma di Gantt. O almeno un foglio di calcolo.»

Una macchia arancione sfrecciò giù per le scale. Poteva significare solo una cosa, visto che Tigro si nascondeva sempre nella stanza di Noah quando Marlee era in visita.

«Merda! Io—» Mi guardai i pantaloni della tuta tagliati e la maglietta arancione sbiadita della UT. Avevo intenzione di indossare qualcosa di sexy quando Jackson fosse tornato dal suo viaggio di una settimana a New York. Avevo persino mandato Noah al Golden Gate Park con la sorella di Jackson, Sam, per la giornata. Ma quando avevo finito di vomitare l'anima per la terza mattina di fila, avevo chiamato Marlee.

«Andrà tutto bene» sussurrò Marlee, stringendomi la mano.

«Marlee!» Jackson si fermò di colpo con i calzini sul parquet.

Il mio cuore ebbe un sussulto, come sempre quando lui entrava in una stanza. I suoi capelli scuri e ondulati che le mie dita prudevano per accarezzare, i muscoli definiti sotto la sua maglietta degli AC/DC, i jeans che gli pendevano sui fianchi e quegli occhi castano scuro e profondi che mi rapivano e che si soffermarono sui capelli che avevo raccolto in una coda di cavallo. Che indugiarono sul mio corpo come se indossassi una vestaglia di pizzo e non la maglietta e i pantaloni della tuta con cui avevo dormito. Quello sguardo affamato mi disse che mi avrebbe già baciata se Marlee non fosse stata seduta accanto a me.

«Ehi, Jackson. Sei tornato prima.» Marlee si alzò di scatto, aggirò il tavolino e abbracciò il suo capo.

«Sì, potrei aver superato il limite di velocità dall'aeroporto.»

«Tu e quella Lamborghini.» Gli diede un buffetto sulla spalla. «Devi stare più attento ora—» Fece una smorfia guardando il bastoncino di plastica sul tavolo di fronte a me.

Jackson fissò il test, poi alzò lo sguardo su di me. «Io... Alicia?»

«Penso che ora andrò. Alicia, chiamami… dopo?»

«Sì, va bene.» Non riuscivo a staccare lo sguardo da Jackson. Capiva cosa significava? A cosa stava pensando?

Con un cenno di incoraggiamento verso di me, Marlee se ne andò.

Jackson aggirò il tavolino e mi baciò sulla tempia. «Tesoro, cosa sta succedendo? Stai bene?» Lanciò un'altra occhiata preoccupata al test. Anche da quella distanza, il segno più rosa sembrava brillare.

Lo tirai giù per farlo sedere accanto a me sul divano. Tigro saltò su vicino a lui e girò su se stesso per poi accoccolarsi sulle sue ginocchia.

Presi un respiro profondo. «Io... non è così che volevo dirtelo. Merda, non so come volevo dirtelo. Io... io non mi aspettavo—»

«Ehi.» Mi posò la sua grande mano sulla nuca e mi tirò più vicino. Mi diede un bacio a stampo sulle labbra e appoggiò la sua fronte alla mia, così vicino che il suo viso si sfocò. Le fusa di Tigro si fecero sentire tra di noi. «Significa quello che penso?»

«Sì, io... credo di essere incinta. Diventeremo genitori.»

«Quando?»

«Non lo so.» Non riuscivo a far entrare abbastanza aria nei polmoni. «Non ho ancora chiamato il mio medico. Merda, non ho un medico qui. Devo—»

«Shh.» Mi accarezzò la spalla, lungo il braccio, e mi prese la mano. «Va tutto bene. Va bene non avere tutte le risposte. Troveremo una soluzione insieme.»

Il mio cuore che batteva all'impazzata rallentò, passando dalla velocità della Aventador di Jackson in autostrada a quella della mia Honda in ritardo per una riunione. «Davvero?»

«Siamo una squadra, no? Faremo tutto insieme. Non sei felice?»

Felice? Più che altro nauseata. «Io... ho bisogno di più tempo per metabolizzarlo.»

«Oh.» Quando si tirò indietro, sentii la mancanza del suo calore confortante. «Mmm.»

«Jackson, cosa—»

«Ho bisogno di un minuto. Un'ora. Forse due.» Spostando il gatto sul pavimento, si alzò, poi si chinò per baciarmi di nuovo, un altro bacio a stampo, doveroso. «Torno subito. Promesso.»

«Dove—»

Ma se n'era già andato con un tintinnio di chiavi e lo sbattere della porta.

Io e Tigro ci guardammo sbattendo le palpebre.

Era stato via per quasi una settimana e non mi aveva nemmeno baciata come si deve. Immaginavo fosse colpa mia: avrei dovuto nascondere il test, non sbatterglielo in faccia appena entrato in casa. Ma la notizia era troppo fresca e io ero ancora sotto shock.

La prossima volta, quando fosse tornato, sarei stata pronta. Sarei sembrata la Alicia che amava. Mi strofinai una mano sulla pancia. Per ora non doveva cambiare nulla. Avevamo un sacco di tempo.

Non era ancora tornato quando finii la doccia. Andava bene. Aveva detto che aveva bisogno di un'ora o due. Indossai uno dei nuovi e graziosi prendisole a fiori che Marlee mi aveva incoraggiato a comprare durante una delle nostre uscite di shopping. Mi acconciai persino i capelli, lisciandoli con il phon e lasciandoli sciolti sulle spalle come piaceva a Jackson. Misi il mascara e un velo leggero di lucidalabbra, sperando che quando Jackson fosse tornato, me lo avrebbe tolto a forza di baci.

Giù in cucina, preparai un'insalata per il nostro pranzo e misi a scaldare in forno il petto di pollo avanzato dalla cena della sera prima, insieme a un pezzo di pane casereccio. Portai una caraffa di vetro con acqua e bustine di tè al limone e zenzero sul piccolo patio posteriore, approfittando di una delle rare giornate di sole di San Francisco per preparare il tè solare.

Il mio telefono vibrò per un messaggio e quasi lo lasciai cadere sulle pietre del selciato, afferrandolo con mani tremanti.

JACKSON

Ti penso. Torno più tardi.

Le mie dita volarono sul vetro. Cosa stai facendo? Cancella. Dove sei? Cancella. Torna subito. Elimina. Il petto mi si strinse. Quanto tempo era "più tardi"? Avevo bisogno di lui ora, che mi dicesse che sarebbe andato tutto bene.

Quando mi arresi all'idea che sarebbe tornato in tempo per il pranzo, il pollo era un pezzo secco e stopposo, e il pane si era trasformato in un blocco solido da spaccarsi un dente. Buttai entrambi nella spazzatura e mangiucchiai una ciotola di insalata.

Il mio telefono vibrò di nuovo.

Ci metto un po' più del previsto. Ricorda la mia promessa.

Mi aveva promesso poco prima che sarebbe tornato. In un'ora o due, e ne erano passate quattro. Non era quello che intendeva. Stava parlando della promessa che mi aveva fatto ad Austin, dopo avermi lasciato senza una parola per poi tornare, con la testa bassa come un segugio. Aveva promesso che sarebbe rimasto. E lo aveva fatto.

Così, con il petto così stretto che quasi non riuscivo a respirare, mi raccolsi i capelli in uno chignon in cima alla testa e strofinai la cucina finché non brillò. Poi passai al soggiorno. L'impresa di pulizie era venuta la settimana prima, ma passai l'aspirapolvere sotto i cuscini del divano e lucidai il tavolino finché non luccicò e i miei occhi bruciarono per l'odore di limone. Il test di gravidanza finì nella spazzatura insieme al pane e al pollo rinsecchiti.

Stavo pescando calzini sporchi sotto il letto di Noah, con il sedere all'aria, quando una voce mi fece trasalire.

«Alicia?»

Sbattei la testa contro la parte inferiore del letto e gemetti. Quando la vista mi si schiarì, scivolai fuori. «Ehi, Noah.» Lanciai i calzini nel cesto della biancheria. «Sei tornato prima?»

Sam, in corridoio, controllò il telefono. «Avevamo detto che saremmo tornati per le cinque.»

«Sono le cinque? Già?» Jackson era stato via non due ore, ma sei.

«Stai bene?» Si fece largo oltre Noah ed entrò nella stanza.

Mi passai una mano sotto un occhio. «È solo... solo puzza di calzini sporchi. E polvere. Dovrei passare l'aspirapolvere quassù.» O gli ormoni della gravidanza. Merda. Mi passai una mano sotto l'altro occhio.

Noah afferrò la cesta dei panni sporchi. «Io, ehm, avvio la lavatrice.» Sparì in un lampo di ginocchia nodose.

Sam rimase lì impacciata, ma non mi toccò. «Jackson non dovrebbe essere già di ritorno?»

«Sì, dannazione!» Presi un fazzoletto dalla scatola sul comodino e mi pulii il naso.

«Oh, ehm, sono sicura che tornerà presto.» Le sue dita volarono sul telefono. «Perché non scendi? Ti preparo un po' di tè.»

L'idea del tè era allettante. Un buon Earl Grey caldo, con un goccio di miele.

Merda. Non potevo assumere caffeina se ero incinta. Niente più Earl Grey.

«Niente tè.»

«Qualcosa di più forte, allora? Avete del vino, vero?»

Sospirai. «Solo acqua. Ho tagliato dei limoni.»

Mi tese la mano e io l'afferrai mentre mi tirava su. Eravamo già in corridoio quando sentii il mio telefono vibrare sul comodino di Noah. Tornai di corsa nella sua stanza per prenderlo.

A casa tra dieci minuti.

Anche Sam stava guardando il suo telefono. «Ti va bene se porto Noah a dormire da me?»

«A dormire da te? Ma Jackson...»

Alzò lo sguardo su di me, con un sorriso sardonico che mi ricordò quello di Jackson. «Mio fratello dice che avete bisogno di un po' di tempo per voi. E io e Noah possiamo lavorare a quel gioco che stiamo creando insieme. Ci guadagniamo tutti. Vieni a prenderlo domani quando ti svegli, okay?»

«Okay.» Preparai una borsa per la notte a Noah e la seguii fino alla lavanderia, dove Noah aveva già avviato la lavatrice.

«Ehi, tesoro. Vuoi passare la notte da zia Sam?»

«Posso? Sarebbe fantastico. Possiamo lavorare a Engine Ninja. E mangiare la pizza con l'ananas.» Rivolse a Sam due occhioni rotondi.

«Certo,» disse lei.

Gli porsi la borsa. «Un abbraccio?»

Mi cinse la vita con le sue braccia magre. «Ciao, Alicia.»

«Grazie, Sam.»

Mi fissò per un istante. «Sii paziente con mio fratello, okay? Non sempre fa la cosa giusta al primo colpo, ma... ama con tutto se stesso.»

Sam lo sapeva meglio di tanti altri. Lei e Jackson erano più legati di tutti gli altri fratelli Jones. «Lo so.»

Un attimo dopo, lei e Noah erano già usciti. Quando portai dentro il contenitore del tè freddo, il mio telefono vibrò sul tavolo della cucina.

> Puoi venire fuori, per favore?

Fuori? Controllai dalla finestra sul davanti. Le ombre si erano allungate nella sera di giugno.

Andai verso il garage. La saracinesca era alzata, e il posto accanto alla mia Honda, quello dove di solito parcheggiava la Lamborghini di Jackson, era vuoto. Quando superai la mia auto per arrivare al vialetto, vidi la cosa più inaspettata che avrei mai potuto immaginare.

Il minivan più grande e luccicante che avessi mai visto era parcheggiato nel vialetto con un gigantesco fiocco rosso in cima, del tipo che avevo visto solo nelle pubblicità di auto a Natale. E inginocchiato di fronte c'era Jackson, che stringeva una piccola cosa luccicante tra il pollice e l'indice.

«Che...» Le parole mi si accavallarono sulla lingua, e la prima che riuscì a uscire fu: «Che fine ha fatto la tua Lamborghini?»

Ridacchiò. «Non ci si può montare un seggiolino. Quindi ho preso questo.» Indicò alle sue spalle con il pollice.

«Ma tu ami quell'auto.» Lo stomaco mi si rivoltò. Aveva rinunciato all'Aventador? Se avesse rinunciato a tutte le cose che amava, non avrebbe finito per detestarmi?

«Non quanto amo te. Non vuoi vedere questo?» Agitò quello che teneva in mano, e l'oggetto brillò alla luce del tramonto.

«Io... oh.» Quell'auto mostruosa —sarebbe almeno entrata nel nostro garage?— mi aveva distratta. Era in ginocchio sul cemento riscaldato dal sole. Doveva bruciarsi attraverso i jeans. «Alzati.»

«Alicia, sto cercando di fare una cosa molto romantica. Vuoi sposarmi?»

Lo stomaco mi fece una capriola. «Jackson, io... no.»

Ogni traccia di colore svanì dal suo viso. «No?»

«No, voglio dire, non voglio sposarmi perché sono incinta.» Mi strofinai la pancia, cercando di calmare la nausea gorgogliante. «Voglio sposarmi solo se facciamo sul serio. Riguardo a noi. Riguardo al per sempre.»

Scattò in piedi e barcollò. «Non fai sul serio riguardo a noi? Non vuoi stare con me per sempre?»

Gli afferrai il braccio per tenerlo in equilibrio. «Io... credo di sì. Ma...»

«Ma? È perché me ne sono andato? Dovevo fare un paio di cose.» Indicò l'auto con un cenno della testa. «Sono tornato. Tornerò sempre. Finché mi vorrai.»

«Io... dovremmo sederci.» La sua faccia era grigia, e il mio pranzo stava considerando una rapida fuga.

Si sedette sul paraurti anteriore del minivan e, quando feci per sedermi accanto a lui, mi tirò sulle sue ginocchia. «Alicia, non vuoi questo? Non vuoi me?»

«Sì che ti voglio. Solo... non lo volevo così.»

Mi strinse contro il suo petto. «Quindi ha solo accelerato un po' i nostri tempi. Stavo già pensando a come farti la proposta.»

Gli occhi mi bruciarono. «Includeva l'auto più brutta del mondo?»

«Cosa?» Mi afferrò le spalle e mi allontanò per potermi guardare in faccia. Il suo volto aveva ripreso un po' di colore. «Questo è un veicolo da trasporto familiare top di gamma. Tappezzeria in pelle. Portellone e portiere laterali elettrici. Telecamera posteriore, sensori di parcheggio, avviso di traffico trasversale e monitoraggio dell'angolo cieco. E non crederesti mai a quanto è economico!»

«Immagino che per uno che spende regolarmente un quarto di milione per un'auto, possa sembrare economico. Ma nella mia Honda ci sta un seggiolino. E avremo solo due figli, non un minivan pieno.»

Il viso di Jackson assunse un'espressione sognante. «Un minivan pieno di bambini.»

«Aspetta. Pensavo non fossi sicuro di volere dei figli.»

Sbotté le palpebre, i suoi occhi castani di nuovo acuti. «Certo, quando era una cosa da "un giorno, forse". Adesso ne avremo uno, che siamo pronti o no. E lo faremo insieme. Ci sto dentro fino al collo. Con noi e la nostra famiglia.»

Lanciai un'occhiata al furgone. «Cominciamo con un bambino. Vediamo come va. Poi ne parliamo. Puoi guidare la tua auto sportiva ancora per un po'.»

«Ma non sarai solo tu a portare in giro i bambini. Lo farò anch'io. Siamo sulla stessa barca, tesoro. E voglio che tutto il mondo lo sappia.» Sollevò di nuovo l'anello, un solitario di diamanti con una montatura a castone da principessa in oro. Assomigliava molto all'anello di fidanzamento di mamma, quello che aveva accumulato polvere in fondo al suo portagioie da quando mio padre ci aveva abbandonati tutti.

«È quello che mio padre ha dato a mia madre. Anche se avevo dimenticato quanto fosse piccolo. I miei genitori non avevano molti soldi quando si sono sposati. L'ho portato da un paio di gioiellieri per aggiungere altre pietre, ma» —fece spallucce— «non potevano farlo in tempo. Quindi questo può essere un anello provvisorio finché non potremo tempestarlo di brillanti.»

Fissai l'anello. Jackson aveva abbastanza soldi per comprarne uno nuovo di zecca, ma aveva voluto questo, quello che suo padre aveva dato a sua madre. Pensava che avessimo lo stesso tipo d'amore dei suoi genitori. Quello a cui non importava dei soldi o delle auto.

«Non voglio tempestarlo di brillanti. Lo voglio esattamente com'è. Come voglio te.»

E finalmente, finalmente, mi strinse a sé e mi baciò nel modo in cui avrei voluto essere baciata per tutto il giorno, per tutta la settimana mentre era via. Il sapore di un bacio che significava che anche lui mi voleva. Che significava che il nostro amore era abbastanza per superare questo ostacolo e molti altri a venire.

Quando facemmo una pausa per respirare, mormorai: «Ma. Non voglio questo minivan orrendo.»

Si tirò indietro. «Non lo vuoi? Ma ha il climatizzatore tri-zona. I sedili a scomparsa.»

«Restituiscilo. Prendi una berlina sensata. O un SUV, se proprio devi. Ricordati che dovrai parcheggiarlo a San Francisco. Lo Jackson Jones che sto per sposare non è il tipo d'uomo che guida un minivan.»

«Quindi lo farai? Mi sposerai?»

«Lo farò.» Tesi la mano sinistra e lui mi infilò l'anello al dito. Scintillava quasi quanto la speranza e l'amore nei suoi occhi scuri.

Lo baciai e, con il tocco delle nostre labbra, feci la mia promessa. Che non avrei pianificato tutto in modo ossessivo per il bambino. Che ci saremmo preparati insieme. Che lo avrei sempre amato, qualunque cosa la vita ci avesse riservato. Che insieme a Noah, saremmo stati una famiglia.

Dovette aver percepito il significato di quel bacio, perché mi strinse più forte.

«Sei sicura di non volerlo provare? Sederti dentro?» Mi strofinò il viso sulla guancia. «Battezzarlo?»

«Che schifo, no.» Mi tirai indietro. «Quel minivan tornerà dal concessionario in condizioni perfette.»

Sussultò contro il mio fianco. «Dillo di nuovo.»

«Cosa? Che il minivan tornerà dal concessionario?»

«No, l'altra parte.»

«Condizioni perfette?»

Gemette contro il mio collo. «Cazzo, mi sei mancata.» La sua mano mi risalì la coscia sotto la gonna.

«Jackson,» sibilai. «Non qui fuori. Dove possono vederci i vicini.»

La sua erezione adesso era inconfondibile, premuta contro il mio fianco. Stuzzicò l'apertura delle mie mutandine. Il suo fiato caldo mi sussurrò sul collo. «Dimmi quanto è inappropriato.»

«È così, così inappropriato.» Lo era anche la mia voce, roca di desiderio.

La sua mano si insinuò nelle mie mutandine, il pollice che mi sfiorava sapientemente il clitoride e un dito che mi accarezzava l'apertura. «Suvvia, signorina Weber, credo proprio che lei voglia essere toccata davanti ai vicini sul paraurti di questo minivan che restituirò senza dubbio immacolato al concessionario. Anche se non posso dire lo stesso della mia fidanzata.»

Solo pochi secondi ancora. E poi l'avrei obbligato a portarmi dentro, nel nostro letto.

Ma la carezza successiva mi portò, tremante, sull'orlo del baratro. «Jackson, io...» Affondai il viso nella sua spalla per non urlare il mio orgasmo. Che mi era preso? Come aveva fatto a portarmi dall'irritazione all'orgasmo in meno di un minuto?

Le sue dita si fermarono, tenendomi unita con la pressione di cui avevo bisogno.

«Non sei mai venuta così in fretta,» disse, senza fiato. «È stato per il minivan o per l'anello?»

«Sicuramente non per il minivan.»

«Merda. Riponevo così tante speranze in quei sedili posteriori reclinabili.»

Ero troppo beata per discutere con lui. «Andiamo dentro.»

«Aspetta un minuto.» Mi strinse più forte, un braccio intorno alla vita e l'altra mano a coppa tra le mie gambe. «Solo per essere sicuro di non essere steso sull'autostrada dopo aver schiantato l'Aventador contro un guardrail, dovresti darmi un pizzicotto.»

Gli mordicchiai il lobo dell'orecchio. «Basta così?»

«Altroché.» Strofinò l'orecchio sulla sommità della mia testa. «Quindi aspetti davvero un mio bambino, e mi sposerai?»

Tesi la mano, con il diamante che scintillava di rosa ai raggi del tramonto. «Sì.»

«Allora, prima che ti porti dentro e ti violenti —di nuovo—» Mi fece vibrare il clitoride e io mi divincolai sul suo grembo. «Chiedimi se sono l'uomo più felice della terra in questo momento.»

«Lo sei?» Sollevai il mento e baciai la barba ispida sulla sua mascella.

«Sì.»

———

Grazie mille per aver letto *Lavora con Me!* Per favore, considera di lasciare una recensione sul tuo store preferito o su Goodreads.

Il prossimo libro della serie, *Fingi con Me,* è un romance friends-to-lovers e fake-dating con protagonista l'assistente di Jackson, Marlee. Continua a leggere per un'anteprima.

FINGI CON ME, SYNERGY LIBRO 2
CAPITOLO 1

AVEVO VISTO un sacco di donne entrare e uscire dall'ufficio di Cooper Fallon, ma questa era la peggiore. E non se ne stava andando in silenzio.

Quando il suo strillo — qualcosa che finì con «stronzo» — sfuggì dalla porta chiusa del suo ufficio per echeggiare lungo tutto il corridoio fino alla mia scrivania, premetti le labbra per nascondere un sorrisetto e aprii le informazioni di contatto dell'agenzia interinale.

Da quando la sua assistente di lunga data era andata in pensione cinque mesi prima, il Direttore Operativo della Synergy Analytics aveva passato in rassegna diciotto assistenti temporanee. Alcune se n'erano andate sbattendo la porta, come stava per fare quella, alcune erano sgattaiolate via, e altre semplicemente non si erano più presentate il giorno dopo.

Ma giuro, era tutta colpa sua. All'inizio. Dopo che l'interinale numero cinque gli rigò con una chiave la superficie in ciliegio della scrivania mentre se ne andava, mi chiese di scegliere la successiva. Come un favore. E io non feci altro che approfittare dei suoi standard elevati, e del suo caratteraccio, per assicurarmi che nessuna resistesse. Divenni la Statua della Libertà delle interinali di San Francisco: Date a me le vostre dilettanti, le vostre oziose, le vostre romanziere e poetesse che bramano di poltrire...

Quindi, forse non ero la persona più imparziale per assumere l'assistente di Cooper.

Perché avevo un piano. Un piano che si basava su, be', un aiuto inaffidabile.

Mentre componevo l'e-mail per l'agenzia — dovevo essere abbastanza vaga sul motivo per cui stavamo licenziando questa, così ce ne avrebbero mandato un'altra altrettanto terribile — una voce alle mie spalle chiese: «Va tutto bene là dentro?».

Mi voltai sulla sedia verso la voce familiare, sbattendo il ginocchio nudo contro la gamba della scrivania. Strizzai gli occhi guardando il mio amico e collega, Tyler Young, aureolato dalla luce diffusa proveniente dal lucernario all'ultimo piano del mulino riconvertito.

Mi strofinai il ginocchio. Con Cooper che sbraitava dall'ufficio d'angolo, non avevo sentito l'avvicinarsi silenzioso delle scarpe da ginnastica di Tyler. «Stavo giusto per tirare fuori i popcorn».

Sfoggiando le sue adorabili fossette, aggirò la mia scrivania per posizionarsi di fronte, come faceva sempre per non obbligarmi a fissare il lucernario. Quando il ringhio basso di Cooper sovrastò la voce più acuta dell'interinale, Tyler si spinse su gli occhiali dalla montatura nera e chiese: «Sei sicura? Dobbiamo...?».

Inclinai la testa per ascoltare. L'interinale gli stava tenendo testa quanto lui, se non di più. Tutte le imprecazioni provenivano da lei. «No, sono abbastanza alla pari. Almeno lei non è una che piange». La settimana prima avevo saccheggiato il cassetto della mia scrivania in cerca di cioccolata e fazzoletti per consolare quella che aveva licenziato.

Quando le urla dell'interinale si trasformarono in uno stridio acuto, l'altro fondatore della Synergy, Jackson Jones, uscì dal suo ufficio e si diresse con calma verso la mia scrivania. «Ehi, Marlee. Chi ha scommesso» controllò il suo Omega «sulle quattro?». Il mio capo appoggiò la sua grande mano sulla mia scrivania e prese una caramella dalla ciotola di ceramica.

Sbuffai. «Qualcuno in amministrazione. Credo che vincerà la scommessa».

«Povero Cooper». Appallottolò la carta della caramella e me la porse perché la buttassi nel cestino. «Non tutti possono avere l'assistente migliore di San Francisco. È solo geloso che io ti abbia trovata per primo».

Sentendomi avvampare le guance, mi lisciai la gonna rosa bocciolo.

Cooper, il Direttore Operativo di una delle aziende tecnologiche più in voga del mondo, pretendeva molto dai suoi dipendenti. Era un miliardario alfa, proprio come nei miei romanzi preferiti.

Il perfetto materiale da eroe da romanzo rosa. Vorrei solo che fosse mio.

La prima volta che lo incontrai, quando ero ancora una part-time che cercava di capire cosa facesse esattamente un software di analisi e come quell'edificio pieno di giovani programmatori trasandati fosse finito nella classifica Fortune 1000, la mascella mi era cascata e le ginocchia si erano fatte molli. Era più che bello; sembrava il modello sulla copertina del romanzo rosa che stavo leggendo. Capelli biondi, occhi azzurri, la giusta quantità di barba corta, abiti impeccabili — anche se privo di spadone — e alto come una sequoia. Avevo passato i miei primi tre giorni alla Synergy a fissarlo. Alla fine della seconda settimana, era diventata una cotta coi fiocchi.

Non solo era uno degli scapoli più ambiti della California del Nord, ma era anche un uomo premuroso, attento e onesto. Conosceva i nomi di tutti i suoi dipendenti, dal piano direttivo fino alla sala posta. Aveva creato una fondazione per aiutare i ragazzi di famiglie a basso reddito a frequentare corsi estivi di programmazione. E, cosa più importante…

«Rispondi tu, per favore?» chiese Jackson, appoggiando un fianco al bancone da laboratorio in pietra ollare che usavo come scrivania.

La linea di Cooper era illuminata sul mio telefono fisso, e

squillava, ma dato che entrambe le persone che avrebbero dovuto rispondere si stavano urlando contro, toccava a me.

«Ufficio di Cooper Fallon. Parla Marlee Rice».

«Salve» disse una voce femminile e roca. «Sono Jamila Jallow. C'è Cooper? Aspetta una mia chiamata».

L'aspettava? Il cuore mi martellò nel petto. Perché Jamila Jallow, la prima del loro corso a Stanford, bella da poter fare la modella, presente in tutte le classifiche dei "quaranta sotto i quaranta", la migliore amica di Cooper, lo stava chiamando proprio oggi?

«No, mi dispiace. Al momento è impegnato. Posso esserle d'aiuto?».

«Certo. Potrebbe dirgli che i miei piani sono cambiati e che posso andare con lui al matrimonio di Jackson?».

Santo Stephen Hawking.

«Davvero?». Sebbene Jamila e Cooper avessero partecipato insieme a più di un evento di settore, lui non portava mai un'accompagnatrice agli eventi della Synergy. E anche se il matrimonio del mio capo il weekend successivo non era una funzione aziendale ufficiale, ero sicura che ci sarebbe andato da solo.

«Sì, posso. Ma, sa una cosa, gli manderò un messaggio. Grazie, Marlee».

Mi ronzavano le orecchie. Avevo immaginato che Jamila sarebbe andata al matrimonio di Jackson. Erano amici dai tempi del college. Cosa significava che ci sarebbe andata con Cooper? Era un'uscita tra amici o un appuntamento-appuntamento?

Sarebbe stata la mia solita sfortuna se lei si fosse accaparrata Cooper proprio quando finalmente avevo trovato il coraggio di fare qualcosa per la mia cotta di tre anni.

«Ehm, Marlee?» chiese Tyler, sistemandosi gli occhiali. «Stai bene?».

Sbattei le palpebre per mettere a fuoco. «Benissimo». Mi rivolsi a Jackson. «Era Jamila Jallow. Ha detto che verrà con Cooper. Al suo matrimonio».

Le sue sopracciglia si inarcarono. «Non porta mai nessuno alle mie feste».

«Vero? Che succede?».

La porta di Cooper si aprì di colpo, sbattendo contro il muro, e l'interinale uscì come una furia, con il viso rosso come la sua camicetta di seta. Mi ero un po' spaventata quando quella donna splendida era entrata lunedì con i suoi abiti firmati e scarpe che costavano più del mio stipendio settimanale, ma era stata troppo impegnata a sbattere le ciglia finte a Cooper per rispondere alle sue telefonate. Afferrò la sua borsa di morbida pelle dalla scrivania esterna e passò impettita davanti a noi verso gli ascensori.

«Ciao, Lynley» dissi.

«Vaffanculo». Svoltò a destra, aprì la porta di scatto e scomparve nel vano scale.

Scambiai un'occhiata con Jackson.

«Già» disse, «a volte Cooper fa questo effetto anche a me».

Tyler non disse nulla. Non aveva passato abbastanza tempo qui al sesto piano per sapere che gli umori di Cooper erano un temporale estivo: rumoroso ma di breve durata.

L'uomo in persona uscì dal suo ufficio dalle pareti di vetro, con le narici dilatate e la mascella di marmo. Si ficcò le mani nelle tasche dei suoi pantaloni neri su misura e, con lo sguardo fisso sul pavimento di legno di recupero, si avvicinò a noi. Mi passai una mano sul ciondolo e mi raddrizzai sulla sedia.

Strofinandosi la nuca, puntò i suoi occhi azzurro cristallo su di me.

«Marlee?». Si mosse sui piedi. «Sembra che Lindsey...».

«Lynley» lo corressi.

Fece una smorfia, mostrando denti bianchi e dritti. «Io e lei abbiamo convenuto che non è adatta per la Synergy».

«È un modo di vedere le cose» disse Jackson.

Lo sguardo di Cooper trapassò il suo amico. «Se solo riconsiderassi di condividere Marlee con me...».

«Sarei felice di...» iniziai.

«Non se ne parla» mi interruppe Jackson. Mi fissò, intensamente. «Marlee ha già abbastanza da fare. E tanto varrebbe chiedermi in prestito il braccio destro. Trovati la tua Marlee». Scrollò le spalle. «Oppure tieni una delle interinali che ti trova lei».

Prima di parlare, Cooper si prese un attimo per rilassare le mani, che si erano strette a pugno. Poi mi guardò. «Pensi di poter…?».

«Fatto». Cliccai per inviare la mia e-mail all'agenzia interinale.

«Grazie. Sai che ti adoro, Marlee». Ed eccolo lì, il sorriso mozzafiato che ogni volta mi trasformava in una pozzanghera sul pavimento. Volevo far danzare la punta delle dita sulla sua mascella forte e barbuta e tra i suoi capelli corti e biondo sabbia. Far scorrere le mani sulla sua camicia a righe grigie per toccare le spalle toniche sottostanti. Graffiargli la schiena e stringergli il…

«Comunque, Jay…». Si voltò verso Jackson, e fu allora che mi resi conto che stavo di nuovo spogliando Cooper con gli occhi. «Possiamo iniziare il nostro giro prima? Stasera ho un evento della fondazione».

«Vado a cambiarmi». Jackson mi lanciò un'occhiata — non gli erano sfuggiti i miei occhi vaganti — e poi afferrò la spalla di Tyler. «Parliamo domani delle tue idee per il modulo sul consumo di carburante». Poiché stavo guardando Cooper, vidi che il suo sguardo seguì la mano del suo amico e poi si strinse su Tyler. Cooper tendeva a essere il partner geloso nella sua amicizia fraterna con Jackson.

«Certo». Tyler sorrise al nostro capo, assomigliando esattamente a un Labrador a cui avevano detto che era un bravo ragazzo.

Dieci anni prima, Jackson aveva creato il prodotto di punta dell'azienda — un pacchetto di analisi per autoveicoli che rendeva le auto più performanti e sicure — nella stanza del dormitorio che condivideva con Cooper a Stanford. Una leggenda della programmazione, ispirava ammirazione tra gli sviluppatori, e Tyler era il presidente del fan club. Anche se Tyler stesso era un programmatore valido. Jackson non aveva la pazienza di fare da mentore a molti programmatori, ma trovava il tempo per Tyler.

Quando i due dirigenti tornarono nei rispettivi uffici, feci cenno a Tyler di avvicinarsi e controllai che non ci fosse nessun altro nei paraggi. «Ho sentito che Sanjay se ne va».

«Davvero?». Il suo labbro inferiore si sporse in un quasi broncio. «È un bravo capo. Mi mancherà».

«Certo, ma...» feci una pausa per creare suspense. «Questo lascia libera una posizione di manager. E io conosco un programmatore di talento che è pronto per una promozione».

«Chi, Grant?».

Sbuffai. «No, cretino. Tu».

Si dondolò sui talloni. «Non sono pronto. Sono qui da meno di un anno».

«Non importa da quanto tempo sei qui. Ciò che conta è quanto ne sai di programmazione e quanto sei bravo con le persone». E Tyler era bravo con le persone. A differenza della maggior parte dei suoi colleghi, non mi guardava dall'alto in basso perché ero un'impiegata amministrativa.

I suoi occhi si strinsero, incerti.

«Pensaci. Le Risorse Umane pubblicheranno l'annuncio la prossima settimana».

Fece un grugnito evasivo. Prendendo una mentina dalla mia ciotola di caramelle, ne attorcigliò le estremità. Aprì la bocca, prese un respiro e poi lo lasciò andare lentamente.

«Oh, giusto. Il modulo sul consumo di carburante. Vuoi che fissi una riunione con lui per domani?». Cliccai sul calendario di Jackson e cercai uno spazio libero. «Che ne dici delle due e mezza?».

Un leggero tamburellare fu la sua unica risposta. Le sue lunghe dita battevano un ritmo contro il lato dei suoi jeans.

«Tyler?» lo spronai di nuovo.

«Giusto. Certo». Distolse lo sguardo dalla mia scrivania e incontrò il mio. «Alcuni di noi... pensavo che ti sarebbe piaciuto, forse, ehm...».

«Sì?». Scrissi l'invito per la riunione e lo inviai mentre lui esitava. Lanciai un'occhiata all'orologio nell'angolo del mio schermo. Se Jackson stava uscendo ora, potevo giusto prendere il treno prima. Decisamente una buona idea, considerando i problemi che avevamo avuto ultimamente. Qualche settimana fa, papà aveva cercato di dare una mano preparando la cena, ma aveva finito per bruciare una pentola sul fuoco e far scattare l'allarme antincendio.

«C'è la serata della pinta a tre dollari, e...».

Sobbalzammo entrambi quando Jackson sbatté la porta del suo ufficio e gridò lungo il corridoio: «Coop, muovi il culo!».

Cooper uscì dal suo ufficio, con il borsone in spalla. Come Jackson, indossava una maglietta che gli fasciava il petto e finiva appena sotto il fianco di un paio di pantaloncini da ciclista attillati. I miei occhi percorsero la sua gamba tonica fino all'accenno di un rigonfiamento appena sotto l'orlo di quella maglietta. Deglutii.

«A domani». Jackson salutò svogliatamente nella nostra direzione prima di correre verso le scale e tenere la porta per Cooper. «Dopo il giro, andiamo a...». La porta si chiuse alle loro spalle, interrompendo le parole di Jackson.

Sbattei le palpebre un paio di volte e poi mi voltai di nuovo verso Tyler. «Scusa, cosa dicevi?».

Si tolse gli occhiali e li strofinò sulla maglietta. Senza gli occhiali, i suoi occhi erano screziati di macchie marroni, blu, verdi e oro, come la Terra vista dallo spazio.

«Stavo pensando di andare al pub nell'isolato accanto dopo il lavoro. Ti va di venire?».

«Mi dispiace, stasera non posso. Con chi vai?». Quando passavamo del tempo insieme alle feste trimestrali della Synergy, gli altri programmatori orbitavano intorno a Tyler come satelliti. La maggior parte di loro andava bene, ma alcuni non avrebbero nemmeno rivolto la parola a qualcuno senza la dicitura "sviluppatore" nel proprio titolo professionale. Mi passavano accanto con lo sguardo come se fossi una sorta di esotico insetto rosa, completamente al di sotto della loro attenzione.

«Oh, ehm. Non avevo ancora invitato nessun altro».

Interruppi i miei preparativi per andarmene. Era da Tyler

organizzare l'uscita intorno a me e alle mie preferenze. Un ragazzo così dolce. Se fossi stata chiunque altra, avrei colto al volo l'opportunità di passare del tempo con lui dopo il lavoro.

Ma io avevo delle responsabilità. E dei piani. «Magari un'altra sera?».

Appena annuì, mi diressi a grandi passi verso l'ascensore e premetti con forza il pulsante.

Le porte si aprirono subito, e quando mi voltai per premere il pulsante del piano, intravidi la bocca di Tyler piegata all'ingiù mentre mi guardava andare via. Gli feci un sorriso di scusa e un piccolo cenno con la mano.

Se la sarebbe cavata. Stasera sarebbe uscito con i suoi altri amici. Era come la maggior parte delle persone della nostra età che lavoravano alla Synergy: devoto e gran lavoratore con poche responsabilità fuori dall'ufficio e con un sacco di soldi per fare festa una volta finito il lavoro.

Anche se eravamo amici da quasi un anno e migliori amici da più di sei mesi, Tyler non sapeva che non ero come lui. Speravo che non pensasse che stessi inventando una scusa, come avevano fatto tutti i miei amici del college. Erano lentamente usciti dalla mia vita dopo troppi inviti rifiutati, troppe cancellazioni dell'ultimo minuto.

Ma dal momento in cui mi aveva salvato da quella maledetta spina della birra, Tyler era stato diverso. Aveva continuato a invitarmi in posti anche se la maggior parte delle volte rifiutavo. Era un buon amico. Uno che valeva la pena tenersi stretto.

L'avrei portato a pranzo il giorno dopo. Ma in quel momento, dovevo darmi una mossa per il mio secondo lavoro.

———

Fingi con Me è disponibile in edizione tascabile presso il tuo rivenditore preferito.

L'AUTRICE

A Michelle McCraw piace leggere romanzi d'amore e lavorare nel settore tecnologico. Un giorno, ha deciso di combinare i suoi due interessi, e ora scrive romance contemporaneo piccante e nerd che potrebbe farti ridere. I suoi libri presentano personaggi che amano senza vergogna la scienza, l'ingegneria e la tecnologia.

Autrice americana e texana di nascita, Michelle ha spalato neve durante le tempeste in New England ed è passata a uno spazzaneve nel Midwest. Ora vive in Georgia, dove NON le manca affatto la neve. Ama leggere, viaggiare, bere bourbon e viziare il suo cane straordinariamente maleducato ma adorabile. È stata finalista nel RWA Vivian Contest, nel Contemporary Romance Writers' Stiletto Contest e nel Windy City Romance Writers' Four Seasons Contest.

facebook.com/MichelleMcCrawAuthor

instagram.com/MMOWriter

amazon.com/author/michellemccraw

goodreads.com/MichelleMcCraw

bookbub.com/authors/michelle-mccraw

Synergy Series

Lavora con Me

Fingi con Me

Viaggia con Me

Comandami

Ricordami

Tentami

40 and Fabulous

Fashion and Passion

Frenemies and Lovers

Books and Hookups

Conspiracies and Chemistry

Advances and Retreats

Marriage and Trouble

Sugar and Spice